烟火

王松 著

每一个人，不管他嘴上怎么说，其实都热爱生活。也正因为热爱生活，所以才会怀揣各自的梦想，充满向往地去拼命活着。

作家出版社

图书在版编目（CIP）数据

烟火 / 王松著 . -- 北京：作家出版社，2020. 6
ISBN 978-7-5212-0937-2

Ⅰ . ①烟… Ⅱ . ①王… Ⅲ . ①长篇小说 – 中国 – 当代
Ⅳ . ①I247.5

中国版本图书馆CIP数据核字（2020）第068851号

烟 火

作 者：王 松
特约策划：人民文学杂志社
责任编辑：兴 安
人物绣像绘画：叶祖茂
封面及拉页题字：兴 安
装帧设计：意匠文化·丁奔亮
出版发行：作家出版社有限公司
社 址：北京农展馆南里10号 **邮 编：**100125
电话传真：86-10-65067186（发行中心及邮购部）
86-10-65004079（总编室）
E-mail:zuojia@zuojia.net.cn
http://www.zuojiachubanshe.com
印 刷：北京新华印刷有限公司
成品尺寸：152×230
字 数：280千
印 张：22.25
版 次：2020年6月第1版
印 次：2020年6月第1次印刷
ISBN 978-7-5212-0937-2
定 价：49.00元

最见津门繁盛处，双桥雨水万家烟。

——清·查曦《登篆水楼》

目 录

主要人物（以出场前后为序）

尚先生——本名尚玉庠，字金宇，1860年生。天津人，晚清秀才，住蜡头儿胡同。

王麻秆儿——本名王久安，1868年生。天津人，住蜡头儿胡同。卖鸡毛掸子的手艺人。

高掌柜——1836年生。祖籍天津武清县，"狗不理包子铺"的创始人。

来　子——本名牛全来，1895年生。天津人，住蜡头儿胡同。"福临成祥鞋铺店"老板。

老　癀——本名牛喜，1870年生。天津人，来子的父亲，卖拔火罐儿的手艺人。

杨灯罩儿——本名杨福临，1870年生。天津人，住蜡头儿胡同。卖帽子的小贩，后为"福临成祥鞋帽店"创始人之一。

刘大头——本名刘凤楼，1861年生。天津人，住蜡头儿胡同。玩儿石锁的硬气功把式，后为黄家码头"脚行"的"大头"，真实身份是义和团。

胡大姑——本名无考，1872年生。天津人，来子的母亲。

保三儿——本名无考，1880年生。天津人，住归贾胡同。年轻时曾投"新军"，在袁世凯津南"小站练兵"的"新军训练营"。后以拉胶皮（洋车）为生。

唐掌柜——本名无考，1865年生。天津人，针市街"唐记棺材铺"的掌柜。

郁掌柜——本名郁逢蚨，1866年生。天津人，"蚨记寿衣店"的掌柜。

马六儿——本名马来顺，1872年生。天津人，住蜡头儿胡同。打帘子的手艺人。

老疙瘩——本名石春生，1870年生。天津人，住白家胡同。铁匠，实为革命党人。

二闺妞——本名焦凤兰，1880年生。天津人，老疙瘩的老婆。后改
　　　　嫁老瘪。再后来拜无良相声艺人"二饽饽"为师。老瘪
　　　　死后，与"二饽饽"姘居。

小白牙儿——本名无考，1878年生。天津人，唱"十不闲儿"的街
　　　　头艺人。

菊广林——1862年生。天津人，住东马路大狮子胡同。盐商。

于玉玉——1886年生。江苏吴江人。菊广林的姨太太，后与小白牙
　　　　儿私奔。

李大愣——本名李有义，1863年生。天津人，住白家胡同。练摔跤
　　　　的把式。真实身份是义和团，曾与刘大头在同一个坛口。

黄小莲——1876年生。杨州高邮人王麻秆儿的老婆。

徐大鼻子——本名徐有德，1862年生。天津人，住锅店街。练耍叉
　　　　的把式。真实身份是义和团，曾与刘大头和李大愣在同
　　　　一个坛口。

小闺女儿——本名李翠翠，1895年生。天津武清县人，因逃婚来天
　　　　津。来子的恋人。

李显贵——1872年生。武清县北藕村人，小闺女儿的父亲。做豆腐
　　　　丝儿为生。

大　虎——本名无考，1891年生。小闺女儿的大哥。

白玉兰——1893年生。天津静海县人。大虎的老婆。

臭鸡子儿——本名无考，1873年生。天津人，侯家后一带的街头
　　　　"杂巴地"。

多老板——本名多来喜，1845年生。天津人，"八方来"水铺老板。

傻四儿——本名无考，1868年生。天津人。开水铺为生。

陈明三——1850年生。天津人。缸店街上"明记剃头房"的掌门人。

大卫李——本名李连贵，1872年生。天津人，在法租界混洋事儿。
　　　　"克洛德洋行"襄理。

赫　德——1860年生。法国人，天津法租界"爱德蒙"洋行总经理。

老　朱——本名朱成祥，1871年生。天津人，住蜡头儿胡同。绱鞋

的手艺人，"福临成祥鞋帽店"创始人之一。

何桂兰——1876年生。天津人，老朱的老婆。后与一个安徽茶叶贩子私奔，实为被拐。

林掌柜——本名无考，1872年生。天津人。住粮店街。裕泰粮行的掌柜。

刘　二——本名无考，1870年生。天津人，估衣街打更的。

小福子——本名朱又福，1890年生。老朱之子。"福临成祥鞋帽店"继承人。

少高掌柜——1871年生。高掌柜之子，"狗不理包子铺"第二代传人。

大枣核儿——本名无考，1892年生。天津人。"枣核儿帮"混星子。

二饽饽——本名无考，1865年生。天津人。无良相声艺人，后沦为汉奸。

牛帮子——本名牛全有，小名小帮子，1911年生。老瘪和二闺妞之子。后跟随无良相声艺人"二饽饽"学说"双簧"，沦为汉奸。

刘　福——1880年生。天津人，刘大头的大徒弟。后为黄家码头脚行的"大头"。

杜黑子——本名无考，1881年生。天津人。黄家码头脚行原"大头"。真实身份义和团。

马老虎——本名无考，1881年生。天津人。贺家口码头脚行的"大头"。

黄金堂——1880年生。天津人。黄家码头的主人。

马桂枝——1893年生。马六儿之女，寡妇，后改嫁小福子。

郁天顺——1888年生。郁掌柜之子。后接手"蚨记寿衣店"，成为少掌柜。

黑玛丽——1899年生。天津人。混迹于法租界的过气舞女。杨灯罩儿的姘头。

马杜龙——1920年生。黑玛丽之子。国民党天津警备司令部稽查处科长。

阮三哈——1896年生。安南（越南）人。日伪警局的探子。

王　茂——1899年生。原名王大毛，王麻秆儿之子，地下党人。后被捕牺牲。

申　明——1898年生。天津人，王茂的战友。

田　生——1919年生。本名朱文，小福子和马桂枝之子。地下党人。

小　回——本名李香香，1919年生。来子和小闺女儿之女，田生的恋人。

申达成——1976年生。天津人，今天"福临成祥鞋帽店"的老板。

李春红——1998年生。大虎的重孙女，小回的重侄孙女。

序·垫话儿

　　蜡头儿胡同再早不叫蜡头儿胡同，叫海山胡同。当初取名的人眼大，心也大，想着这地界儿东临渤海，北靠燕山，一条胡同也要有个气概；叫"蜡头儿"，是尚先生搬来以后的事。尚先生是秀才出身，来时穿一件蓝布大褂儿，挺干净，四十多岁还细皮嫩肉儿的。胡同的人好奇，可见他不爱说话，也不好多问。后来听王麻秆儿说，尚先生他爸是个举人，举人都要脸面，不光要脸面，气性也大。头年儿，洋人的都统衙门要扒城墙，城里人就急了，有头有脸儿的士绅更不干，挑头儿出来抗议。可抗也是白抗，洋人的军队既然能用洋枪洋炮打进天津城，就比浑蛋还浑，就这样，四百九十多年的老城墙还是给扒了。扒了城墙，也就如同一个人给扒光了衣裳，里外都暴露无遗。尚老先生觉着这是奇耻大辱，一气之下不吃不喝，就愣把自己给饿死了。这以后，尚家败了，尚先生才搬到这个胡同来；王麻秆儿是卖鸡毛掸子的，整天扛着掸子垛走街串巷，城里城外没有不去的地方儿，也就没有不知道的事儿。

　　包子铺的高掌柜说，王麻秆儿这话，可信。

　　尚先生有学问，会看相，也懂些医道。平时给人代写书信，过年也写写春联儿，胡同的人叫写"对子"。一进腊月二十，在胡同口儿摆个卖香烛神祃儿的小摊儿，为引人注意，还在摊儿上点一对擀面棍儿粗细的红蜡烛。冬天风大，为防风，就把这对蜡烛立在一个神龛儿里。蜡上烫着金字，右边一根是"福注东海"，左边一根是"寿比南山"。蜡烛一点着了得往下烧，烧烧就成了"注东海"，这边是"比南山"。再烧，又成了"东海"和"南山"。等烧成两个蜡头儿，有好事的路过伸头一看，嗤地乐了，两边只剩了"海"和"山"。胡同的人本来就爱逗哏，这海山胡同又是个短粗儿，这以后，也就叫成"蜡头儿胡同"。

叫"蜡头儿胡同"，有爱听的，也有不爱听的。来子他爸就爱听。来子他爸说，事儿都是反着说的，反着说，也就得反着听，叫"蜡头儿"不是不吉利，吉利。

第一部

入 头

第一章

来子他爸叫牛喜。侯家后的人不叫他牛喜，叫"老瘪"。

侯家后在北门外，紧靠南运河的南岸，是个老地界儿。有句老话："先有侯家后，后有天津卫。"清乾隆年间，曾有一个叫李湜的举人在自家门口贴了一副对联，上联是"天津卫八十三龄铁汉子"，下联是"侯家后五百余载旧人家"。倘这么算，这侯家后就应该比天津卫还早几百年。当年街上有一首谣儿，单说这侯家后的非凡之处：侯家后，出大户，三岔河口笼不住。出进士，出商贾，数数能有五十五。但后来，这里的商贾进士越来越少，平头百姓越来越多，又连年遭受兵燹战火，天灾人祸，侯家后也就不是当年的侯家后了。

蜡头儿胡同在侯家后东头儿，南北向，住的都是手艺人，刨鸡毛掸子的，修理雨伞旱伞的，绱鞋的，打帘子的。老瘪是卖拔火罐儿的。老瘪叫老瘪，是因为脸瘪，还不是常见的瓦刀脸，是腰子脸，舌头再长一点儿舔不着鼻子，能直接过去舔脑门子，走的街上乍一看，能把对面来的人吓一跳，都没见过这么瘪的人。人瘪，生意也瘪，一个拔火罐儿卖不了几个子儿，人又实诚，拔火罐儿本来是土烧的，却烧得比炮弹还结实，扔的地上能蹦起来，摔都摔不烂。烧洋铁炉子的人家儿，一家也就一个炉子，一个炉子就用一个拔火罐儿，这样卖着卖着就卖不动了，经常挑着挑子出去一天，怎么挑出去的还怎么挑回来。胡同里的杨灯罩儿跟老瘪有过节儿。杨灯罩儿是卖帽子的，有一回，他的帽子车把老瘪的拔火罐儿挑子碰了，拔火罐儿没碎，但杨灯罩儿总该有句客气话。可杨灯罩儿屁也没说，老瘪的心里就窝了口气。老瘪是厚道人，但厚道人都爱较真儿，越较真儿也就越钻牛角尖儿。这以后，就不爱搭理杨灯罩儿了。一天傍晚，杨灯罩儿在外面喝了酒回来，一进胡同正碰见老瘪。老瘪本想一低头过去，杨灯罩儿却一把把他拉住了，说，有句话，是为你好，甭管你爱听不爱听，我也得说。说着就摇了摇脑袋，你这买卖儿不能这么干，忒实在了，街上有句话，叫"把屎拉的鞋坑儿里，自己跟自己过不去"，我要像你这么干，早就饿死了。杨灯罩儿说的是他的帽子。街上人都知道，他的帽子不能沾水，一沾水就掇，只能一槽儿烂。

杨灯罩儿问老瘪，见过我的帽子吗？

老瘪哼一声答，见过。

问，怎么样？

答，不怎么样。

杨灯罩儿嗤地乐了，说，不怎么样就对了。

老瘪抬起头，眨巴两下眼，看着杨灯罩儿。

杨灯罩儿说，别看我的帽子不怎么样，这么卖，就有回头客，赶上连阴天儿，回头的更多。说着把嘴撇起来，就你这拔火罐儿，好么，能传辈儿！买主儿可不卖一个少一个？

老瘪不想再跟他费话，扭头挑着挑子走了。

但杨灯罩儿的这番话，却让旁边的来子听见了。当时来子正蹲在墙根儿逮蛐蛐儿，他慢慢站起来，回头看看杨灯罩儿，又看看他爸老瘪。这时老瘪已挑着挑子走远了。

来子寻思了一夜，第二天一早，天不亮就爬起来，拎上一根棍子从家里出来。蜡头儿胡同都是小门小户，没厨房，做饭在自家门口儿，拔火罐儿用完了就随手撂在地上。来子从旁边的一家开始，见一个拔火罐儿砸一个。老瘪的拔火罐儿确实结实，来子又刚七岁多，砸着费劲。等砸到归贾胡同，就实在砸不动了。可就这，也砸了几十个拔火罐儿。早晨胡同的人开门出来，一看就急了，没拔火罐儿没法儿点炉子，点不了炉子也就做不了早饭。

这个早晨，老瘪又像往常一样挑着挑子出来，还没到胡同口儿，一挑子拔火罐儿就都让人抢了。老瘪心里挺高兴，以为赶上了黄道吉日，连忙又回去挑了一挑子出来。没走多远，又都给抢了。但抢了拔火罐儿的人等点着炉子，一边做着饭才渐渐醒过闷儿来。这事儿好像不对，一家的拔火罐儿破了两家的破了，可不能一块儿都破了。这才想起看看这破了的拔火罐儿。这一看，果然看出了毛病，应该不是搁的地上让谁碰破的。碰破的也就是个破，不会破得这么烂，再看碴口儿，好像还有砸过的痕迹。蜡头儿胡同的人心眼儿多，街上的事也都明白，立刻就想到了老瘪。俗话说，卖棺材的盼死人，卖拔火罐儿的，自然恨不得这世上的拔火罐儿都烂了才高兴。可胡同的人知道，老瘪是实诚人，又是个老实疙瘩，平时一拔火罐儿都砸不出个屁来，应该干不出这种蔫坏损的缺德事儿。这时，就有人注意到来子。

　　来子正站在旁边，面无表情地看热闹。

　　拔火罐儿是烧煤球炉子用的，整天烟熏火燎，里面就挂了厚厚的一层浮灰。来子这个早晨一口气砸了几十个拔火罐儿，弄得浑身满脸都是浮灰。这浮灰不光黑，还细，也轻，弄到脸上洗不净，洗完了还留着两个黑眼圈儿。住胡同口儿的刘大头是玩儿石锁的，急着吃完了早饭要去河边儿。可媳妇儿没法儿点炉子，正气得火儿顶脑门子。这时一听胡同里的人这么说，就过来一把揪住来子问，说实话，这是不是你干的？

　　来子的脸一下白了，看着刘大头，不说话。

　　刘大头又瞪着眼问，到底是不是？

　　来子还不说话。

　　刘大头回手抄起地上的石锁。

　　来子这才点头说，是。

　　这一下就不光刘大头一家的拔火罐儿是了，门口儿烂了的应该都是。老瘪正在街上满心高兴地卖拔火罐儿，胡同的人就急扯白脸地来找他。刘大头上前一把抓住他的挑子说，先甭卖了，这事儿咱得说说！老瘪先吓了一跳，又一听是这事儿，一下也急了，本来嘴就笨，一急就更说不出话了，红头涨脸地只重复一句话，这小王八蛋，这小王八蛋！

刘大头也正在气头儿上，就跟了一句，要光是小王八蛋的事儿就好了！

这显然是半句话，那没说出的半句是，恐怕还有老王八蛋的事儿呢！

这一下老瘪真急了。他急，倒不是挨了刘大头的窝心骂，是较真儿的脾气上来了。他牛老瘪在这门口儿的街上卖了这些年拔火罐儿，从侯家后到单街子，从北大关到南门外，还从没让人说出过半个不字！也是急眼了，转着圈儿地朝跟前的地上看，实在找不着东西，顺手抄起个拔火罐儿就要往自己脑袋上砸。旁边的人一见要出人命，赶紧过来把他拦住了。

蜡头儿胡同南口儿往东一拐的街边，是"狗不理包子铺"。这半天，高掌柜站在包子铺的门口儿都看明白了。这时就笑着走过来，先对老瘪说，一条街上住这些年了，谁还不知道谁，没人说是你让来子干的，肯定是小孩子手欠，蔫淘，这回淘出了圈儿。

又回头冲众人说，谁家还没个小孩子，也不是嘛大事儿，这样吧，这几十个拔火罐儿算我买了，大早晨的刚开板儿，也讨个吉利，我送各位了！

高掌柜的"狗不理包子"这时已经远近闻名，不光本地，外地人来天津也都闻着味儿找过来，在门口的街上说话也就占地方儿。他这一开口，又把事都揽下了，众人才没话了。

第二章

来子认识保三儿之前，一直认为他爸最有手艺。他爸能把土和成泥，再踩着转滚子把泥拉成拔火罐儿的坯子。这跟打帘子刨鸡毛掸子修理雨伞旱伞还不一样。这些虽也是手艺，但都是小手艺，用尚先生的话说，是雕虫小技，能学。做拔火罐儿则是大手艺。大手艺就不光是手艺了，手艺之外还有手艺，得抢得起，耍得开，这就不是谁想学就能学的了。

但来子发现，保三儿的手艺更不是一般人能学的。保三儿住归贾胡同北口儿，把着南河沿儿，是拉胶皮的。胶皮也叫洋车。这行看着是苦力，雇车的车座儿指不定去哪儿，得拉着满世界跑，但保三儿说，哪行有哪行的门子，也看会干不会干，不会干的能累吐血，兴许还挣不上饭，可他，轻轻省省儿就挺滋润，这叫小鸡儿不尿尿，各有各的道儿。

保三儿不光脑子好使，也是个爷们儿。几年前，听街上人说，咸水沽往南二十里的涝水套有个叫小站的地方，袁世凯奉朝廷之命，在那儿练兵，还设了"新军督练处"，吃住都挺好，军饷也高，一个月能挣五块大洋。保三儿就动心了。正好家里有个不算太远的堂叔在那儿当差，去跟这堂叔一说，就进了新军。本想进新军是扛枪吃粮，挣几年军饷，可去了才知道，不是这么回事。保三儿被分在步兵科，每天要操练。这操练听着简单，但天不亮就得起床，不光出操，还有各种课目训练。人家别人都是老兵油子，且是优中选优挑出来的，保三儿这生瓜蛋子一进去哪受得了这份儿苦。光受苦也就算了，还纪律严明。一次保三儿累得实在爬不起来了，早晨没出操。其实旁边的人都知道保三儿是怎么进来的，打个马虎眼也就过去了。可有人去打了小报告。这一报告，上边就不能睁一只眼闭一只眼了。负责操练的教官是个大胡子德国人，出操完毕，就把保三儿拉出来，在队前当众责打了二十军棍，且棍棍到肉。保三儿给打得几天都得撅着屁股睡觉。这时才知道，打军棍还是轻的，"军律二十条"里还有个"十八斩"，弄不好就得掉脑袋。保三儿一听死活不想再干了，打算去跟那本家堂叔说说，扯个由头赶紧溜号儿。但就在这时，又出了一件事。新军训练营是以营为单位，营以下分"队""哨""棚"。"队"就相当于连，"哨"是排，"棚"也就是班。跟保三儿同一棚的有个军士，叫张贵，家是南门脸儿的，平时跟保三儿的关系最好。保三儿挨了军棍以后，一天张贵偷偷告诉他，他打听清楚了，给他打小报告的是一个叫马秃子的人。保三儿这时已打定主意要走，且军营里纪律严明，严禁打架，也就不想再惹事，甭管马秃子牛秃子，吃个哑巴亏也就算了。但张贵说，这马秃子还真不是块好饼，去年过年时，一次军营吃犒劳，这马秃子喝大了，曾顺嘴说出一件事，他说，他表姨夫是郑殿芳，在洋人那边儿挺吃得开，哪天他在这新军里混不下去了，就去投奔他表姨夫，吃洋饭肯定比这军营的大锅饭舒服。

保三儿一听立刻问，哪个郑殿芳？

张贵说，就是那个信洋教的郑殿芳，天津人没不知道的。张贵又说，事后马秃子酒醒了，意识到自己喝大了，顺嘴秃噜出的事非同小可，又死活不承认了。

保三儿当然也知道这个郑殿芳。几年前，洋人的八国联军用洋枪洋炮攻打天津城，但城墙坚固，久攻不下。就是这个叫郑殿芳的人，偷偷给城外的洋人送了一个情报，说南城门的旁边有一段城墙塌过，不结实。于是洋人派了几个日本人化装成义和团的拳民，混进城里，把这段城墙炸开了，洋人的军队这才攻进城里。所以天津人一提这个郑殿芳，都恨得牙根儿痒痒。但天津沦陷以后，这郑殿芳就跑到北京耶稣教的美以美教会，再也不露面了。

保三儿一听，敢情这马秃子是郑殿芳的外甥，火儿腾地就上来了。心想，要这么说，就得跟这小子说道说道了。当天晚上，就让张贵把马秃子约出来。军营有规定，无论军官还是下面的军士，平时一律禁止外出，更严禁在外面饮酒。但这个晚上，马秃子一听要出去喝酒，立刻就跟着溜出来。到了镇上的一个小馆儿，一进门，见保三儿正奔拉着脸坐在一张桌前，立刻觉出不对，转身要走。但这时保三儿已经跟过来。保三儿屁股上的棍伤还没好利落，手却挺快，抢步上前，一把薅住马秃子的头发。马秃子的头发本来就少，这一薅立刻疼得龇牙咧嘴地歪着脑袋不敢动了。可嘴里还挺硬，嚷着说，你可刚挨了军棍，别忘了军律"十八斩"，这回你要不想活了就照这么来！保三儿本来也没打算再回军营，手上一使劲就把马秃子揪到街上。这时张贵过来假模假式地劝解，保三儿回手在他鼻子上不轻不重地给了一下。张贵一摸，自己鼻子的血下来了，也就踏踏实实地躲到一边去了。

保三儿这个晚上倒没太为难马秃子，只把他的一张胖脸抓成个花瓜，又打掉他两颗门牙。他揪着马秃子的脖领子说，估计你也回不去军营了，肯定去投奔你那个叫郑殿芳的表姨夫，打掉你两颗门牙，是因为你打我的小报告，抓花你的脸，是让你去给那个郑殿芳看看，也给他带个话儿，以后他再敢来天津，我连他的肚肠子都给抓出来！

这以后，保三儿也就回来了。

第三章

来子跟保三儿是在街上认识的。

来子常去归贾胡同。归贾胡同跟江家胡同的交口儿有一棵大槐树，树底下经常有几个唱"十不闲儿莲花落"的。来子爱听"十不闲儿"，保三儿也爱听，俩人常在这儿碰面儿，一来二去就认识了。保三儿虽比来子大十来岁，俩人挺投脾气，说话也能说到一块儿。

保三儿从涝水套的小站跑回来，就拉了胶皮。但他拉胶皮跟别人不一样。别人拉胶皮是早出晚归，他却相反，晚出早归。每天中午一过就回来了，先在家里烫一壶酒，让媳妇儿炒俩菜，吃喝完了，再去估衣街的"天香池"舒舒服服地泡个澡，下半天儿就出来逛街，高兴了还去北马路的北海茶园看"十样杂耍儿"。一个拉胶皮的，穿衣打扮挺干净，看着也有派，不知道的还以为家里开着什么买卖。来子好奇，跟保三儿聊天儿时，也问这行的事。保三儿见他是个半大小子，也没拿他当回事，这一行里的门子也就经常跟他编。编也不是全谝，只拣能谝的谝。但来子心眼儿灵，一听就明白了。保三儿住归贾胡同，却从不在侯家后这边等活儿，也不去城里，专蹲火车站。火车站大都是外地人，还净是老乡，天津话叫"老祖儿"。倘碰上个刚下车的外地"老祖儿"，再使上这行里的门子，出半天儿车就能顶上别人跑两三天挣的。保三儿拍着胸脯对来子说，都说拉胶皮的不能娶媳妇儿，一娶媳妇儿腿就软了，我照娶不误，还别说娶媳妇儿，实话告诉你，最近正在城里踅摸房子，打算再养个外宅。

来子越听越玄，就觉着这保三儿的能耐太大了。

来子十七岁生日的头一天，他妈给了几个大子儿。来子他妈不给来子过生日，只过催生。催生是生日的前一天，他妈说，儿子生出来的前一天是盼，所以才吃催生饺子，到生的这天就光剩下疼了，只能吃面条儿，吃面条儿是拽着，撕撕拉拉的疼。

来子最爱吃"狗不理包子"。他妈平时疼钱，舍不得让他吃。他妈是个瘫子，炕上拉炕上尿，家里就靠来子他爸卖拔火罐儿。这天来子催生，他妈一咬牙，给拿了几个大子儿。这个中午，来子揣着这几个大子儿来到包子铺。高掌柜一见乐了，问，今天怎么有钱来吃包子了。又听说是要过十七岁生日，就说，行啊，既然今天是你生日，头一碟儿包子不要钱，再吃再要。来子一听高兴了，一口气吃了三碟儿包子。等吃到第四碟儿时，高掌柜就摇着头开玩笑说，都说半大小子吃死老子，幸亏我刚才说的是头一碟儿不要钱，要说都不要，今天就得赔大发了。来子吃得顺着嘴角流油，打着饱嗝儿说，再来碗稀饭。

高掌柜让伙计盛了一碗小米稀饭端过来，又在他跟前放了一小碟咸菜丝儿，这才说，一过生日就十七了，按说也不小了，当初我十七时，已经两年学徒期满，自己干买卖了。

来子一边吸溜儿吸溜儿地喝着稀饭说，是，我也正想找个事儿干。

高掌柜问，打算入哪行？

来子说，拉胶皮。

高掌柜一听又乐了，说，就你这小身板儿，拉胶皮？

来子想跟高掌柜说，保三儿说过，这行里也有门子。但又想，既然是门子，就不能随便给人家往外说。于是又把话咽回去。这时高掌柜不乐了，过来坐在他跟前说，劝你一句，这行不能干。还不光是身子板儿的事，就算你身子板儿行，先不说这行养不养老，你拉一辈子胶皮，到了儿也还是个拉胶皮的。真想混出个人样儿来，还得学门手艺，老话儿说，一招儿鲜吃遍天，艺不压身，有一门手艺，将来走到哪儿都饿不死。高掌柜是武清人，可来天津几十年了，也就有了天津口音。来子这时已喝完稀饭，把碗一推，低头嗯了一声。

来子虽然嗯这一声，高掌柜的话却并没听进去。心想，拉胶皮就不是手艺吗？保三儿说过，光是拉着车这几步儿走，没个半年一年就学不出来。这么想着，从包子铺出来，就来归贾胡同找保三儿。保三儿刚出车回来，看样子生意又挺好，已经换了衣裳，正要去街上吃饭。一见来子来了，看出他有事，就站住说，有嘛事儿，说吧。

来子跟保三儿过得着话，也就不拐弯儿，看着他说，打算找点事干，让保三儿帮着弄辆车，也想拉胶皮。保三儿一听嗤地乐了，上下看看他，问，你拉胶皮？

来子说，是。

保三儿说，你先回去撒泡尿照照，瘦得跟猴儿似的，你拉胶皮，胶皮拉你还差不多！

来子看着他，回了一句，你照过吗？

保三儿给噎得一愣。

来子这话挺有劲。保三儿也是个瘦猴儿，个儿比来子也高不了多少。胶皮他能拉，来子就应该也能拉。保三儿沉了一下，又看看他问，你真想拉胶皮？

来子答，真想拉。

问，想好了？

答，想好了。

保三儿说，这行不是说着玩儿的，你可别后悔。

来子嗯一声，说，不后悔。

保三儿看出来了，这小子挺犟，又想了想才说，这样吧，白家胡同的老吴这两天腿病犯了，车在家里搁着，你先卖胳膊，拿他的车试试，行再说，不行，也就甭费这劲了。

保三儿说的卖胳膊是句行话，意思是赁别人的车，挣了钱一天给人家多少，剩下的才归自己。但车是饭辙，一般谁也舍不得往外赁。保三儿这么说，也得搭自己的面子。

来子一听赶紧说，行。

第二天一早，保三儿就带着来子来到白家胡同。先跟老吴说好价儿，就来院里看车。老吴是个细致人，车收拾得挺利落，擦得也挺亮，本来也就六成新，看着就有七八成。车斗一打开，还带着一股洗过的香胰子味儿。保三儿故意当着老吴的面儿叮嘱来子，车在意点儿，挣钱不挣钱搁一边儿，别给磕了碰了，看见圪垯地面儿躲着走。

来子应着，就把车拉出来。

来子只出了一天车就明白了，自己真干不了这行。街上雇胶皮的都是以貌取人。这就像雇牲口，都挑壮实的，谁也不愿意雇头瘦驴瘸骡子。来子的个头儿本来就小，人又瘦，在火车站的人堆儿里一蹲就更不显人了。直到快中午，还一个车座儿没拉上。雇车的一见他都绕着走。中午保三儿要收车了，才把一个车座儿倒给他。但就这一个车座儿，来子就费大劲了。这是个大胖子，看样子刚下火车，一张嘴要去李七庄。从火车站到李七庄得四十来里地，这种又苦又累的活儿保三儿当然不干，倒给来子，也算关照他。

可来子一拉上这胖子，才知道拉车是怎么回事。

敢情这拉人，比拉一车土还费劲。来子在家时，也帮他爸拉过土。但土是死物儿，怎么拉怎么有。人是活的，坐在车上一走起来还来回晃。这大胖子足有三百多斤，怀里还抱个大包袱，不知里面是什么，看着挺沉，连人带包袱就得小四百斤。坐在车上一晃，连

014

车把都跟着晃。来子的个头儿本来就矮，腿也短，拉着车就得快步儿紧捯。这样一过海河就喘了，越走越迈不动步儿。他这时才明白，当初跟保三儿说要拉胶皮，保三儿曾反复问他后悔不后悔是什么意思。敢情这拉胶皮不像自己走道儿，走道儿走累了，想歇能停下歇一会儿，可胶皮不行，只要一拉上座儿，开弓就没有回头箭，走都不行，得小跑儿。后面这大胖子不知有嘛急事，还一个劲儿地催，稍慢一点儿就用两脚使劲跺踏车板儿，嘟囔着快点儿快点儿。来子跑到海光寺就已经累得不行了，有几回都想不拉。可再想，倘把这大胖子扔在半道儿上，前不着村后不着店儿，他肯定得急。就这么死拉活拽地好容易来到李七庄，天已经傍黑了。再卸下这胖子，就已经饿得前心贴后心，连回去的力气也没有了。

第二天一早，来子就来找保三儿还车，死活不干了。保三儿刚起，披着衣裳出来，歪着脑袋围着车转了两圈儿，踢踢轱辘，又按了按铃铛，噗地乐了，点头说，还行。

来子说，我可不行了。

保三儿说，没说你，说这车。

来子看看保三儿。

保三儿说，你能这么囫囵着把车给我送回来，我就知足。

第四章

来子不到八岁时，惹了这场祸，用一根破铁锨把儿一口气砸了门口儿街坊的几十个拔火罐儿，害得他爸老瘪在胡同里灰头土脸，出来进去都抬不起头。

又过了一年，来子他妈就瘫了。

来子他妈娘家姓胡，在胡同里官称胡大姑。叫大姑，意思是能说会道儿，敢切敢拉，用尚先生的话说，是手一份嘴一份。胡同的人都知道，胡大姑性子急，脾气也大。

杨灯罩儿最怵胡大姑。杨灯罩儿在法租界混过事儿，会说几句洋话。后来不知为什么，跟洋人闹掰了，但在街上见了洋人还爱搭咯。一次来子正在胡同口玩儿，杨灯罩儿跟两个洋人从街上走过来。杨灯罩儿看见来子，先跟这两个洋人说了几句话，就朝这边走过来。来子这时也已看见这两个洋人。来子平时怕洋人，黄头发蓝眼珠，都跟大洋马似的，看着瘆人。这时杨灯罩儿过来，蹲在他跟前，眯起两个小眼儿问，想学洋话吗？

来子虽怕洋人，也觉着新鲜，就点头说，想学。

杨灯罩儿说了一句，怕怕。然后让来子说。

来子试着说了一遍，挺像。

杨灯罩儿高兴了，让他再说一遍。

来子又说了一遍，这回更像了。

杨灯罩儿就拉着来子来到这两个洋人跟前，让他把刚学的洋话再说一遍。来子仰头看看这两个洋人，又说了一遍，"怕怕"。这两个洋人一听乐了，连连点头。一个洋人还掏出一块糖塞给来子，竖起大拇指说，太比安！太比安！杨灯罩儿乐着对来子说，洋人夸你呢。接着又一本正经地说，记住，以后在街上见了洋人，就这么说。当时旁边的人看着好奇，问杨灯罩儿，教来子说的这句洋话是嘛意思。杨灯罩儿这才捂着嘴说，是法国话，让他叫爸爸。

后来这事儿让胡大姑知道了。一天下午，杨灯罩儿从街上卖帽子回来。杨灯罩儿卖帽子没门脸儿，只是摆摊儿，摊儿是一辆平板车，能推着到处去。但他自己不推，雇个伙计给推，他像个掌柜的倒背着两手跟在旁边。这时一进胡同，胡大姑就拉着来子迎过来。蜡头儿胡同挺宽，能并排走两辆马车，可胡大姑往杨灯罩儿的帽子车跟前一站，把路挡住了。杨灯罩儿正低头寻思事，抬头一看是胡大姑，知道来头儿不善，定了定神问，嘛事儿？

胡大姑沉着脸，指指来子，看着杨灯罩儿说，你叫他怕怕，叫。

杨灯罩儿明白了，摆手乐着说，闹着玩儿，那天是闹着玩儿。

胡大姑的眼立起来，你们家闹着玩儿，满街叫爸爸是吗？！

杨灯罩儿一见胡大姑真急了，也酸下脸说，没想到，你们家人这么不识逗，得得，以后不逗了。杨灯罩儿这么说，是想给自己找个台阶儿。正要一抹脸儿过去，不料胡大姑一巴掌扇过来。这一巴掌还不是扇，扇是横着，她是从上往下，是拍，拍的劲也就更大。只这一下，啪地就给杨灯罩儿拍了个满脸花。杨灯罩儿没想到胡大姑下手这么狠，一下子给打蒙了，跟着鼻子嘴里的血就都流出来。胡大姑拍了这一巴掌还不解气，又转身一脚把杨灯罩儿的帽子车踹翻了，然后指着他的鼻子说，你想冲洋人叫爸爸，你叫！把你妈送去我也不管！以后再敢教我儿子不说人话，我把你脑袋塞裤裆里，你信吗?!

说完，就拉着来子转身走了。

胡大姑没瘫时，在家帮来子他爸老瘪拉拔火罐儿的坯子。胡同的人没事儿时，都爱来看老瘪两口子拉拔火罐儿，来不光是看手艺，也为听胡大姑怎么数落老瘪。胡大姑数落老瘪，能一边踩着转滚子数落一上午不带重样儿的，中间还不留气口儿。最常数落的一套话是，我上辈子干了多少蔫坏损的缺德事儿才娶了你这么个没骨头没囊气没脑袋没屁股掉了腰子没胯骨轴儿的倒霉爷们儿真你妈是倒了八辈子血霉了！有一回，在文庙西"撂地儿"说相声的"大糖人儿"来包子铺吃包子，蜡头儿胡同的人让他把这套话学一遍。"大糖人儿"是出了名的嘴皮子利索，最会说绕口令儿，可胡大姑的这套话学了几遍，愣没学上来。

这年的年根儿底下，胡同里来了个卖铁丝灯笼的女人。这女人长得五大三粗，一脸横丝肉，前后挑着几十个铁丝灯笼像挑着两座小山儿。进了胡同刚吆喝两声，来子跑过来问，灯笼怎么卖。这女人不知是夜里没睡好，还是刚在哪儿打完了架，好像顶着一脑门子官司，没回头说了一句，论对儿卖。来子又问，买一个卖吗？这女人说，不卖，连办丧事儿的都挂俩灯笼，哪有买一个的！这话就太难听了，还不光难听，大年根儿底下的也犯忌。胡大姑正在院里和泥，一听就不干了，出来用一只泥手指着这女人的鼻子问，你会说人话吗？

这女人也不含糊，迎过来反问，这就是人话，你不懂啊？

胡大姑瞪着她，人话有你这么说的吗？

女人反问，你说怎么说？

胡大姑问，长这么大，你妈没教过你？

女人又反问，教没教过，你管得着吗？

胡同里矫情就怕这样，硬可以，但不能两头儿都硬，有一边稍软一点儿，找个台阶儿也就过去了。一个比一个硬，戗着碴儿一句顶一句地说，天津人说话这叫"拱火儿"。一拱火儿不光两边都没了退路，火儿也越拱越大，这就没法儿收场了。这时，这女人的几句话一下子就把胡大姑的火儿给拱起来，也是这个早晨老瘪急着走，临出门时，拔火罐儿的挑子把刚熬的半锅棒子面儿粥碰洒了，胡大姑刚跟他着了一通急，正憋着一肚子邪火儿，一听这女人这么说，一撸袖子就扑上来，嘴里骂着，你个有×下没×管的，我今天就替你妈教教你！

一边骂，一只泥手就抡圆了扇过来。

她这一回是扇，手是横着过来的，由于劲儿大还挂着呼呼的风声。但胡大姑是左撇子，扇过来的是左手。这个卖铁丝灯笼的女人没注意，也是打惯了架，本能地一躲左脸，反倒把右半边脸给胡大姑送过来。胡大姑整天和泥，又帮老瘪拉拔火罐儿的坯子，手像男人一样又粗又厚，这一巴掌凿凿实实地扇在这女人的右脸上，啪叽一声，登时扇出一个大泥巴掌印儿。

这一下就捅了马蜂窝。

这个卖铁丝灯笼的女人嗷儿的一声扔下挑子就蹦起来。

这女人是锅店街东口儿的，绰号儿叫"母老虎"，不光凶悍，且力大无比，而且还浑不讲理，家门口儿的街坊都打遍了，没不怕她的。她哪吃过这样的亏，这时把挑子一扔，一个饿虎扑食就张着两手冲胡大姑抓过来。她本来是想抓胡大姑的头发，但胡大姑已看出她的企图，抢先一步揪住她的一缕头发又往自己这边一拽。这女人一疼更急了，立刻跟胡大姑撕巴起来。但这一撕巴就看出来了，虽然这个卖铁丝灯笼的女人身大力不亏，显然不是胡大姑的对手，两个回合就让胡大姑按在地上。这女人也不示弱，一反手，又一把抓住胡大姑的胳膊。这一抓胳膊就坏了，这女人是做铁丝灯笼的，整天拧铁丝，两只手就像两把老虎钳子。她在胡大姑的胳膊上只这一抓，胡大姑哎哟一声就蹲下了，跟着一屁股就坐在地上不能动了。

等这个卖铁丝灯笼的女人挑上挑子得胜走了，来子才去把尚先生叫来。

尚先生也懂骨伤。先把胡大姑的胳膊捋了一下，皱着眉说，这女人的手劲儿太厉害了，这是骨折。又说，幸好骨头没断。尚先生说，骨折跟骨断还不是一回事，中医讲，骨折是正骨，骨断就是接骨，正骨他还行，倘是接骨他就没办法了。但尚先生给胡大姑把骨头正好，胡大姑动了动，还是站不起来。这才发现，事情远比骨折还要严重。

尚先生又摸了一下胡大姑的脉象，摇头说，这是弹了。

尚先生说的弹了，意思是"弹弦子"了。"弹弦子"本来是指弹一种叫"三弦"的乐器，茶园里唱大鼓的都用这种乐器伴奏。但天津人说"弹了"，是指"中风"，也就是俗话说的半身不遂。因为半身不遂的病人都是一个胳膊端在胸前，看着像弹三弦，所以才这么说。尚先生对胡同里的人说，胡大姑的性子太急，性子急的人气性也就大，这气性大不是好事，气走肝，肝痹则气滞，所以吃药还在其次，关键是，以后不能再跟老瘪着急生气了。

尚先生是个话到嘴边留半句的人，他的话不能说到哪儿听到哪儿，还得后咂摸。他说胡大姑得了半身不遂吃药还在其次，关键是不能再跟来子他爸生气着急了，其实这里还有一层意思。尚先生已看透胡大姑的脾气，知道她人"弹了"，可嘴不会"弹"。但这时，胡大姑跟老瘪的实力已不比从前。从前胡大姑跟老瘪急，再怎么数落怎么急，老瘪都不吭声，那是因为怕她。老瘪这些年卖拔火罐儿，也已练得膀大腰圆，可真动起手来还是不是胡大姑的对手。倒不是胡大姑比他壮，或比他劲儿大，而是胡大姑能抓能挠。当初老瘪不知深浅，曾吃过这个亏，让胡大姑骂急了也还嘴，再急了也跟她动手。但胡大姑虽是女人，体力不占优势，出手却极快，且稳准狠，经常俩人一交手，老瘪还没醒过闷儿来，胡大姑的手就已先到了。胡大姑的手上还留着指甲。这留指甲也有学问，长了容易折，短了又挠不着肉。胡大姑的指甲永远留得不长不短，挠得还准，只三两下就把老瘪的脸挠花了，再狠一点儿还能挠得一缕一缕的肉丝子耷拉在腮帮子上。老瘪疼也就罢了，可卖拔火罐儿得上街，举着这一脸的血道子没法儿出去见人。有几回过来，也就甘拜下风，甭管胡大姑再怎么数落怎么骂，只给个耳朵听着了。可现在不行了，胡大姑"弹弦子"了，她再想像过去那样骑在老瘪的头上作威作福，就得寻思寻思了。蜡头儿胡同的人都知道，老瘪虽是个闷葫芦，也不是好脾气，过去不吭声那是过去，现在真犯起浑来，胡大姑又已经半身不遂，真给她一下子也得挨着。

其实尚先生的这番话，这层意思还在其次，另外还有一层更深的深意。头年夏天，下了一场大雨，老瘪忘了把拔火罐儿的坯子搬进屋，结果让雨一淋都成了烂泥。胡大姑又整整骂了他一宿，高一声低一声，还是不留气口儿，一胡同的人一夜都没睡踏实。老瘪第二天一早挑着挑子出去，这一走就三天没回来。到第四天，胡大姑沉不住气了，打发来子去街上打听。天快黑时，老瘪挑着挑子回来了。一问才知道，是让巡警抓进了局子。那天胡大姑一宿把他骂得狗血喷头，早晨挑着挑子出去，窝了一肚子火儿，买卖也不顺，转了一上午一个拔火罐儿没卖出去。饿着肚子遛到下午，实在走不动了，就来到南河沿儿，想找个地方喘口气。这时河边有几个洋人，在草地上铺了块白布，堆了一堆啤酒，正玩儿掴皮拳儿。一个大胡子洋人看样子喝得有点儿大，见老瘪坐在旁边，就过来拉他，意思是想跟他比试比试。老瘪的心里正没好气，没搭理他。这大胡子不死心，突然在老瘪的头上给了一下。这一下老瘪急了，抄起一个拔火罐儿就朝这大胡子洋人砸过去。大胡子没防备，正砸在脑袋顶上，血刺的一下就冒出来，翻着白眼儿晃了晃，一屁股坐在地上。旁边的几个洋人一见不干了，立刻都扑过来把老瘪围在当中。就这样，老瘪被抓进警局，在里边蹲了三天。但蹲了三天局子还是小事，关键是老瘪回来说的一句话。他对胡同的人说，三天还是少了，再多关几天就好了。

有人问，为嘛？

他说，局子里蹲着，比在家里舒心。

所以，尚先生提醒胡大姑，别再跟老瘪生气着急，更深一层的意思也就在这儿。倘再把老瘪骂急了，他扔下这个家一走，胡大姑就真得抓瞎了。

但胡大姑毕竟是个急性子，急性子的人心也都浅，并没咂摸出尚先生的这一层深意。自从得了半身不遂，嘴皮子反倒更利索了。过去数落老瘪，是一边干活儿一边数落，得一心二用，现在不能动了，反倒可以坐在旁边，一边看着老瘪干活儿一心一意地数落。其实这时，来子已看出来，他妈再数落他爸，他爸虽还不吭声，但眼神儿已跟过去不一样了。

老瘪过去拉拔火罐儿的坯子，跟胡大姑有分工，筛土和泥，蹬转滚子，这些粗活儿都是胡大姑的，老瘪只干细活儿。坯子拉出来，老瘪再挑到西营门外。那边有几家砖窑，老瘪都认识，跟人家说几句好话，再帮着推车装半天儿窑，拔火罐儿也就捎带着给烧出来。拔火罐儿只在炉子上用，也就是拎上拎下，本来不用太结实。但砖窑里烧的是砖，烧砖得用大火，工夫儿也长，这一烧就结实了，一敲当当儿响，比炮弹还瓷实。自从那次来子砸了门口儿街坊的拔火罐儿，虽然后来包子铺的高掌柜把事儿都揽下了，胡大姑还是记住了杨灯罩儿的话。杨灯罩儿这人虽然不靠谱儿，可话说得也确实有道理。拔火罐儿不能太结实，得有个用坏的时候才有回头客，一口气几十年用下去，能传辈儿，卖拔火罐儿的就得饿死。既然烧窑的火候儿不能改，就在坯子上改。过去拉坯子，土筛得太细，土一细泥也就细，烧出来自然瓷实。现在就别筛这么细了，土一粗，烧出来的拔火罐儿就酥，一酥自然也就容易碎。

但老瘪一听坚决不干。

老瘪的拔火罐儿虽然没字号，连个牌子也没有，可这些年从侯家后到水西庄，从北大关到南门脸儿，一提"老瘪拔火罐儿"没有不知道的。当初曾有一辆从西营门外过来的牲口大车，拉了满满一车青砖。走到五彩号胡同一颠，车轴断了，眼看这大车一倒，连驾辕的牲口都得压死。就在这时，老瘪挑着挑子从那儿路过。他拿了一个拔火罐儿往车轴底下一垫，一车砖立刻就稳稳地顶住了。这以后，街上的人就都知道了，"老瘪拔火罐儿"硬得能顶住车轴。老瘪为让自己的拔火罐儿好认，每拉一个坯子，还特意在口儿上捏一下，就为让它有个"瘪"的记号。这时听胡大姑一说，让他成心做得酥一点儿，一下就急了。但他急，也没敢说太急的话，只是吭哧着说，他就会做"老瘪拔火罐儿"，别的不会做。

也就是老瘪的这句话，又让胡大姑急了。

胡大姑自从嫁过来，这些年数落老瘪，哪怕是数落错了，老瘪也从不敢顶嘴。现在自己弹了，老瘪就明显胆儿大了，数落他，也敢还嘴了。胡大姑弹弦子以后，每天都挂着一根破铁锨把儿出来，让来子搬个板凳，坐在门口儿看着老瘪拉坯子。这时一听老瘪这么说，就用破铁锨把儿一边戳着地，又开始不留气口儿地数落。但胡大姑这时并没注意，倘在过去，她这样数落老瘪，老瘪也就是给个耳朵，自己该干嘛还照样低着头干嘛。可这次不是了，他虽然也没停手，却不时地回头朝这边瞄一眼，像有话在嘴里转，只是没说出来。

第二天一早，老瘪又像往常一样挑着一挑子拔火罐儿出去了。这一走，就再没回来。到第三天，来子他妈突然有了预感。毕竟是这些年的夫妻，这时再回想，老瘪这几天看自己的眼神，心里就明白了，看来这回，这个老王八蛋肯定不会回来了。

这一想，心里一气，再一急，一头就栽到地上。

这以后，也就彻底瘫了。

第五章

来子十七岁生日这天出去拉了一天胶皮，带回一个消息。

消息是从包子铺听来的。这天下午，来子拉着胶皮去李七庄送那个胖子，回来的路上又累又饿，好在挣了几十个大子儿。一回到侯家后就直奔包子铺，想着吃完包子，再给他妈捎回几个。这时包子铺里正热闹，来吃包子的人还在听王麻秆儿说话。

王麻秆儿也住蜡头儿胡同，是卖鸡毛掸子的。王麻秆儿刨的鸡毛掸子跟别人的不一样。鸡毛掸子分两种，一种是死的，还一种是活的。死掸子一般是外行人刨的，掸子毛儿看着挺爹，可一掸土就趴了，得转着抖搂几下，毛儿才能再立起来。活掸子不一样，甭管怎么掸，掸子毛儿都是支棱的，像爹起毛儿的斗鸡。王麻秆儿的鸡毛掸子不光是活的，且杆儿轻，毛儿长，看着挺密实，一抖搂又很蓬松，掸土不用掸，土都自己往掸子上跑。用尚先生的话说，可着这天津卫的城里城外，再也找不出第二个像王麻秆儿这样的手艺。但鸡毛掸子再怎么说也就是个掸子，卖不出钱，光靠这个也不够吃饭。王麻秆儿还有别的生意。卖鸡毛掸子得走街串巷，认识的人多，各家的事知道得也多。先是宝宴胡同的张三爷，想踅摸个掸瓶，还想要"老物儿"，王麻秆儿知道东酱房胡同的李四爷家里有一个，是明成化年间的斗彩，正嫌碍事儿，两边一说就成了。后来竹竿巷的年四爷想要一对杌子，王麻秆儿知道九道弯儿胡同的陈掌柜家里有一对儿，正打算出手，一说又成了。日子一长，街上的人就都知道了，谁家再缺嘛东西，只要跟王麻秆儿打听就行，谁家有嘛物件儿想出手，也冲他说。王麻秆儿起初只是帮忙，两头赚个人情。再后来街上的人过意不去，就让他从中骑个驴。王麻秆儿是透亮人，骑驴也骑在明处，再大的物件儿从不干暗中抽头的事，在街上的口碑也就一直很好。

王麻秆儿整天在街上转，知道的新鲜事儿也多。白天听了，晚上回来路过"狗不理包子铺"，就进来跟吃包子的人说。洋人攻打天津城的那年夏天，八里台子那边整天响枪响炮，闹得人心惶惶，街上也一时谣言四起。王麻秆儿晚上回来就说，是八国联军又打来了；这回朝廷的军队真急了，跟义和团联手，先在东局子，后在火车站，最后又打到八里台子；这一回交火儿可是打的死仗，义和团个个儿都是好样儿的，不怕死，且有护体神功，刀枪不入，把洋人打怕了，已经退回去了。过了几天，又来包子铺摇头说，这回可惨了，直隶提督聂士成战死了，真是个爷们儿，跟洋人拼命身先士卒，让洋人的大炮把肠子都炸出来了，还骑马立在桥头，不后退半步。说得包子铺里的人都摇头唏嘘，包子也没心思吃了。再后来，尚先生家里的事，也是王麻秆儿从东门里的文庙西听来的。王麻秆儿说，这洋人也欺人太甚，先攻占了天津城，又成立了"都统衙门"，说要由他们来管天津，先把咱的大沽炮台拆了，接着又扒城墙；尚先生他爸和城里的士绅去跟洋人交涉，可那些卷毛儿畜生哪听他们的，还是硬把城墙给扒了；尚老先生气不过，坐在家里不吃不喝，就这么愣把自己给活活儿饿死了。

王麻秆儿胆小，也懂深浅，知道有的事非同小可，也就不敢在外面乱说。可不说，搁在心里又憋得慌，就经常来包子铺。包子铺的高掌柜是厚道人，平时也爱看直理，门口儿的街上有嘛事，常出来说句公道话。在他这儿说话，只要别出大格儿也就不会有毛病。来包子铺的人渐渐就不光为吃包子，傍晚过来，要两碟包子，一碗稀饭，一边吃着喝着，就为听王麻秆儿说外面的新鲜事。高掌柜也看出来了，王麻秆儿给包子铺带来不少生意，后来也就给他一个心照不宣的优待，傍晚再来，吃包子要钱，喝稀饭不要钱，白喝。这以后，王麻秆儿也就冲这个白喝，每天傍晚从街上回来，第一件事先来包子铺。

这个晚上，来子来包子铺时，王麻秆儿的新鲜事已经说到了最后，围城转的白牌儿电车，刚通车时没人敢坐，现在挤都挤不上去，试着坐了一回，还真吓人，别说胶皮，比马车都快，绕城转一圈儿也就一眨眼的工夫儿；当初的东浮桥改成铁桥了，成了一个囫囵个儿的，这回稳当多了，听说以后连电车都能开过去。来子进来时，王麻秆儿正说到"权仙茶园"。这"权仙茶园"是在法租界的葛公使路与巴黎路的交口儿，听说马上要放"光影儿戏"了，这"光影儿戏"，洋人也叫"电影"，比真人儿演的还好看。王麻秆儿说到这儿，朝左右看了看，又压低声音说，头两天的晚上，金钢桥那边响了一夜的枪炮，知道是怎么回事吗？

旁边的人说，不知道。

又有人问，怎么回事？

王麻秆儿先端起碗，喝了一口稀饭，然后才把声音压得更低地说，革命党举事了，听说这回起义，攻打直隶总督府的是北方革命军，可打了一夜，没打下来，还死了不少人，后来革命军的人就都撤了。王麻秆儿说着，又看看周围的人，昨天晚上，我去针市街办事，回来已是半夜，碰见"唐记棺材铺"的伙计去送棺材，你们猜，旁边跟的人是谁？

立刻有人问，谁？

王麻秆儿说，老瘪。

众人一听，都愣了。

老瘪一年前出走，不光蜡头儿胡同，街上的人也都知道。一个男人突然扔下家走了，为嘛走的，跟谁走的，这里边有没有女人的事，街上也就众说纷纭。但说得最多的还不是这件事，而是老瘪这个人。男人别管为哪种事，不想在家呆了也好，看上了别的女人也罢，要走只管走，这没嘛可说的。但老瘪的儿子还没长成，老婆又是个瘫子，整天炕拉炕尿，先别说得有人伺候，至少他娘儿俩得吃饭，一个老爷们儿，说走就这么不管不顾地扔下走了，这就有点儿不地道了。要是别的男人也就罢了，还是老瘪。老瘪这些年在门口儿的街上是出了名的老实厚道，平时连句整话也说不出来，从早到晚就知道一边干活儿一边让他老婆数落，本来门口儿的街坊都替他

025

抱不平，说他嘴笨，窝囊。这回倒好，敢情窝囊人也能干出这种混账事，一下子来个肉包子打狗——一去不回头了。一年前这一走，挺大个活人就像一股烟儿似的散了，再没一点儿消息。街上的人还都纳闷儿，怀疑他掉进海河淹死了，或者已离开了天津。这时一听王麻秆儿说，他大半夜去针市街上的"唐记棺材铺"买棺材，就更摸不着头脑了。

王麻秆儿在包子铺说事儿，最想要的也就是这个效果。旁边的人听了反应越强烈，他说着也才越有兴趣。这时，他抹了一下嘴角上的稀饭糈子，正要接着往下说，无意中一回头，看见来子。来子不知什么时候也正在旁边吃包子，这时已经放下筷子，正瞪着两眼朝这边看着。王麻秆儿赶紧又把嘴闭上了。但来子一见他不说了，立刻三两步过来，扒开旁边的人急扯白脸地说，你说啊，接着说啊，我爸后来去哪儿了？

王麻秆儿又张张嘴，一下说不出话了。

王麻秆儿不光胆小，也怕事，可嘴又不好，为这没少给自己惹麻烦。其实他平时跟来子的关系最好。但这会儿明白，这种事说小小，说大也大，小了也就是个闲扯淡，街上叫"扯闲白儿"，当个新鲜事儿一说一听也就过去了，可真大了就是麻烦，闹不好还得出人命。这么一想，就打算赶紧脱身。可来子这会儿已经急了，一把揪住他说，你快说啊，他去哪儿了？！

王麻秆儿的脸也白了，支吾着说，他后来去哪儿，我，真没看见。

来子听了，慢慢松开手。

这时一回头，又看见了马六儿。

马六儿也正坐在旁边吃包子，一边吃，不住地摇头叹气，好像有话，又不想说。

马六儿也住蜡头儿胡同，是打帘子的。帘子也分两种，一种是棉布帘子，还一种是竹帘子。侯家后的大户人家和买卖铺子一般不用竹帘子，讲究一点儿的用虾米须的帘子，用竹帘子的都是小门小户。且这竹帘子是挡苍蝇蚊子的，只在夏天用，用街上的话说也就是"半年闲"。马六儿每年一开春先打竹帘子，到了下半年，入秋以后再做棉布帘子。棉布帘子是冬天用，也是"半年闲"，这样两个"半年闲"合一块儿，也就正好一年。马六儿的棉布帘子不用自己亲手做，街上单有"缝穷的"，找这种"缝穷的"人家儿做了，只要收过来拾掇一下也就行了。但是打竹帘子就得凭手艺了。马六儿手笨儿，本来干不了这一行。但他的手笨嘴却不笨，平时在街上走家串户打帘子，最会跟女人唠家常。天津人把结了婚的女人叫老娘们儿，胡同里的老娘们儿平时在家闲着没事，一沾聊天精神儿就来了。马六儿的嘴不光不笨，还有个本事，见嘛人说嘛话，甭管家长里短儿，一唠就能跟这些老娘们儿唠到一块儿。老娘们儿的手自然都巧，打帘子这点事儿又不复杂，一看就会。马六儿也就不用自己动手，只要坐在旁边找个话头儿，这样东拉西扯地陪着聊天儿，让本家儿女人自己干就行了。

这时马六儿已吃完包子，放下筷子就起身走了。来子赶紧追出来，在后面跟了几步，叫住马六儿。马六儿知道来子在后面，只好站住了，慢慢转过身说，你想问你爸？

来子过来说，是。

马六儿先叹了口气，说，我也是听人说，可不敢保准。

来子说，别管保准不保准，你就说吧，我非得找着他。

马六儿说，好吧，我一说，你也就一听，他好像，在白家胡同。

来子问，他去那儿干嘛？

马六儿说，那边，有个女人。

来子一听就明白了。

马六儿又说，我只能说到这儿，再往下，你就别问了。

说完就转身走了。

走了几步又站住，回头说，听我一句劝，别再找他了。

来子愣着眼，看着马六儿。

马六儿又说，听说，他在那边儿挺好。

说着又冲来子摆了摆手，就扭头走了。

来子这天晚上犯了个错误。本来在回家的路上一直犹豫，这事儿跟他妈说不说。他当然知道他妈的气性。当初他爸走，她一口气没上来就瘫了，这回这事儿要跟她说了，弄不好就得背过气去。可不说，也不是长事。现在他妈一宿一宿地不睡，嘴里一直念念叨叨地骂那个老王八蛋。自从来子他爸一走，她就叫他老王八蛋；最后想来想去，晚上到家，就还是跟她说了。来子想的是，这事早说晚说，早晚得说，早说了，也就让她死心了。

可没想到，来子他妈听完，当天夜里就死了。

第六章

来子在蜡头儿胡同跟王麻秆儿的关系最好，跟马六儿也还行。但王麻秆儿跟马六儿不行。俩人还不是不说话，也说话，平时在门口儿的街上打头碰面也挺客气，只是心里不和。王麻秆儿当着马六儿也夸他，说他的帘子打得如何好，如何细，不光能挡苍蝇蚊子，还结实，挂一个夏天淋几场雨都不带糟的。可一扭脸儿就跟街上的人说，他的帘子都是哄着胡同儿里的那些老娘们儿打的，手艺人要这么干，就没脸吃这碗饭了。马六儿也知道自己打帘子这事不露脸，但露脸不露脸是自己的事，跟他王麻秆儿没一根鸡毛的关系。王麻秆儿在背后这么糟践自己，心里就气不过。倒是他王麻秆儿，整天挂着羊头卖狗肉，表面是卖鸡毛掸子的，暗地里却给人家跑合儿，小到帽瓶掸瓶，大到条案杌子，跑合儿说好听了叫"拼缝儿"，其实也就是"骑驴"，可你到底是耍手艺的还是"骑驴"的？这在手艺行里不光犯忌，也让人瞧不起。但俩人的心里虽弄不到一块儿，脾气却有一点相似，胆子都小，胆小的人也就知道退让，不轻易撕破脸儿。所以心里虽系着疙瘩，面儿上也就还过得去。

后来有一件事，让王麻秆儿对马六儿的看法变了。

一次王麻秆儿去河对岸卖鸡毛掸子，傍晚回来赶上雨。鸡毛掸子最怕淋雨，鸡毛一沾湿就硬了，行话叫擀毡。擀毡的鸡毛干了再松开，毛儿就劈了，一个掸子也就废了。王麻秆儿在北河沿儿的路边找了个小铺儿，想吃口东西，顺便避一避雨。不想在这儿碰上了马六儿。马六儿是来河北打帘子，这天生意好，上午打了一家，下午打了两家，一拉晚儿就赶上了雨。俩人本来在一个胡同住着，又是在河北这么个小铺儿避雨相遇，一见面就觉着近了很多。马六儿这天生意好，心情也好，看看外面的雨一时半会儿停不下来，就说，呆着也是呆着，要请王麻秆儿喝酒。王麻秆儿也不是爱沾便宜的人，俩人就合着买了一壶酒，又买了两个菜。街上有句话，要钱越要越薄，喝酒越喝越厚。赌桌儿上甭管推牌九还是掷骰子，要钱自然都想赢，想赢也就得动心眼儿，本来挺近的朋友，一动心眼儿也就远了。但喝酒不一样。喝酒得聊天儿，酒入宽肠酒入愁肠，一边喝着聊着，掏心窝子的话就出来了，一掏心窝子，也就越说越近。王麻秆儿是第一次跟马六儿喝酒，也是第一次离得这么近，这时喝着酒，突然发现，马六儿的两只手都有毛病，敢情是"六指儿"，在小手指的旁边还支出一根小指头，像长了个芽儿。这才明白，难怪马六儿打帘子手笨。马六儿这时喝了酒，也就不避讳王麻秆儿，一见他盯着自己的手看，就伸出来攥了攥说，其实我这马六儿的名字，也就是这么来的，当初一落生，我妈看着是个六指儿，就叫我小六儿，后来大了，我爸图省事儿，给我取名就叫马六儿。王麻秆儿这时看着马六儿的这个六指儿，心里一下有些过意不去。过去不知道，一直明里暗里挖苦马六儿，马六儿有苦还说不出来。于是又要了一壶酒，要给马六儿赔礼。马六儿也是个脸儿热的人，禁不住几句好话，这一喝第二壶，话也就多起来，又说到自己的老婆。马六儿的老婆个儿矮，用街上的话说，是矬，人不光矬，还长得黑，也胖，又矬又黑还胖，就像个黑地梨儿。可还有一样儿，长得虽像个黑地梨儿，说话的声音却出奇地好听，又细又甜。马六儿夜里跟老婆干事儿，就把灯关了，不看人，只听声儿。马六儿这时喝得有点儿大，也就口无遮拦，对王麻秆儿说，女人不能太俊，太俊了也是祸害，咱是凭手艺吃饭的，一天天在外面，弄个俊老婆搁家里，且不说放心不放心，俗话说，好女就怕馋狼，再规矩的老娘们儿也架不住下三烂勾引，当年的潘金莲要不是西门庆，换成东门庆，也不会有后来的事。马六儿这么说，本来是想夸自己的老婆，不料这话又把王麻秆儿给招了。王麻秆儿的老婆长得就俊，而且当初，就是他从别人手里勾来的。现在马六儿这么一说，且把自己说成西门庆，脸上就有点儿挂不住。本来一顿酒喝得好好儿的，一句话，又在心里系了疙瘩。

王麻秆儿这回碰见老瘪，已不是第一次。

王麻秆儿跟来子近，老瘪早就知道。当初老瘪离家出走，几天以后，就在街上碰见了王麻秆儿。当时王麻秆儿正从估衣街的东口儿出来，往北一拐要去南河沿儿，就觉着身后有人拉了自己一把。回头一看，竟是老瘪。老瘪才出来几天，人已经饿毛了，脸上也都是渍泥。王麻秆儿看出来，他不像是偶然碰上自己的，应该有话说。但王麻秆儿不想掺和人家家里的事，也不想给自己找麻烦，就哼哼哈哈儿地打个招呼，想赶紧脱身。

老瘪却没放手，跟他说，你过来，有句话说。

王麻秆儿一见走不了，只好跟着来到路边儿。

老瘪掏出几个钱，塞给王麻秆儿说，这个，你给来子，让他娘儿俩吃饭。

王麻秆儿看看他手里的钱，又看看他，问，我怎么说？

这一下把老瘪问住了。王麻秆儿回去把这钱给来子，来子肯定得问，怎么回事，在哪儿碰见的他爸。老瘪想了想，一时也想不出该让王麻秆儿怎么说。王麻秆儿实在不想管这事儿，就说，按说咱在一个胡同儿住着，又是这么多年的街坊，我跟来子也不错，帮这点儿忙不叫事儿，可我这人你知道，躲事儿，你家到底怎么回事，你又是为嘛出来的，我不想问，也不想知道。说着掂了掂手里的钱，可这事儿，你让我为难。

老瘪吭哧了一下说，胡同里，你要不管，就没人管了。

王麻秆儿想了想，也是。于是就想说老瘪几句，居家过日子，有事儿说事儿，打盆儿说盆儿打碗儿说碗儿，你这么不管不顾地把家一扔走了，这算怎么回事？

说着又摇了摇头，再说，你走得了和尚走得了庙吗？

可没等王麻秆儿说完，老瘪已经挑起挑子走了。

王麻秆儿为这事儿，还真伤了一番脑筋。来子跟他妈正没钱吃饭，现在给他们把钱拿回去，当然能救急。可这钱是哪儿来的，来子肯定得刨根问底，自己一个卖鸡毛掸子的当然没这闲钱，就算有，跟来子的关系也没到这份儿上。况且王麻秆儿也看出来，老瘪让他给来子捎钱，肯定不会就这一次，编瞎话儿一回两回行，长了就得露馅儿。王麻秆儿想来想去，最后想出一个不叫办法的办法。回来见了来子，就说，当初他借了他爸一笔钱，数儿不算大，可也不算小，当时说好，一回还不上，就随有随还，现在他爸走了，还的这钱也就只能给他了。来子一听，果然挺高兴，这钱就如同是飞来的，也就没多问。

这以后，老瘪果然又来找了王麻秆儿几回。每回都没准地方儿，经常是王麻秆儿扛着一垛鸡毛掸子正在街上走着，老瘪突然就不知从哪儿冒出来。王麻秆儿已跟来子说了，给他的钱，是还他爸的，这以后再给他捎钱回去也就好说了，况且王麻秆儿跟来子的关系本来就近，现在他娘儿俩又正是难的时候，帮这点儿忙也就帮了。但日子一长，还是不行。当初就算真跟来子他爸借过钱，也总该有个数儿，不能这么没完没了地一直还下去。于是王麻秆儿就想到了马六儿。王麻秆儿知道，马六儿跟来子的关系也还行，就把这事儿跟马六儿说了。说的意思是，别总自己给来子钱，让马六儿按自己说的，也跟来子这么说，换个人给钱总还可信一些。马六儿一听，也就答应了。但马六儿给来子送了两回钱，也觉着不是长事。来子他爸就是个卖拔火罐儿的，刚够家里勉强吃饭，哪有这么多闲钱东借西借？马六儿跟王麻秆儿说，来子这小子比猴儿都精，日子一长，肯定不信。

王麻秆儿叹口气说，先过一时说一时吧。

那天晚上，王麻秆儿在包子铺并没说实话。他说头一天晚上去针市街办事，回来的路上碰见"唐记棺材铺"的伙计送棺材，旁边跟着老瘪。其实不是这么回事。他那天晚上去针市街，就是去"唐记棺材铺"。"唐记棺材铺"的掌柜叫唐老好儿，跟王麻秆儿是朋友。当初王麻秆儿的老婆死了，事情来得突然，手头儿一时拿不出钱，唐老好儿就赊了王麻秆儿一口薄棺材。棺材当然没有赊的，其实也就是白送。王麻秆儿是个懂得感恩的人，唐老好儿的这点好儿就记在心里了。这以后，俩人也就成了朋友。王麻秆儿在街上朋友很多，见一次面，聊几句话，下次再见了也就论朋友。但王麻秆儿跟唐掌柜不一样，是实打实的朋友。

天津人取地名有个习惯，先找一个地标建筑，然后按方位叫，比如城里文庙的西边，叫"文庙西"，南城门的外面，叫"南门外"，北城门的里边，叫"北门里"。在北门里有一家卖寿衣的铺子，叫"蚨记寿衣店"，掌柜的姓郁，叫郁逢蚨，跟王麻秆儿也是朋友。寿衣店虽然卖的是死人用的东西，却最讲究干净，本来是要入土的东西，但忌讳沾土，从掌柜的到伙计，手里都离不开鸡毛掸子。不光铺子里，门脸儿的窗棂玻璃也一样，有土没土都要掸几下。王麻秆儿偶尔从铺子门口过，见郁掌柜手里的掸子毛儿秃了，就给扔下一个。买寿衣跟买棺材不一样。人死了，天津叫"倒头"，买棺材的，都是等人倒头之后才买，没有人还躺在床上吃药，就已经把棺材摆在门口等着的。寿衣则不然，人还有口气儿就得先买下，这也叫"冲"，本来人已经不行了，买了寿衣一冲，兴许人就不死了。就算死，也得赶在咽最后一口气之前把寿衣给穿上，老话讲，这样死的人才能得着。北门外有两家棺材铺，一家是针市街上的"唐记棺材铺"，还一家在宫北大街，叫"徐记棺材铺"。王麻秆儿跟"蚨记寿衣店"的郁掌柜聊天儿时常说，针市街的"唐记棺材铺"出的寿材如何真材实料，那儿的唐掌柜为人又如何厚道。郁掌柜是买卖人，说几回也就明白了，王麻秆儿跟这"唐记棺材铺"的唐掌柜应该也是朋友。这以后，再有来买寿衣的，也就多句嘴，倘还没备寿材，等用的时候，针市街的"唐记"最好。唐掌柜起初不知情，见来的主顾净是打听着来的，心里还纳闷儿，想着自己这字号没这么大名气。后来才知道，都是北门里"蚨记寿衣店"的郁掌柜介绍来的。再一问，敢情这郁掌柜跟王麻秆儿也是朋友，这才明白了。唐掌柜也是透亮人，寿材行本来有规矩，棺材都是让大不让小。这以后，只要是郁掌柜那边介绍来的主顾，也就不拘大小，一概都让。

王麻秆儿这天晚上来"唐记棺材铺"，是来跟唐掌柜喝酒。眼看又往年根儿走了，按惯例，买卖铺子一到这时要答谢一下这一年生意上的朋友。王麻秆儿还不是一般的生意朋友，唐掌柜就托人从天穆村弄了一条羊后腿儿，想着晚上清静了，跟王麻秆儿涮着锅子喝两盅。王麻秆儿来时已经大黑了。天底下的棺材铺都是一个规矩，不能有亮儿，白天就黑，到了晚上就更黑。唐掌柜怕王麻秆儿不习惯，觉着瘆得慌，就特意在这边拉了个小灯儿。两人支上铜锅儿，一边涮着喝着，天南地北一聊，不知不觉就到了半夜。这时外面有人敲门。棺材铺历来不打烊，哪个时候来人算哪个时候。唐掌柜知道来主顾了，让王麻秆儿自己先喝着，就起身去开门。王麻秆儿没回头，一边独自喝着酒，听见身后进来的是个男人。

唐掌柜问，您是有事儿，还是，管个闲事儿？

唐掌柜的这个问法儿也是这一行的生意口儿，话是绕着问的，倘对方说有事儿，就是自己家里有了丧事，如果说是管个闲事儿，也就是给旁人帮忙。但这来人没接这个茬儿，只说，要一口五尺的寿枋。一说寿枋，就不是一般的棺材了。棺材也分几种，一种是用木板钉的，这种棺材的板子一般都不厚，且钉得方方正正，只能叫"匣子"，也叫"四块半"。俗话说的，一个人"倘有三长两短"，所谓"三长两短"指的也就是这种棺材。还一种棺材就讲究了，起鼓带梢，里面挂阴沉里儿，两帮和底板儿还要前后探出一尺，看着就像一条船，又像一间房，这种棺材就叫"寿枋"。但成人的寿枋一般都是六尺以上，身量儿高一点儿的就得七尺八尺。唐掌柜一听，这人要个五尺的寿枋，担心买小了，回去装不下，人进去了得松松快快，总不能屈着腿儿，而棺材这东西也没有拉出去再拉回来的。

于是随口说了一句，哦，看来岁数儿不大啊。

这人还没接茬儿，只说了一句，送白家胡同的"石记铁匠铺"。

这时王麻秆儿就听出来了，这声音有点儿耳熟。于是回头朝这边看了看。可他在灯底下，那人在暗处，看不太清。但王麻秆儿还是一眼就认出来，这人是老瘪。

王麻秆儿的心里一动，已经抬起屁股，想了想又坐下了。

王麻秆儿知道白家胡同有个"石记铁匠铺"，但那边去得少，不熟。老瘪这大半夜的来给铁匠铺买棺材，说明他跟这铁匠铺的关系不一般。王麻秆儿的心里搁不住事儿，第二天就跟马六儿说了。马六儿一听也吓一跳，老瘪半夜三更的去给人买棺材，想半天，也想不出这是怎么回事。马六儿去白家胡同打过帘子，也知道有个"石记铁匠铺"。这铁匠铺的铁匠叫老疙瘩，是个打洋铁炉子的。马六儿曾跟他打过交道，是个挺爱说话的人。这时想想说，老瘪这棺材，是给老疙瘩买的？想了想，又摇头说，不对，这老疙瘩挺轴实，不会说死就死啊？

王麻秆儿说，甭管这棺材给谁买的，先说这事儿吧。

马六儿说，你的意思是说，这事儿，跟来子说不说？

王麻秆儿说，眼下来子找他爸，可是已经找疯了。

马六儿又想想，一时也拿不准主意。

王麻秆儿说，他要是知道了，肯定得去找，那边还不知怎么回事，一闹丧，事就大了。

马六儿说，那就等等吧，我先去打听打听。

第七章

几年前，老瘪曾背着来子他妈让尚先生算了一卦。

尚先生算完了，看着卦文皱起眉头，半天没说话。老瘪沉不住气了，急着问，卦上到底怎么说？尚先生又沉吟了一会儿，才说，这卦上说的也不一定都准，一说一听的事，当不得真的。老瘪更急了，说，一说一听，也得你一说，我才能一听，你不说，我怎么知道当不当得真？尚先生又沉了沉，才说，要按这卦上说的，你跟来子他妈可是命相不合，你命中属火，她属水。老瘪一听连连点头，讷讷地说，这就难怪了。尚先生又说，还有更怪的，她这水是山上水，你的火却是山下火，一上一下，真不知这些年，你俩是怎么过的。

老瘪听了没再说话，这一卦，却记在心里了。

一年前，老瘪从家里出来，头几天确实感觉松快多了。没了来子他妈的数落，耳朵根子清净了不说，自个儿也觉着是自个儿了。但过了几天就不行了。老瘪决定出来之前，也做了一点准备。西营门外的田家大窑刚烧出几十个拔火罐儿，他故意存在窑上没弄出来。这时要用，去那边挑就行，晚上也正好能猫在窑口儿忍一宿。出了砖的窑里还有余热，也暖和。但一天两天行，长了就不行了。窑里没别的，净是砖末子，在里边蹲一宿，早晨身上的衣裳就已土不饬饬，头发也都立起来，一擤鼻涕能擤出两块小砖儿来。照这样下去，再过几天就得成要饭花子了。这时有心想回去，可再想，不行，自打娶了来子他妈，娶了几年就受了她几年，后来让尚先生这一卦才算明白，敢情她是水命，自己是火命，且她这"山上水"还正好浇自己的"山下火"。现在好容易躲出来了，就算在街上成了"倒卧儿"，也总比在家让她这么浇着强。这样一想，心里也就打定主意，死活不能再回去了。

也就这时，老瘪遇上了老疙瘩。

老瘪这天夜里又在砖窑蹲了一宿，早晨出来不光浑身酸疼，嘴里也沙沙拉拉的净是土末子。挑着挑子来到街上，生意又不顺，转了一上午就卖了一个拔火罐儿。眼看到中午了，想在街边买个饽饽，摸摸兜儿里的几个大子儿又舍不得。刚把挑子放在地上，正愣神儿，就见一个黄脸儿的矮胖子朝这边走来。老瘪一眼就看出来，这人应该是长期坐着干活儿的，虽然五短身材，却有点水蛇腰儿，两条腿也朝外撇，走道儿哈巴儿哈巴儿的。他来到老瘪跟前，朝这挑子拔火罐儿看了看，一张嘴就问，要是都要了，能便宜吗？

老瘪没听清，看看他问，你说嘛？

这黄脸儿胖子就把刚才的话又说了一遍。

老瘪又看看他，问，这一挑子你都要了，转手儿再卖？

黄脸儿胖子一听乐了，说，你这就矫情了，卖拔火罐儿还管我干嘛用，你就说能不能便宜吧，我买了是自己用，还是转手儿卖，那是我的事。

老瘪这才明白，是真遇上大买主儿了，赶紧说了声，能便宜。然后就挑上挑子，跟着这黄脸儿胖子送过来。黄脸儿胖子在白家胡同。老瘪来到门口，抬头一看认出来，这是"石记铁匠铺"。老瘪过去卖拔火罐儿来过这边，在这门口儿过过。进来一说话，才知道，这胖子叫老疙瘩，是打洋铁炉子的，他自己就是这铁匠铺的老板。老疙瘩说，他要这一挑子拔火罐儿也是有急用。前些天有个人来铁匠铺，一张嘴要订十二个洋铁炉子。老疙瘩一听来了大活儿，当然高兴。可再听这人是外地口音，又不太放心。街上有句话，林子大了嘛鸟儿都有，倘真有哪儿的坏小子，来跟真事儿似的订十几个炉子，然后就再也不露面儿了，这种事也不是没有可能。但再打量这人，倒还像个规矩人，于是说，订炉子行，可这么大的活儿，得先押点儿订金。这人倒不矫情，要押订金就押订金。临走又说，炉子先做出来，最后一块儿算，价钱好说。老疙瘩一见这是个痛快人，也挺大气，心里就踏实了。后来一问才知道，这人姓韩，是打南边儿过来的船老大。运河边停的都是南来北往的船，有货船也有商船，船上的人也得烧火做饭。这个姓韩的船老大就是看准这个商机，想在老疙瘩的铁匠铺订一批洋铁炉子，再弄到河边的船上去卖。人家赚这个钱，老疙瘩倒不眼热。俗话说，隔行不取利，打炉子是手艺，卖炉子则是生意，真让他扔下铁匠手艺去河边的船上卖炉子，他还真不知怎么卖。老疙瘩告诉老瘪，现在这十几个洋铁炉子已经打出来了，倘每个炉子再搭一个拔火罐儿，跟这韩老大也就更好讲价钱了。又说，他也是抽冷子冒出的这个想法，现在洋铁皮整天涨价，哪样东西都在涨价，早就想把洋铁炉子的价钱也往上涨一涨，可街上都是熟人，又张不开这个嘴，现在搭个拔火罐儿，以后再提价儿也就好说了。老疙瘩又说，他早就听说过"老瘪拔火罐儿"，他的洋铁炉子这些年在街上也有一号，配老瘪的拔火罐儿，两边也都不委屈。

老瘪一听是这么回事，敢情这买卖还不是一回，这次要谈好了，以后就能连下去，这总比自己挑着挑子满街转强多了。价钱也就没争，老疙瘩说多少，立刻就同意了。

两人买卖谈得挺顺，再一说闲话儿，也能说到一块儿。老疙瘩是个好交的人，就要留老瘪在铁匠铺吃饭。老瘪这时已饿得前心贴后心，也没推辞。老疙瘩去门口儿的小铺儿买了一包羊杂碎，十几个馇馇，又让小铺儿的伙计端来两碗用涮锅水做的羊汤。铁匠铺里还有大半瓶烧酒，俩人一喝一聊，再一互通年庚，又是同岁，也就成了朋友。

老疙瘩本名叫石春生，当年他爸也是打铁的，在街上官称石铁匠。但石铁匠跟儿子老疙瘩不一样，不光手艺精湛，活路也宽，小到剪子刀子插关儿笊篱，大到铁锅铁盖铁锨炉子，沾铁的物件儿就能打。有手艺的人都有脾气，这石铁匠就是个出了名的暴脾气，平时好说好道怎么都行，可听见不顺耳的话，或看见不顺眼的事，沾火儿就着。在门口儿的街上反倒有人缘儿，平时谁跟谁遇上说不清的事或掰不开的理，就来他这儿。来时甭管打得多热闹，到了他这儿怎么说就怎么是。但后来石铁匠死，也是死在这脾气上。同治九年，天津发生了一件事。当时洋人在天津传教，到处圈地盘儿，盖教堂，天津人早已看着不顺眼，说这洋人的教堂楼尖儿太尖，看着扎心。这年开春，天津突然闹起瘟疫，街上又连着丢孩子，一下闹得人心惶惶。法租界的紫竹林在海河边，对岸有个望海楼教堂，法国人叫"圣母得胜堂"。在这教堂的旁边还有一个"仁慈堂"，是洋人专门收养弃婴的地方。"仁慈堂"的后面有一片荒地。就在这时，有人发现，这片荒地埋了死孩子，且还不止一个。因为埋得浅，到夜里让野狗扒出来，啃得开膛破肚惨不忍睹。这以后，街上就流言四起，说教堂里的洋人雇人在街上拐孩子，拐一个给五块大洋。洋人把孩子弄去，挖出心肝眼脑，配一种专治瘟疫的西药。天津人一听就急了，先是三五成群，后来就成帮成伙地来到海河边，把这望海楼教堂围起来。可围归围，也只是传说，谁都没有真凭实据。就在这时，天津县又接连破获了几起拐骗孩子的案件，且件件都与教堂有关。先是一个叫安三的案犯，本人就是天主教徒。接着又有两个人，一个叫张栓，另一个叫郭拐子，身上也都搜出洋人用的"鹰洋"，且这二人供认，鹰洋是仁慈堂修女给的，就是拐孩子的酬劳。也就在这时，又抓到一个叫武兰珍的人贩子。据这武兰珍交代，望海楼教堂有一个叫王三的教民，拐孩子是受这王三指使。又说，在教堂里有一个栅栏，这栅栏的旁边有个席棚，拐来的孩子都圈在这席棚里。这一下有了确凿证据，整个天津就炸了。只几天的工夫，街上到处贴满了反洋教的揭帖，工人罢工，店铺罢市，书院罢课，社会各界也纷纷集会。这也就是史称的"天津教案"。天津县迫于压力，带着这个叫武兰珍的人贩子来望海楼教堂对案。可来了一看，教堂里并没有这个叫王三的人，也没发现所说的席棚，再跟教堂里的人对质，武兰珍一个也不认识。但这时的事态已越闹越大，外面聚的人也越来越多，有人开始往教堂里扔砖头瓦块。一帮天主教徒也不干了，先是两边对骂，后来干脆就动起手来。但天主教徒人少，天津市民人多，那边就吃了亏。当时法国驻天津的领事叫丰大业，是个挺浑的洋人，一听出了这种事，当然不能不管，立刻带人来找三口通商大臣崇厚抗议。走在半路上，正遇到赶来处理此事的天津知县刘杰。两边一理论，还没说几句话，这丰大业突然拔出手枪。当时刘杰的一个跟班在旁边，这人叫高升。但也有人说不是跟班的，是刘杰的一个远房侄子，叫刘七。这刘七年轻，也不是好脾气，正跟丰大业的一个手下比比画画地矫情，回头一见丰大业拔出了枪，赶紧过来挡住刘杰。这时丰大业的枪也响了，刘七一头栽到地上。这一下就捅了马蜂窝。这个叫丰大业的洋人还是来中国的时间短，更不了解天津人。天津人本来就没一个好脾气的，这时又正跟洋人憋着火儿，一下就炸了。

当时石铁匠也在场。石铁匠几天前就已听说望海楼教堂这边在闹事。后来白家胡同的人也去了，而且跟着动了手，还有人吃了亏。石铁匠一听，这才放下手里的活儿带人赶过来。这时，石铁匠一直在旁边看着，心里已经压不住火儿。又见这个叫丰大业的洋人犯浑，没说几句话就开枪，还把刘七打倒了，立刻大吼一声就扑上来，一把薅住这丰大业的头发。丰大业头发挺长，又是个卷毛儿，石铁匠这一薅就薅了个满把。丰大业的身边还有几个随从，也都是洋人，一见石铁匠薅住丰大业，立刻都围上来，也要跟着撕巴。但这几个洋人哪知道天津人的厉害，更不清楚这石铁匠是怎么回事。旁边的众人本来就都看着石铁匠，这时一见他动手了，呜的一下也都跟着扑上来。这几个洋人登时成了小鸡子，没几下就让众人给撕巴烂了。石铁匠这一开了头儿，后面的事也就全乱了。众人如同开了闸的海河水，一窝蜂地拥进望海楼教堂，先杀了里面的洋人，接着就一把火把这教堂烧了。

后人记载的"火烧望海楼"，也就是这件事。

石铁匠早就恨透了洋人。当初有一次，他带着老疙瘩他妈去天后宫烧香，在宫前街碰上两个洋人。这两个洋人一看就是从营盘出来的，刚喝了酒，摇摇晃晃地迎面过来，一个劲儿冲老疙瘩他妈挤眉弄眼，还叽里呱啦地说外国话。石铁匠一怒之下抄起街边的一块砖头，要不是老疙瘩他妈拉着，就把这两个洋人开了。这时，石铁匠已经杀红了眼，烧了望海楼还不解气，索性带着众人冲过海河来到法租界，满街追洋人，见人就杀，见教堂就烧。

这一下事儿就闹大了。洋人也急了，把几条军舰开进海河，要往城里开炮。朝廷得着消息，一见情势紧急，赶紧派直隶总督曾国藩前来调停。这时曾国藩正在保定，也已听说天津闹得乱成一团，本不想来蹚这个浑水。但慈禧老佛爷下了懿旨，不想来也得来。这样硬着头皮来了，就打算息事宁人。为给洋人出气，先把天津知府张光藻、知县刘杰革职，连同几十个从犯一并充军，发配黑龙江，又说一命抵一命，既然杀了二十个洋人，就把石铁匠等二十名首犯也判了死刑。这一下就乱上加乱，非但没平息，反倒事态越闹越大，不光洋人不依不饶，天津人也更急了。天津人本来就不好惹，一见抓了石铁匠这些人，还给判了死罪，立刻更都红了眼，声称这回不光洋人，连曾国藩也算在一块儿，用天津话说叫"豁撂捣撇子"，要玩儿命。接着全国各地得知此事，顿时民怨沸腾，都痛骂曾国藩"外惭清议，内疚神明"。这一来朝廷也顶不住了，只好又派李鸿章来天津接手这个案子。李鸿章到底比他的老师曾国藩心眼儿灵透，也更了解天津人，一来就打定主意，对外跟洋人装傻充愣，用他安徽合肥的老家话说，就是"打痞子腔"，不好好儿说话；对内，则安抚天津百姓，尽量大事化小。于是这二十名死犯，四个先改判死缓，另外十六个虽还维持原判，也没真死。从大牢里弄了十六个本来已经判决的死囚，冒名顶替，凑够十六颗脑袋，这事儿才总算蒙混过去。

可别人过去了，石铁匠却过不去。

石铁匠不光脾气大，性子也烈。这次虽然被改判了死缓，在狱里也蹲不住，越想这事儿越窝囊，就从早到晚拿脑袋咣咣地撞牢门。牢门是铁的，石铁匠拿自己的肉脑袋去撞，也就如同以卵击石。就这么撞了几天，他打了一辈子铁，最后就死在这铁门上了。

老疙瘩不像他爸，一看就是个没脾气的人，说话不紧不慢，声音也不大不小，这就让人有些摸不透。说话快是急，慢是不急，声音大是敞亮，小是小心。可他不紧不慢，声音也不大不小，就猜不出他到底是怎么一个人，心里又是怎么想的。

第八章

老疙瘩这回要十二个拔火罐儿，可老瘪的挑子里只有九个，还差三个。这个中午吃完了饭，老瘪临走跟老疙瘩约好，第二天，再把那三个拔火罐儿给送过来。

老瘪第二天下午再来，老疙瘩不在，铁匠铺里只有一个女人。这女人二十多岁，眼角眉梢儿挺俊，脸上还搽了些铅粉，头发用一个髻髻拢在脑后，只甩出一绺儿耷拉在耳边。老瘪是规矩人，在外面见了不认识的女人从不正眼看。这时就要扭头出来。这女人正撅着屁股炒瓜子儿。把一块洋铁皮放在铁匠炉上，烧热了，再把瓜子儿放的上面，拿一块铁片儿扒拉来扒拉去，扒拉得一屋子都是香味儿。她倒挺大方，抬头一见老瘪，就笑着说，是牛家兄弟吧？

老瘪只好站住了，说是。

这女人说，我是老疙瘩家里的。

老瘪跟老疙瘩论过年庚，俩人虽是同岁，都属牛，但老疙瘩比老瘪大一个月。这时老瘪一听，就低着头说，哦，是嫂子。这女人一听乐了，说，别叫嫂子，听着别扭。正说着，老疙瘩一步儿迈进来。见老瘪正跟自己的女人说话，就说，你们认识了？

老瘪说，刚认识，是嫂子。

老疙瘩说，甭叫嫂子，她叫二闺妞，叫她二闺妞就行。

老瘪又看一眼这女人，说，还是，叫嫂子吧。

老疙瘩回来是取东西，看样子还有事儿，急着要走，就跟老瘪说，你先别走，二闺妞在河边儿买了一盆小鲢子，晚上咱贴饽饽熬小鱼儿，等我回来，还有事儿跟你商量。

说完，就又急急地走了。

二闺妞看一眼出去的老疙瘩，噗地乐了。

老瘪看看她，不知她为嘛乐。

二闺妞说，他这么走，可不容易。

老瘪又看看她，还是不明白。

二闺妞说，以后你就明白了。

天快黑时，老疙瘩回来了。二闺妞是用铁匠炉熬的小鱼儿，饽饽在洋铁皮上贴的，焦黄的嘎渣儿挺脆，也挺香。老疙瘩拉老瘪坐在炉边，一边吃着说，按说咱刚认识，说这话，有点儿不系外，可人跟人的交情不在时候长短，就是个缘分，亲哥们儿弟兄也有一辈子不过心的，朋友投缘，一碰面儿兴许就一见如故。老瘪缩着肩，一边吃着贴饽饽熬小鱼儿连连点头，表示同意。这时二闺妞做完了饭，已经没事了，老疙瘩就打发她先回去了。看着二闺妞走了，老疙瘩才又说，他看着是个铁匠，其实外面还有事儿，也就不能总在铺子里盯着，现在老瘪的拔火罐儿跟他的洋铁炉子正好凑一套，以后要能合着干，就想跟他商量个事儿。

老瘪知道，这是要说到正题了，就点头说，你说。

老疙瘩说，我说话，你别过意。

老瘪抬起头，看了老疙瘩一眼。

老疙瘩说，从一见面，我就看出来了，你好像没地儿去。

老瘪的一口饽饽咬在嘴里，停了停，才又嚼着咽了。

老疙瘩说，你是怎么回事，我也不想问，俗话说，家家有本儿难念的经。我想说的是，你要不嫌，以后就来我这铁匠铺，咱也甭说东家伙计，就一块儿干。我要是外面有事儿，就去忙外面，你在这铺子里盯着，晚上睡觉，铺子也有地方。

老瘪一听，不用再去蹲砖窑了，当然愿意。

赶紧点头，说行。

两人就这么说定了。

这以后，老瘪就来到铁匠铺。这铺子的后面还有一个小院儿，正好能和泥。拉坯子的转滚子也简单，跟老疙瘩一说，老疙瘩半天儿就给做出来了。老疙瘩的住家儿也在这胡同里，离得不远。他晚上回去了，老瘪就住在铺子里。老瘪不是个爱打听事儿的人，老疙瘩在外面到底还有什么买卖，他也不问。不过看意思，他在外面的事，好像不想让二闺妞知道。

老瘪在铁匠铺里待了些日子，渐渐发现，老疙瘩在外面的事确实挺多，经常一出去就是一天。老瘪自己在铺子，门口儿的人没事也进来闲聊。这一聊，慢慢就知道了，这老疙瘩看着人挺敞亮，脾气也随和，其实还是个醋坛子。他老婆二闺妞好热闹，自己在家里待着嫌闷，铁匠铺这边又常有人来，就经常过来凑热闹。来铁匠铺的人也不一定都有事，有的进来就是闲聊。二闺妞模样儿俊，又爱说笑，男人就都愿意跟她搭话。有时说着说着话就多了，话一多，也难免开玩笑。老疙瘩看了心里就犯酸。但老疙瘩是个好面子的人，心里犯酸，又不好发作，就使劲噼里啪啦地拍洋铁皮。声音越拍越响，说话听着都费劲。起初门口儿的人不知怎么回事，后来有心细的看明白了，也就知趣，不再进来了。

再后来，老疙瘩也就不让二闺妞来铁匠铺了。

老瘪这才想起来，第一次见二闺妞时，老疙瘩让他先在铺子里等着。当时二闺妞见他走了，曾笑着说，他能这么走，还真不容易。老瘪听了，还不明白这话的意思。

现在再想，也就明白了。

第九章

老瘪这些年最怵过年，还不是怵，是怕。别人过年是高兴，老瘪是发愁。

当初在家时，来子他妈一过年就要炖肉。来子他妈爱吃炖肉，还最爱吃炖猪脖子肉，天津人叫"血脖儿"。来子他妈说，炖血脖儿比炖后坐儿都香。她说的"后坐儿"，也就是猪屁股。但老瘪就是个卖拔火罐儿的，偶尔炖一点儿解个馋还行，总炖就炖不起了。来子他妈也知道炖不起，一到年根儿就甩闲话，说这辈子嫁了个卖拔火罐儿的还不如嫁个宰猪的，嫁宰猪的好歹还能有点儿猪下水吃，嫁个卖拔火罐儿的别说猪下水，连大肠头儿也吃不上。

这年的年根儿，老瘪头一回松心了。

腊八儿一过，二闺妞就早早儿地炖了一锅猪头肉。烙的饼是两掺儿的，一半白面，一半棒子面，叫的也好听，"金银饼"。二闺妞说，老疙瘩说了，这叫吃犒劳，等进了腊月二十就不吃两掺儿的了，光吃香油烙的白面饼。老疙瘩一进腊月反倒更忙了，整天出去，晚上也经常不回来。这时街上已经又乱起来，学堂的学生罢课了，上街示威游行，还跑到总督府门前去请愿，要求政府立宪，迅速召开国会。官府先是严行禁止，饬令弹压，接着又把天津普育女学堂的校长温世霖也抓起来，诰谕发配新疆。这一下学生更急了，街上越闹越乱。

老瘪看老疙瘩总出去，有点儿为他担心。他倒不是担心别的，是怕老疙瘩出事。老瘪心想，现在好容易有个落脚儿的地方，老疙瘩一出事，自己就又得挑着挑子去街上了。二闺妞倒没心没肺，整天该吃烙饼吃烙饼，该吃炖猪头吃炖猪头，从来不问老疙瘩的事。

二闺妞叫焦凤兰，娘家是锅店街的。

锅店街的女人生孩子，都是在家里生。看着孩子要出来了，就去把接生婆儿请来，剪子烫了准备好，再弄个木盆倒上开水预备着，所以女人生孩子也叫"临盆"。二闺妞她妈不是在家生的二闺妞。当时有个叫马根济的英国人，刚在河北的药王庙开了一家西医院，这是天津第一家，也是当时唯一的一家西医院。都说洋人的医院干净，生孩子保险，可一直没人敢去。二闺妞她爸去南边做过几年生意，跑的地方多，见识也广，就把二闺妞她妈送去这家医院。孩子果然生得挺痛快，白白胖胖个大闺女，足有六斤多，也没出任何事。但二闺妞她妈当时闹得急，是门口儿的几个街坊帮着送去的，这几个街坊回来说，洋人的医院果然不一样，接生的地方叫"产房"，二闺妞她妈是两个外国男人推进去的。又说，这两个外国男人都是大胡子，戴着胶皮手套儿，一进去就把二闺妞她妈的裤子给扒了。这一下锅店街就炸开了。二闺妞她妈让两个大胡子洋人给接生，就这么摆弄女人的那个地方儿，这一下这两个大胡子洋人可开眼了。二闺妞她爸倒不在乎，对街上的人说，孩子在哪儿落生，看着不是事儿，其实是事儿，家里生的跟医院生的，将来大了再看，肯定不一样。有人笑着说，是不一样，咱中国人自己弄出来的跟洋人弄出来的能一样吗？这话听着就有点儿损了。

但二闺妞她爸倒不在意，只当没听出来。

二闺妞的娘家是卖嘎巴菜的，家里的铺子叫"焦三仙嘎巴菜"。外地人不懂局，把天津的嘎巴菜叫"锅巴菜"，其实嘎巴是嘎巴，锅巴是锅巴，在天津不是一种东西；二闺妞她爸出外赚了点儿钱，回来就开了这个"焦三仙嘎巴菜"。叫"焦三仙"，有两层意思，一是二闺妞她爸就叫焦三仙，铺子的字号也是自己的名号。另一层，"焦三仙"也是一味中药。但说一味，其实是三味，焦麦芽、焦山楂和焦神曲。这三味合成一味，有消积化滞的功效。

当初二闺妞她爸说对了，孩子在哪儿落生，确实不一样。二闺妞是在洋人医院生的，大了就洋气，不光洋气也时髦儿。女人一时髦儿就招风，二闺妞又爱说笑，好捯饬，门口街上的男人就都爱来"焦三仙"，来了不光吃嘎巴菜，也为跟二闺妞闲搭咯。街上有个唱"十不闲儿莲花落"的，绰号叫"小白牙儿"。这"小白牙儿"不光牙白，人也年轻，嗓子也好，一说话是甜口儿的，听着就够儿。他爸当年也是唱"十不闲儿莲花落"的。但他爸有个毛病，爱看热闹，在街上"撂地儿"唱着莲花落，哪儿一有新鲜事儿，扔下手里的家伙就跑去看。那年天津人把望海楼教堂烧了，又在紫竹林满街追着杀洋人，"小白牙儿"他爸又跑去看热闹。可他平时爱干净，又总捯饬得有模有样儿，街上的人把他也当成混洋事儿的，混乱中就给打死了。到"小白牙儿"这儿，不光嗓子比他爸好，捯饬得也比他爸更有派头儿，一个唱"十不闲儿"的，整天留个大背头，还用桂花油抹得溜光水滑儿，不知道的以为他是哪家商号的大少爷。这"小白牙儿"也常来"焦三仙"吃嘎巴菜。起初二闺妞没留意。后来有一回，"小白牙儿"跟一个人打起来。这人姓徐，是南河沿儿"鱼锅伙"过秤的，因为脸上有麻子，街上的人背地都叫他徐麻子。这个早晨，徐麻子端着一碗嘎巴菜，一回身蹭了"小白牙儿"一下，把他刚上身的灰布大褂儿蹭脏了。按说徐麻子说句客气话，"小白牙儿"也是外场人，也就过去了。可徐麻子直脖瞪眼地装傻充愣，连句话也没有。"小白牙儿"是街上混的，哪吃这个亏，就跟这徐麻子矫情起来。但"小白牙儿"跟人矫情，说话的声音也还是这么好听，不光抑扬顿挫，字正腔圆，还有板有眼，就像"十不闲儿"里的白口。但话说得有点儿损，冲这徐麻子斜楞着眼，一撇嘴说，嗨嗨嗨，这是几天没吃饭了，你脸麻，眼也麻啊？

这一下徐麻子不干了。徐麻子是南河沿儿"鱼锅伙"的，也是个混混儿，撂下碗就冲"小白牙儿"骂起来。"小白牙儿"是吃开口儿饭的，舌头根子更不饶人，这回遇上对手了，也就跟徐麻子一对一句儿地骂起来。这一骂，声音也就越来越高。二闺妞正倚在门口儿剪指甲，一听这人的声音这么好听，骂街都能骂出高矮音儿，还一唱三叹，低回婉转，觉着好奇，就伸头朝这边看了一眼。只这一看，一下就喜欢上了这个"小白牙儿"。

二闺妞本来从不管铺子里的事，油瓶倒了都不扶。这以后，只要"小白牙儿"一来，就成心凑过来，或抹抹桌子，或收拾收拾空碗，就为找机会跟"小白牙儿"搭话。"小白牙儿"也早听说这"焦三仙"有个二闺妞，人风流，模样儿也俊，来吃了几回嘎巴菜已经看见，果然挺受看。正愁没机会说话，这时二闺妞一搭讪，两人也就一拍即合。

二闺妞平时最爱听"十不闲儿莲花落"，知道这"小白牙儿"是唱"十不闲儿"的，一下就更喜欢了。后来熟了，就让他唱。"小白牙儿"当然不能在这"焦三仙"里一边吃着嘎巴菜唱"十不闲儿"，就挤眉弄眼地说，等哪天，找个没人的地方给你唱。

二闺妞一听也就心领神会。

后来两人到了没人的地方，"小白牙儿"就不光给二闺妞唱"十不闲儿莲花落"，捎带着把别的事也干了。这"小白牙儿"是江湖人，又经常唱《大西厢》《小化缘》，深谙偷香窃玉之类的勾当，于是就叮嘱二闺妞，回去都小心哪些事，怎么才能不让家里看出来。但后来，二闺妞她爸还是看出来了。二闺妞她爸也是外面混过的，街上的事都明白，发现二闺妞突然会唱"十不闲儿"了，出来进去总哼哼，就觉出这里有事。二闺妞整天待在家里，这种下九流的玩意儿是从哪儿学的？二闺妞她爸心细，也有心计，并没直接问二闺妞，但这以后也就留意了。这一留意才发现，每天早晨，果然有一个油头粉面的年轻人来吃嘎巴菜，只要他一来，二闺妞就从里边出来。再一打听，这年轻人就是个唱"十不闲儿莲花落"的，叫"小白牙儿"。二闺妞她爸毕竟了解自己女儿的脾气秉性，再细一观察，这"小白牙儿"果然眼角眉梢都透着风流，表面虽不动声色，却一直跟二闺妞这边眉来眼去。心里也就明白了。

当天下午，"小白牙儿"正在归贾胡同和江家胡同交口儿的树底下"撂地儿"，几个人就朝这边走过来。这几个人都剃着光头，腰里扎着一巴掌宽的"板儿带"。唱"十不闲儿"一般都是十来个人，有打锣镲的，有敲鼓的，唱旦的和唱丑儿的分包赶角儿，每个人都不闲着，所以叫"十不闲儿"。"小白牙儿"模样俊俏，唱旦角儿，这时正咿咿呀呀地唱《摔镜架》。这几个人一过来就直奔"小白牙儿"，二话不说，上来就是一顿拳打脚踢。"小白牙儿"一下给打蒙了，抱着脑袋倒在地上。这几个人打完了，临走又吐口唾沫说，以后规矩点儿，别死都不知是怎么死的！"小白牙儿"这时已经满脸是血，半天才从地上爬起来。旁边敲鼓的叫老朱，上了点岁数，明白的事也多一点儿，就对"小白牙儿"说，你是得罪人了，想想吧，有可能是谁。"小白牙儿"不用想，心里当然明白。

这以后，也就不敢再来"焦三仙"了。

二闺妞她爸经了这一次事，也不敢再大意。想想闺女大了，又在街上招风，担心再弄出别的丑事来。这时正好有人替白家胡同的石铁匠提亲，一听也就答应了。

二闺妞她爸是明白人，知道手艺人比买卖人更妥靠。买卖人凭的是本钱，手艺人则凭的是手艺。本钱当然能赚钱，但也能赔钱，手艺则不然，只赚不赔，所以找了石铁匠这样一个女婿，也就挺满意。但二闺妞自己却不满意。二闺妞知道自己模样儿长得俊，本来心性儿挺高，满脑子想的都是郎才女貌。当初爱"小白牙儿"，也是看着他伶俐，且能说会道儿，又有个顺顺溜溜儿的外表。不料到了儿到了儿却嫁了个打铁的，整天就知道坐在铁匠铺里噼里啪啦地拍洋铁皮，还是个黑矮的矬胖子，心里就总觉着窝囊。一个人没事儿时，想起当初的"小白牙儿"，就情不自禁地哼几句"十不闲儿莲花落"。老疙瘩自从娶了这样一个如花似玉的漂亮老婆，虽然满心高兴，也知道门口儿的街上揣着各种心思的闲人都有。后来又听到一些闲言碎语，说二闺妞当初在娘家做姑娘时如何如何。平时也就把她看得很紧。但老疙瘩在外面还有别的事，三天两头还得出去，把二闺妞一个人留在铁匠铺里又不放心。跟二闺妞说了几次，不让她来这边，可她自己呆在家里又嫌闷。

老疙瘩并不是偶然碰上老瘪的。

老疙瘩一直想找个伙计，一来自己不在时，铺子里能有个人照应；二来，也能替自己看着二闺妞。可这个伙计也不好找，首先人得老实，还得可靠，又不能太茶，太茶了弄不好也耽误事。最要紧的还不能长得太顺溜儿，太顺溜儿了也许反倒引狼入室。老瘪在街上卖拔火罐儿，老疙瘩早就注意了。头一次见时，先吓了一跳，还真没见过这么瘪的人，一张脸活脱儿就是个猪腰子。这以后，也就一直在暗中观察。这回借着船上的韩老大来订十几个洋铁炉子，让老瘪来铁匠铺，也是事先谋划好的。这时老疙瘩已看出来，这老瘪确实是个老实人。看一个男人老实不老实，只要看眼。眼馋的男人心肯定也馋，有女人从跟前过，两个眼珠子立刻像苍蝇似的飞上去，这种男人一准儿心术不正。老瘪走在街上，眼皮总耷拉着，除了他的拔火罐儿挑子不看别处。这种男人心肯定干净，不会有邪的歪的。

第十章

老瘪事后想，老疙瘩出事的前几天，已经有征兆。

老疙瘩那几天好像越来越忙，从早到晚在外面，晚上也经常不回来。老瘪虽然从不问他到底在忙什么事，也能看出来，他不光忙，也有点儿紧张。

那几天，老疙瘩几乎每天都要喝酒。喝酒的人也不一样，一种是有酒瘾，还一种是没酒瘾。有酒瘾的人总得喝，不喝就难受。没酒瘾的人喝也能喝，但不喝也行。老疙瘩就是这后一种人，也能喝，平时似乎也想不起来。但那些天，他只要一回来，晚上就拉着老瘪喝酒，好像只有喝了酒心里才平稳。出事的头一天晚上，老疙瘩又从外面带回一瓶酒，还买了一包猪头肉和几斤热大饼，把二闺妞也叫过来，三个人在铁匠铺吃了一顿饭。老疙瘩这个晚上喝酒，好像不为喝酒，就为敬酒。他先给每人筛上，然后端起来说，人这一辈子，就是个缘分，夫妻是缘，朋友也是缘。说完，把酒盅冲老瘪和二闺妞举了举，自己一仰脖儿先喝了。接着又筛第二盅，端起来看看二闺妞，扭脸对老瘪说，我这个老婆，没事儿的时候风风扯扯、没心没肺，可到底是个老娘们儿，心浅，经不住事儿，老话儿叫没瘪子，见过独轮儿车吗，总得有人把着。老疙瘩说，我倒不担心别的，就怕她日后在街上吃亏上当。

二闺妞不爱听了，翻他一眼，哼了哼没说话。

老瘪觉出来了，老疙瘩这天晚上有点儿怪，不光说话怪，脸上也怪。老瘪看着迂，也有心眼儿，遇事嘴上不说，但心里有数。这时就端起酒盅岔开说，是啊，都是缘分。

说着算是回敬，也把酒喝了。

老疙瘩这天晚上还有事，要急着走，说得过些天才能回来。可说要走，却没马上走，吃完了饭先拉着二闺妞回家了。老瘪是过来人，也明白，老疙瘩这会儿拉二闺妞回去要干嘛。

但心里明白，也就更觉着奇怪了。

也就在这天夜里，天津发生了一件大事。这时，北方革命党已在天津建立了"北方革命军总司令部"，决定在这天夜里，分九路发动武装起义，配合南方的北伐。这也就是史称的"天津起义"。按事先计划，起义行动以两声信炮为号。但这个燃放信炮的任务，不知为什么交给了一个同情中国革命的日本人，叫谷村。为配合这个谷村完成任务，总司令部还特意派了一个叫王一民的中国翻译。起义时间就定在这天夜里十二点，燃放信炮的位置，是在三岔河口附近的一个木厂。这天晚上，这个叫谷村的日本人带着翻译王一民来到指定的木厂。但他们来早了，天又冷，大概冻得实在受不住了，心里又紧张，于是两人就犯了一个极不应该犯的错误，躲在这木厂开始喝酒。而更要命的是，这一喝又喝大了，一喝大，就都迷迷糊糊地睡着了。在这个木厂旁边有一户人家，这家有一个座钟。后来，这个座钟当当地敲了十二下，翻译王一民才猛然惊醒了。关于这个细节，似乎也有疑点，当时是冬天，就算这个时候夜深人静，旁边这户人家的座钟敲响，翻译王一民在木厂里也不可能听到，就算听到了也不太可能惊醒。但事后，王一民一直坚持这样说，于是所有的史料也就都这样记载；当时王一民在心里数着，好像就是敲了十二下，于是赶紧把还在醉睡的谷村叫醒了。这也就犯了第二个错误。事后才知道，不知这个座钟快了，还是坏了，或者根本就没快也没坏，只是翻译王一民数错了。总之，这时只是十点，而并非十二点。但王一民毕竟知道这件事的轻重，为慎重起见，还是让谷村再看一看他的夜光怀表，确认一下时间。可谷村这时还带着醉意，没醒明白，糊里糊涂地看看夜光表，于是就又犯了第三个错误。黑暗中，他把这夜光表的时针和分针看反了，误以为这时是十二点差十分。这一来两人就赶紧手忙脚乱地准备信炮。慌乱中，王一民又犯了第四个错误，他点信炮时没告诉谷村。于是信炮一响，就把谷村炸到天上去了。王一民这时才彻底醒明白了。他大睁着两眼，看着被炸碎的谷村七零八落地从天上掉下来，一下惊得目瞪口呆。但他很快就回过神来，已顾不上这些，赶紧又点响第二个信炮。这一来，整个起义军的行动就全乱了。本来预定的时间是子夜十二点，现在却突然提前了两小时，外围的几路队伍还没完成集结。如此一来也就不能再按原计划，只好仓促上阵。

老瘪和二闺姐并不知道，老疙瘩一直是革命党，这个晚上也去参加了起义。他是在攻打直隶总督府的这一路。由于行动突然提前，还没准备充分，各路起义军的兵力部署和协同指挥就陷入了混乱。

在攻击总督府时，遇到了清军的顽强抵抗。起义军拼死往里冲了几次都被打回来。此时另几路的起义部队也相继传来坏消息，第七路军司令林少甫和第九路军司令韩佐治都已阵亡。老疙瘩这时已经打红了眼，一咬牙，也参加了由一百人组成的敢死队。老疙瘩是铁匠，事先用加厚的铁皮给自己做了一块护心板。这护心板有点像防弹衣，贴身绑在胸前，一般的子弹打不透。老疙瘩有了这块护心板心里也就有了底，本来已经冲到总督府的门前，眼看就要进去了，但就在这时里面打出一阵乱枪，一颗子弹正打在他头上。头上当然没有护心板，一下就把天灵盖儿掀了。这时旁边的几个人一边往回退，才把他的尸首抢出来。

这个晚上，金钢桥那边的枪炮声一直响了大半夜，站在白家胡同的街上，就能看见红透半边天。老瘪一夜没敢睡，天快亮时听着枪声稀了，刚躺下，就听有人敲门。他赶紧起来，开门一看，是韩老大。韩老大就是当初跟老疙瘩订了十二个洋铁炉子的那个船老大。后来老疙瘩把做好的十二个洋铁炉子和十二个拔火罐儿交给他，他还经常过来。老瘪这才明白，他和老疙瘩应该早就认识。这时韩老大浑身是血，身后还跟着两个人。这俩人还架着一个人。架的这人看样子伤得很重，脑袋用一件破衣裳包着，耷拉在胸前，胳膊搭在这两个人的肩膀上。老瘪赶紧让这几个人进来了。韩老大让把这架着的人放下，打开包在头上的衣裳。老瘪一看，吓了一跳。这人只剩了大半个脑袋，天灵盖儿已经掀了，脑浆子也都流出来。

老瘪再细看，才认出来，这人竟是老疙瘩。

韩老大这才把夜里发生的事，跟老瘪说了。

韩老大又说，现在外面正抓人，他们还不能走，得先在这铁匠铺避一避。老瘪赶紧带他们来到铺子后面的小院儿。小院儿里有个堆杂物的棚子。这棚子看着不起眼，但里面还有一个小套间儿。套间儿里挺干净，能住下几个人。老疙瘩当初从没提过这棚子里的套间儿，老瘪也是无意中发现的。他先把这几个人安顿好，刚要走，韩老大问，你去哪儿？

老瘪说，去叫二闺妞。

韩老大立刻说，不行。

老瘪说，老疙瘩已经成了这样，得叫她过来。

韩老大说，她是女人，来了一哭一闹，外面就听见了。

老瘪这才明白了，现在还不能顾死的，得先说活的。于是来到前面，先把老疙瘩的尸首搬到墙角，拉过几块洋铁皮盖上，又把地上的血迹都小心仔细地擦干净了。

天刚亮，二闺妞来了。

二闺妞一进门就说，这一夜，枪炮响得吓人，不知又出嘛事儿了。

老瘪怕她看出破绽，赶紧说，街上乱，你先回去吧。

二闺妞说，我心里不踏实，惦记老疙瘩。

老瘪朝墙角瞥一眼说，他没事。

二闺妞看看他，你怎么知道他没事？

老瘪发觉自己说走嘴了，吭哧了吭哧说，他又不会打枪打炮。

二闺妞想了想，点头说，这倒是，他除了打铁，也没别的本事。

说完就扭身回去了。

外面果然紧了几天。街上的买卖铺子虽还都开着，但行人稀少。又过了两天，韩老大几个人见风声不太紧了，就在一天夜里走了。老瘪送走这几个人，才去把二闺妞叫来。二闺妞一来就说，这两天，我这眼皮子总跳，老疙瘩那天走，也没说去哪儿，他别再出嘛事儿了。

老瘪看她一眼，没说话。

二闺妞又说，这两年，我总觉着他不太对劲儿，三天两头儿扔下我出去，有的时候来人找他，也总嘀嘀咕咕的，这回回来，我得好好儿问问他，想来想去，也就是两件事儿。

老瘪又看看她。

二闺妞说，要么在外面偷着做了别的买卖，要么，就是外边有人了。

老瘪嗯嗯了两声说，有个事儿，你先别着急。

二闺妞从老瘪的脸上看出来了，问，嘛事儿？

老瘪说，他，已经回来了。

二闺妞的眼立刻瞪起来，在哪儿？

老瘪赶紧说，你别急，千万别急。

二闺妞真急了，一下嚷起来，你快说啊，他在哪儿啊？

老瘪这才朝墙角走过去，把几块洋铁皮掀开，露出底下的老疙瘩。这时老瘪已找了条毛巾，把老疙瘩的天灵盖儿包起来，只露出鼻子以下，看着像个放羊的。二闺妞慢慢走过来，没哭，也没叫，只是愣眼看着。老瘪就把几天前韩老大几个人送他回来时说的事，对二闺妞说了。二闺妞听了哽咽一下，说，缺大德的，早就看出他有事，可没想到，是这么大的事。

一边说着，就伸过手去，要解开老疙瘩头上的毛巾。

老瘪赶紧拦住说，包着吧，打开就看不得了。

二闺妞明白了。

这时，老疙瘩的嘴还大张着，好像要喊，又喊不出来。

二闺妞看着老疙瘩，看了一会儿，摇摇头，叹了口气。

老瘪说，你说吧，怎么个心气儿。

二闺妞回过头来，看看老瘪。

老瘪说，你说，我去办。

二闺妞的心气儿，是想在门口儿找个会办白事儿的明白人，给老疙瘩好好儿装殓一下。毕竟夫妻一场，不想让他走得太寒酸。老瘪一听赶紧说，这可不行，他是横死的，且还不是一般的横死，是造反，现在街上看着没事了，可到处都是探子，还在抓革命党，老疙瘩已是个死人了，别让他再给活人惹麻烦。老瘪怕二闺妞误会，又说，我是为你想，我大不了一走了事，沾不上包儿，你可不行，跑得了和尚跑不了庙，真让官府盯上，麻烦就大了。

老瘪这一说，二闺妞也觉得在理，一下没了主意。

老瘪说，要想好好儿装殓，也好办，你去北门里的寿衣店给他买身好装裹，我去针市街的棺材铺，再买口像样儿的寿枋，多花点儿钱，你也解解心疼；回来就在这铺子里，给他打整得舒舒服服，把杠房的人请来，趁夜抬到西营门外找块豁亮地方埋了，也就行了。

老瘪说的"装裹"，是天津人的说法，本来是指死人穿的寿衣，后来也泛指装殓时，棺材里的一应用物。二闺妞毕竟是女人，女人在娘家时本事都大，甭管遇到什么事，七个不含糊八个不在乎，但一嫁人就完了，男人才是主心骨儿。这时主心骨儿一没，也就没主意了。其实自从老瘪来铁匠铺，二闺妞一直没把他当回事，觉着也就是个卖拔火罐儿的，有几回还埋怨老疙瘩，在街上捡个嘛样的不好，单捡回这么个瘪人，三脚都踹不出一句整话来。但这时，一听老瘪说的话句句在理，半天没流的眼泪一下就流出来。

哽咽了一下，说，兄弟，这事儿就全靠你了。

老瘪一听二闺妞这么叫自己，立刻点头说，行，你就放心吧。

第十一章

来子发送他妈，是"狗不理包子铺"的高掌柜给操持的。操持，也就是操持了一口棺材。高掌柜在街上说话占地方，门口儿的人都得给点面子。来子他妈一倒头，高掌柜就跟蜡头儿胡同的人说，倒不是钱的事儿，我要去外面的街上说也行，但没这道理，人家街上的人跟来子家不熟，也没这穿换儿，当然，这胡同里也有跟来子家没穿换儿的，可甭管有没有穿换儿，毕竟一个胡同住着，现在来子他妈倒头了，总不能看着不管，这事儿我看这么办，大伙儿没多有少，给胡大姑凑口棺材，再买身儿装裹，最后差多差少，算我的。

高掌柜已经把话说到这份儿上，虽然老瘪当初走得不露脸，胡大姑活着时，在胡同里嘴又不饶人，可这两口子这些年还算有个人缘儿。于是各家也就都出了点儿钱。高掌柜最后兜底，这才张罗着把胡大姑的后事给办了。出殡这天，事情也都挺顺。从坟地回来，高掌柜让来子还穿着孝，又带着去各家转了一圈儿，给大家磕头谢孝。

晚上，包子铺的生意清静了，高掌柜让人去叫来子。

去的人一会儿回来了，说来子没在家。

来子从坟地回来，去各家谢了孝，回到家里一头扎到床上就睡了。天黑才起来，想了想，就从家里出来。他还是想去找他爸。找他不为吃饭，要为吃饭，他就是饿死也不会去找他；他有几句话，想当面问问他。尚先生曾说，他一直不明白，看着老瘪不像这种人，可为嘛说走就这么不管不顾地扔下家走了。不光尚先生不明白，来子也不明白。本来，来子已经不想再找了，不明白就不明白，他要走，只管让他走。既然他不想要这个家，他以后也就没他这个爸，将来等他死的那天别说打幡儿，连孝帽子也不给他戴。可现在不行了，他妈活活儿气死了，这就不能不找他了，他要当面问明白，这到底是怎么回事。

来子想，这事儿要不问明白了，他都对不起他妈。

来子知道王麻秆儿的脾性。王麻秆儿胆小，怕惹事，虽然嘴不好，可他想说的说，不想说的，你就是问他也不会说。那天晚上在包子铺，无意中听他说，曾看见老瘪几天前的夜里去针市街的"唐记棺材铺"买棺材。可再一追问，他又不说了。后来还是马六儿说出来，他爸在白家胡同。倘把王麻秆儿和马六儿的话串起来，就应该是这么回事，他爸自从离家出走，这一年多在白家胡同，那边有个女人，后来不知是这女人还是这女人家里的什么人死了，他才大半夜去针市街的"唐记棺材铺"给买棺材。如果这么说，只要去白家胡同打听一下，也就应该清楚了。但来子当初让保三儿帮着找拉胶皮的老吴赁车，曾去过白家胡同，知道这条胡同很大，简直就像一条街。要想去那儿找个人，不是容易的事，况且满街找爸爸，这也不太像话。又想，既然他爸曾在那天夜里去针市街买棺材，棺材铺的伙计又给送去了，自然知道具体送的地方。这就好办了，只要去针市街的"唐记棺材铺"一问，也就清楚了。

这个晚上，来子来到针市街上的"唐记棺材铺"。棺材铺的唐掌柜眼毒，虽然不认识来子，可那天晚上见过老瘪，也曾听王麻秆儿说过他家的事。这时一见这半大小子来打听老瘪那晚买棺材的事，又看出他的眉眼儿跟老瘪有点儿像，就知道可能是他儿子，心里也就有数了。唐掌柜是开棺材铺的，这一行还不像别的行，多稀奇古怪的事儿都能遇上，生意经也就更精。这时就摇头叹口气，对来子说，今年的年景不好，倒春寒，老话说，反冻河，死老婆儿，过了年一开春儿，这街上净死人了，哪天都得出去三五口寿材，哪还记得那么清。来子这时毕竟已经十七岁了，也不好糊弄，就说，你铺子里应该有账本儿，一翻账本儿不就知道了。

这一下，唐掌柜没话说了。

于是想了想，只好撂下脸说，那就明说吧，一行有一行的规矩，卖棺材还不像卖别的，买主儿都是丧事，就算"老喜丧"，也备不住有闹丧的，我们也是躲麻烦，从来都是只认钱，不认人，寿材一送出去也就当是埋土里了，还别说账本儿，一个字都不留。

来子一听唐掌柜说得这么绝，知道再问也是白问，就转身出来了。

走了没两步，唐掌柜又追出来，在后面说，你等等。

来子站住了，转身看着他。

唐掌柜过来，叹口气说，好吧，白家胡同有个李大愣，一打听都知道，你去问他试试吧。说罢摆了摆手，不等来子再说话，就转身回去了。

唐掌柜让来子去问白家胡同的李大愣，也是猜的。这几年，这个李大愣也来棺材铺买过几回棺材。街上好管闲事儿的人也有，天津把这种人叫"大了"，也就是帮人了事儿的意思。赶上谁家遇上白事，去给张罗着忙活忙活，有时也来帮着买口寿材。可谁家也不是总死人，帮这种忙也就是偶尔。但前一阵，这李大愣突然连着来买棺材，有两回还一口气买了三四口。这以后，唐掌柜才开始注意这个人。后来听说，这李大愣是个摔跤的，街上的人叫"撂跤"。再后来又听说，李大愣不光撂跤，还弄了一伙人，经常在河边儿舞刀弄棒。据说曾有人去白家胡同打听过他，说他在铁匠铺定了一批朴刀。

习武的人用刀，本来并不奇怪。可奇怪的是，李大愣定的这批朴刀都开了刃，这就不像习武，而是要杀人了。据说去打听的人问胡同里的街坊，李大愣要这些朴刀干嘛用；那天半夜，老癀来买棺材，伙计给送去回来，唐掌柜曾特意问过，这棺材送哪儿了。伙计说，是送到白家胡同的"石记铁匠铺"了。

唐掌柜这时让来子去问李大愣，也是灵机一动。

北门外没听说还有别的铁匠铺，如果李大愣真打过这样一批开了刃的朴刀，那就应该是在"石记铁匠铺"打的。倘这样说，他也就应该跟这"石记铁匠铺"很熟。

来子听蜡头儿胡同的刘大头说过这个李大愣。刘大头是玩儿石锁的，李大愣是撂跤的，俩人也算同路。据刘大头说，这李大愣为人仗义，是个爷们儿，因为在跤场上凶猛，没花架子，上来三招两式就能把对手撂倒，人们才都叫他李大愣。

这个晚上，来子来到白家胡同。果然，一问李大愣都知道，没费劲就找到他的家。这是个独门独院。李大愣是个大个儿，走道儿一晃一晃的，看着不像撂跤的。撂跤的都是小个儿，短腿儿，这样一哈腰才灵活，也不易被摔倒。个儿高了，腿再长，就容易底盘不稳。李大愣看样子刚吃完饭，出来上下打量了一下来子，问，你找我？

来子说，是。

问，嘛事儿？

来子说，打听个人。

李大愣看看他，谁？

来子想了想，却一时想不出该打听谁。现在就知道他爸可能在这白家胡同，可他爸如果是跟一个女人在一块儿，当初又是这样从家里出来的，也就不是露脸的事，自然不想让人知道。但那天晚上他去针市街买棺材，究竟给谁买的，棺材铺的唐掌柜又不肯说。

心里这么想着，一下就愣住了。

李大愣又看看来子，问，谁让你来的？

李大愣这一问，来子迅速在脑子里转了一下。刚才在棺材铺已看出来，唐掌柜跟这李大愣应该并不熟，至少没交情，关系不是很近。现在如果提唐掌柜，应该没任何用处，提了也许反倒不如不提。这么一想，就随口说，是刘大头让我来的。

李大愣立刻问，蜡头儿胡同的刘大头？

来子说，是。

果然，李大愣的态度立刻缓和了，说，你打听谁？

来子又犹豫了一下，试着说，老瘪。

李大愣听了，又看看来子。

来子问，你，知道这人吗？

李大愣摇头说，这胡同儿，好像没这么个人，没听说过。

来子看出来，李大愣应该没说实话。但也明白了，既然他不想说，再问也没用。

来子这个晚上回来，走到胡同口儿，包子铺的伙计把他叫住了。

伙计说，高掌柜正找你呢。

来子一听，就跟着来到包子铺。高掌柜已经忙完铺子里的事，正吃饭。高掌柜十几岁就出来学徒，是个中规中矩的买卖人，这些年没嘛嗜好，平时不抽烟，不喝酒，吃饭也很节俭，自己开着包子铺，却连包子也舍不得吃，顿顿粗茶淡饭。这时见来子来了，知道他还没吃饭，就让伙计给拿了两个菜团子，又端来一碗粥。来子饿了，也没客气，坐在高掌柜的对面就低头吃起来。高掌柜看着他，等他吃完了，才问，去哪儿了？

来子不想说刚才去哪儿了，就说，街上转转。

高掌柜说，找你，是想跟你商量个事儿。

来子抬起头，看着高掌柜。

高掌柜说，来包子铺吧，你总得吃饭。

来子没想到，高掌柜会这么说。

高掌柜又说，别小看这包包子，也是门大手艺，我当初学了两年才出徒，搁别人，得三年。说着看看来子，学手艺没别的，一是用心，二得勤快。

来子听了，点头嗯一声。

第十二章

来子自从来包子铺，一直没看见王麻秆儿。

过去每到傍晚，包子铺最热闹。来吃包子的人能把一个包子分成十几口。"狗不理包子"有规矩，要捏十八到二十二个褶儿，看着就像一朵白菊花。吃包子的人也就一个褶儿一个褶儿地吃，为的是等王麻秆儿，听他说这一天的新鲜事儿。现在王麻秆儿不来了，虽然吃包子的人该来还来，但三两口一个包子，几口一碗稀饭，吃完喝完，一抹嘴也就走了。

来子也一直等王麻秆儿，还想问他爸的事。

这天中午，马六儿来了。

马六儿几天前刚出事，这时脸上还蜡黄，看着没一点血色儿。那个下午，他背着打帘子的家什在街上一直转到太阳偏西还没揽上一桩生意。后来走到九道弯儿胡同，一个叫凤枝的女人出来把他叫住了。九道弯儿胡同离侯家后很近，马六儿经常来这边，跟这个叫凤枝的女人也是半熟脸儿。这凤枝的男人姓鼓，叫鼓蹦子，是个跑船儿的。早先不跑船儿，也在南河沿儿的"鱼锅伙"干。天津人最讲吃海鲜，海鲜也叫海货，街上有句话，"当当吃海货，不算不会过"。所谓"当当"，是指去当铺典当东西，意思是到了吃海货的季节，就算把家里的东西当着卖了买海货吃，也不算不会过日子。海河下游的海边，天津人叫"海下"。海下单有拉海货的渔船，每天从海河上来。但上来的渔船有规矩，拉的海货不能自己卖，得交给"鱼锅伙"，行话叫"一脚儿踢"，也就是批发的意思。"鱼锅伙"收了船上的海货，再转手发给零售小贩。这一来零售小贩、"鱼锅伙"和海下拉海货的渔船，三家也就形成了一条龙的关系。但虽是一条龙，买卖上价儿高价儿低，秤多秤短，也就经常犯矫情。不过矫情归矫情，零售小贩和海下的渔船还是惹不起"鱼锅伙"。倒不是"鱼锅伙"在生意上降着这两头儿，主要是这两头儿的人惹不起"鱼锅伙"。"鱼锅伙"看着类似鱼行，其实还不是一回事，有些欺行霸市的意思，这里边的人个个儿都是混混儿，动辄白刀子进、红刀子出，一张嘴"滚钉板下油锅，要跳海河手拉手儿"，老实巴交的人一听先就怕了。这鼓蹦子在"鱼锅伙"混了几年，也觉着越混越没意思，整天打打闹闹，不像干正经事的。正这时，在一条从海下来的渔船上认识了一个姓白的船老大。这以后，也就上了这白老大的船。每回去海下拉海货，赶上顺风顺水，去半天儿，趸了货，回来再一天，只在船上住一宿。这回鼓蹦子又要跟船去海下拉货，白老大说，看着风不正，又是顶流儿，这一趟恐怕得三天。

这个叫凤枝的女人不会生孩子，家里就她跟男人，平时也就最怕男人出去，一个人在家太冷清，抽冷子咳嗽一声，能把自己也吓一跳。这个下午，凤枝在家实在太憋闷了，先睡了一会儿，醒了一听，马六儿正在外面的街上吆喝打帘子。凤枝也知道马六儿，门口儿的女人都说，这打帘子的马六儿最会聊天儿，知道的事儿也多，说话又让人爱听，像个巧嘴八哥儿，手艺人本来凭的是手，可他的嘴比手还好使。其实凤枝家里的帘子是今年开春刚打的，可为了有个人说话儿，就把马六儿叫进来。马六儿聊天儿也不是随便聊的。一进门先不说话，得把帘子架支上，自己先打几下，让本家儿的女人看明白了，再上了手儿，自己在旁边踏踏实实坐定了，这才开始聊。凤枝倒愿意打帘子，觉着挺新鲜，这个下午，一边打着帘子也就跟坐在旁边的马六儿越聊越高兴。这凤枝还有个毛病，一聊高兴了就爱笑，且一笑起来就花枝乱颤，嗓子又尖，街上老远就能听见。凤枝跟马六儿这里聊得正高兴，鼓蹦子一步迈进来。这鼓蹦子本来说好要去海下三天，但白老大临时有事，又改主意了，只两天就让渔船赶回来。鼓蹦子还没进门就已听见自己女人的笑声。进来一看，见一个男人坐在旁边，正跟自己的女人聊得眉飞色舞，女人也笑得胸脯子乱抖，火儿登时就上来了。这鼓蹦子火儿，还不光是火儿自己的女人抖胸脯子，更火儿马六儿。他认定是马六儿趁自己不在家，钻进来勾引自己的女人。鼓蹦子也是混混儿出身，于是二话没说，上来揪住马六儿抡圆了就给了一个大嘴巴子。马六儿聊得正高兴，眼看一个竹帘子已经打了一半，突然看见一个黑脸大汉闯进来，还没闹清是怎么回事，脸上已经挨了一巴掌。这男人打完了还不算完，底下又是一脚。只这一脚，一下就把马六儿从屋里踹到了街上，跟着，就把他的帘子架子和一堆破烂家什都扔出来。

马六儿连滚带爬地回到家，一头扎到床上就起不来了。还不光是打的，也是吓的。马六儿天生胆小，又是跑到人家的家里，哄着人家本家儿的女人打帘子，本来就亏着心，这回又是让人家男人堵在屋里，虽然没干任何事，可比堵在被窝儿里还吓人。马六儿在家躺了三天，一想起这事儿就后怕，夜里也总做噩梦。直到第四天，才勉强爬起来。

马六儿这个中午是觉着饿了，想来包子铺吃几个包子。

来子正给人端包子，一见马六儿来了，立刻过来问他，这些日子，怎么没见王麻秆儿。马六儿出了这场事，在家躺了几天，已经恍如隔世，这时来子一问，才想起来，前些天曾在胡同口碰见王麻秆儿。王麻秆儿一见他就说，他已听棺材铺的唐掌柜说了，头些天，来子曾去他那儿打听他爸老瘟的消息。当时马六儿对王麻秆儿说，来子已是十几岁的半大小子，这种事再想瞒，怕是也瞒不住，不如干脆告诉他，也省得他再到处儿打听。王麻秆儿一听却拨楞着脑袋说，话不是这么说，瞒不住也看怎么瞒不住，他要是听别人说的，或在别处自己打听的，怎么都行，可从你我嘴里说出来就是另一回事了。说着又叹了口气，这几天听说，高掌柜已让来子去了包子铺，后面我也别去了，还是先躲着点儿吧。

这时，马六儿自然不能把这些话告诉来子，就说，兴许他这一阵子忙，你放心，就他那脾气，肚子里连个屁也搁不住，只要能来包子铺，肯定会来。

又问，你找他，有事儿？

来子眨巴了一下眼，说，他是不是成心躲我？

马六儿说，应该不会，你又不是他的债主子。

又过了几天，来子还是在胡同口碰见了王麻秆儿。这个中午，来子搬笼屉让热气把手嘘了，高掌柜让他回家歇半天。走到胡同口儿，正看见王麻秆儿扛着掸子垛回来。王麻秆儿毕竟一直躲着来子，马六儿也已把来子的话跟他说了，这时一见就有点抹不开脸。

这个下午，王麻秆儿刚又给人管成一件事。东酱房胡同的张三武爱玩儿草虫，竹竿巷的葛先生有俩雕花儿象牙口的蝈蝈葫芦，不玩儿了，正想出手。王麻秆儿两边儿一说，又成了。事成之后，张三武和葛先生各谢了王麻秆儿十个大子儿，钱虽不多，但是个意思。这个下午，王麻秆儿一见来子就说，我刚买了点肉，家里还有面酱，去我那儿吧，咱吃炸酱面。

来子也不客气，就跟着来到王麻秆儿的家里。

蜡头儿胡同短，中间还横着插了一条草鱼胡同。王麻秆儿就住在这草鱼胡同交口儿，是一间半灰棚儿，一间自己住，那半间租给尚先生堆杂物用。王麻秆儿总在家里刨鸡毛掸子，屋里飞的净是鸡毛。进来一喘气，鼻子眼儿都痒痒。

王麻秆儿当初有个老婆，叫黄小莲，是扬州高邮人。王麻秆儿跟她是在南河沿儿认识的。这黄小莲本来有男人，是个跑船儿的。但这男人爱喝酒。岸上的男人爱喝酒也就罢了，可船上不行，船是在河里，这男人喝大了，就三天两头儿失脚跌进河里。黄小莲总劝这男人，既然干了这一行，还是少喝酒，虽说他水性好，轻易淹不死，可不出事儿是不出，一出就是大事儿，哪天水流大或赶上个漩涡，再好的水性也顶不住。这本来是好话，可这个男人脾气不正，再喝了酒，黄小莲一说就烦，烦了就动手打她，到后来越打越狠。有一天黄小莲又挨了打，这回打得更狠，让这男人一巴掌扇到了河里。幸好旁边的船上有人，才把她救上来。这一下黄小莲彻底寒心了。下午趁着上岸买菜，就不想回去了。天快黑时，王麻秆儿从河北卖掸子回来，见一个女人独自在河边溜达，看打扮又不像本地人，就多了一句嘴，问她怎么回事，是来天津找人，还是迷了路。黄小莲这时已横下心，一见王麻秆儿像个规矩人，就说，自己没地方去，王麻秆儿的家里要是没女人，也不嫌弃，就跟他走。王麻秆儿这时确实还没娶女人，倒不是娶不起，富娶不行穷娶，要想娶还是能娶。他是挑剔，想找个顺眼的女人。顺眼的女人男人都想要，但想要和想要也不一样，有的男人想要顺眼的女人，不顺眼的也能凑合。但王麻秆儿不凑合，找不着顺眼的宁可不娶。这个晚上，王麻秆儿一见这女人倒挺顺眼，鼓鼻子大眼儿的，再听说话，声音也挺软，不像天津的老娘们儿，一张嘴能震得房顶儿掉土。但再想，又不太敢信，这大晚上的，河边儿碰见个这么顺溜儿的女人，一张嘴就要跟着走，天底下哪有这么好的事儿？王麻秆儿整天在街上，也听过一些类似的事，知道有一种"放白鸽儿"的，南方叫"仙人跳"，专坑贪便宜好色的男人。这么想着，就有些犹豫。黄小莲一见王麻秆儿犹豫，知道他心里是怎么想的，索性说，大哥，这样吧，我手里还有点儿钱，咱找个地方，我请你吃碗面，跟你说说我的事儿，你要是不信，我扭头就走。王麻秆儿又仔细看看这个女人，倒不像邪的歪的，就把她带回来了。

所以，当初那个下雨的傍晚，王麻秆儿和马六儿在北河沿儿的一个小饭铺相遇，俩人喝酒时，马六儿曾顺嘴说了一句倘讨个模样俊的老婆，担心别的男人勾引之类的话，王麻秆儿的心里就吃味儿了，觉着马六儿这是哪把壶不开单提哪把壶。其实王麻秆儿是多心了，且不说马六儿这话是不是有暗指他的意思，他娶这黄小莲，也确实不是勾引。当时黄小莲已经走投无路，是央求王麻秆儿，公允地说，他也是有救人于危难的意思。

但这个黄小莲只跟王麻秆儿过了几年。王麻秆儿自从有了这个女人，心里挺高兴，转年又给他生了个大胖小子，过日子的心气儿也就更旺了。可这黄小莲当初跟那个男人跑了几年船儿，走南闯北，已历练得性子刚烈。当初只是让那个男人压着，才没显出来。现在一跟了王麻秆儿，王麻秆儿再宠着，本性也就一天天露出来。但这女人知恩图报，也知道知足，觉着眼前这日子跟过去比已不知强了多少倍，也就轻易不跟王麻秆儿发脾气。可到了外面就是另一样了。不光事儿上不吃亏，嘴也不饶人，在街上稍不随心就跟人矫情。门口儿的街坊看她是南边儿来的，说话也听不太懂，也就都不跟她一般见识。

但后来，这女人还是死在这脾气上。

那年洋人的都统衙门扒城墙，城里城外的人都跑去抢墙砖。这黄小莲也去跟着抢。她在船儿上干过，经常装货搬货，也就比一般的女人力气大，去抢了几天，还真抢回不少墙砖。但后来为了抢砖就跟人打起来。靠东北角儿有个墙垛子，几个单街子的女人已经包下来，她们管拆，拆下的墙砖也归她们。黄小莲却不听这一套，说谁搬就是谁的。那几个女人当然不干，一下就动起手来。这黄小莲本来就不是好脾气，一吵一闹，性子就上来了。但她还不知天津老娘们儿的厉害。天津的老娘们儿真急了，脾气比她还大。这一动手，一个女人抄起块砖头就在黄小莲的头上给了一下。当时只流了一点血，也没当回事。黄小莲当即把这个拍砖头的女人按在地上痛打了一顿，又抢了一摞墙砖，得胜而归。但回家睡了一宿，第二天一早却没起来。王麻秆儿这才发现，人已经凉了。后来尚先生听说这件事，想想说，这应该是脑出血，当时挨了那一砖头，血是慢慢渗出来的，所以砸的时候没感觉，到半夜就不行了。

当时王麻秆儿的儿子才两岁。这儿子叫王大毛，当初还是他妈给取的名字。他妈一没，就整天哭，闹着要找他妈。王麻秆儿看着扎心，又没一点办法。后来黄小莲的娘家知道了这事，一个娘家哥哥从扬州高邮跟着船过来，就把这孩子接走了。

这个下午，王麻秆儿不等来子问就说，知道你想找你爸。

来子闷头吃着面条儿，没说话。

王麻秆儿又叹口气，说，想知道，就告诉你吧。

来子说，不想知道了。

王麻秆儿看看他。

来子说，我想明白了，找也没用。

王麻秆儿看着他，还是没懂他的意思。

来子说，我妈已经死了，就是找着他，还能活吗？

王麻秆儿想了想，点头说，这倒也是。

来子说，他牛老瘪，以后也没我这个儿子了。

第十三章

老瘪爱跟二闺妞说话。

爱说话，不一定非得说多少话，也许一搭一句儿，说着听着就痛快。当初老疙瘩在时，老瘪见了二闺妞别说说话，连眼皮也不抬。不抬眼皮，是因为这女人是别人的，冲别人的女人抬眼皮不是正经男人干的事。现在老疙瘩死了，要给他办后事，就得经常跟二闺妞说话了。这一说话，老瘪才发现，跟这二闺妞还真能说到一块儿去。经常是一件事，老瘪一张嘴，二闺妞没等他说完就已经点头，不光知道他后面要说什么，也已经表示同意。

老疙瘩下葬第三天，天津叫"圆坟儿"。老瘪陪着二闺妞又来坟上看了看。老瘪本来跟二闺妞说，先别起坟头，怕人疑心，做个记号儿，等这一阵的风声过了再堆起来。可下葬时一看，四周都是新坟，再多一个也不显眼，这才堆了一个圆圆的坟头儿。圆坟儿这天，来了一看，坟上有几束鲜花。倒不是什么好花儿，显然是从附近的野地里临时采的，但看得出来，是经过精心搭配的，黄的粉的红的白的，挺好看。再细看，坟前还有焚过香的痕迹。二闺妞心里纳闷儿，老疙瘩的家里倒有几门亲戚，但这回为了小心，都没敢给送信儿。

这么想着，就念叨了一句，这是谁来了呢？

老瘪说，爱谁谁吧，心到神知。

二闺妞叹了口气，是啊，这死鬼，现在也是神了。

这天晚上，二闺妞做了几样菜，去铁匠铺把老瘪叫过来。老瘪忙前忙后地累了这些天，说要答谢他一下。老瘪一听说，答谢就不用了，要说吃饭，就说吃饭。

二闺妞说，行，那就说吃饭。

老疙瘩还留了几瓶酒。二闺妞知道老瘪喝酒，打开一瓶，拿来两个酒盅，俩人就对着喝起来。老瘪本来是个闷葫芦，这时在二闺妞跟前，又喝了酒，话匣子一下就打开了。先说老疙瘩这人如何好，可就是好人不长命。又说自己如何时运不济，本来是个火命，却偏偏娶了个水命的女人，结果自己这山下火就一直让那女人的山上水浇了这些年。后来浇得实在受不住了，这才从家里跑出来。二闺妞没想到，这个平时闷不吭声的老瘪敢情这么能说，又听他说什么山下火山上水的，就忍不住噗地笑了。本来这些天，一直给老疙瘩忙后事，俩人的心上都像压了块石头。现在人也埋了，坟也圆了，二闺妞这一笑，也就一下子轻松下来。二闺妞又筛上两盅酒，端起来说，咱把这盅酒喝了，就不说以前的事了，只说以后。

老瘪说，行，以后就只说以后。

二闺妞喝了酒，又说，知道吗，我会唱莲花落。

老瘪听了没说话。老瘪知道二闺妞当年跟"小白牙儿"的事。老疙瘩活着时，一天夜里从外面回来，说太晚了，就不回去惊动二闺妞了。俩人夜里在铺子睡不着，又没事干，就爬起来喝酒。后来老疙瘩喝大了，就跟老瘪说起二闺妞当初在娘家做姑娘时，跟"小白牙儿"的这一段。老疙瘩说，他也是后来听锅店街的人说的，这事儿搁在心里，一直像个苍蝇。但二闺妞并不知道他知道这事，他也就一直没给说破。老瘪一听，就知道老疙瘩是真喝大了，否则不会把这么深的事说出来，就打着岔说，锅店街有个耍叉的，叫徐大鼻子，挺有名。没想到老疙瘩立刻说，这事儿就是听徐大鼻子说的。这徐大鼻子跟白家胡同的李大愣是朋友，常来找他。李大愣也带着徐大鼻子来过铁匠铺，让给他修叉，这样老疙瘩也就跟这徐大鼻子认识了。老瘪这时提徐大鼻子，本来想的是，这徐大鼻子跟蜡头儿胡同的刘大头也是朋友，这时提他，只是想把老疙瘩说的这话岔过去。可没想到，绕来绕去又绕回来了。老疙瘩又说，这徐大鼻子也是喝了酒才跟他说起这事儿的。那回他来铁匠铺，说要修叉，可其实是想做二十个"三头枪"的枪头儿。老疙瘩虽是做洋铁炉子的，但各种兵器，只要不是太蹊跷的都会做，只是对外不说。这二十个"三头枪"的枪头做好了，徐大鼻子请老疙瘩喝了一顿酒。喝酒时说闲话儿，不知怎么就说起了"十不闲儿莲花落"，又说到唱"十不闲儿莲花落"的"小白牙儿"。接着，也就说到了"焦三仙嘎巴菜"老板的闺女跟这"小白牙儿"的事。当时李大愣也在。老疙瘩已看出来，李大愣一个劲儿给徐大鼻子使眼色。但徐大鼻子喝得正高兴，只顾说，并没注意李大愣的眼色。徐大鼻子又说，这"小白牙儿"后来又惹祸了。东马路大狮子胡同有个盐商，叫菊广林。这菊广林有个姨太太叫于玉玉，是从窑子里赎出来的。有一回菊广林带着这于玉玉坐着胶皮去归贾胡同办事，经过江家胡同交口儿时，正看见"小白牙儿"几个人唱"十不闲儿莲花落"。这"小白牙儿"的嗓子本来像小刘庄儿的青萝卜，又脆又甜，可后来嗓子眼儿长了个疙瘩，唱还能唱，却成了"云遮月"的嗓子，这一下反倒更有味儿了。这于玉玉跟菊广林坐着胶皮过来，一听"小白牙儿"的嗓子，再看他那一口小白牙儿，一下就爱上了。从那以后，就总借茬儿往归贾胡同和江家胡同的交口儿跑。这"小白牙儿"也不是吃素的，于玉玉来几回，心里也就明白了，又见这女人不光俊，还单一种味道，于是没多久就跟她摽鼓到一块儿了。两人先是经常去旅社私会，后来丁玉玉干脆拿出自己的私房钱，在东门里的一个空院儿租了两间平房。但俗话说，纸里包不住火，这种事，想瞒也瞒不住。况且那菊广林也不是省油的灯，从当初第一次看见这几个唱"十不闲儿莲花落"的，就已觉出于玉玉的眼神儿不对。这以后，又看她三天两头儿往外跑，也就留了心。让底下的心腹跟出去几回，就知道了，这俩人已在东门里的一个空院儿租了房，安了个外宅。但这菊广林的心计极深，自己在外面毕竟是有身份的人，甭管到哪儿，一提起来也是有名有姓，现在娶了这么个姨太太，虽是从窑子里赎出来的，也已经有了名分，这事儿倘传出去，自己岂不是戴了绿帽子？于是表面并没露出来，想找个机会，让人把这"小白牙儿"神不知鬼不觉地做掉。后来于玉玉听说了，菊广林已知道此事，正打算弄死"小白牙儿"。跟"小白牙儿"一说，"小白牙儿"也害怕了。于玉玉是江苏吴江人，当初是陪着客人乘船过来的，后来就落在了天津。这时两人一商量，就连夜收拾起东西，一块儿逃回吴江去了。

这时，老瘪就把老疙瘩当初说的关于"小白牙儿"的这一段儿，跟二闺妞说了。二闺妞没想到，老疙瘩早已知道了自己的这段事，一下悲从中来，扔下酒盅就哭起来。自从老疙瘩出事，二闺妞也流过泪，但还没这么大放悲声地哭过。老瘪这时看着她，也不劝。老疙瘩已经下葬，事情也都已办完，现在她想哭，也就让她哭，就是外面的人听见也不怕了。

二闺妞哭了一阵，哭累了，抬起头，看看老瘪说，今晚，你别走了。

老瘪看着二闺妞，想说话，嘴动了动，没说出来。

二闺妞说，我一个人，害怕。

这个晚上，老瘪就没走。

第十四章

来子十八岁的生日，是小闺女儿给过的催生。

小闺女儿叫李翠翠，跟来子同岁，长着一双凤眼，一看人眉毛就立起来，嘴也厉害，像刀片儿似的不饶人。包子铺是个人来人往的地方，来吃包子的，多嘎杂蔫坏的都有。有嘴欠的，一边吃着包子就跟小闺女儿贫。小闺女儿不急，也不恼，笑着就能把这人数落了，说的话要多损有多损，还让人说不出来道不出来，只能挨这窝心骂。

尚先生说，这小闺女儿日后，又是一个胡大姑。

小闺女儿叫高掌柜表舅姥爷。但后来来子才知道，她跟高掌柜不是亲戚。几年前的一个冬天，小闺女儿来到包子铺的门外。当时天快黑了，外面正下雪。她不进来，只站在包子铺的门口往里看。高掌柜看出她是要饭的，又见她穿得挺单薄，就让她进来。小闺女儿起初还不肯。高掌柜叫了几次，后来又让人端了一碗热汤，小闺女儿才进来了。高掌柜跟她说了几句话，一听武清口音，知道是老乡，就让伙计给端来一碟包子。一边让她吃着，又问，是武清哪儿的。小闺女儿说，是北藕村的。高掌柜一听更近了。高掌柜的老家是下朱庄，离北藕村只有十几里。但再问小闺女儿家里的事，她就不说了，只说自己姓李，叫李翠翠，小名叫小闺女儿。高掌柜看出这女孩儿不像一般的孩子，又是老乡，就让她留下了。高掌柜有个表妹，婆家也是北藕村的，这么论着，就让小闺女儿叫自己表舅姥爷。

小闺女儿心眼儿灵，也懂事。刚来时，高掌柜看她小，不让她做事。可她不吃闲饭，非要做。几天过来，包子铺的这点事就全看明白了。高掌柜先还担心。街上做买卖看着简单，其实也不容易，尤其这包子铺，不光是勤行儿，整天送往迎来更得小心。来的人看着是吃包子的，指不定就揣着什么心思。果然，没过几天就出了一件事。这天中午，一个穿狐皮大氅的男人来吃包子。一边吃，随口跟小闺女儿搭话儿，问她，多大了。

小闺女答，十五。

这男人说，你嗓子挺好。

小闺女儿乐了，说，别人都这么说。

男人又问，会唱曲儿吗？

小闺女儿说，会唱两句"时调"。

小闺女儿说的时调，是指"天津时调"，也就是天津特有的一种鼓曲。

这男人说，你唱两句，我听听。

小闺女儿就唱了两句《放风筝》。

男人听了点头说，嗓子确实挺亮，也有味儿。

高掌柜这时正在柜上，听小闺女儿一唱，就朝这边看了看。这个吃包子的男人穿得挺阔绰，可细一看就能看出来，身上这狐皮大氅应该是估衣街上的地摊儿货色。这时，这男人已经吃完了包子，又跟小闺女儿说，你嗓子这么好，不唱可惜了。

小闺女儿笑笑，没说话。

男人朝高掌柜那边瞟一眼，问，你不是这家儿的吧？

小闺女儿说，不是。

男人说，给你找个师傅吧，教你唱大鼓，想学吗？

小闺女儿看看这男人。

男人笑了，说，放心，不让你吃张口儿饭。

这男人说的吃张口儿饭，是指下海专干这一行。

小闺女儿说，要这样，就想学。

男人点头，压低声音说，我哪天再来。

说完站起身，在小闺女儿跟前的桌上扔了一块钱，就走了。

小闺女儿看着这男人出去了，才朝高掌柜走过来。高掌柜一直冲这边看着，这时就埋怨小闺女儿，不该跟这男人说这么多话，还唱"时调"，现在好了，他说以后还来，肯定是安着别的心思。小闺女儿把这一块钱交给高掌柜，笑笑说，您就放心吧，没事儿。

过了几天，这男人果然又来了，还是坐的那张桌，又要了两碟包子。一边吃，又把小闺女儿叫过来。这回声音小了，对她说，给你找了个师傅，哪天带你去见见。

小闺女儿问，远吗？

男人说，不远。

说着又朝高掌柜那边瞟一眼，不过这事儿，别跟别人说。

小闺女儿点头说，行。

这男人吃完包子就起身走了。

高掌柜一直朝这边看着，见这男人出去了，就叫过小闺女儿问，这人又说嘛了？

小闺女儿说，他说给我找了个师傅，教我唱大鼓，哪天要带我去见见。

高掌柜一听就急了，问，你答应了？

小闺女儿说，答应了。

高掌柜更急了，白着脸说，你怎么能随便答应啊？

小闺女儿说，我答应是答应，可不会跟他去。

高掌柜说，你已经答应了人家，不去能行吗？

小闺女儿倒挺有根，说，您就甭管了。

又过了几天，这男人又来了。这回没进来，在包子铺外面的街边，冲小闺女儿招手。小闺女儿看见了，忙完手里的事就出来了。这男人说，走吧。

小闺女儿点点头，朝铺子里指指，意思是回去说一声。

这男人说，别跟他们说了，走吧。

小闺女儿摇了摇头。

这男人只好说，快点儿，我在那边等你。

小闺女儿就进去了。一会儿又出来，朝这男人走过来。这男人觉出有点不对劲，看看小闺女儿，问，你怎么了？小闺女儿冲这男人比画了两下，张张嘴，却没出声儿。

男人问，怎么回事？

小闺女儿又比画了比画，费劲地说，嗓子，坏了。

男人一听就急了，问，前几天还好好儿的，怎么说坏就坏了？

小闺女儿说，上火，咸菜吃多了。

男人气得直跺脚，只好说，那就过几天再说吧。

过了几天，这男人又来了。这回小闺女儿不光说不出话，干脆连声音也出不来了。男人问，这到底是怎么回事？小闺女儿比画着说，嗓子眼儿，长了个疮。

这男人一听没再说话，扭头就走了。

高掌柜后来跟王麻秆儿说起这事。王麻秆儿早就知道这个男人，这才告诉高掌柜，这男人叫麻皮，是专在街上踅摸小女孩儿的。踅摸上了，先带回去让他老婆调教，教唱小曲儿小调儿，然后再卖给

"落子馆儿"。所谓"落子馆儿"，也就是"窑子"。高掌柜听了惊出一身冷汗。但这回也知道了，这小闺女儿看着岁数不大，还真有瘤子，也不是好糊弄的。

后来日子长了，小闺女儿才说出她家的事。

小闺女儿她爸叫李显贵，在北藕村是个做豆腐丝儿的。再早也不做豆腐丝儿，只做豆腐。后来李显贵发现，做豆腐丝儿比做豆腐赚钱，就改做豆腐丝儿。李显贵是个实在人，又爱琢磨事儿，做的豆腐丝儿不光筋道儿，味儿也好，卖得就挺快，没几年也就赚了钱。村里有个叫田广泰的，本来开着一爿油盐店，一见李显贵做豆腐丝儿赚钱了，就不开油盐店了，也做豆腐丝儿。一个村里出了两家做豆腐丝儿的，自然要分走一半生意。但李显贵厚道，既然是一个村的乡亲，这豆腐丝儿做出来也不光是卖本村，周遭儿都能卖，谁做都是做，也就并不计较。可这个田广泰心眼儿多，脑筋也活，这门手艺还没学地道，先学会了掺假。掺假本儿小，利也就大。但人家买主儿也不傻，东西好坏，搁的嘴里一尝就知道了。可豆腐丝儿又不像别的，做了就得赶紧卖，尤其夏天，早晨做了，下午没出手就黏了。田广泰每天做少了不够卖，做多了又卖不出去，也就一直不赚钱。可他不赚钱，却把这个账记在小闺女儿她爸李显贵的头上，认为是李显贵挡了他的道儿。于是想来想去，就想出一个主意。他先去城里的药铺买了一包大黄。大黄是一味中药材，专门清热泻火的，人一吃，立刻就拉稀。

这田广泰准备好大黄，等了几天就等来机会。

做豆腐丝儿，得用豆腐。李显贵本来是开豆腐房的，后来做豆腐丝儿，就不开豆腐房了。旁边的张楼村有一家豆腐房，东家姓黄。这黄掌柜跟李显贵是朋友。李显贵再用豆浆，就从这黄掌柜的豆腐房进。黄掌柜每天天不亮起来，带着伙计磨出豆浆，留出自己做豆腐的，剩下的就让一个伙计赶着驴车给李显贵送过来。这送豆浆的伙计叫三羊，跟田广泰的一个伙计同村，也是朋友。田广泰听这伙计说，这三羊有个毛病，嘴馋，最爱吃"杨村糕干"。其实武清不光杨村出"糕干"，哪个村都有。于是一天晚上，就让伙计给这个三羊送来几块糕干。但送来时，先在这糕干里放了点大黄。三羊一见挺高兴，一口气都吃了。结果当天夜里就开始拉稀，整整拉了一宿。第二天早晨，赶着驴车来给李显贵送豆浆时，路上还在拉。从张楼村到北藕村，中间要经过一片高粱地。田广泰就事先等在这片高粱地里，见三羊赶着驴车过来了，趁他又钻进树棵子拉屎，就往车上的豆浆里又放了些大黄。这一下就麻烦了，李显贵用这豆浆做了豆腐丝儿，弄出去一卖，吃了豆腐丝儿的人也就都开始拉稀。有细心的，拉着拉着就发现这事不对了，一个人拉，两个人拉，不能这么多人突然一块儿都拉，应该是吃了什么不对付的东西。再细一想，凡是拉稀的人都吃了北藕村李显贵家的豆腐丝儿。于是就有人找过来。一来才发现，李家的人竟然也都在拉。这就没跑儿了，毛病肯定是在这儿。

李显贵这时也纳闷儿。自己做豆腐丝儿向来很干净，怎么会出这种事？但不承认也不行，眼瞅着自己家的人也都在拉，只好认倒霉，谁家来找，就赔谁家的损失。这一下传开了，买了李家豆腐丝儿的人立刻都来了，还有的不知是真是假，哭哭啼啼地声称自己家里拉稀拉死了人。李显贵把所有的家底儿都赔上了，还不够，又借了一大笔印子钱。

就在李显贵走投无路时，张楼村豆腐房的黄掌柜又来找他。黄掌柜说，咱是多年的朋友了，我也是管闲事儿，我一说，你也就一听，答不答应在你。这黄掌柜说，张楼村有个叫张同旺的，这些年一直在运河上养船儿，专跑江浙，做丝绸茶叶生意，现在五十多了，钱也赚够了，想收手回来养老。他一直想再娶个小，现在相中了你家的小闺女儿。黄掌柜赶紧又说，相中当然也是他相中，应不应还得看你这边，不过他已听说了，你家现在遇上难处，让带话儿过来，只要这门亲事能成，他可以出一大笔彩礼钱，帮你家把这亏空还上。李显贵一听，心里当然不愿意。自己的女儿刚十五岁，就像一朵花儿刚开，这张同旺已是五十多岁的半大老头儿，这不成了卖闺女？

可这时已经没有别的办法，想了几天，也就只好咬牙答应了。

小闺女儿说，她就是为了躲这门婚事，才从家里跑出来。

第十五章

小闺女儿给来子过催生，是包的饺子。

按天津人的习惯，催生吃饺子，到生日这天才吃面条儿。面条儿，天津人也叫"捞面"。小闺女儿在包子铺这几年，一直不要工钱。高掌柜跟她急过几回，她还是不要，说这包子铺就是她的家，现在有这个家已经知足了，哪有给自己家干活儿还要工钱的道理。高掌柜实在没办法了，只好说，工钱不要，零花儿钱总得要吧，这么大闺女了，手里没点儿钱哪行。

高掌柜一说零花钱，小闺女儿才勉强要了。

这以后，每到月头儿，高掌柜就给她拿点儿零花钱。小闺女儿在包子铺有吃有喝，平时也没花钱的地方，就把这零花钱存起来。来子过催生这天，就拿出自己的体己，出去买了几斤白面，又买了二斤牛肉。来子本来爱吃包子，但小闺女儿说，今天不行，得按规矩来，催生饺子就是催生饺子，没听说过吃催生包子的，想吃包子，以后有的是时候。

小闺女儿挺麻利，手也巧，把牛肉剁了，又剁进两棵葱，馅儿和得挺香。饺子包出来也好看，都跟小菱角儿似的。高掌柜看了笑着说，好看是好看，香也真香，可咱是开包子铺的，还出去买面买肉，这就没道理了，让外人知道这不是寒碜我吗？小闺女儿说，一码归一码，今天来子催生，是我给过，包饺子的东西自然得我出，明天是他生日的正日子，您要想给他过，第一碟儿包子还不要钱，再吃再要，那就是您的事儿了。

小闺女儿这一说，高掌柜又想起去年的事，就忍不住笑了。再想，又有些感慨，日子真不禁过，这一年一出溜就过去了，家里外头，胡同儿街上，出了多少事，又死了多少人。

高掌柜的心里一直装着个事。不过再想，倒也不急，还是找个合适的机会再说。

来子这些年，是高掌柜看着长起来的。小时候淘，且是蔫淘，干出的事儿能把人气乐了。大了倒懂事了，自从他爸一走，他妈一病，再一殁，就看出是个大人样儿了。可自从他来包子铺，高掌柜才发现，这来子不光懂事，将来还真是个做买卖的材料。高掌柜开包子铺，做了一辈子买卖，是不是干这个的，眼一搭就能看出来。做买卖的都得是人精，可这个精又不能挂在脸上，两个眼珠子叽里咕噜一转，甭等张嘴，人家心里的弦儿先就绷上了。真正的买卖人还得有几分讷气。但讷又不是傻，也不是没精神，看着还得巴结，得机灵。可这巴结机灵还要让人踏实，觉着放心；光有讷气也不行，还得软。这软又不是让人打了左脸，赶紧把右脸凑上去，真这样这买卖就没法儿干了。真正的买卖人是绵里藏针。脸上虽挂着笑，可笑得再好看，暗含着还得有股煞气。可这煞气又不能把人吓跑。这就难了。高掌柜的这套"买卖经"曾给来子讲过。给他讲，是因为他虽还没到这个火候儿，也已经看出有这个意思。

高掌柜再想，也就明白了。来子他爸是迂，他妈是暴，这俩人单拿出来，哪个也做不了买卖。可合到一块儿，取长补短，也就成了现在的来子。来子照这样下去，将来也许还真有大出息。几天前，一个叫"臭鸡子儿"的又来包子铺。这臭鸡子儿是个地痞，天津叫"杂巴地"。杂巴地跟混混儿还不是一回事，混混儿再怎么混也有混的道，还讲个规矩，杂巴地是吃浑饭拉浑屎，横竖不讲理。这臭鸡子儿再早是河北西头小教堂胡同的，这两年，不知怎么来这边了，常在侯家后一带转悠。整天穿个汗布小衫儿，走在街上敞着怀，看谁都斜楞着眼。这一带的买卖铺子，尤其是饭庄酒馆儿，没有不怕他的。他别管进了哪家饭庄，不嚷，也不闹，坐下就点菜，上了菜就吃。吃完了也不走，就等着伙计过来结账。只要伙计一来，还没报"口念账儿"，他站起来就解裤子。解了裤子掏出来，哪儿人多就往哪儿尿。他的尿还冲，又臊，一泡尿跟驴似的，能冒着热气流得满地都是。来吃饭的一见这阵势，连熏带吓，也有的是故意借茬儿溜账，一哄就都走了。后来日子一长，街上的饭庄酒馆儿也就都知道了，只要这臭鸡子儿一来，甭管进哪家，他要点菜就点菜，要吃嘛就给他上嘛，一个人再怎么吃，就是撑死也吃不了多少，总比让一堂子饭座儿都溜账划算。等他吃完了，赶紧让伙计喊一声，别管两块五还是两块六，已经付账，还得给足面子，最后再加上一句："三块不找——！"意思是，他还给了小费。临出门，连灶上的厨子都得探出头，冲他喊一声："谢——！"

这个中午，臭鸡子儿来包子铺还带了两个人。这俩人跟他一个打扮儿，汗布小衫儿敞着怀，腰里扎着一巴掌宽的"板儿带"。高掌柜一见，就知道又来事儿了，赶紧冲小闺女儿使眼色，让她进里边去。来子正在里面包包子，一听小闺女儿进来说"那个臭鸡子儿又来了，这回还带了俩人"，就从里面撩帘儿出来。这时臭鸡子儿几个人已在靠里边的一张桌坐了。高掌柜刚要过去，来子拦住他，自己过来，一边擦着桌子说，几位，换个桌子。

臭鸡子儿翻他一眼问，你刚来的吧？

来子说，来一年了。

臭鸡子儿说，知道我是谁吗？

来子说，甭管谁，这桌子也得换。

臭鸡子儿还没听过有人敢这么跟他说话，又看看来子，问，为嘛？

来子说，这个桌子有人了。

臭鸡子儿问，谁？

来子说，你就甭问了。

说着朝旁边一指，去那个桌子。

臭鸡子儿看看身边的两个人，噗地乐了，说，甭管谁，来了让他去那桌儿。

来子说，行，一会儿人来了，我就说是你说的。

说完抓起抹布扭头就走。

076

臭鸡子儿想了想，又叫住他，说等等。

来子回来了，问，还有嘛事儿？

臭鸡子儿说，这个桌子，到底是谁？

来子说，旁边蜡头儿胡同的，刘大头，这个桌子是给他留的。

臭鸡子儿听了一愣问，刘大头，一会儿来？

来子说，是。

说完看看他，又说，他来不来，这个桌子也常年给他留着，他在这儿，挂账不赊。

"挂账不赊"是街上买卖铺子的一句行话，意思是只挂账，不给钱。再说白一点儿，也就是白吃白拿。当然，这白吃白拿也不是真的白吃白拿，真遇上碴口儿，还得管这铺子的事。臭鸡子儿听了，歪着脑袋想想，斜起眼问身边的两个人，想吃涮羊肉吗？

旁边的两个人已经懂了，赶紧说，是啊，几天没吃了，身上发紧。

臭鸡子儿站起来说，小马路儿那边刚开了一家儿，尝尝去。

说完，就带上这两个人走了。

高掌柜本来一直提着心，知道这臭鸡子儿不是个好物儿，这半天一直朝这边看着，刚才来子的话都听见了，这时就过来笑着说，看来，还真是一物儿降一物儿啊。

来子说，这一回管够，他以后不会来了。

来子也是偶然听人说的。刘大头有个徒弟叫张顺，有一回在街上跟臭鸡子儿碰上了。两人不知怎么说戗了，一动手，让臭鸡子儿给打了。后来刘大头听说了这事，就在当街把这臭鸡子儿打了一顿。打完还不算，又让他当众在街上爬了一段儿，把膝盖都磨破了。当时刘大头对这臭鸡子儿说，以后再让我看见，就没这么便宜了，让你从这侯家后爬出去！

高掌柜一听又笑了，说，我看，降住这臭鸡子儿的还不是刘大头，是你。

这年春节刚过，街上有人传，说北京突然闹兵变，乱兵到处抢东西，砸金店，还烧铺子，整个儿北京城都起火了。王麻秆儿傍晚来包子铺，对众人说，现在外面人心惶惶，听说北京的这些乱兵已把这场事越闹越大，又要往山东河南跑，肯定得经过天津，大概这几天就要过来了。人们一听更紧张了，都摸不清王麻秆儿这话是真是假。正在旁边吃包子的尚先生叹口气说，应该是真的，这场兵变看着只是兵变，其实，恐怕没这么简单。

有人问，为嘛？

尚先生说，眼下是共和了，南北已经议和，可议和是议和，南边要把这大总统的位子让给袁大人，也不是白让的，他得先去南京，可真让袁大人离开他在北京的老窝儿，他愿不愿意去，这就难说了，所以啊，这把火到底是谁放的，放给谁看，还真说不准啊。

问的人凑过来，您的意思，是说？

尚先生立刻摆手，我可嘛也没说。

旁边的人都听得似懂非懂。这袁世凯当不当大总统倒没人关心，只是天津北京离这么近，也就二百多里地，倘这些乱兵真过来，天津就要遭殃了。

又过了几天，街上果然紧张起来。先是巡警都如临大敌，全副武装上了街。接着各商会也紧急召集，商量如何应对。又听说，官府已给各大商号发了长短枪支，让各自防卫。很多中小商号也联合起来，要向洋行购买各种武器弹药。天一黑，街上就没人了。

正月十四的晚上，北京的乱兵果然坐着火车过来了。车到天津还没停稳，就都跳下来，一边放着枪往街里跑，见了银号当铺和金银首饰店就砸，砸开了不由分说就抢。劝业商会也被砸开了，把里边的展品都搬出来。还有的干脆闯进造币局，把银库里的银锭和还没出厂的银元也都抢了。再后来，天津这边的叛兵也跟着闹起来，叛警和土匪趁火打劫，连货栈铺子粮店私宅都抢。街上到处着起大火，火光烧红了半边天。

这也就是史称的"壬子兵变"。

来子这个晚上没回去，一直守在铺子里。到半夜，见街上枪声四起，警笛大作，眼看已经越来越乱，就让高掌柜先带着家眷躲到后面去。这时，站在侯家后中街朝两边看，东面和西面都已着起了大火。两边的乱兵一边放着枪砸铺子，已从两个方向朝这边过来，眼看离包子铺越来越近。来子想了想，就回身进来，先把铺子里的桌椅板凳都掀翻，又砸碎门窗上的玻璃。高掌柜出来一看，吓了一跳，不知他要干什么。来子砸了铺子又出来。门口儿的街边有个席棚，是包子铺用来放煤和堆杂物的。来子划了根洋火儿，就把这棚子也点着了。棚子是苇席的，里面又堆着劈柴，火借风势，立刻越烧越旺，转眼火苗子就已蹿起一房多高，连跟前的两棵碗口粗细的榆树也引着了。这时两边的乱兵已经拥过来。一见这包子铺成了这样，这边的乱兵以为是那边砸的，那边的乱兵又以为是这边砸的，两边看了看，就都朝估衣街那边去了。来子见这些乱兵走远了，才赶紧往外端水，把席棚子的火扑灭了。

直到天大亮时，街上才渐渐平静下来。

这一夜，从官银号到北门外大街，几乎成了一片瓦砾。侯家后一带的铺子也都被抢了。但"狗不理包子铺"的表面虽已破烂不堪，但乱兵没进来，也就并没受多大损失。

几天后，高掌柜把铺子的门脸儿修整了一下，就又开业了。

第十六章

高掌柜经过这一场事也就看出来，来子确实是个有胆识的人。做买卖光有主见还不行，也得有胆识。主见是买卖人的定盘星，胆识就是秤杆儿。主见得靠胆识挑着，没有胆识，就是再有主见也没用。这次倘没有来子的胆识，这包子铺就得跟街上别的铺子一样了。

这时，高掌柜就想起一直装在心里的那件事。

他想，应该是时候了。

自从经了这一场变故，侯家后也不像过去那样热闹了。天一黑，街上就冷清下来。这天晚上，来子看看铺子里没事了，正要回去，高掌柜把他叫住了。

来子看出来，高掌柜好像有话。

高掌柜说，我已经这把年纪了，一直把你当个亲孙子。

来子点头说，是。

高掌柜说，有句话，想问你。

来子看着高掌柜，嗯了一声。

高掌柜问，你觉着，小闺女儿怎么样？

来子笑了，说，好啊，当然好，干事儿飒利，人也好。

但来子说完就有点儿明白了，脸一红，看一眼高掌柜，不往下说了。

高掌柜点头说，我是想管个闲事儿，可要说，也不能算闲事儿，你俩跟我都不是外人。

高掌柜提这事，来子倒不意外。来子自从来包子铺，跟小闺女儿就如同兄妹，俩人该说的不该说的，能说的不能说的，从来就没有忌口的事。在来子心里，好像这事儿不用说，早晚也是这么回事。但这时高掌柜一点破，心里还是有点儿跳，想了想，又觉着没底。

高掌柜说，我是这么想，你俩都是好孩子，要能两好合一好儿，不是更好吗？

来子闷着头说，您给做主吧。

高掌柜摇头说，这个主，我还真做不了，小闺女儿比你还有主见，也得问她。

高掌柜虽这么说，其实心里也有底。小闺女儿来铺子这几年，已经待下来了，没事的时候也曾对高掌柜说过，北藕村是回不去了，也不想再回去。可她说不回去，就得有不回去的打算。眼下也是个二十来岁的大姑娘了，总不能一直这么晃着，是该考虑终身大事的时候了。来子平时跟她在一块儿，高掌柜都看在眼里，心里也清楚，应该就是一层窗户纸的事。

但让高掌柜没想到的是，这层窗户纸一捅破，却不是这么回事。

小闺女儿听了，没说愿意，也没说不愿意。

但高掌柜看出来了，她虽没明说，意思还是不愿意。

小闺女儿不愿意，倒不是说来子不好，也说来子好，不光好，还特别好。可这个好不是那个好。小闺女儿说，来子好就不用说了，人好，心好，最要紧的是脑子也好。

高掌柜问，既然你觉着他这也好，那也好，可为嘛还不愿意呢？

小闺女儿说，他好虽好，可真要一辈子跟他，就是另一回事了。

高掌柜知道小闺女儿有主意，可没想到，她竟然这么有主意。

小闺女儿说，我要嫁，得嫁个靠得住的男人。

高掌柜说，来子还靠不住吗？这回要不是他，咱这铺子就完了。

小闺女儿说，我说的靠得住，不是指这个。

小闺女儿叹口气，对高掌柜说，男人要靠得住，先得说有个好身板儿，再有本事的男人，也得让人一看就踏实。她说，当初她家一出事就看出来了，虽说上边还有个大哥，且这大哥要多顾家有多顾家，可就是从小有痨病。她爸让村里的田广泰欺负成这样，已经弄得倾家荡产，她大哥也着急，也生气，可干着急，干生气，一点儿办法也没有，他自己还整天咳儿咳儿地咳嗽，再怎么生气着急也使不上劲。小闺女儿说，来子人虽好，也有男人的主见，更有男人的胆识，可他这么瘦小枯干，还是让人看着不踏实。

高掌柜一听就笑了，说，瘦小，也精神啊。

小闺女儿苦笑笑，可精神也不能当饭吃。

高掌柜明白了，这件事，小闺女儿肯定早在心里想过了，也已经打定主意，再怎么说也是白说。于是点头说，也是，要说俩人都好，可两好未必就能凑成一好儿，随缘吧。

话已说到这个份儿上，也就只能随缘了。

但让高掌柜发愁的是，这件事，怎么跟来子说？来子那边还一直抱着热火罐儿，倘一告诉他，小闺女儿这边根本没这意思，且不说他心里怎么想，一个大男人，面子也没处儿搁了。但不好说，也还是得说。高掌柜故意又抻了两天。这两天注意看了看，小闺女儿还跟过去一样，跟来子该说说，该笑也笑，就像没这么回事。倒是来子，本来经常跟小闺女儿打打闹闹，这时反倒不敢正眼看她了。再后来，就好像故意躲着，话也没了。高掌柜是过来人，一看就明白了，来子为这事儿是真走心了。又寻思了一天，这天晚上，要去南河沿儿收账，就故意叫上来子。走在路上，跟来子说，看你这两天不爱说话，像有心事。

来子说，没有啊。

高掌柜说，咱爷儿俩，用句老话说是心里没枝根，你有话就说。

来子闷头走着，没说话。

高掌柜说，那个事儿，我跟小闺女儿提了。

来子立刻说，我知道了。

高掌柜看看他，你怎么知道的，她跟你说了？

来子说，不用说，看也看出来了。

高掌柜摇摇头，叹口气说，也罢，也许你俩这辈子，就是个兄妹的缘分。

· 第二部 ·

肉里嚎

第十七章

来子在蜡头儿胡同，最不爱搭理的人就是杨灯罩儿。

当年杨灯罩儿教来子说外国话，冲两个洋人叫爸爸，后来为这事，让来子他妈堵在胡同里凿凿实实地拍了个满脸花，还踢翻了他的帽子车。从那以后，杨灯罩儿再见了来子他妈，老远就绕着走。但来子还不光为这事，也为杨灯罩儿这个人。一般的正经人，脸色都是白里透红，或红里透黑，就是不舒眉展眼，看着也心平气和。这杨灯罩儿却不是，脸上总挂着一层灰，且五官努着，眉头皱着，两个眼犄角儿也朝两边奔拉着，一看就没有松心的时候，好像随时都在算计谁，或在心里琢磨什么事。尚先生曾说，这杨灯罩儿要是会下象棋，肯定是个高手，高手下棋能看五步，看出五步才走一步，所以哪一步儿都不是随便走的。可这杨灯罩儿就不是看五步儿了，不知能看出多少步儿。所以，尚先生说，如果哪一天，杨灯罩儿突然跟谁走近了，这人就得小心了，说不定就是老鼠拉木锨——大头儿在后头。

杨灯罩儿再早不卖帽子。南河沿儿上有一条街，这条街紧贴着河边，只有一边有商铺，所以叫"单街子"。单街子上有个水铺，叫"八方来"，老板姓多，叫多来喜。这多来喜多老板祖上就是开水铺的。天津再早的水铺不光卖开水，也卖凉水。当年英国人还没建自来水厂，西城墙根儿有两个大水坑。可这水坑的水不干净，一到夏天净跟头虫儿，还又咸又苦，经常漂着死猫死狗，所以稍微能吃上饭的人家儿就都买水吃。水铺用水车去南运河把水拉来，烧开的卖开水，不烧的就卖凉水。多老板的祖上经营水铺生意虽不是高门大户，却也做得风生水起。到多老板这一辈，虽然英国人已把自来水厂的水管子从英租界接到城里，又从城里一直接到了北门外，但这自来水还是不如南运河的河水，有一股怪味儿，沏了茶像药汤子。后来才知道，是漂白粉，人们就把这种自来水叫"洋胰子水"。有人说，喝了这种洋胰子水生不出孩子。所以，街上的人们就还是宁愿买水铺的水吃。多老板的水铺生意也就并没受洋人自来水的影响，渐渐从宫前街到西头湾子，已经有了几家分号。单街子上的这个水铺就在河边，不用水车拉水，平时也就只让两个伙计看着，一个管挑水，另一个管烧水卖水。挑水的伙计叫傻四儿，烧水卖水的伙计叫李十二。傻四儿是个哑巴，腿也有毛病，走道儿一拐一拐的，但有膀子力气，胳膊伸出来像两个小车轴，且爱看练武的，每天挑够几十挑儿水，再吃饱喝足，就跑去河边看蜡头儿胡同的刘大头带着徒弟耍石锁。水铺里只剩了李十二。这李十二比傻四儿小几岁，但脑子比傻四儿灵。有一回，杨灯罩儿从这水铺门前过，看见李十二站在灶台跟前，正往一个洋铁壶里放东西。这李十二个儿矮，灶台本来就高，这个洋铁壶又大，就得踮起脚尖儿，看着挺费劲。杨灯罩儿这时没正经事，整天在街上闲逛，蜡头儿胡同离单街子也近，经常溜达过来，跟这个叫李十二的小伙计也就半熟脸儿。这时就站住了，往里看了看，觉着好奇，有心想进去问他，往壶里放了嘛东西，但又想想，就走到街对面，等着看到底是怎么回事。一会儿，就见"三德轩"茶馆的伙计来了。这伙计叫财发，是津南咸水沽的，跟李十二是同乡。刚才街上有个推车卖酸梨的跟主顾矫情起来，说着说着急了，还动了手儿。这财发最爱看打架的，就把手里拎的洋铁壶放在水铺，跑去看热闹。这会儿热闹看完了，就回来拎上洋铁壶走了。杨灯罩儿站在对面的街上看了半天，还是没看明白，于是就走过来问这李十二，刚才往壶里到底放了嘛东西。李十二一见杨灯罩儿看见了，脸色登时变了。杨灯罩儿乐了，说，你别怕，我只是随便问问，这街上的人都知道，我不是个爱多事儿的人，可你要是不说实话，后面真出了嘛事儿，倘有人问起来，我可就保不齐得说了。

李十二听了，眨巴着两眼看着杨灯罩儿，意思还是不想说。

杨灯罩儿又说，刚才这孩子我认识，叫财发，是三德轩茶馆的伙计，我经常去三德轩喝茶，不光认识他，还认识那儿的于掌柜。李十二一听，知道再想瞒也瞒不住了，这才跟杨灯罩儿说，三德轩的于掌柜不够意思，自从他的茶馆儿开张，一直是用这边水铺的水，多老板也交代过，既然是老主顾，一定得关照，价钱也就比别人都低，这几年，就是南运河见了槽子底，别人来了不给水，也从没少了他三德轩的。可最近，大胡同那边又开了一家水铺，叫"维多利"，听说这水铺跟洋人的自来水厂还有勾连，一开业就故意砸价儿，比八方来这边要的还低，本来这边是八挑儿水，傻四儿还随叫随到，只要五个大子儿，可他合德利那边却敢要三个，听说还许了愿，后边要给接上水管子。三德轩的于掌柜一听就动心了，刚才听财发说，这回是打发他先去拎一壶，回来沏茶尝尝，要是这水没邪味儿，以后就用他们维多利的水了。李十二说完哼一声，又歪嘴一笑说，都是在街上混的，买卖儿再怎么说也不能这么干，许他维多利不仁，就许我八方来不义，刚才，我给财发的洋铁壶里倒没搁别的，只是放了点儿碱面儿，这回行了，回去于掌柜沏了茶，味儿准不错。

杨灯罩儿一听，这才明白了。当时也没多想，只是觉着这个叫李十二的小伙计挺嘎，是个坏小子。可回到家又寻思了寻思，突然灵机一动。这八方来水铺看着是个水铺，其实要细想，能干的事就不光是水的事了。来买凉水的人不说，就说买开水的，应该不外乎几种人，一是这附近衙署机关的，二是街上饭庄酒馆儿的，再有就是这周遭的大户人家。衙署机关的人当然不能招惹，揩他们的油就如同在老虎嘴上拔毛。可这饭庄酒馆儿和大户人家就有意思了。既然这个叫李十二的小伙计不是块好饼，不光嘎坏，还一肚子鬼心眼儿，如果让他跟来买水的大户人家的下人和饭庄酒馆儿的伙计串通好，让他们偷了值钱的东西，藏在壶里，趁买水拿到水铺来，然后

087

自己再去收，这应该是个不错的买卖。

杨灯罩儿这样想好，第二天就又来到水铺。

杨灯罩儿虽跟这李十二认识，但毕竟不是太熟，这种话，又是这样的事，也就不能说得太愣，只能先绕着弯子试探。可这李十二比猴儿都精，街上的歪门邪道儿也都懂，一听就明白了，立刻拍着胸脯说，小路货的买卖当然赚钱，只要你敢收，我就敢干。

李十二说的小路货，是指不是正道儿来的东西。

杨灯罩儿一听也就索性挑明了，笑着说，只要你敢干，我就敢收。

两人当即这样说定了。但这个李十二毕竟年纪还小，没有杨灯罩儿的心计深。杨灯罩儿事先盘算这事时，已在心里想过了，收小路货当然是无本万利的买卖，但说悬也悬，如果真让事主发现了，肯定得送官，收赃的也跑不了，自然得连坐。但这回这事就无所谓了，偷东西的跟自己无关，收赃的也跟自己无关，自己不过是从李十二的手里又转了一道收来的。倘真有一天事发了，自己只要说，并不知这是小路货，也就脱得一干二净。

这个叫李十二的小伙计已在水铺干了几年，人又活泛，跟附近饭庄酒馆儿的伙计和大户人家常来买水的下人厮混得挺熟，有的还是过得着的朋友。没几天，就开始有人往水铺倒腾东西。饭庄是吃饭的地方，来吃饭的饭座儿大都是有钱人，吃着饭热了，就把外面的衣裳脱了交给伙计。伙计也是看人来，有喝了酒的，一看越喝越大，就趁机摸衣兜儿，赶上机会也掏包儿。饭座儿吃饱喝足了，接过衣裳拎上包就走。等酒醒发现丢了东西，也不会想到是饭庄这边的事。饭庄伙计偷了怀表扳指儿或手把件儿一类的东西，就塞在洋铁壶里，趁着来水铺买水给李十二拿过来。这种小路货，自然不敢要大价儿，李十二也就说多少是多少，甭管值钱不值钱，给个仨瓜俩枣儿也就打发了。然后，李十二再转手倒给杨灯罩儿。杨灯罩儿为把这买卖做长了，也就总让李十二尝点甜头儿。李十二见着钱了，才发现这个买卖真比在水铺当伙计强多了，不光来钱快，也身不动膀不摇。这以后，也就越干越有兴趣。

其实这时，杨灯罩儿一直叮嘱李十二，千万小心，不是所有的饭庄伙计和大户人家的下人都能干这事，也得看人。有几种人是不能招惹的，就算真拿来好东西，这个钱宁可不挣也不能冒险。一是心浅的人，沾一点事儿就嘀咕，没主意，老话叫没痞子，这种人真到事儿上一吓，再一诈，能连肚子里的屎都给你秃噜出来；二是财迷，贪心重的人，人一贪就完了，再可靠也不可靠了；三是贼大胆儿的人，看见嘛都敢拿，这种人最容易惹祸。但杨灯罩儿虽这样说，有一点却没想到，这李十二本身就是个贼大胆儿。

果然，没过多少日子，事情就发了。

在北门里的康家胡同有一个叫白玉亭的人，七十来岁，当初在街上开一家金店，街上官称白爷。后来这白爷赚了点儿钱，又看世道不太平，就把这金店盘出去了。宅子修得高墙大院儿，平时呆在家里也就不大出来了。这白爷有个嗜好，最喜欢瓷器，家里单有一个花厅，摆的都是这些年收来的各种古瓷。白家有个下人，叫小穀揪儿。据这小穀揪儿自己说，因为尿尿的东西小，当初爹妈才给取了这么个小名儿。这小穀揪儿再早是在锅店街的一家杂货店当伙计，那时常来水铺打水，跟李十二挺说得上来，俩人也就成了朋友。后来这小穀揪儿因为偷店里的东西，让掌柜的轰出来了。经人介绍，才又去了白家。一天中午，这小穀揪儿出来办事，路过水铺，进来跟李十二说几句话。李十二一见小穀揪儿，心里一动，就把这事儿跟他说了。这也就是李十二贼大胆儿的地方，他想的是，既然这小穀揪儿当初能偷杂货店的东西，现在也就能偷白家的东西。可他就没想，偷跟偷也不一样，有人偷是神不知鬼不觉，也有人偷，一伸手就能让人抓住。这小穀揪儿就是这后一种人，且也是个贼大胆儿，只要看上的东西嘛都敢偷。但问题是偷别人的行，这白爷在北门里也是个人物，偷他的，就是在太岁头上动土了。小穀揪儿当然不想这些，一听李十二说，立刻搓着两手问，都要嘛东西。李十二说，嘛都行，当然是越值钱的越好。小穀揪儿想了想，就把白家的这一屋子瓷器说了。

李十二听了一拍大腿说，这肯定行，你先拿一件来看看。

小榖揪儿回去了，第二天就拿来一个青花瓷的"斗笠碗"。李十二一见不过是个小碗，也没看出好来，就给了小榖揪儿几个大子儿。小榖揪儿的心里还有点儿不高兴，嫌少。可东西已经拿出来了，总不能再放回去，也就没再争竞。

当天下午，杨灯罩儿来了。杨灯罩儿一看这青花小碗就愣住了。他虽不懂瓷器，也能看出是个好东西，再看碗底的款识，是明宣德年的，就知道肯定是个值钱的东西。但让他担心的也正在这里。北门里的这个白爷他有耳闻，知道不是个省油的灯，倘这青花小碗真是个值大钱的物件儿，白爷一发现丢了，肯定不会善罢甘休，挣不挣钱先搁一边儿，真闹出事来就得吃不了兜着走。这一想，就埋怨李十二，不该招惹这白家的人。李十二倒不在乎，大大咧咧地说，没事儿，这个小榖揪儿的贼心眼子比我还多，出不了事。

可没想到，第二天一早，小榖揪儿就变颜变色地跑来了，急着问李十二，那个小碗儿呢。李十二这时已听杨灯罩儿说了，知道这小碗值钱，既然已经到手了，自然不肯再轻易拿出来，就谎称已经出手了，卖给一个跑船儿的，这人头天晚上已跟着一条染料船去了浙江绍兴。小榖揪儿一听急得直跺脚，连声说，毁了毁了，这一下事儿可要闹大了。

李十二问，怎么回事？

小榖揪儿这才说，白爷有个习惯，闲着没事的时候，就来这个花厅，把他喜欢的瓷器都拿在手上把玩一遍。可小榖揪儿并不知道，这个青花瓷的"斗笠碗"是白爷最心爱的东西。头天晚上，白爷吃完了饭又来到花厅，这个小碗本来是放在一个最显眼的地方，这时却不见了。白爷一下就急了，问底下的人，都说没看见。白爷上了年岁，记性不太好，又怀疑是自己放在哪儿忘了。小榖揪儿在旁边一看，才知道自己捅了大娄子。嘀咕了一夜，天一亮就跑来找李十二。这时一听李十二说，东西已经出手了，没再说话就转身走了。

但小榖揪儿这一走，并没回白家，而是一溜烟儿地跑了。

这时李十二还不知道，小榖揪儿并没跟他说实话。他从白家出来时，已在白爷的面前把实情都招了。前一天小榖揪儿溜进花厅偷这青花小碗时，让正给一盆桂花打枝的花匠看见了。当时这花匠也没在意。后来白爷发现这青花小碗没了，一闹起来，花匠才想起白天的事，知道这个小碗应该是让小榖揪儿偷了。第二天一早，就把这事告诉了白爷。白爷立刻让人把小榖揪儿叫来。小榖揪儿提心吊胆地一夜没睡，这时跟着来了，一看白爷的脸色，就知道自己的事儿发了，没等问，就把这事原原本本都说了。白爷也是街上混过的，听完了倒没发火，只告诉小榖揪儿，既然东西给了八方来水铺的伙计，先去要回来，别的事再说。其实这时，白爷一听这青花小碗在八方来水铺伙计的手里，心倒放下了。白爷知道，把这小榖揪儿一放出去，八成是回不来了。但回不来也没关系，还有水铺在。白爷知道这个八方来水铺，也听说过多来喜多老板这个人。俗话说，冤有头，债有主，就算小榖揪儿跑了，水铺这个叫李十二的伙计跑不了，就算这李十二也跑了，他多老板也跑不了。

果然，直到这个中午，小榖揪儿也没回来。

到了下午，白爷就打发人去水铺找这个叫李十二的伙计。去的人是白爷的一个侄子，叫三帮子，是个结巴。三帮子来到水铺，李十二正蹲在门口的街上跟一个摆茶摊儿的老头儿下棋。三帮子把他叫过来，结结巴巴地费了半天劲，才把来意说清楚，最后又说，白爷说了，只要他把这青花小碗拿出来，这事儿就不再提了。这个三帮子嘴虽结巴，但心里有数，他故意没说小榖揪儿已经跑了，只说白爷已知道，这青花小碗在李十二的手里。李十二一听就明白了，这小榖揪儿不够意思，已经把自己供出来。可他还是让这三帮子骗了，以为小榖揪儿这会儿还在白家，说不定正在挨打，既然这样，也就没必要再咬牙充硬脖子了。但这时，这个青花小碗确实已不在李十二的手里。头天晚上，杨灯罩儿明知这青花小碗是块烫手的山芋，可还是舍不得错过这个发财的机会，给李十二扔下一块大洋，就把这小碗拿走了。这时，李十二以为小榖揪儿已把所有的事都说

091

了，也就只好对三帮子如实说，东西是在一个叫杨灯罩儿的人手里。又说，这杨灯罩儿的住家儿就在蜡头儿胡同。

这一下，就给杨灯罩儿惹了大麻烦。

三帮子回来跟白爷一说，白爷点头说，这就好办了。其实白爷不到万不得已，也不想去找八方来水铺的多老板。白爷开过铺子，知道街上这点事，倘这时去跟多老板交涉，弄不好就得撕破脸。能在街上开买卖，且站住脚的，没有一个是省事儿的。当然，就是不省事儿他白爷也不怵，只是自己已经这把年纪，还是多一事不如少一事。现在既然都已问清楚了，东西是在一个叫杨灯罩儿的人手里，只要冲这人说也就行了。于是让三帮子带几个人，去蜡头儿胡同找杨灯罩儿。去了几次，终于把杨灯罩儿堵在了家里。

杨灯罩儿这时才知道，这青花小碗的事到底还是发了。

但这时，这个青花小碗也不在杨灯罩儿的手里，早已出手了。卖小路货也有卖小路货的规矩，买主从不问货的来路，卖主也不问买主的去路，一手交钱一手交货，然后一拍两散，街上再见面谁跟谁都不认识。杨灯罩儿就是找了一个这样的买主，这时这青花小碗早已不知去向。但他不这么说，只说是水铺的李十二乱咬人，他根本就没见过这个小碗。三帮子连唬带吓地问了半天，也没问出个结果。回来对白爷一说，白爷就明白，这个青花小碗再想追是追不回来了。倘这样，这个叫杨灯罩儿的连同八方来水铺的多老板，就一个都别想跑了。白爷还不光心疼这个青花小碗，也咽不下这口气。事情当然不是多老板干的，但这个李十二毕竟是他水铺的伙计，既然这样，就不能不冲他说话了。白爷先在宝宴胡同的"聚庆成"订了一桌酒席，然后又打发人去给多老板送帖子，说要请吃饭。但这多老板有个毛病，轻易不出来吃饭，且吃饭挑人，别说不熟的，就是熟的，倘说话说不到一块儿，这顿饭也宁可不吃。这时一看送来的帖子，是北门里的白玉亭白爷请客，想想这人倒听说过，但从来没有交往，于是把帖子一合，让来人带话儿回去，说自己最近身体有恙，不便打扰。就这样谢绝了。

送帖子的人回来一说，白爷的气就更大了。本以为这多老板是做生意的，应该也是个茅房拉屎脸儿朝外的人，所以才讲个街上的规矩，先有话好好儿说。现在既然给脸不要脸，那就怪不得别人了。白爷看一眼身边的三帮子，只说了一句，你知道该怎么办。

三帮子点点头，就带上人走了。

这以后，先是单街子上的水铺，三天两头儿有人往里扔死猫死狗。水铺里的水是入口的，一有死猫死狗，买水的人也就都不敢来了。接着"八方来"的几个分号也都出了同样的事。多老板毕竟是买卖人，又已在街上做了这些年的生意，这才知道是得罪人了。再一问，单街子水铺的伙计李十二已不知去向，立刻把另一个叫傻四儿的伙计叫来。傻四儿虽是个哑巴，但耳朵还能听见，就比比画画地把这事儿说了。多老板一听才恍然大悟，敢情是这个叫李十二的伙计惹了祸。这事儿要这么说，就确实是自己这边不占理了。多老板也是敞亮人，在家想了一个晚上，第二天也在宝宴胡同的"聚庆成"订了一桌酒席，不光请白爷，还特意请了白爷的几位在街上有头有脸儿的朋友。吃饭时，先在酒桌上敬酒赔礼，又表示这青花小碗不论值多少钱，一定照价赔偿。白爷的几个朋友也在一旁帮着说话，这事才总算过去了。

这时，杨灯罩儿也已听说了多老板在"聚庆成"请白爷吃饭的事。杨灯罩儿已打听了，知道这白爷在北门里不是个一般的人物，也就明白，看来这回是真把这白爷给惹毛了。那个青花小碗，当初出手时卖了二十块大洋，于是把这二十大洋封好，又托人把白家的三帮子请出来，在一个饭馆儿喝了一顿酒。喝酒时说，这个青花小碗确实是从他手里出去的，可他当时真不知是白家的东西，要知道，打死也不敢沾。当时这小碗是二十块大洋出手的，他一分没敢动，都在这儿，请转交给白爷，现在没这胆子，等日后有机会，再去给白爷当面赔罪。

三帮子也知道，这事儿白爷已跟多老板说开了，这才答应杨灯罩儿。

第十八章

杨灯罩儿经了这一场事，躲在家里想了几天。

要吃饭自然得赚钱，要赚钱，就还得有一门手艺。但手艺跟手艺也不一样。蜡头儿胡同的人都有手艺，王麻秆儿刨鸡毛掸子是手艺，马六儿打帘子是手艺，牛老瘪卖拔火罐儿也是手艺。可这些手艺说来说去都只是笨手艺，吃工夫，还费劲，累死累活也不一定能赚着钱。杨灯罩儿发现，倒是尚先生卖神祃儿，这事儿简单，也容易，还不用太费劲，况且这神祃儿的利虽不大，但本钱也小，就是真赔也赔不到哪儿去。一天下午，杨灯罩儿就来到胡同口。尚先生正给一个女人代写书信，杨灯罩儿在旁边等了一会儿，见尚先生把这女人打发走了，才过来说，锅店街上新有一家小馆儿，是绍兴人开的，听说黄酒都是从南边儿运过来的，味儿挺好，哪天请尚先生去喝一壶"花雕"。尚先生一听就笑了，放下笔说，别说请我喝"花雕"，我在街上说了，这辈子，能吃你一碗嘎巴菜，死了都值。

杨灯罩儿一听咧了咧嘴，你们读书人，说话太损。

尚先生说，说吧，嘛事儿？

杨灯罩儿当然不能直接问，就绕了一个弯子说，有个朋友，想打听你这神祃儿。

尚先生已经听说了，杨灯罩儿前些天因为做小路货的生意，把北门里一个叫白爷的人惹了，让人家找到家里来，堵着门找他要赃物。最后好说歹说才总算把这事混过去。这时一听就明白了，杨灯罩儿是又要打这神祃儿的主意。但尚先生是厚道人。卖神祃儿不像卖别的东西，还别说这北门外的侯家后，可着城里的东西南北四条街，一直到南门外的南市，不光逢年过节，就是平常日子，家家也都得用神祃儿，所以这街上再多十个八个卖神祃儿的也不算多。杨灯罩儿没个正经事,整天在胡同出来进去地闲逛,用街上的话说就是个"乌了尤儿",他要真有心思做这神祃儿的生意,也是好事,总比闲着没事扯淡强。

这么一想,也就把这神祃儿的事给他讲了。

杨灯罩儿这才知道,这神祃儿看着简单,敢情水也挺深。神祃儿是河北内丘的最好,也最正宗,叫"神灵祃儿"。但内丘道儿远,上货跑一趟,来回得五六天,且货上多了一时卖不出去,压在手里压不起,上少了跑一趟又不值。这回杨灯罩儿真下功夫了,往内丘去了一趟,在那儿呆了两天,觉着把这"神灵祃儿"的门道都看明白了,回来就在家里照猫画虎。这么干,当然不是真打算这样干下去,只想试一试,倘这条道儿走得通,以后可以雇人画。杨灯罩儿也知道这神祃儿在街上好卖,尤其到年节,有多少都能卖出去,所以真干好了,将来也许就是个大买卖。就这样在家里画了几天,拿到鼓楼去试着一卖,果然能唬一气。但杨灯罩儿还是不懂局。河北内丘的"神灵祃儿"看着粗,其实是拙,拙中见粗,粗中有细,且人家是先刻木版,再套色水印。他这照猫画虎却是用笔画,就像画假钞,不光不是那么回事,更不能细看。一天下午,杨灯罩儿正在鼓楼东大街上摆摊儿,一个洋人走过来。这洋人是个红鼻子,看样子也懂一点儿,先把脑袋伸在摊儿上端详了一会儿,看出杨灯罩儿这不是正经东西,就比画着说,他想要真正的"神灵祃儿",且要得急,还多,一下就要二百幅。这红鼻子洋人也是个做买卖的,在东门脸儿开一个皮草行。他发现天津街上卖的这种神祃儿挺有意思,就想弄点儿带回国去试试,倘有人要,也是个赚钱的道儿。

杨灯罩儿一见这洋人懂局,不好糊弄,可跑一趟内丘又来不及,就想起胡同里的尚先生。尚先生的神祃儿也是自己刻版,跟内丘的"神灵祃儿"几乎可以乱真。杨灯罩儿先跟这红鼻子洋人说好,可以卖他二百幅,都是正宗正版的内丘"神灵祃儿",三天交货。

这样说定,就赶紧跑回来。

杨灯罩儿来找尚先生，并没直接说"神灵祃儿"的事，而是先在街上买了两块臭豆腐。尚先生平时最爱吃臭豆腐，点点儿香油，用大葱一蘸就着热窝头吃，是天底下最好的美味。杨灯罩儿这个晚上来，尚先生正吃饭。他把托在油纸上的两块臭豆腐往桌儿上一放也就正是时候。尚先生一见挺高兴，先用窝头蘸着把这两块臭豆腐吃了，然后用手掌抹了抹嘴角，才说，说吧，又有嘛事儿。杨灯罩儿故作不懂，两眼眨巴了几下问，您说嘛，嘛事儿？

　　尚先生笑了，说，你这两块臭豆腐当然不会是白臭的，又有嘛事，直接说吧。

　　杨灯罩儿说，您这话一说就远了，没事儿，就不能送您两块臭豆腐？

　　尚先生摇头一笑，那就不是你了。

　　杨灯罩儿翻翻眼皮说，好吧，既然这么说，那就找点事吧。

　　尚先生点点头，看着他，等他往下说。

　　杨灯罩儿好像又使劲想了想，才把"神灵祃儿"的事说了。

　　尚先生听了没说话，心里想想，觉着这倒是个好事，一下就要二百幅，甭管谁要，总是一笔不小的买卖，这么想着，就问，神灵祃儿不是别的东西，谁一下要这么多？

　　杨灯罩儿嗯嗯了两声才说，实话说吧，是洋人。

　　尚先生一听就笑了，我说呢，两块臭豆腐，下这么大本儿，敢情是洋人。

　　杨灯罩儿一瞪眼说，哎，您这是嘛意思，我这么大人，就值两块臭豆腐吗？

　　尚先生摆摆手，别的甭说了，洋人的事儿可没谱儿，给订金了吗？

　　杨灯罩儿又吭哧了吭哧，说，订金倒没有，不过说准了，肯定要。

　　尚先生一听，二百幅"神灵祃儿"，连个订金也没给，就知道这事儿不靠谱儿。看一眼杨灯罩儿，就不说话了。杨灯罩儿看出尚先生的心思，赶紧说，洋人可不像咱中国人，整天满嘴里跑火车，一句实话没有，人家说话可是算话的，都是正经人。

尚先生点点头，看着他问，他们是正经人？

杨灯罩儿说，当然。

尚先生说，他们要真是正经人，能大老远的跑咱天津来，扒咱的城墙，杀咱的人吗？

杨灯罩儿张张嘴，说不出话了。

尚先生有心把这事驳了，可刚吃了人家的臭豆腐，又张不开这嘴。

想了想，只好问，嘛时候要？

杨灯罩儿一见尚先生松口了，赶紧说，定的是两天以后，上午交货。

他故意说得提前了一天。

尚先生说，好吧，后天晚上，你来拿。

尚先生的"神灵祃儿"虽然可以乱真，但跟河北内丘的还不太一样，刻的木版不是三块，是四块。四块木版可以套四种颜色，印出来也就更好看。尚先生熬了两个通宵，才把这四块木版刻出来，又去竹竿巷买了几刀毛边纸。毛边纸不好裁，刀快了走偏，行话叫走刀，钝了又出毛茬儿。就这样又忙了一天，才把这二百幅"神灵祃儿"印出来。到了晚上，杨灯罩儿来拿。尚先生说，这些"神灵祃儿"毕竟是我自己印的，不跟你讲价儿，只要给我内丘神灵祃儿一半儿的价钱就行，洋人那边，你想怎么要是你的事，我不问。

说着又看看杨灯罩儿，不过，别压我的钱。

杨灯罩儿点头说，您放心。

说完，把这摞神灵祃儿一抱就走了。

杨灯罩儿的心里踏实了。在家等了一天，转天上午，就把这些神灵祃儿卷起来，包好，早早儿地来到鼓楼。可站在那天约好的地方，一直等到中午，也没见这个红鼻子洋人来。显然，这洋人是变卦了，或已在别处买了更合适的神灵祃儿。但杨灯罩儿回来，并没跟尚先生这么说，只说是洋人已把这些神灵祃儿拿走了，说好过几天送钱来。

但这以后，就再也没音儿了。

这时胡同里有人提醒尚先生，这杨灯罩儿做事可没谱儿，门口儿的很多人都让他坑过，钱的事，您得追着跟他要。尚先生听了笑笑说，事已至此，追也是白追。

果然，又过了些日子，杨灯罩儿来找尚先生，一见面就喷着唾沫星子破口大骂，说这些洋人果然都是卷毛儿杂种，说话不算话，拿走这二百幅"神灵祃儿"就他妈肉包子打狗，一去不回头了，他这些日子把城里的几条街都转遍了，也没找着这王八蛋。

尚先生这时已经明白了，也就没说话。

又过了几天，尚先生去鼓楼办事，无意中看见杨灯罩儿正在街边摆摊儿。走近了才发现，他摊儿上卖的神祃儿正是自己的"神灵祃儿"。这才知道，又上了杨灯罩儿的当。

后来杨灯罩儿就去了河北药王庙的洋人医院。

杨灯罩儿去这家医院也是经人介绍。一次他来这边卖神祃儿，从这医院的门前过，出来个四十来岁的女人叫住他，说要买神祃儿。杨灯罩儿知道这是一家洋人开的医院，猜这女人应该是信洋教的。可信洋教，敬的应该是外国的神，不会买神祃儿。一听这女人说，才知道，她不信洋教，只是在这医院干杂活儿，给擦擦玻璃扫扫地，也倒垃圾。杨灯罩儿见这女人穿得挺干净，人也利落，就问，在这医院好干不好干。

女人说，挺好干，挣钱也比别处多。

杨灯罩儿一听就动心了。于是白送了这女人两幅神祃儿，又说，他也想来，不知这医院还要不要人。这女人白拿了杨灯罩儿的两幅神祃儿，也想做个顺水人情，就说，头两天听医院的人说，想再找个打杂儿的。又说，她去给问问。

这女人去跟医院一说，果然就成了。

杨灯罩儿从此就来这家洋人的医院当了杂役。在医院当杂役，自然什么活儿都得干，还得经常搬死人。杨灯罩儿胆小，吓得夜里经常做噩梦。但他还是愿意去太平间。去医院后面的太平间，要经过拐角的接生室，杨灯罩儿经常借着往太平间推死人，偷偷扒着门上的小窗户往里看。但后来还是让医院的洋人发现了。医院的洋人认定，这个中国男人的道德品质有问题。医院是高尚的地方，当然不能容忍这种道德品质有问题的人。

于是没过多久，杨灯罩儿就又让医院轰出来了。

但他不承认是被轰出来的，只说自己晕血。

第十九章

杨灯罩儿在街上说，蜡头儿胡同最笨的人不是马六儿，是老朱。马六儿人笨，可嘴不笨。老朱是人笨嘴也笨。老朱叫朱成祥，是绱鞋的。在侯家后，绱鞋分两种，一种绱鞋只是绱鞋，鞋帮和鞋底都是现成的，街上单有专门做这个的人家，收来绱好，再一楦，也就做成一双鞋；还一种绱鞋，其实就是做鞋。这种做鞋就麻烦了，得自己打夹纸，拓样子，先纳鞋帮，再纳鞋底，最后再往一块儿绱。这后一种绱鞋是笨人干的事，不光琐碎，也受累。

老朱绱鞋就是做鞋，自己在胡同口有个铺子，地方不大，放个马扎儿，再搁点儿零碎东西，一个人就转不开身儿了。但字号取得挺大，叫"大成祥绱鞋铺"。

其实老朱的嘴也不笨，只是不爱说话。整天坐在铺子里，膝盖上垫块麻布片儿，就知道闷头绱鞋；手也不笨，他绱的鞋不光针脚儿密，拿在手里摔两下，听动静就实着儿，该硬的地方硬，该软的地方软，踩在地上不光跟脚儿，也轻巧儿。尚先生听不惯杨灯罩儿这么说，就问他，你说老朱的嘴笨也就罢了，还说他人笨，他人笨，你还穿他的鞋？

尚先生这一句话就把杨灯罩儿噎住了。杨灯罩儿一年四季穿老朱的鞋。老朱也厚道，总让他赊账。杨灯罩儿穿鞋又费，日子一长，老朱的账也就乱了，杨灯罩儿再故意打马虎眼，每到年底，经常是三双鞋也就给一双的钱。但尚先生噎杨灯罩儿，杨灯罩儿也有话说，是啊，谁都知道洋人的皮鞋好，可穿得起吗，真穿得起，谁还穿他这"鲇鱼头"？

老朱听了也不介意。自己有手艺在，别人爱怎么说怎么说。

五月端五这天，杨灯罩儿从街上带回两个粽子。回来没进胡同，直接来到绱鞋铺。老朱正绱鞋，抬头一看，愣了愣。杨灯罩儿说，"天味斋"刚出锅儿的，一闻就香，你整天闷在铺子里绱鞋，没工夫儿上街，给你带回两个。老朱看看这两个粽子，又看看杨灯罩儿。他平时跟杨灯罩儿连一根洋火儿都不过，这时就闹不清，他这两个粽子是打哪儿来的。

杨灯罩儿又说，快趁热吃吧，凉了裂心。

说完就扔下走了。

这时尚先生正好来取鞋，看一眼出去的杨灯罩儿就笑了，说，他一会儿还得回来。

老朱听了，看看尚先生，不太明白。

果然，杨灯罩儿晚上又来了。一进门就问，粽子味儿还行？

老朱说，还行。

问，挺香？

说，挺香。

杨灯罩儿说，正经的好江米，枣儿是山东乐陵的。

老朱就不说话了，看着杨灯罩儿。下午尚先生曾说，杨灯罩儿的这两个粽子不会是白送的，后面肯定有事。这时，老朱盯着杨灯罩儿看了一会儿，杨灯罩儿就有点不自在了，咧嘴笑笑说，你别老这么看着我，就跟我有事儿似的。

老朱哼一声说，你要没事儿，我就绱鞋了。

杨灯罩儿立刻又说，说没事，也有点儿事。

老朱抬起头，看着杨灯罩儿。

杨灯罩儿叹口气说，我当年算过一卦，这辈子该是大富大贵的命，可甭管卖神祃儿还是干别的，都不成，后来去洋人的"克莱芒"，以为上了正道儿，结果还是个半羼子。

100

杨灯罩儿说的"克莱芒"，是法租界的一个咖啡馆儿。当初杨灯罩儿在河北药王庙的那家洋人医院当杂役时，认识了一个叫大卫李的中国人。这大卫李三十多岁，是混洋事儿的，陪一个洋人来这医院看过几次病，跟杨灯罩儿就认识了。起初这大卫李也没拿杨灯罩儿当回事，后来见他眼里挺有事儿，每回来了都跟着跑前跑后，才渐渐熟了。再后来杨灯罩儿让这医院轰出来，没处去，就想起这个大卫李。大卫李曾给他留了在紫竹林的地址。按这地址找过来，是个洋人开的咖啡馆儿。大卫李是这个咖啡馆儿的襄理。大卫李一听杨灯罩儿把医院的事由儿丢了，倒挺帮忙，去跟洋人老板说了说，就让他留下了。杨灯罩儿刚来看哪儿都新鲜，也处处小心。可他有个毛病，嘴馋，慢慢知道这咖啡馆儿是怎么回事了，发现有一种像抹了豆腐的小点心挺好吃，就开始偷嘴。后来大卫李听底下的人说，柜里的奶油甜点总少，就留意了。这一留意才发现，是杨灯罩儿总偷着吃。这大卫李也是个阴损的人。当初杨灯罩儿来时，曾送了他一盒西药，应该是从那家洋人医院顺手偷出来的。大卫李懂洋文，知道是消炎的，应该挺值钱，这时也就拉不下脸。但又怕洋人老板知道了，在那边落埋怨，当初这杨灯罩儿毕竟是自己介绍来的。想来想去，没跟杨灯罩儿说，却把这事告诉了洋人老板。这个洋人老板叫克莱芒，这咖啡馆儿就是用的他自己的名字，是个大胡子，看着像从教堂里出来的，但人比大卫李还阴损。他听大卫李说了这事，只是耸耸肩，没说话。一天晚上，杨灯罩儿看看旁边没人，就又来偷嘴。他这时已经越吃越馋，光偷甜点不过瘾了，干脆从奶油桶里抠奶油吃。这个晚上，他刚抠了满满一勺奶油放到嘴里，就听身后有动静。回头一看，那个大胡子老板正站在身后。这大胡子的脸上没表情，冲他用手比画了比画，意思是让他接着吃。杨灯罩儿这时吃也不是，不吃也不是，看看他，只好硬着头皮又抠一勺吃了。大胡子又比画，意思还让他吃。杨灯罩儿就又抠一勺吃了。可这桶里的奶油跟点心上的奶油不是一回事，点心上的还加了奶昔，这桶里的却是干奶油，就像猪板儿油，又硬又凝，也没加

101

糖，吃一两口挺香，多了就不行了，不光腻，也反胃。杨灯罩儿让这大胡子老板逼着一连吃了十几勺，就实在吃不下去了，顺着嘴角直往外流油。这大胡子还不让他走，就让他站在这儿，这么直盯盯地看着他。一会儿，杨灯罩儿的底下就有了感觉，像是要拉稀。但又跟拉稀不太一样。拉稀是拉，得使劲，可这是顺着大肠头儿自己往外流。没一会儿，杨灯罩儿底下的裤子就都油透了。杨灯罩儿没脸再跟大卫李打招呼，当天晚上就从这克莱芒咖啡馆儿出来了。

回到家，又稀一阵糨一阵地拉了一个多月。

杨灯罩儿后来卖帽子，是因为一件偶然的事。老话说，好汉禁不住三泡稀。他这次一口气拉了一个多月，就把身子拉软了。本想让尚先生给开个方子，吃几副汤药调理一下，但尚先生知道杨灯罩儿的为人，平时都不想跟他来往，更别说给他开方子。于是说，南门外有个叫"泻后陈"的，专治泻后亏虚，还是找他去看看。一天下午，杨灯罩儿就来到南门外。快走到菜桥子时，迎面过来个十六七岁的孩子。这孩子精瘦，细胳膊细腿儿，长得像个刀螂。他来到杨灯罩儿跟前，朝四周看看，从怀里掏出个礼服呢的帽子晃了晃问，要吗？

杨灯罩儿立刻明白了，这帽子不是好来的。

这时天津人都知道，南门外一带有抢帽子的。当年洋人的都统衙门把天津城的四面城墙扒了，后来就成了东、南、西、北四条马路。在南马路的东头儿有一段没商铺，也没住家儿，只是一些拔铁丝或织麻袋的小作坊。一到夜里，街上漆黑，行人从这儿过，倘戴个像样的帽子，经常从黑影儿里蹿出个人，抢了帽子就跑，等被抢帽子的人回过神来，早已不见了人影。这时杨灯罩儿没说话，只是看看这孩子，又看看他手里的帽子。这孩子又说，你要是要，俩大子儿拿走。俩大子儿买这样一个帽子就如同白捡。杨灯罩儿立刻掏出两个大子儿给他，拿了帽子扭头就走。走出几步，就听这孩子在身后说，我那儿还有，要吗？

杨灯罩儿站住了，慢慢转过身。

这孩子说，你要是要，明天还这会儿，在这儿等你。

杨灯罩儿乐了，问，你就不怕，我明天带个巡警来？

这孩子也乐了，歪起脑袋看着他说，我认识你，你是侯家后的，叫杨灯罩儿。

杨灯罩儿一听愣了，慢慢走回来，又仔细看看这孩子。

杨灯罩儿后来才知道，这孩子叫瘦猴儿，跟"八方来"水铺那个叫李十二的伙计是朋友，当初经常去那边玩儿。这一阵，在南马路一带专干抢帽子的营生。但这瘦猴儿抢帽子跟别人不一样，别人抢帽子，是抢了就跑，且是哪儿黑往哪儿跑，他不是，只要从人的头上抓了帽子，专往亮处跑。被抢了帽子的人在后面追，他也不怕，到了亮处三两下就上了树，再抓着树枝一悠蹦到路边的房顶，然后就大摇大摆地走了。杨灯罩儿第二天下午又来到南门外，这瘦猴儿果然等在这儿。见杨灯罩儿来了，朝旁边歪了下脑袋。杨灯罩儿就跟着来到路边的一个胡同。往里走了走，墙犄角儿有个破筐，瘦猴儿过去掀开筐上的纸夹板，里面是一筐帽子。杨灯罩儿伸头一看，心里登时一忽悠。别看这个筐破，里边却净是好帽子，不光有崭新的毡帽礼帽和巴拿马草帽，还有三块瓦和大翻檐儿，看意思这瘦猴儿还真存了不少好货，也造了不少孽。瘦猴儿倒痛快，说，这一筐帽子一脚儿踢，你要是要，两块大洋全拿走，单拿不卖。杨灯罩儿一听，差点儿把鼻涕泡儿乐出来，这里边的哪个帽子都挺值钱，当即就全要了。

杨灯罩儿回来一寻思，这倒是个能干的买卖。

这以后，也就干脆开始卖帽子。先跟瘦猴儿说好，他再有了帽子，直接就往他这儿送，甭管是哪路的帽子，有多少要多少。但又过了些日子，这瘦猴儿突然不来了，不知是让巡警抓了还是让人打死了。不过这时，杨灯罩儿的帽子生意也已经做开了，先是在估衣街上打地摊儿，再后来，干脆去东马路的旧车行，弄了一辆六成新的三脚"王八车"。

第二十章

　　杨灯罩儿这天晚上来找老朱，也是事先谋划好的。他对老朱说，这几年卖帽子，也是卖了个半罢子，可想来想去还是不认头。说着，又冲老朱打个嗨声，要说你我都是手艺人，且跟王麻秆儿和马六儿他们还不一样，自古有句话，鞋帽不分家，要这么说，咱也算半个同行，况且我的帽子，你的鞋，在这侯家后的街上一提，也都是有名有姓的。

　　老朱看着他，不知他到底要说什么。

　　杨灯罩儿说，这么说吧，自从年后闹这一场兵乱，你也知道，侯家后的生意已经越来越难做，街上的铺子关张的不少，就是没关张的也都勉强支应，只有咱两家，还算过得去。

　　杨灯罩儿这样说，其实已经在给老朱画圈儿。他故意把自己的帽子跟老朱的鞋放在一块儿说。但老朱绱鞋有铺子，且绱的是新鞋，而杨灯罩儿卖帽子没固定地方，只是推车，帽子也有新有旧，买卖根本不是一回事。但老朱这时已经让他绕进去了，冲他眨巴着眼，等他往下说。杨灯罩儿一见老朱听进去了，就赶紧接着说，现在世道越来越难，你绱鞋是一个人，我卖帽子也是一个人，有句俗话说得好，独木不成林，我的意思，你懂了吧？

　　老朱看着杨灯罩儿，还是不懂。

　　杨灯罩儿说，这么说吧，我的意思是，干脆咱俩合着干。

　　老朱没想到杨灯罩儿会这么说，一时反应不过来。再想想，又觉着他说得也不是没道理。倘把自己的鞋跟杨灯罩儿的帽子合在一块儿，买卖一下就大了一半儿，生意自然也好做一些。杨灯罩儿看出老朱的心眼儿活动了，连忙又说，生意场上有一句说滥了的话，一人为单儿，俩人为双儿，做买卖既然是将本求利，当然本儿越大利也就越大。说完观察了一下老朱的脸色，又说，咱一个胡同住了这些年，我这人的脾气你也知根知底，厚道不说，也从不跟人计较，再说都是街里街坊的，日后谁赚多赚少，也没赚到外人兜儿里去。

老朱又看看杨灯罩儿，还没说话。

杨灯罩儿知道老朱的脾气，往他屁股上踹一脚，得过半天脑袋才能知道，于是说，你再寻思寻思吧，这么大的事，也不是一句话两句话就能定的，等你想好了，咱再细商量，还是那句话，都是老街旧邻，谁赚着钱都高兴，甭管嘛事儿，自己人都好商量。临出门时，又说，一根筷子叫嘛？叫棍儿，得两根棍儿凑在一块儿才叫筷子。说着干脆又回来，把脑袋伸到老朱的跟前，一根棍儿能干嘛？没用，得两根棍儿凑成筷子，才能夹大鱼大肉！

老朱确实反应慢，平时遇上事，就像老牛吃草，得反刍。但还有个习惯，倘自己掰不开蘖了，就去找人商量。杨灯罩儿的为人，老朱当然知道，街上嘴损的人说起杨灯罩儿有句话，大粪车从他跟前过，都得抹一指头尝尝咸淡味儿。这个晚上，老朱想了一夜。第二天一早，趁着来包子铺吃包子，就跟高掌柜说了。高掌柜一听就明白了，这明显是杨灯罩儿又想占老朱的便宜。况且老朱这种厚道人，真跟杨灯罩儿合着做生意，肯定是净等着吃亏。

高掌柜当然了解杨灯罩儿的为人。当年洋人打进天津，正要扒城墙的时候，杨灯罩儿突然去街上的商家东串西串，说天津提督聂士成为了天津，在八里台让洋人的大炮炸成了七块八块，天津百姓要凑钱为他立碑，各家没多有少，都表示点儿心意。当时也正是恨洋人的时候，又觉着聂士成这样一个安徽人，是为天津战死的，很多商铺就都出了钱。当时高掌柜也拿了一两银子。但也有没出的。没出的商家倒不是不肯出，也不是出不起，而是对杨灯罩儿不放心，知道他这人没谱儿，不敢把钱交给他。后来果然传出消息，这立碑确有其事，但是一家商会操持的，人家根本就没让杨灯罩儿去各家敛钱，是他擅自做主，打着人家旗号这么干的，最后也没把敛来的钱如数交给这个商会。后来商会听说了这事，把他叫去，又跟他一笔一笔地核对。但就这样，也没能把钱如数追回。不过高掌柜毕竟是在街上做生意的，凡事与人为善。听老朱说了这事，只是笑笑，问他自己怎么想。

老朱吭哧了吭哧说，想了一宿，没想好。

高掌柜就说，要说这事儿，应该是个好事儿，就如你所说，买卖合起来本儿大，本儿大利自然也就大，不过还有一句话，亲兄弟，也得明算账，谁也不是谁肚子里的蛔虫，到底怎么想的，人心隔肚皮，要真打算合着干，以后事儿上也得多经点儿心。

其实高掌柜这话，意思已经很明白了，只是没明着说出来。但老朱听得似懂非懂，从包子铺出来，还是拿不准主意。想了想，就又来找尚先生商量。尚先生一听就笑了，没说行，也没说不行，只是反问，昨天杨灯罩儿去给你送粽子，我当时是怎么说的？

老朱眨巴着眼想想说，你说，他一会儿还得回来。

尚先生问，他后来回来了吗？

老朱答，回来了。

问，回来说的嘛？

答，就说的这事。

尚先生就笑了，把手里正看的一本书放下，对老朱说，手艺人有句常说的话，叫隔行如隔山，要论绱鞋卖帽子，我是外行，但理是一样的理，做买卖本钱固然重要，可这买卖跟谁做，人也不是不重要，再往深里说，也许更重要，我的话，只能说到这儿了。

尚先生说完，又觉着自己这话有点儿绕乎，看看老朱，担心他听不懂。

老朱确实没听懂，就觉着尚先生这话说过来，又说回去，听了半天也听不出他到底说的是嘛意思。尚先生只好又说，俗话说，宁拆十座庙，不破一桩婚，买卖也如此，从来都是说合儿，不说破，我只能这么说，你过去跟杨灯罩儿的交情多深，自己心里应该有数，昨天他突然拎来两个粽子，这叫礼下于人，可礼下于人只是半句话，后半句是，必有所求，这就得想想了，他为嘛求你？如果这事儿对你有利，是谁求谁？倘对他有利，又是谁求谁？

尚先生这一说，老朱才有点明白了。

老朱遇事虽没准主意，也是个认死理的人。在胡同里问了一圈儿，虽然问的人都没明说，但意思也听出来了，都觉着杨灯罩儿这人不行，跟他合着做买卖，这事不靠谱儿。但老朱觉着，自己做买卖跟别人不一样，凭的是手艺，有手艺就不亏心。他杨灯罩儿再怎么着，跟自己也只是合伙，既然是合伙，合则聚不合则散，谁也不亏谁，谁也不欠谁。

心里这么想，也就打定了主意。

第二天下午，杨灯罩儿又来了。这回带来一包茶叶。杨灯罩儿昨天来，看见老朱的身边放个大茶缸子，沏着茶，就知道他爱喝茶。杨灯罩儿把这包茶叶放下说，这是"高末儿"，小叶儿双醮，让老朱尝尝。老朱挺高兴，可打开一看，不是"高末儿"，是"土末儿"。"土末儿"跟"高末儿"差着一天一地。"高末儿"也叫"高碎"，是上好的茶叶卖完了，剩下的碎末儿，味儿还是好茶叶的味儿，只是不禁沏，只能一淋儿水，还有个好听的说法儿，叫"满天星"，再沏就没味儿了。"土末儿"则是茶叶铺清底的碎渣子，连渣子带土，还掺着草星子。只有码头车站"脚行"的人，才沏这种"土末儿"喝。老朱看着这包"土末儿"，愣了愣，就随手搁在一边儿了。杨灯罩儿这才问老朱，昨天说的事，寻思得怎么样了。老朱也不拐弯儿，点头说，行。可行是行，又问杨灯罩儿，具体怎么打算。杨灯罩儿说，也没细打算，这事儿要说简单，也挺简单，就是我把帽子拿过来，跟你这边的鞋一块儿卖。

老朱问，卖完了呢？

杨灯罩儿说，卖完了，鞋的钱归你，帽子钱归我。

老朱一听说，这不成了我替你卖帽子？

杨灯罩儿说，话不能这么说，过去你的铺子是只卖鞋，所以才叫鞋铺，现在又有了帽子，有鞋又有帽子，就可以叫鞋帽铺了，况且我杨灯罩儿的帽子，在街上一提也有一号。

老朱听了想想，觉着这话也有道理。

杨灯罩儿又说，我明白你的意思，要不这么着，既然是合伙，我的帽子卖了，你提一成，你的鞋卖了，我也提一成，这样囵囵着，咱就都不吃亏了。

这回老朱听出来了，立刻说，不对，我提一成，你也提一成，这不等于谁都没提？

杨灯罩儿拨楞了一下脑袋说，你的鞋跟我帽子的价儿不一样啊。

老朱说，是不一样，我的鞋贵，你的帽子便宜，你要提一成，比我提得多。

杨灯罩儿知道自己说漏了嘴。但心里也明白，其实老朱还没说到点儿上，他真正吃亏的还不是鞋贵帽子便宜，帽子是顶在脑袋上的，除了日晒雨淋没个坏，鞋却是穿在脚上的，整天在地上秃噜，也就容易破，所以要按提成算，自然是自己这边更合适。这么一想，也就做出宽宏大量的样子说，行行，我的帽子，让你多提一成，这你还说嘛？

老朱又看看他。

杨灯罩儿说，不过有个条件，既然你比我多提一成，这铺子，以后就算咱俩的。

老朱听了又想想。这铺子说是个铺子，其实也就是在街边搭的棚子，只有三面是砖墙。老朱冬天嫌冻手，才请人把墙的里外抹了泥。杨灯罩儿这一说，也就同意了。

接着又商量铺子的字号。现在有鞋又有帽子了，铺子就得另取个字号。杨灯罩儿说，他叫杨福临，老朱叫朱成祥，就叫"福成帽鞋店"。老朱一听不干，说帽鞋店，没这么叫的，再说自己这铺子本来叫"大成祥绱鞋铺"，现在也就多了个帽子，要叫该叫"成福鞋帽店"，叫着顺嘴，也合理。杨灯罩儿也知道自己说得不占理，可按老朱说的，叫"成福鞋帽店"，又不认头。不过杨灯罩儿已看出来，这老朱反应慢，但脾气轴，想好的事不会轻易改变，也知道他这一天肯定去胡同问了不少人，现在好容易谈成的事，别再黄了。于是又经过一番讨价还价，最后双方各让一步，就把鞋放在前面，叫"鞋帽店"。但杨灯罩儿的名字也得放前面，且要把名字叫全了，就叫"福临成鞋帽店"。老朱一听还不同意，说，要把名字叫全就都叫全，不能一个全、一个不全。最后商定，就叫"福临成祥鞋帽店"。

第二十一章

来子连着两天没进后面的厨房。先把铺子前边的桌子板凳都修了，又把门口的棚子重新搭起来。上回烧的棚子，只是立了几根木棍，就着街边的两棵榆树挑了几片苇席。这回来子搭得就结实了，里面还套了泥，再下雨也不漏了。高掌柜心细，这两天一直在旁边看着。这天下午，见来子完事了，正蹲在门口儿洗手，就对他说，你进来一下。

来子把水泼了，就起身进来。

高掌柜把他叫到后面，问，你打算走？

来子低头沉了一下，说，是。

高掌柜说，知道你为嘛走。

来子说，再呆着，别扭。

高掌柜叹口气，其实孩子都是好孩子，事儿本来也是好事儿，没想到最后弄成这样。

来子笑笑说，这几天，也想开了，您说得对，人跟人，就是个缘分。

高掌柜摇头，不光是缘分，小闺女儿，没这福气啊。

想了想，又问，以后打算怎么办？

来子说，还没想。

高掌柜说，你要是真打定主意走，就去老朱那儿吧。

老朱的绱鞋铺已经改成"福临成祥鞋帽店"，来子也听说了。但来子不想跟杨灯罩儿打交道。高掌柜说，老朱这回又让杨灯罩儿给绕进去了，现在看着是他俩合开这铺子，其实还是老朱一个人，杨灯罩儿整天出去打游飞，根本不管铺子里的事，过去老朱也就是缋鞋，现在又多了个卖帽子，他又不懂生意上的事，这铺子已弄得哪儿都不是哪儿了。

高掌柜说，我去跟老朱说说，你去了，也能帮他。

来子想想，就答应了。

高掌柜来找老朱。老朱这些天正忙得晕头转向，听高掌柜一说，立刻就同意了。

但老朱同意，杨灯罩儿却不同意。杨灯罩儿还记着来子他妈当年拍的那个满脸花。但这还不是主要的，主要的是，杨灯罩儿知道来子现在已不是过去的来子。尤其这回闹兵乱，事后街上的人才知道，包子铺能躲过这一劫，是因为来子自己先把铺子砸了，又在门口儿放了一把火。这种主意，不是一般人能想出来的。这时杨灯罩儿明白，倘真让来子来鞋帽店，也就等于给自己招来个冤家，以后再想绕老朱，也就不好绕了。但杨灯罩儿心里不同意，嘴上却不敢这么说。他平时不管铺子的事，都是老朱一人盯着，现在说多了，怕老朱急。

杨灯罩儿这时又跟大卫李搭上线儿了。大卫李也已离开"克莱芒"咖啡馆儿，又去了一家洋行。杨灯罩儿是在北门里碰上大卫李的。大卫李的老娘得了脑溢血，眼看要咽气了。大卫李虽是混洋事儿的，但挺孝顺，老娘明白时曾留下话，等有这天，穿的戴的，铺的盖的，都得按天津的老礼儿。大卫李这天来北门里，是来寿衣店给老娘置办装裹。街上碰见杨灯罩儿，本想一低头过去。但杨灯罩儿一把把他拉住了。说了几句话，一听大卫李来这边是为这事，立刻大包大揽，说他跟这寿衣店的掌柜是朋友，跟针市街上的棺材铺也熟，这事儿他给操持就行了。大卫李这些年一直混洋事儿，本来就不耐烦天津的这些老礼儿，现在硬着头皮办，只是为了让老娘高兴。这时一听杨灯罩儿这么说，索性就把这事都交给他了。

但杨灯罩儿说跟寿衣店和棺材铺熟，其实也并不熟，只是当初无意中听王麻秆儿说过，他跟北门里的"蚨记寿衣店"和针市街的

"唐记棺材铺"都有交情。这次应了大卫李这事儿，也就真当个事儿了。先来"蚨记寿衣店"找郁掌柜，一见面，先提王麻秆儿。郁掌柜是买卖人，不熟的主顾来了都自来熟，何况又提王麻秆儿，穿的戴的铺的盖的也就都给备得妥妥帖帖，最后又说，一应的香烛纸表都奉送。这时大卫李的老娘已经咽气。杨灯罩儿又忙着来到针市街的"唐记棺材铺"。唐掌柜曾听王麻秆儿说起过这个杨灯罩儿，知道他是什么人。但既然来自己这里买棺材，就是主顾，一听是个有点身份的老太太，要的又是天津老礼儿，就特意给挑了一口描金彩凤、挂阴沉里的黑漆大寿枋，还特意给订了西营门外抬杠铺的一应执事。

这一场白事办下来，杨灯罩儿头一回两袖清风。大卫李虽在租界混洋事儿，对这些老礼儿的事不懂局，可没吃过猪肉也见过猪走。天津的白事倘按老礼儿办，必是内行才行，否则钱不少花，还看不出好儿。大卫李事先已问过懂行的，这堂白事大概多少钱，心里也就有数。这时一见杨灯罩儿办得这么体面，最后一算钱，只是事先想的一半儿还不到，对杨灯罩儿就不光是感激，过去的看法儿也全变了。发送完老娘，大卫李的心里过意不去，要请杨灯罩儿吃饭，说好好儿答谢他一下。但杨灯罩儿一听连连摆手，推说还有事，就赶紧告辞了。

第二十二章

来子离开"狗不理包子铺"，还能经常看见小闺女儿。

当初高掌柜提这事，小闺女儿没同意，但事后就像没这回事，跟来子该怎么说笑还怎么说笑。倒是来子，为这事挂不住脸儿了。现在来子离开了包子铺，虽说一想这事还别扭，但不用天天见了，心里总算松快了一些。可这一下小闺女儿又不行了。小闺女儿没想到来子会为这事离开包子铺，这才明白，来子为自己是真走心了。

"福临成祥鞋帽店"也在胡同口儿的街上，跟包子铺斜对着，离得不远。小闺女儿在包子铺这边出来进去，也就还能碰见来子。来子见了小闺女儿也打招呼。小闺女儿却总躲着，实在躲不开了，才勉强冲来子这边笑笑。来子的心里也明白，已经到了这一步，俩人再见面，倒不如不见。

来子跟老朱也是父一辈子一辈的交情。当年他爸老瘪卖拔火罐儿，整天走街串巷，费鞋，就只穿老朱绱的鞋。老朱绱的鞋底儿厚，也瓷实，别的鞋穿几个月就飞边儿了，老朱的鞋经磨，穿个一年半载还能跟脚儿。老朱知道老瘪卖拔火罐儿不易，手艺人体谅手艺人，每回给老瘪绱鞋就多绱几针，最后也只收个本儿钱。来子也知道他爸当年跟老朱的交情，现在来"福临成祥鞋帽店"，也就没把自己当伙计。铺子里里外外的事，都尽心尽力。

老朱是个闷人。但老朱的闷，跟来子他爸老瘪的闷又不一样。老瘪闷是心里有话，不想说。老朱是心里本来就没话。起初来子不知道，晚上铺子没事了，回去也是睡觉，就想陪老朱说说话。老朱爱喝酒，但喝不多，也就三两口，然后就是喝茶了。可这时喝的茶也就相当于酒，有时一缸子花茶喝下去，也能喝大了。别人喝大是话密，该说的不该说的都往外说。但老朱不是，越喝大了越闷。来子这才知道，他不说话不是故意不说，是心里本来就没话。

其实老朱不是没话，也不是不想说，只是没遇上合适的人。老朱说话挑人，甭管谁，一张嘴两句话不爱听，就不吭声了。可街上的人虽然多的是，真遇上合适的就难了。

老朱过去有个老婆，叫何桂兰，娘家爸爸是个修鞋的，跟老朱也算同行。但老朱绱鞋，自己有绱鞋铺，何桂兰的娘家爸爸修鞋却是挑挑子，走到哪儿修到哪儿。何家住河北的抬杠会，跟侯家后隔着南运河，不远也不近。何桂兰她爸叫何连运，街上的人都叫他老何。侯家后这边靠着北门，是个繁华之地，人多，也比抬杠会那边热闹。那时候，老何就经常挑着挑子来这边修鞋。老何有个毛病，怕饿。别人饿了，吃两口馇馇垫垫就行了，老何不行，不饿是不饿，饿劲儿一上来，连着吃两个大饽饽也缓不过来，且脸色煞白，浑身突突地冒虚汗，得坐半天才能缓过来。一次老何挑着挑子来这边修鞋，饿劲儿又上来了，冒着虚汗走到老朱的绱鞋铺门口，实在走不动了，撂下挑子一屁股就坐在街边上。老朱正绱鞋，一见门口有人，以为是来买鞋的，再看，是个挑修鞋挑子的，就伸头朝外看了看。这一看才发现，这人顺着脖子往下流汗，脸色也不对，已经白得没了血色儿。于是赶紧撂下手里的活儿出来，问怎么回事，是不是哪儿不舒服。老何是个轻易不肯麻烦人的人，已经这样了，还连连摆手，意思是自己没事，就是累了，想歇歇脚儿。但老朱已看出来了，他不是累的事，就赶紧扶进铺子。这时老何才说，自己是饿的，而且这饿不是一般的饿，是饿病，病一上来就得拼命吃东西。老朱一听，赶紧把铺子里能吃的东西都给他找出来，最后连两块已经搁了几天的干窝头都翻出来了。但老何吃了还不行。老朱又跑到街对面买了两块烤山芋，老何吃了，这才稳住神了。老何挺感动，到底是手艺人理解手艺人。向老朱反复道过谢，才挑上挑子走了。

这事过后，老朱也就忘了。

可过了几天，老何又挑着修鞋挑子来了。老朱一眼认出来，是前些天犯饿病的那人。老何在门口儿撂下挑子，一进来就说，今天来，是专门来感谢老朱的，上次回去，跟家里人把这事儿一说，家里人也都后怕，他这饿病有危险，要不是老朱及时相帮，他麻烦就大了。今天他老婆带着闺女来侯家后买花儿线，说是一会儿也过来，要当面谢谢他。老朱脸皮儿薄，一听赶紧连连摆手，红着脸说，这点小事儿，不值得谢，都是街上混饭吃的，关照一下也应该。正说着，老何的老婆就带着闺女来了。老何的老婆也是个不会说话的人，就知道说谢，翻来覆去地说了半天，还是个谢。但老何的闺女挺会说话，说得也得体，话虽不多，却句句让老朱听着挺顺耳。老朱一高兴，话也就多起来。这个中午，老何一家人请老朱在门口儿的小饭铺吃了一顿烩饼，老何跟老朱还喝了二两老白干儿。但吃饭时，老何两口子没怎么说话，光听着老何的闺女跟老朱说了。老朱也是遇上了合适的人，一高兴，话也就越说越多。

老朱长这么大，还没遇上过说话这么爱听的人。男人也就罢了，还是个女人。后来一打听，老何这闺女叫何桂兰，还没出阁。就托人去何家说媒。一说也就成了。

但这个何桂兰也没跟老朱过几年日子。老朱婚后才发现，这何桂兰不光能说会道，还是个心大的女人。但心大跟心大也不一样。有的女人心大，是心宽，别管什么事，一过去就忘，不往心里搁；这何桂兰心大，是心野，虽然说不出以后想怎么样，但总想过跟一般女人不一样的日子。老朱平时在铺子里绱鞋，何桂兰在家待不住，就经常出来闲逛，且常去运河边，就爱看南来北往的各种商船。一天在河边遇上个卖茶叶的，是个三十多岁的男人，一张嘴说话，像外地口音，可听着又有点天津味儿。他问何桂兰，要不要茶叶。何桂兰在家时，常看老朱喝茶。但老朱喝的是花茶。这人说，他卖的叫"涌溪火青"，是安徽出的。何桂兰这才知道，这人是安徽泾县人。何桂兰本来就爱说话，又听这人的安徽口音跟天津话有点儿像，就跟他闲聊了几句，一聊也就认识了。这男人说，他姓黄，叫黄青，就是这"涌溪火青"的青。一听何桂兰问有没有花茶，就说，花茶也有，明天给她拿来。于是两人约好，第二天还在这儿见。第二天，这黄青又来了，但没带花茶，却带来一包小干鱼儿。他说，这叫"琴鱼干儿"，只有泾县才有，不是吃的，也是当茶沏，沏出来的叫"琴鱼茶"，女人喝了皮肤白嫩，也能养生。何桂兰一听挺高兴，问这黄青多少钱。黄青就笑了，说，不要钱，拿来就是送她的。何桂兰回来沏水一喝，果然满口清香。这以后，也就常来河边见这个叫黄青的男人。这黄青也挺爱说话，说泾县如何好，如何青山绿水，吃的东西多，玩儿的地方也多。何桂兰听着，慢慢就心动了。终于有一天，答应跟这个叫黄青的男人走。这黄青走南闯北，有心术，知道把人家的女人拐跑了，人家家里的男人肯定得来追，就没在这河边的码头上船，而是先雇了辆胶皮，打算带着何桂兰去杨柳青，到了那边再上船。何桂兰这时已给老朱生了一儿一女，儿子九岁，叫小福子，女儿七岁，叫小莲子。何桂兰走的这天，到底还是舍不得孩子，就又回来看看。女儿小莲子有心眼儿，看出她妈有事儿，就偷偷跟出来。一见她妈上了一辆胶皮，跟一个男人走了，就跑回来告诉她哥小福子。小福子一听，赶紧来绱鞋铺给他爸老朱送信儿。老朱一听就急了，自己每天在这铺子绱鞋，没想到家里已出了这么大的事。但这时又不能扔下铺子，就赶紧让小福子先去追。可没想到，儿子小福子这一去，也没再回来。老朱后来才知道，小福子去追他妈，还真追上了。但何桂兰一见儿子就舍不得了。这个叫黄青的男人怕何桂兰变卦，又见这小福子长得虎头虎脑儿，干脆就把他也一块儿带走了。

这以后，老朱也就带着女儿小莲子，爷儿俩过日子。小莲子小时候说，要守她爸一辈子，将来给她爸养老送终。可大了，又改主意了，找了个男人是塘沽的，婆家是晒盐的。这小莲子嫁过去也不松心，整天跟着婆家在盐汪子里晒盐。这一走，也就再没回来。

来子一天晚上去给尚先生送鞋。回来时，从街上带回一包驴粉肠儿，又打了半斤老白干儿。老朱知道，来子不会喝酒，就问他，这是干嘛。

来子说，给你过生日。

老朱一听，再想想，才想起今天果然是自己的生日。但又奇怪，不知来子是怎么知道的。来子这才说，是刚才去送鞋，听尚先生说的。尚先生心细，一次老朱让他给算卦，就记住了老朱的生辰八字。尚先生说，这蜡头儿胡同只要让他算过卦的，生日他都记得。

这天晚上，来子是头一次喝酒，皱着眉说，没想到，这东西这么辣。

老朱一听就笑了。

老朱这时已发现，跟来子也能说到一块儿，哼一声说，酒当然辣，不辣还叫酒。

来子点点头，这酒，也像女人，跟它得看缘分，有缘能喝，没缘，一喝就大了。

115

老朱听了撂下酒盅，抹了抹眼，就把自己当年的这段事，对来子说了。

第二十三章

杨灯罩儿晚上没来过铺子。

这个晚上，突然来了。

来子自从来鞋帽店，只见过杨灯罩儿三次。第一次是刚来的时候，杨灯罩儿回来了一下。杨灯罩儿跟来子他爸老瘪同岁，论着也是长辈，就拍着老腔儿对来子说，咱这"福临成祥鞋帽店"，在街上一提也是有名有姓的字号，铺子不在大小，在手艺，以后跟着我和老朱好好儿学，艺不压身。又说，让你过来，是我的主意，看出你是块材料儿，才去包子铺跟高掌柜商量的。来子听了看看他。杨灯罩儿不等来子说话就走了。

来子第二次见杨灯罩儿，是杨灯罩儿回来找老朱拿钱。老朱正等着跟他商量铺子的事，但他说外面还有事，急着要走，让老朱赶紧把提成算算，一共出了多少鞋，每双多少钱，又该给他提多少。老朱算了一遍，他说不对。又算了一遍，他还说不对。老朱把账本一扔说，你自己算。杨灯罩儿就翻着账本自己算了一遍，还是这个数儿。

老朱翻着眼问他，对吗？

杨灯罩儿没再说话，拿上钱就走了。

杨灯罩儿这个晚上来铺子，是来子见他的第三次。杨灯罩儿挺和气，一进门就对来子说，铺子没事了，你先回去吧。来子看出他跟老朱有话说，又不好问，就从铺子出来了。可到家想想，还是不放心，不知他要跟老朱说什么。有心再回去，又觉着不合适。

第二天，来子一早就来铺子，问老朱，昨晚怎么回事。

老朱气得脸色铁青。告诉来子，昨晚杨灯罩儿来，是要做一双

116

鞋，还不是一般的鞋，是做一双缎子鞋。老朱说，要是做一般的鞋也就算了，鞋面儿和鞋帮的青布，鞋口的白布，铺子里都是现成的，可缎子鞋就是另一回事了，各种料子得现进，要进料就得花钱。老朱问杨灯罩儿，主家给了多少定钱。杨灯罩儿翻着眼皮说，没给定钱。

老朱一听没给定钱，就问，没给定钱怎么进料？

杨灯罩儿说，铺子先垫上。

老朱说，你的话能这么说，可事儿不是这么个事儿；别的料子还行，可这缎子没布头儿，一买就得论尺，做鞋面儿的缎子不是一般的缎子，幅儿又窄，一尺不够，两尺又糟践，一般都是几双鞋套着做，现在只为这一双鞋，就糟践二尺缎子，没这道理；再说还得买五彩丝线，鞋面也不能是素的，还得有绣活，再加上鞋口呢，铺子里哪有这么多闲钱。

杨灯罩儿说，就用上月和这月卖鞋帽的钱垫上。

老朱一听更急了，说，卖鞋帽的都是本钱，用本钱垫，铺子还开不开了。

杨灯罩儿说，反正这活儿是已经应下了，真要耽误了，这铺子还真就甭开了。

说完，把这缎子鞋的尺寸扔下，就扭头走了。

老朱跟来子说着，还气得手直抖。

来子想想问，他应的这到底是哪的活儿？

老朱说，没问，哪的活儿也没有这么干的。

来子想的，比老朱又多一层。老朱想的只是钱，没钱进不了料子。但来子想的是这个鞋。杨灯罩儿要做的是缎子鞋，这缎子鞋不是一般人穿的。他想，这里边肯定有事儿。

杨灯罩儿这回还真有事儿。上次大卫李给老娘办丧事，装裹棺材和一应执事，都是杨灯罩儿给一手操办的，不光省钱，也让大卫李很满意。事后大卫李要请吃饭，杨灯罩儿却推辞了。大卫李是精明人，也明白他的心思，他是想留着这个人情。这就像把钱存在银号里，平时还能吃点儿利息，等真要用的时候，再来取。这大卫李倒不怕，说来说去，杨灯罩儿也不过就是想在租界混个洋事儿。但大卫李知道杨灯罩儿的为人。这以后，也就一直装傻。大卫李装傻，杨灯罩儿也就一直不提，只是三天两头儿来大卫李的眼前晃一下。

这几天，大卫李又遇上一件事。大卫李这时是在一家叫"克洛德"的洋行当领班。老板也是个洋人，叫赫德。这赫德见大卫李的脑筋灵活，洋话也说得呱呱的，就挺器重他。但这赫德只是二老板，真正的大老板叫阿方索，平时在他们国内，不常过来。这几天，这个叫阿方索的大老板来天津视察，正要回国，赫德就想送点儿礼物。这礼物的分量不能太重，否则道儿远，不好带。可价值又不能太轻，轻了怕大老板看不上，而且还得是中国的东西，最好能有天津特色，这就难了。赫德挖空心思想了几天，有心送件文物，可老货送不起，新的又没意思。大卫李也在旁边跟着搜肠刮肚，还是想不出主意。后来，大卫李无意中跟杨灯罩儿一说，杨灯罩儿立刻给出了个主意，说送一双缎子鞋。缎子鞋在天津叫"缎儿鞋"，让这洋人大老板带回去，不光能给他老婆穿，看着花花儿绿绿的也是个玩意儿。大卫李一听，立刻觉着这主意好。回去跟赫德一说，赫德也说行。可行是行，这缎儿鞋上哪儿去弄，大卫李又犯难了。再一问杨灯罩儿，杨灯罩儿乐了，说，我出的主意，我当然有办法。杨灯罩儿说，我就是开鞋帽店的，这事儿不用出门就办了。大卫李一听，眼珠儿立刻转了转。杨灯罩儿看出来，赶紧又说，你放心，这双缎儿鞋给你做，我分文不要，白送，你跟洋人那边儿怎么算，那是你的事。大卫李一听立刻说，白送当然不行，怎么也得给个工本钱。

杨灯罩儿又一摆手说，咱是朋友，这点事，过得着。

杨灯罩儿在大卫李这里大包大揽，没想到回来却在老朱这儿碰了钉子。杨灯罩儿知道老朱是"宁丧种"的脾气，宁死爹都不戴孝帽子，他说不行，就是不行，再说也是白说。但就在这时，大卫李又跟杨灯罩儿说了一件事。这个大卫李还真有点儿良心，也是爱才，通过这几件事，看出这个杨灯罩儿确实是个人物儿，肚子里也确实有点歪才，就去跟洋人赫德举荐了。他举荐，当然也是为自己。大卫李的心里有数，这杨灯罩儿再怎么能耐，说洋话不行，这也就注定，以后在洋人面前不会超过自己。但在洋人跟前混事儿，倘手下有个这样的人，不光能出主意，还多了两条腿，以后也好办事。这个叫赫德的洋人本来就相信大卫李。他来天津几年，也已经懂了不少这边的事，知道单有一种中国人，吃中国饭，拉中国屎，却专门坑害自己中国人。倘洋行里多几个这样的人，当然也没坏处。

所以大卫李一说，也就同意了。

大卫李赶紧把这消息告诉杨灯罩儿，也是为了让他把"缎儿鞋"这事办得漂亮点儿。果然，杨灯罩儿一听，立刻像打了鸡血。他这些日子跑前跑后地帮大卫李办事，又给他出各种主意，其实也就是为的这个目的。现在，这目的总算有了眉目。可这一来，这"缎儿鞋"的事也就成了一个更大的难题。如果没有大卫李举荐这事，自己跟老朱说了，老朱不答应，只要回来跟大卫李回个话儿也就行了，主意已经给他出了，随便扯个理由，让他另想办法也就是了。办事儿当然都是这样，总有办得成的，也有办不成的。可现在就不行了，他马上就是这个洋行的人了，大卫李的事也就成了他的事。这事儿，就必须得办成了。

杨灯罩儿这一想，就又来到鞋帽店。

杨灯罩儿这回来，还特意带了一包真正的"高末儿"。进门没说话，就先给老朱沏上了。老朱知道，他这次来，还是为那双"缎儿鞋"的事，也就不说话，停下手里的活儿，抬起头就这么看着他。杨灯罩儿见老朱不说话，也就不说话，只是闷头坐着。但老朱有个脾气，他自己不说话行，可受不了别人也不说话。倘对方也一直这么闷着，一会儿工夫，他就先沉不住气了。杨灯罩儿也知道老朱这脾气，就故意这么闷着他。又闷了一会儿，老朱果然沉不住气了，吭哧了一下说，这事儿，我头回已经说了，肯定不行。

杨灯罩儿还闷着。

老朱又说，没钱，干不了。

杨灯罩儿耷拉着眼皮，像没听见。

老朱说，咱是小本生意，垫不起。

杨灯罩儿突然用手一捂脸，哇地哭起来。他的嗓子是横着的，像西北秦腔里的"黑煞"，一哭动静儿挺大，连街上都能听见。老朱一下让他哭愣了，不知这是怎么回事。杨灯罩儿鼻涕一把泪一把地越哭越伤心，又哭了一会儿，嗤地擤了下鼻涕，把手甩了甩，才慢慢抬起头说，还不是鞋的事儿，要就是这个鞋的事，我也就不跟你费这劲了。

老朱看看他，不知不是鞋的事，又是嘛事。

杨灯罩儿说，是我大姨的事儿。

老朱想了想，好像没听说过杨灯罩儿还有个大姨。

杨灯罩儿说，这大姨不是亲的，是我二姨姥姥家的，可比亲的还亲。

说着就又哭起来。这回不是哇哇的了，是呜呜的。老朱还真没见过杨灯罩儿为谁这么哭，看着是真动了心。杨灯罩儿又哭了一会儿，才抽抽搭搭地说，他这个大姨在杨柳青，他妈叫她大姨姐。他三岁时出痘，眼看就要不行了。他妈让人算了一卦，算卦的说，得把这孩子往西送，送出四十里，也许能躲过这一劫。他妈一算，往西四十里应该是杨柳青，她大姨姐正好在那儿，就把他送去了。他在杨柳青跟着大姨住了一年，痘是好了，可又把他大姨传上了。大姨倒也没死，但病好了，落了一脸大麻子。她男人看着恶心，也不要她了，就这么一个人孤零零地过了一辈子。杨灯罩儿说，他大姨这辈子就想穿一双"缎儿鞋"，可一是没钱，买不起，二是自己一个麻脸，真穿了又怕人家笑话。现在她已落了炕，眼看没几天了，他想最后尽点孝心，给大姨正正经经地做一双像样的"缎儿鞋"，也了却她这辈子的这点儿心愿。

这么说着，就又呜呜地哭起来。

老朱没想到，杨灯罩儿要的这双"缎儿鞋"还这么曲折。看他越哭越伤心，自己的心也软了。可再想，倘真答应他，买二尺缎子，再搭上绣活丝线零碎料子，也得不少钱。况且现如今已没人再穿这种"缎儿鞋"，做完这双鞋剩下的东西也就只能这么搁着了。这一想，就还是拿不定主意。只好说，容我再想想，咱这铺子你也有份儿，这里的事你应该明白。

杨灯罩儿说，我大姨，也就这两天的事儿了。

老朱说，行，明天下午给你回话儿。

第二天早晨来子来了，一听这事，立刻说不对。来子听尚先生说过，杨灯罩儿也曾让他给算过卦。尚先生用八卦算出，他家祖居"乾位"，应该是从西北过来的。其实杨灯罩儿从不信占卜算卦这类事，让尚先生算，也就是算着玩儿。可当时一听尚先生这么说，立刻大惊失色。他这才告诉尚先生，他老家早先是西北天水的，当年他爸带着他妈是要饭过来的。

来子说，他家在天津没亲戚，怎么杨柳青又冒出个大姨，还是他二姨姥姥家的？

老朱一听，这才明白了，自己又差点儿让这杨灯罩儿给绕进去。

这天下午，杨灯罩儿早早儿就来了。但老朱不是个爱矫情的人，杨灯罩儿说的这杨柳青的大姨，他也不想给说破，只告诉他，这"缎儿鞋"还是不能做，没钱。

杨灯罩儿一听没再说话，扭头就走了。

第二十四章

杨灯罩儿这回不光恨老朱，也恨来子。

杨灯罩儿知道老朱没这心眼儿。自己好容易编的这个杨柳青大姨的故事这么真切，自己又哭得伤心伤肝，本来老朱已经信了，第二天突然变卦，肯定是来子又在背后捣的鬼。

这本来是个不大的事。杨灯罩儿给大卫李出了这个"缎儿鞋"的主意，就已经算是帮了大忙，倘再把这"缎儿鞋"做了，也就是锦上添花的事，没做，按说大卫李也说不出别的。可现在就不行了，倘这"缎儿鞋"做不来，也许已经说好的去"克洛德"洋行的事，就此就又黄了。这一来，这双"缎儿鞋"的事也就不是一双鞋的事了。杨灯罩儿也想过，实在不行就咬咬牙，做这"缎儿鞋"的钱自己出。可一是他拿不出这么多钱，杨灯罩儿这些年一直是寅吃卯粮，手里搁不住钱；二是就算借，街上的人都知道他这人的人性，也没人借给他。

果然，大卫李一听就急了。大卫李已在洋人赫德的面前夸下了海口，说这双"缎儿鞋"几天以后就能做来。还凭着自己的想象，把这鞋的样子跟赫德详细描述了一番，如何精致，如何典雅，如何充满东方传统文化的神秘和魅力，说得赫德也充满期待。这两天，那个叫阿方索的大老板马上就要启程回法国了，赫德正紧着催。可现在，杨灯罩儿突然说不行了。大卫李冲杨灯罩儿急扯白脸地抖搂着两手说，你现在才说不行，让我跟洋人怎么交代？

杨灯罩儿一听也出汗了。

事情到了这一步，唯一的办法，只能去别的鞋店买一双现成的。可这时穿"缎儿鞋"的女人已经很少，一般的鞋店早不做了。且这"缎儿鞋"还不像别的鞋，没尺码儿，都是定做，一双一个尺寸，也一双一个样儿，就算买着现成的，这个叫阿方索的大老板带回去，外国女人的脚丫子都大，也未必能穿。倘不能穿，也就成了个样子货，只能摆着。但大卫李一想，这时已没有别的办法，有总比没有强。杨灯罩儿这回多了个心眼儿，干脆拉上大卫李，让他一块儿去。俩人在南市转了一天，总算买着一双紫地儿黄绣活的"缎儿鞋"。

这件事过后，大卫李也就没再提让杨灯罩儿来"克洛德"洋行的事。杨灯罩儿试探着问了两回，见大卫李不拾这茬儿，也就明白了，肯定是已经煮熟的鸭子，又飞了。

杨灯罩儿一连堵心了几天，心里越想越窝火。其实当初来子来鞋帽店，杨灯罩儿想横打驳拦，就是料到会有今天这样的事。没想到，这回果然栽在这小子的手里了。

杨灯罩儿有个习惯，心里窝火，不在家待着，得出来满大街转。转也是瞎转，东游西逛，什么时候逛累了，走不动了，心里这点毒火儿才能出去。这天转到缸店街西头，远远地看见老瘪。老瘪几年没见，看上去胖了，身上穿的也挺干净。他正一边走一边东瞅西看。杨灯罩儿本不想过去打招呼，这人没用，跟他说句话还不够费唾沫的。但已经走过去了，心里忽然一动，又转身回来，冲老瘪的背影喊了一声，是老牛吗？

　　老瘪站住了，回头一看是杨灯罩儿，哦了一声，张张嘴没说话。当初毕竟是那样从家里出来的，现在碰见老街坊，脸上就有点儿挂不住，一时说话不是，不说话也不是。

　　杨灯罩儿倒像是没这么回事，笑着打招呼说，出来转转？

　　这一说，老瘪也就放松下来，点头说，是啊，出来转转。

　　杨灯罩儿又试探着问，拔火罐儿，不卖了？

　　老瘪说，早不卖了。

　　杨灯罩儿点头，不卖好，那东西太累，赚钱也费劲。

　　说着，好像忽然想起来，哦，对了，还有个事儿。

　　老瘪知道杨灯罩儿的为人，他这一说，就有点儿小心了，看看他问，嘛事儿？

　　杨灯罩儿嗯嗯了两声说，我这会儿还有点急事，这样吧，后天再跟你细说。

　　老瘪又看看他。

　　杨灯罩儿乐了，说，放心，是好事儿。

　　老瘪将信将疑，想不出这杨灯罩儿找自己能有什么好事儿。

　　杨灯罩儿看出他不信，就说，咱一个胡同住这些年了，我骗过你吗？

　　老瘪想说，你这些年骗的人还少吗？可话到嘴边，只是问，你怎么找我？

　　杨灯罩儿朝左右看看，见街边有个杂货店，就朝那边一指说，后天下午，就在这儿见。

说完打个招呼，就匆匆走了。

杨灯罩儿看看已是中午，知道尚先生有睡午觉的习惯，就急着往回走。但快到蜡头儿胡同时，又停住脚，想想不妥，这事儿不能找尚先生，于是又折身朝北门里这边来。

上回杨灯罩儿来"蚨记寿衣店"给大卫李的老娘办装裹，跟寿衣店的郁掌柜就算认识了。偶尔再从这门口过，郁掌柜就出来打个招呼。寿衣店不揽生意，打招呼也有规矩，远远儿地只冲杨灯罩儿喊一声，赶上有闲事儿，过来啊。杨灯罩儿知道，这郁掌柜也是个有些文墨的人，日后备不住有用得着的时候，每回郁掌柜打招呼，也就客气地回一声。这个中午，他来寿衣店时，郁掌柜正有生意。在旁边等了一会儿，见把主顾打发走了，才过来。郁掌柜已听说了，杨灯罩儿跟人合开了一个鞋帽店，就笑着说，杨掌柜今天这么闲在？

杨灯罩儿也笑着说，我是无事不登三宝殿。

郁掌柜连忙摆手，我这小店，可说不上三宝殿。

杨灯罩儿说，郁掌柜是忙人，不多占你工夫儿，今天来是有点事儿，求您帮个忙。

郁掌柜点头，您说。

杨灯罩儿就把来意说了。当初跟老朱合伙儿开这"福临成祥鞋帽店"，两人也就是拿嘴这么一说，直到现在也没立个正式字据。可买卖上的事，不是一天两天，没个凭据总觉着不是事儿，这回跟老朱一商量，老朱也是这个意思，还是补一个字据更稳妥。郁掌柜一听就懂了，说，不就是写个字据吗？这容易。说着就让伙计把纸墨笔砚拿过来。

想想又问，老朱不来，能行吗？

杨灯罩儿说，事情都是说好的，写了字据他一份，我一份，让他按个手印也就行了。

郁掌柜先问清，两人当初是怎么商定的，一听条款也简单，几下就写成了。杨灯罩儿好像又想起什么，说，等等，还得补上一条。郁掌柜就把笔停下了。杨灯罩儿说，这合伙儿做生意，也像两口子过日子，总是有合有散，再补一条吧，万一双方哪一边觉着不合适，哪天不想干了，可以把自己的这一半儿倒给别人，倒的时候也不用跟对方打招呼。郁掌柜一听就笑了，对杨灯罩儿说，您的意思我明白，可真落到纸上，这么写，就太啰唆了。

杨灯罩儿说，您就看着写吧。

郁掌柜就把这一款也加上了。

然后又誊写了一份。杨灯罩儿拿到手里，谢过郁掌柜就出来了。

杨灯罩儿故意等到晚上，估摸着来子回去了，才又来到鞋帽店。可到了门口一听，来子还没走，正在铺子里跟老朱说话。杨灯罩儿这时一见来子恨得牙根儿都疼，这次要不是这小子，"缎儿鞋"的事老朱就答应了，也就不会有后来的这些麻烦了。

这么想着，就转身先回去了。

来子自从老朱生日的那天晚上，就学会了喝酒。老朱也愿意跟来子说话，这以后晚上没事，俩人就经常一块儿喝。喝酒也不就菜，用胡同里刘大头的话说，就是干拉。这个晚上，来子又跟老朱干拉着喝酒，一边喝一边闲聊。来子问过老朱，老朱只比他爸老瘪小一岁，论着该是长辈。但两人说得上来，也就不论长幼，只当是忘年交。来子看老朱太实诚，也厚道，这个晚上一边喝着酒就说，尚先生说过，人要实，火要虚，可这话也得分怎么说。

老朱问，怎么叫也分怎么说？

来子说，实，也得分人，跟有的人实行，可有的人，也不能太实，太实了就得吃亏。

老朱明白了，来子指的是杨灯罩儿。

来子说，没错儿，说的就是他。

来子一见既然说到这儿了，一直搁在肚子里的话，也就索性都说出来。他说，我来这铺子快一年了，没来时，你的事也听过一些，过去你是缎鞋铺，现在又多了个杨灯罩儿，成了鞋帽店，可你该缎鞋还是缎鞋，跟过去不一样的，也就是多了个卖帽子。

来子这几句话，一下说到老朱心里了。

其实老朱也一直这么想，只是说不出来。现在来子这一说，还就是这么回事，立刻连连点头。来子又说，自从我来，这杨灯罩儿来过几回？现在是有我，要没我，你不成了给他看铺子的伙计？老朱打个嗨声，摇头叹气说，当初，我也是让这小子给绕住了。

来子说，你这人，就是太善，人善有人欺，马善有人骑。

老朱哼一声说，这事儿，还真得想个办法了。

第二十五章

杨灯罩儿这天一早来到胡同口，远远地朝鞋帽店这边看着。

一会儿，就见来子从铺子里出来，朝粮店街那边去了。

老朱做鞋，鞋帮和鞋底都得用夹纸。夹纸是自己打。夹纸叫夹纸，其实也是布做的。先在一块木板上刷了糨子，再把一块一块的碎布贴在上面。然后再刷一层糨子，再贴一层碎布。自己家做鞋，要贴六到七层，这样打出来的夹纸厚，也结实，鞋才耐穿。鞋铺就没这么实在了，也就是贴三层。但老朱打夹纸，也要贴五层布；这样贴了碎布，再拿到太阳地儿去晒。等晒干了，揭下来，就是夹纸。老朱经常打夹纸，得用糨子。糨子本来应该是白面的，可白面天天吃都吃不起，打糨子，就更打不起。不过老朱也有偷手，在白面里掺棒子面儿。白面黏，棒子面儿粗，用这种两掺儿的糨子打出的夹纸，反倒更厚实，也挺脱。可这种糨子用长了，还是用不起。粮店街有一家裕泰粮行，掌柜的姓林。老朱跟这林掌柜是朋友。林掌柜开粮行，讲的是干净，平时最怕鞋脏。可在粮行里，鞋上总难免落上面粉，一沾就是一层白，弄也弄不净。老朱绱的鞋是青布面儿，看着就光滑儿，沾了面粉拿布掸子一摔，立马儿就掉。林掌柜也就最爱穿老朱绱的方口青布鞋。老朱也投其所好，每到年底，就给林掌柜送一双新鞋过来。当然是白送。林掌柜知道老朱做鞋得打夹纸，打夹纸就得用糨子。作为报答，也就把自己铺子平时在地上扫的土面给他，让他拿去打糨子。

这个早晨，老朱又让来子去裕泰粮行拿土面。

杨灯罩儿站在胡同口，看着来子走远了，才朝这边过来。

老朱一见杨灯罩儿来了，就知道他又有事。杨灯罩儿也不拐弯儿，一屁股坐在老朱跟前说，是有个事儿，这事儿我早就想了，可总忙，一直没顾上跟你说。

老朱慢慢抬起头，等他往下说。

杨灯罩儿说，咱俩合开这铺子，总该有个凭据，要不就成了你知我知的事，没凭据，日后真有个马高镫短犯矫情的事，也不好说。老朱明白了，杨灯罩儿的肚子里不知又要绕什么弯儿。于是看着他，没说话。杨灯罩儿看出老朱有戒心，担心他一时绕不过来，又说先想想，然后去跟来子商量，就赶紧说，其实说有个凭据，也没别的意思，都是已经说好的事，铺子咱俩合着开，卖我的帽子你的鞋，怎么卖，怎么算，也都是已经说过的。说着就把事先让郁掌柜写的字据掏出来，拿给老朱看。老朱也认几个字，接过字据看了看，果然写得很简单，甚至比说过的还简单。杨灯罩儿说，我已说了，也就是个凭据，没别的意思。

老朱又想想，就把手印儿按上了。

杨灯罩儿给老朱留下一份，自己揣起另一份，又说，对了，还有个事儿。

老朱说，说。

杨灯罩儿说，你也看出来了，我现在外面的事儿多，别说这铺子的事，就是回来拿钱都没工夫儿，以后这帽子生意，也不打算做了，眼下铺子里剩的这点儿帽子，就当货底儿。

杨灯罩儿这一说，老朱又糊涂了。既然生意不做了，干嘛还立字据？

于是眨巴着两眼看着他。

杨灯罩儿卖帽子跟老朱卖鞋不一样。老朱卖鞋，是卖自己绱的鞋。杨灯罩儿卖的却不是自己做的帽子。当初南门外的瘦猴儿三天

127

两头来给送帽子。后来瘦猴儿不来了，杨灯罩儿就去西头湾子进帽子。西头湾子有几户专做帽子的人家儿。杨灯罩儿就定期去那边收货。那边离得远，他又从来不说，也就没人知道他这帽子是从哪儿来的。

杨灯罩儿说，干脆说吧，我这一半铺子，打算盘出去。

老朱一听更慌了，不知他要盘给谁。现在这杨灯罩儿的头已经这么难剃，整天弄了这么多摞摞缸的麻烦事儿，倘再盘给个不顺南不顺北的二百五，这买卖就没法儿干了。

杨灯罩儿说，放心，我当然得先问你，你要是有心气儿要，我就不给别人了。

老朱一听，再想想，才意识到这事也正合自己心意。昨晚跟来子喝酒时还说，铺子得想办法，不能再这么下去了。倘杨灯罩儿真把这一半铺子盘给自己，也就不用再想别的办法了。想到这儿，心里顿时暗暗一喜。但老朱也有心眼儿，心里喜，脸上却不喜，还故意皱出一副愁容说，盘给我当然好，可你现在愣个怔一说，我上哪儿弄钱去。

杨灯罩儿说，知道你也拿不出太多的钱，这么着吧。

老朱立刻一眨眼，你说？

杨灯罩儿说，现在铺子有多少钱，咱就这一堆，这一块，多我多拿，少我少拿，这一次就清了，拿了钱我走我的，你该卖鞋，还卖你的鞋，以后咱是两不欠。

老朱一听，这办法当然合适。眼下铺子里还真有点儿钱，可不太多，倘真都给他也就给了，丧神当着喜神敬，赶紧把他打发，日后也就省去了所有的麻烦。可再想，又不太敢信，杨灯罩儿这回怎么一下这么好说话？于是眨巴眨巴眼，问，你这话，当真？

杨灯罩儿立刻把嘴撇起来，摇晃了一下脑袋叹口气说，你这话说得我就不爱听了，都是这么多年的街坊了，连这点事都信不过吗，我嘛时候骗过你？快着点儿吧，我还有事。

老朱也怕杨灯罩儿变卦，赶紧去把钱盒子拿出来。杨灯罩儿不等他数，一把夺过去，把里边的钱往外一扣，掏出块手绢儿一兜，也没再说话，卷巴卷巴一揣就转身走了。

将近中午时，来子回来了。老朱挺高兴，把这事儿当个好事儿跟来子说了。

来子听了，半天没说话。

老朱又说，本来还犯愁，怎么才能把他这块泥挵出去，这回行了，甭等挵，他自己就走了。来子又沉了沉，才问，你盘他这一半铺子，给了多少钱？

老朱说，不多，也就是手头这点儿刚卖的钱，合适。

来子说，可这铺子，本来就是你的。

老朱听了一愣，这才有点回过闷儿来。

来子说，你又让他给绕住了，他这次来，先让你把字据补了，也就等于让你承认，这铺子有一半是他的，然后再把这半个铺子盘给你，本来就是你的东西，再反过来卖给你，甭管钱多钱少，有这么干的吗？可你前面已经认账了，后面也就只能认这个头。

来子这一说，老朱才明白了。

来子又想了想，摇头说，还不对，他如果不说把这一半铺子盘给你，还能按月拿你卖鞋的提成，这一盘，也就成了一锤子买卖，他以后再想拿提成也就没法儿拿了。

老朱本来觉着已经明白了，现在让来子这一说，又糊涂了。这一糊涂也就烦了，不想再往下想，拨楞着脑袋说，爱怎么地吧，反正是把他打发了，甭管他了！

来子说，你把他盘这铺子的手续拿来，我看看。

老朱眨巴眨巴眼说，嘛手续，没嘛手续啊！

来子一愣问，这回，又是拿嘴一说？

老朱说，是啊！

老朱让来子一问，才意识到，这回这事儿还真有毛病。

想了想，赶紧问，我把他，叫回来？

来子说，他要能回来，就不是他了。

老朱一听更没主意了，那怎么办？

来子坐下了，说，让我想想。

第二十六章

老瘪在街上碰见杨灯罩儿，就像碰见了夜猫子。

老瘪当初就知道，杨灯罩儿这人不招人待见。不招人待见的人也分两种，一种是不招人待见，你别理他，就当没这人也就行了。还一种就是杨灯罩儿这样的人，你不理他，可他理你，稍不留神就给你挖个坑，等你掉进去了，才明白是怎么回事。杨灯罩儿这天在街上对老瘪说，找他还有事，约好两天后，还在缸店街的杂货店门口儿见。老瘪回来寻思了两天，觉着杨灯罩儿不是个正经人，有心想不去，可再想，又摸不清他究竟要跟自己说什么。老瘪一直有个心思。自从离开蜡头儿胡同，就再也没回去过。其实白家胡同离蜡头儿胡同不远，有几回已经溜达到归贾胡同南口儿，再往里走几步，朝东一拐就是蜡头儿胡同，可又担心碰见熟人，就还是没敢进去。老瘪只听说，他当初离家没一年，来子他妈就死了。这事儿别管怎么说，也不能说跟自己没关系。这一想，心里虽还惦记来子，也就觉着没脸再见他。

老瘪最后决定，还是来见杨灯罩儿。

老瘪出来时，没跟二闺妞打招呼。老瘪自己过去的事，也跟二闺妞提过，但没说得太详细。二闺妞只知道他也有过家，住蜡头儿胡同，后来那边的老婆死了，还有个儿子叫来子。至于当初为嘛出来的，家里又是怎么回事，二闺妞都没问。老瘪帮二闺妞发送完了老疙瘩，俩人也就住到了一块儿。其实老瘪是个挺壮的男人，只是过去一直让来子他妈压着。来子他妈的性子像个男人，对床上的事也不在意，日子一长，老瘪也就像没这回事了。但二闺妞不行。二闺妞在家闲着，整天不想别的，就寻思床上这点事儿。过去老疙瘩

130

天天在铺子打洋铁炉子，还三天两头儿出去，晚上到家已累得不行，就经常偷懒儿，不想再弄床上这事儿。二闺妞这几年也就饥一顿饱一顿。现在跟老瘪到一块儿，俩人立刻就如同干柴烈火，一口气连着两天两夜没下床。这以后，虽然从床上下来了，也是每夜不闲着。可过日子，总不能光是这点事儿，也得干点儿正经的。眼下虽然有个现成的铁匠铺，但老疙瘩一死，也就没了铁匠。二闺妞又不想让老瘪再出去卖拔火罐儿。俩人一商量，就把这铁匠铺盘出去了。二闺妞的娘家当初是卖嘎巴菜的，对这一行还熟，就用盘铁匠铺的钱又开了一个卖嘎巴菜的铺子。

可这铺子真干起来，老瘪才发现，他还是把事情想简单了。本来想的是，嘎巴菜这行自己虽不懂，但二闺妞懂，俩人有一个懂就行了。但铺子一开张，才知道不是这么回事。二闺妞当初在娘家的铺子除了跟那"小白牙儿"学会唱几句"十不闲儿莲花落"，正经的一点儿没学。现在真到自己开铺子了，一下就像爹着两手抓热切糕，问嘛嘛不懂，干嘛嘛不会，还不如老瘪内行。且这二闺妞嫁老疙瘩这几年，又比老疙瘩小十来岁，也给宠惯了。老瘪当初在家时，来子他妈的脾气是暴，沾事儿就急，急了就连数落带骂。现在这二闺妞的脾气却是娇，不光娇，还任性，为一点事儿就哭，一哭起来还就没完，哄都哄不住。老瘪在铺子里忙不过来，想雇个伙计，二闺妞又不干，嫌挑费大。可每天铺子一开板儿，说是一个忙里、一个忙外，但二闺妞根本不顶事，只能是老瘪一个人连踢带打，忙了里边又顾外面。二闺妞的肚子倒还争气，过去跟老疙瘩这几年，一点动静没有。那时老疙瘩急了也经常甩两句闲话，说一夜一夜地干二闺妞，还不如打铁，打铁还有个动静儿，能打出个东西，可这倒好，不光没动静儿，连个东西也打不出来。现在只跟了老瘪一年，就给生了个大胖小子。这小子一出生，跟老瘪正相反。老瘪是瘪，一张脸往里长，这儿子却是鼓，往外长，不光鼓鼻子鼓眼儿，连后脑勺儿也是鼓的。老瘪就给取了个小名儿，叫小帮子，大号叫牛全有。二闺妞一听挺高兴，说全有，这名儿好听。但她并不知道，其实这名字是排着来子叫的，来子大号叫牛全来。

老瘪这个下午来到缸店街，杨灯罩儿已等在杂货店的门口，一见老瘪就说，我来一会儿了，还有点急事儿，你要是再不来，我就得走了。

老瘪问，到底嘛事儿？

杨灯罩儿说，咱老街旧邻的，我就不拐弯儿了。

老瘪点头，你照直说。

杨灯罩儿说，看你这意思，眼下闲着？

老瘪说，倒也没闲着。

杨灯罩儿说，"狗不理包子铺"的斜对面儿，有个"福临成祥鞋帽店"，知道吗？

老瘪想了想，去那边溜达时，还真见过这个鞋帽店。不过他知道，这个铺子这些年一直是老朱的，叫"大成祥绱鞋铺"，不知怎么就改成"福临成祥鞋帽店"了。

杨灯罩儿说，这店是我跟老朱合着开的。

杨灯罩儿这一说，老瘪才明白，杨灯罩儿叫杨福临，老朱叫朱成祥，这字号显然是把他俩的名字合在一块儿了。杨灯罩儿说，这铺子我没心思干了，想问你，有心气儿吗？

老瘪明白杨灯罩儿的意思了，他是想把这一半铺子倒给自己。

杨灯罩儿说，就是这意思，不过现在这铺子，说白了，也没嘛油水儿，不光看不见赚头儿，真要干还得往里添本钱，说实话，也没太大意思。

老瘪一听杨灯罩儿这么说，又让他绕糊涂了。

就问，你这铺子，到底想盘，还是不想盘？

杨灯罩儿乐了，说，当然想盘，不想盘，干嘛跟你说？

老瘪就不说话了，在心里想了一下这事儿的大概意思。杨灯罩儿跟老朱合开了一个"福临成祥鞋帽店"，现在别管是俩人弄不到一块儿，还是有别的嘛事儿，反正是不想再干了。他现在来跟自己说，是想把这一半铺子盘给自己。

老瘪这么一想，还真有点儿心动了。

眼下儿子小帮子已经三岁，可跟这二闺妞过了几年，越来越看出来，以后的日子还真保不准会怎么样。其实二闺妞是个不踏实的女人，用街上的话说，也就是不稳当。不稳当是说这女人靠不住，将来不一定能踏踏实实地把日子过到头儿。但二闺妞胆儿小，又已经四十来岁，再怎么闹估计还出不了大格儿。可她现在每天在铺子里，当年在娘家时的老毛病又都出来了。早晨来吃嘎巴菜的净是街上的闲人，有的一碗嘎巴菜能吃两个时辰，就为跟二闺妞说笑。二闺妞一到这时也是眉飞色舞，跟这些男人聊得叽叽呱呱，把个嘎巴菜铺子闹成了酒馆儿。老瘪已是快五十的人，街上的各种事也见多了，心里渐渐就明白，跟这种女人过日子还真不能太认真，以后只能睁一只眼闭一只眼，别管看得过去看不过去的，都得看。不过也得把眼瞪大了，千万别让人把绿帽子给自己扣上。其实老瘪的骨子里还是个男人，过去让来子他妈数落，再怎么数落也是让自己的女人数落，他认头。可这绿帽子的事他就不认头了，还别说绿帽子，脑门儿上沾一点儿绿都不行。老瘪这时才把自己跟二闺妞的事，又从头到尾细细地捋了一遍。这一捋，也就明白，其实自己是让二闺妞招赘了，住的房子是她的，这嘎巴菜铺子也是她的，家里的哪怕一根柴火棍儿都是她的，哪天她一翻脸，这个家除了儿子小帮子，什么也没自己的。老瘪自从看明白这一点，在铺子的生意上也就不这么实在了。好在二闺妞是个甩手掌柜的，吃凉不管酸，整天就知道跟街上的那些闲人调笑，铺子的账都是老瘪管着。这以后，每天柜上的钱从老瘪手上过，也就从手指缝儿里漏一点儿。

这时，老瘪说，你先说吧，这半个铺子我要干，怎么干？

杨灯罩儿又看看他，你真有心气儿要？

老瘪说，你先说，我得听听。

杨灯罩儿说，你要真有心气儿，盘了这半个铺子，先不能让老朱知道，他要知道了，头一件事，就得让你往铺子里添本钱，但你要是真拿了本钱，就得见利，不见利就叫赔本儿，可买卖上的事谁保得准？你光添本钱，不见利，这不等于盘了个债主子？当然不合适。

老瘪一听，也觉着这话有理，就问，可盘了铺子，又不说，这有嘛用？

杨灯罩儿晃了晃脑袋说，话不是这么说，你现在不说，不等于以后也不说，盘了这半个铺子，可以先在手里搁着，只要我不说，你不说，老朱也就不知道，等日后，他把这铺子干大了，甭管干多大，也得有你一半儿，到那时，你再把这一半儿要回来，不就行了？

老瘪问，可他要是干不大呢？

杨灯罩儿摇头说，老朱是自个儿绱鞋自个儿卖，他卖的是手艺，能赔吗？

老瘪这才明白杨灯罩儿的意思了。

杨灯罩儿又说，用洋人的话说，这叫投资。

老瘪又在心里想了想，觉得这事儿可以干。倘现在，把杨灯罩儿的这一半铺子盘过来，先放在手里，日后也是一条后路，如果哪天真跟二闺妞闹翻了，自己和儿子小帮子总不至于去街上要饭。但老瘪毕竟跟杨灯罩儿住过街坊，心里有数，知道跟这种人打交道得留心。于是说，这事儿行是行，可咱是老街旧邻了，我有句话，你别过意。

杨灯罩儿点头，你说。

老瘪说，做买卖有句常说的话，叫亲兄弟，明算账。

杨灯罩儿一拍大腿，这你放心，咱该怎么算怎么算。

老瘪说，我的意思是，这么大的事儿，总不能咱俩一说就办了，还得找个中间人。

杨灯罩儿没想到老瘪会提这个要求。脑子转了转，觉着这事不能答应，倘老瘪找个明白人来，只要稍微一听，就能听出毛病，真这样，已经煮熟的鸭子就又飞了。可再想，这老瘪也是个一根筋，拧轴子，倘不答应他，兴许这买卖就做不成了。这一寻思，心里就有点儿起急。又想了想，看一眼老瘪，试探着问，要找中间人，你

134

打算，找谁?

老瘪说，既然是中间人，不能跟你熟，也不能跟我熟，要不日后真有矫情的事儿，人家向着哪头儿说话都落不是，白家胡同有个拉胶皮的老吴，这人耿直，我看，就找他。

杨灯罩儿不认识老吴。但一听老瘪说，是个拉胶皮的，估计这买卖道儿上的事也不会太明白，就答应说，行啊，你说找谁就找谁，本来不大的事儿，只要你放心就行。

两人当即来白家胡同找老吴。

老吴已经四十多岁，又是风湿腿，这时已不拉胶皮了，在胡同口摆个小摊儿，卖点零碎杂货。这个下午，杨灯罩儿跟着老瘪来到老吴的摊儿上。老吴平时不是个爱管闲事的人，跟老瘪认识，知道是这个胡同里卖嘎巴菜的，但不熟。这时一听是这种事，又看看旁边的杨灯罩儿，是个生脸儿，也不像厚道人，就不想管。可都在一个胡同住着，又不好驳面子，想了想就说，自己不认字，这种买卖上的事也不懂局，别把事儿给耽误了。老瘪一听，就知道老吴不想管。但老吴不管也好。刚才来的路上，老瘪又想了，老吴就住白家胡同，倘让他当中间人，哪天真把这事儿说出去，让二闺妞知道了，后面也是麻烦。这时老吴又说，归贾胡同有个叫保三儿的，过去跟我一块儿拉胶皮，他认字儿，也有见识，当年还在小站当过兵，找他应该合适。老瘪一听，这个保三儿跟自己和杨灯罩儿都不熟，也确实挺合适。就说，行是行，可我俩都不认识啊，怎么跟人家说，就这么去了，人家也未必答应。

老吴碍着面子，只好把摊儿收了，带着老瘪和杨灯罩儿来找保三儿。

保三儿是个痛快人，这天下午刚约了朋友，要去北马路的北海茶园听相声，正要出门，见老吴带着两个人来了，一边穿着衣裳问，有嘛事儿?老吴就把当中间人的事说了。保三儿听了看看老瘪，又看看杨灯罩儿。保三儿听说过这个杨灯罩儿，也知道他在洋人的租界混过事儿。保三儿最腻歪跟这种混过洋事儿的人打交道，整天吃

135

洋饭，拉洋屎，一打嗝儿都是洋蜡头儿味儿。有心想不管，又驳不开老吴的面子。这时再看看老瘪，就想起来，来子曾跟他说过他爸的事，听说话这意思，这个老瘪应该就是来子他爸。想了想，毕竟跟来子有交情，就只好说，你们这买卖儿到底是个嘛买卖儿，我不清楚，我对买卖上的事也没兴趣，不过既然是老吴领来的，这事儿我管了，可管是管，也不能白管，我这话，你们明白吗？

老瘪赶紧说，这不用说，我们两家儿肯定都有谢礼。

老瘪说完，回头看看杨灯罩儿。

杨灯罩儿虽不太情愿，也只好点点头。

保三儿四处翻了翻，找出纸笔，当时就写了一份契约。内容很简单，就是杨福临，也就是杨灯罩儿，把"福临成祥鞋帽店"的一半股份，以多少钱转给牛喜，也就是老瘪。保三儿写好契约，先在中间人的地方签上名，又让老瘪和杨灯罩儿都按了手印儿。最后说，你俩给我的谢礼，给老吴就行了，这点儿钱我没用，他有用。

说完，就披上衣裳走了。

第二十七章

这年的正月十六，来子来找尚先生算卦。来子本来不信算卦。可这个年一过，总觉着不太对劲，心里不是发毛，是没底。人就是这样，本来不信的事，心里一没底就信了。

尚先生没给来子算。也不说不算，只说正月不起卦。来子一听更没底了。心想，尚先生越这么说，就越说明有事儿。问又不好问，只好回来等。好容易出了正月，又来找尚先生。这回尚先生还是没算，只点头说，你流年挺好，兴许还是旺运。

说完又看看来子，只是老朱，得小心。

来子这才明白，尚先生是早已算过了。

尚先生果然算得准。这年一入夏，老朱就出事了。

其实老朱本不该出事。老朱是个过日子很细的人，不光细，用街上的话说就是抠门儿，平时最怕糟践东西，菜锅里放了油，最后都得用饽饽擦着吃了。这回是接了一个大活儿，南门里的"会德车行"，胡老板要做六十大寿，心里高兴，平时跟车行的伙计们处得也好，这回就一下订了十二双洒鞋，要在做寿这天送给伙计每人一双。要得还急，十天就来拿。可这会儿铺子里的夹纸不够。来子刚从裕泰粮行的林掌柜那儿拿来一包土面，老朱就赶紧打糨子。打这种打夹纸的糨子也是手艺，糨子糨了拉不开刷子，不光费，打出的夹纸一沾水就黏，不结实。糨子稀了，夹纸又粘不住，行话叫"翘边儿"。老朱每回打糨子都是亲自动手。可这回是大活儿，土面一下就放多了。打完了夹纸，糨子还剩一盆底儿。过去老朱也干过这事儿，剩了糨子舍不得扔，觉着是粮食，跟粥差不多，也就抓着吃了。来子说过他几次，糨子毕竟是糨子，又是土面打的，粮行的土面都是边边沿沿儿的地上扫的，本来就不干净，这东西不能吃。这回老朱一看来子没在跟前，就又把这剩糨子吃了。可这时天正热，糨子又搁了一宿，已经馊了，老朱吃完就拉起稀来。老朱本来就瘦，在前胸扎一锥子，能透到后背，隔着皮能看见骨头。老话说，好汉禁不住三泡稀，拉两天就起不来了。来子一看就知道有事儿，问了几次，老朱才把实话说出来。这时老朱已挂了相，面色焦黄，嘴唇干裂，两个太阳穴瘪了，眼犄角儿耷拉了。来子赶紧去把尚先生请来。尚先生给摸了摸脉，又开了个方子，让来子去街上抓药。但一出来就跟来子说，这就是服平安药儿，已经没用了。

来子一听就急了，说，也就是拉个稀，还能把人拉死？

尚先生说，一样的拉稀，也分人，火力壮的，别说三泡稀，十泡八泡也扛得住，老朱是寒弱，就像灯碗儿里的油，本来就没多少，这一泻也就完了。

尚先生摇头说，他现在，五脏六腑都已枯竭了。

当天晚上，老朱就不行了。来子没回家，一直守在老朱跟前。半夜，见老朱动了动，就赶紧凑过来。老朱睁开眼，看看窗外，问

137

来子，嘛时候了？

来子说，后半夜了。

老朱吭哧了一下说，想喝口酒。

来子一听老朱想喝酒，就知道，这是老话儿说的上路酒，应该到时候了。柜子上的酒瓶子里还有点底儿，来子倒在碗里，给端过来。老朱一口喝了。这一口酒下去，两眼一下亮起来，人也好像有精神了。他把碗递给来子，唏地出了一口气说，我这辈子，冤哪。

说着动了动，意思是想起来。

来子就扶他坐起来。

老朱坐稳了，说，这些年，一直想找个能说话的人，好容易找着两个，一个是小福子他妈，可没几年就跟人跑了，另一个是你，也没几年，我又要走了。

来子说，先别这么说，你走不走，还不一定。

老朱摇头，这点事儿，明摆着。

喘了口气，又说，有个事儿，我没跟人说过。

来子看着他，你现在要不想说，就还别说。

老朱说，再不说，就没机会了。

老朱说的是当年的事。当年刚娶小福子他妈，老朱白天在铺子里绱鞋，小福子他妈一个人在家没事，就上街溜达。其实老朱不愿让她上街。小福子他妈长得不俊，但挺扎眼。女人扎眼也分几种，一种是俊，一种是丑，还一种是奇。俊就不用说了，漂亮女人走在街上谁都爱看，不光男人爱看，女人也爱看。丑女人要是丑出了圈儿，在街上也能让人多看几眼。唯这长相出奇的，最少见，也就比丑的和俊的更招眼。小福子他妈长相就出奇，是个瘦脸儿，不光瘦，下巴颏儿还尖，再细眉细眼，就是个狐媚相，走在街上也就更让人多看几眼。一天下午，老朱正在铺子里绱鞋，就见小福子他妈慌慌张张地跑进来，头发散了，衣裳也撕了。接着没等老朱问，一个洋人就追进来。这洋人是个大个儿，留着两撇小黄胡儿，身上穿着蓝军服，看意思刚喝了酒。他翻了翻蓝眼珠儿，摆摆手，意思是让老

138

朱出去。老朱一看，就明白是怎么回事了，没说话，把小福子他妈往自己的身后一拉。不料这洋人从腰里拔出手枪，指着老朱又挑了挑。这一下老朱急了，跑到人家的家里来这么闹，没这么欺负人的。一气之下，一抬手就把正绱鞋的锥子朝这洋人扔过去，正扔在他脸上，一下扎了腮帮子。这洋人疼得一激灵，不知老朱扔过来的是个什么东西。一愣的工夫儿，老朱又弯腰抄起地上的鞋拐子。这鞋拐子是一根铁棍儿，头儿上有一块像鞋底子形状的厚铁片儿，是楦鞋用的，底下是一个木头墩子，为的是放着稳当。这时老朱抄起这鞋拐子一抡，就如同是抡起一把大锤，跟着就嗡地砸过来，正砸在这洋人的脑袋上。这洋人还没反应过来，脑袋叭的一下就给砸开了，登时花红脑子都流出来。小福子他妈吓得嗷儿的一声就用手捂住眼。老朱也傻了，拎着鞋拐子看着这洋人。这洋人一头栽到地上，两腿蹬了蹬就咽气了。

事后老朱才知道，小福子他妈这个下午去锅店街上溜达，几个洋人刚在一家小馆儿喝了酒，正从里边出来。其中一个洋人一见小福子他妈就凑过来，就在大街上，一把搂住又亲又摸。小福子他妈立刻吓得叫起来。这时旁边铺子有几个搬货的人，听见喊声都出来，一看就火儿了，冲这洋人扑过来。旁边的几个洋人正看热闹，这一下也不干了，立刻跟这几个搬货的人动起手来。小福子他妈这才趁乱跑出锅店街。但这个洋人的性子已经上来了，还不依不饶，一直在后面追，这才跟着追过来。老朱毕竟是男人，这时看看死在地上的这个洋人，已经反应过来，赶紧去把铺子的门关上了。先让小福子他妈把头发衣裳整理好，嘱咐她脸上别带出来，先回家去。看着她走了，才把这洋人的尸首拽到墙角，用几块夹纸盖上，又把地上的血迹都擦净了。到了晚上，看看街上没人了，就去估衣街找刘二。刘二是打更的，夜里一边打更，也捎带着给各家铺子倒脏土，挣点儿外快。老朱跟这刘二认识。来估衣街跟他说了说，把拉脏土的排子车借来，先把这洋人的尸首弄到车上，用脏土盖上，就拉着来到运河边。南运河往东是三岔河口，都是码头，船多人也多。往西走，越走越僻静。老朱就拉着排子车一直往西。来到个没人的地方，朝四周看了看，就把这洋人的尸首扔进河里了。

来子听了有些意外，没想到，老朱还干过这样的事。

老朱笑笑说，我这辈子，就干了这么一件像样的事。

来子问，这事，还有别人知道吗？

老朱说，那晚上，有个人看见了。

来子问，谁？

老朱说，杨灯罩儿。

那个晚上，老朱拉着刘二的排子车往河边去时，正碰上杨灯罩儿迎面过来。老朱心虚，没跟他打招呼。杨灯罩儿也没说话。但他看见老朱，忽然站住了，就这么看着老朱拉着车在他跟前走过去。等来到河边停下来，老朱才发现，这洋人的身量儿太长，本来已经把他的两条腿窝起来，可盖上土，两只脚还是露出来。这脚上穿的是洋人的军靴，一眼就能看出来。

来子问，后来，杨灯罩儿也没提这事？

老朱说，没提。

来子这才明白了。本来，来子的心里一直纳闷儿，当初杨灯罩儿要跟老朱合开这铺子，明摆着是欺负他，老朱再怎么迂，这点账也能算过来。可他这几年，怎么就一直认头让杨灯罩儿这么欺负。现在老朱一说，也就清楚了，他是在杨灯罩儿的手里有短儿。

老朱长出一口气，身子就一点一点往下出溜。

来子赶紧又扶他躺下了。

这时，老朱的抬头纹已经开了，鼻子翅儿也扇了，看着，已经只有出气儿，没有进气儿了。老朱用手比画了一下，使着劲说，衣裳，在底下。

来子弯腰看了看，床底下有个包袱，就明白了，老朱已给自己准备了装裹。

来子说，你闭眼歇会儿吧。

老朱说，还有个事儿。

来子说，你说。

老朱说，这铺子，以后就交给你了。

来子听了，看着老朱。

老朱说，我跟前，也没别人了。

来子知道，老朱说这话，其实也是白说。现在跟前没有第三个人，已经到了这时候，又不能让老朱写下来，就是写，老朱不认几个字，也只能写自己的名字。

但还是点头说，知道了。

这天夜里，老朱就死了。

第二十八章

尚先生一早来包子铺，跟高掌柜商量老朱的后事。高掌柜一听老朱没了，半天没说话。尚先生说，老朱家里没人，天又热，给他闺女送信儿来不及，再说就知道他闺女的婆家在塘沽，具体地方也不清楚，这个后事儿，您看怎么办吧。高掌柜叹口气说，现在年岁大了，铺子的事都已交给儿子，老朱这事，就让尚先生多操心。又说，还按老规矩，让胡同里的人给老朱凑口棺材，大伙儿有多大心，出多大力，没多有少，最后包子铺兜着就是了。

尚先生在胡同里把钱凑了凑，来子操持着，就把老朱发送了。

发送老朱的当天，杨灯罩儿来了。杨灯罩儿是听到信回来的。来子正收拾老朱留下的东西，杨灯罩儿一进来就说，铺子的事，不用你管了，我自个儿归置就行了。

来子放下手里的东西，慢慢转过身，看看他。

杨灯罩儿又说，这铺子，没你的事了。

来子没说话，就从铺子出来了。想了想，来胡同找尚先生。那次杨灯罩儿回来，把自己的一半铺子盘给老朱，没留任何手续。来子回来一听，就知道这事儿不靠谱儿，显然是杨灯罩儿又在成心绕老朱，就去跟尚先生商量。尚先生明白来子的意思，觉着自己一个人还不保褪，当时马六儿在家，就把马六儿也一块儿叫过来。尚先生来了，先问清老朱是怎么回事，然后自己和马六儿当证人，写了个字据，证明在老朱和杨灯罩儿之间，确实有过这么一笔交易。这时，尚先生一听杨灯罩儿又来铺子了，果然以为他当初跟老朱的那笔交易没人知道，就把当时写的证明字据找出来。想了想，又问来子，老朱留下嘛话没有。

来子不知尚先生指的是什么。

尚先生说，他走了，这铺子怎么办？

来子明白了，这才把老朱留的话说了。但又说，他说是说了，可又没凭据。

尚先生说，这些年，胡同里的人都是看着你长起来的，你是嘛人，心里都有数，你总不会也像杨灯罩儿，是那种信口雌黄、无中生有的人吧，大伙儿信得过你。

来子说，这事儿，我还得再想想，另说吧。

尚先生已经想到，杨灯罩儿这回是这么来铺子的，肯定又得打歪歪，本想叫马六儿一块儿过来。但马六儿胆小，知道杨灯罩儿不省事，不想招惹他。尚先生看出他的心思，也就不勉强，自己跟着来子过来了。杨灯罩儿这时已在街上叫了两个人，正清理铺子里的东西。回头一见尚先生，知道是来子叫来的，只当没看见，招呼着这两个人继续干活儿。尚先生过来，先让这俩人停下，回头问杨灯罩儿，老朱刚没，你这是替谁收拾？

杨灯罩儿乐了，说，替谁收拾，当然是替我自个儿收拾。

尚先生不慌不忙地问，这铺子，还有你的事吗？

杨灯罩儿好像没听懂，眨眨眼说，这铺子有一半是我的，怎么没我的事？

尚先生说，对，可那是过去。

杨灯罩儿又噗地一乐，现在也一样啊。

尚先生摇摇头，现在，恐怕不一样了。

说着，就把当初写的证明字据拿出来，递给杨灯罩儿说，这上边有老朱的手印儿，我和马六儿是证人，你要是想问马六儿，他这会儿在家，让来子把他叫来。

杨灯罩儿接过字据看了看，脸登时涨红了。

尚先生说，咱一个胡同住着，都是老街旧邻，我这也是向理不向人。

杨灯罩儿把脖子一拧，可老朱已经死了，光凭你说，也死无对证啊。

尚先生点头说，老朱是死了，可他的手印儿在，况且，证人还都活着。

杨灯罩儿没话了。

尚先生又说，这毕竟是咱胡同的事，还是别闹出去。

杨灯罩儿歪嘴一笑，闹出去好啊。

尚先生说，闹出去，让人家笑话。

杨灯罩儿又哼一声，就转身带着人走了。

第二十九章

老朱死的第二年，小福子回来了。

来子这时已把"福临成祥鞋帽店"扩大了。铺子的四面是灰砖墙，比过去高了，顶子也挂了瓦。当初老朱为省钱，墙是用泥套的，太黑，一进来像个窑。来子又请人重新抹了，还用泥，但掺了灰膏儿，抹出来黄里透白，也显得亮堂多了。外边的门面也扩大了，货卖一张皮，又重新给铺子做了门脸儿。字号没改，还叫"福临成祥鞋帽店"。来子请尚先生重新写了字号，说再过过，等缓过来，去江家胡同的"马记木器行"做一块像样的牌匾。

来子本来不想接手这铺子。买卖也如同手艺，一行是一行。来子当初在包子铺干过，买卖上的事也多少明白一些。可鞋帽铺跟包子铺毕竟不是一回事，况且鞋帽是鞋帽，包子是包子，手艺也隔着行。但尚先生说，这两行虽不是一回事，老话说隔行如隔山，可也不是硬山隔岭，买卖上的事都是大同小异，一通百通，也未必分得那么清。

来子明白尚先生的意思。这鞋帽店自己不接手，撂着也是撂着。况且自己也得吃饭，要接也就接了。来子已在这铺子干了两年，多少也知道一些这里的事。过去老朱虽然自己绱鞋，可绱一双卖一双还行，真开铺子，他一个人就供不上了。这几年，在侯家后有几家常户儿。这几家常户儿按老朱的要求绱了鞋送来，老朱再自己楦。这时来子已知道，当初杨灯罩儿的帽子都是在西头湾子做的。现在一接手，也就跟侯家后这几户绱鞋的和西头湾子那几户做帽子的都说好，过去怎么做，现在还怎么做。当初老朱是整天只顾闷头绱鞋，不想铺子的事，生意也就一直没做起来。现在来子一心琢磨铺子的买卖，让人专做一种底儿薄轻巧的便鞋，而且多几种款式。这种鞋本儿小，利大，也好卖。铺子的生意也就一天天做起来。

小福子这次回来，是要找他爸。

当初小福子跟着他妈让那个叫黄青的男人拐到安徽。等到了地方才知道，敢情这黄青不是泾县人，家里也没茶园，连个小铺儿也没有，就是个倒腾小买卖儿的茶叶贩子。家是阜阳的，跟河南交界，要多穷有多穷。小福子他妈一看就急了，说这黄青满嘴食火，骗了她，一下就跟他大吵起来。这黄青已跟小福子他妈睡了一路，觉着心里有底了，又想她还带个孩子，在这边人生地不熟，谅她也不敢一跺脚就走，索性抹下脸说，就是骗你了，不骗你，你能跟着我来吗？现在你来也来了，人也是我的了，咱是穷穷过，富富过，你只能认这个头了！可这个黄青还真不知小福子他妈是怎么回事。当年小福子他妈在娘家做姑娘时，在河北抬杠会一带，一提起老何家的姑奶奶没不知道的。有一回跟个卖臭豆腐的打来。这卖臭豆腐的是个谢顶，只在鬓角有一撮儿头发。她一急眼，生把这一撮儿头发给薅下来，还带下一大块头皮，疼得这卖臭豆腐的哇哇直蹦。这时，她一见黄青翻脸了，跟自己犯浑，呜的一声就扑上来。黄青是个敦实个儿，何桂兰又高，两手一抓就把他按在地上。黄青这回才知道天津老娘们儿是怎么打人的。何桂兰按着黄青，用两腿把他的脑袋夹在自己裤裆里，先是擂他的后背。擂了一会儿还不解气，又抓住他的裤腰带一提，给他来个倒栽葱，接着往他的裆里使劲一抓，又一攥，这黄青哇地惨叫一声就倒在地上。何桂兰跟上去，又朝他的脸上使劲踢了几脚。黄青的脸上登时开了盐酱铺，血随着鼻涕眼泪一块儿流出来。何桂兰又冲他使劲啐了口唾沫说，臭杂拌子！还想占你家姑奶奶的便宜？睁开你那俩肚脐眼儿看清楚了！

说罢，又把黄青身上的钱都翻出来，就拉上小福子走了。

何桂兰知道自己是让人拐了，有心回天津，又觉着是这么出来的，没脸再见老朱，就带着小福子先住进一家客栈。一个年轻女人，带个十来岁的孩子住在客栈，就挺招眼。客栈里自然是南来北往的人都有。见这女人三十来岁，又长得出奇，是个狐媚相，听着还是天津口音，有好事儿的就跟店家打听，这女人是怎么回事。店家说，具体的也不清楚，就知道是从天津过来的，在这边好像遇上了事儿，回不去了，眼看着连店钱也快交不起了。

这时，何桂兰带着小福子不光没店钱，连饭也快吃不上了。一天，店里的伙计忽然给送来两碗板面。问是谁送的，伙计支吾，只说吃就是了，也闹不清是谁送的。何桂兰娘儿俩已经饿急了，也顾不上再问，就把这两碗板面吃了。晚上，伙计又送来两碗胡辣汤、几个烧饼。这时何桂兰再问，才知道是北屋的客人让送来的。伙计说，这北屋住的客人姓于，也是个做茶叶生意的。何桂兰在天津长大，也是见过世面的，一听也就没理会。这以后，店里的伙计顿顿来给送饭，板面、饺子、烧饼、肉夹馍。何桂兰索性也不再问，送嘛吃嘛。吃了几天，店伙计又来了，说，北屋的于老板想见您，看意思，是有话说。

何桂兰一听，知道得有这一天，就跟着来到北屋。

这北屋的于老板是个四十多岁的男人，面皮白净，留着两抹像墨一样的黑胡儿。他正倚在床榻上，一手拿着书，一手把着个紫砂泥壶。见何桂兰进来，就坐直了问，天津来的？

何桂兰答，是。

又问，天津哪儿的？

又答，河北抬扛会。

这于老板显然去过天津，但想了想，好像不知道抬扛会这地方。

何桂兰说，侯家后，过了河一直往北。

于老板一听笑了，说，侯家后我常去。

这于老板的茶叶生意做得不大，也就是春秋两季，往内蒙古跑两趟。这时内蒙古也不大去了，只在六安开了两个茶叶铺子。何桂兰在这于老板的房里坐了一下，见他话不多，也就告辞出来了。当天晚上，客栈掌柜的来到何桂兰娘儿俩的房里。客栈掌柜的姓连，连掌柜一进来就说，他这辈子只会开店，还从没管过闲事儿，这回也是受人之托。

何桂兰说，您有话就说。

连掌柜这才说，说闲事儿，其实也是正事儿，北屋的于老板早年太太过世，一直没续弦，这次见了你，心里一下就动了意，可又不知你这心下是怎么个意思，才托我来打听一下。

何桂兰一听就明白了，心想，在这当口儿，这当然是打着灯笼都难找的好事，况且今天见了这于老板，看着倒是个正经的斯文人。这么想着，就把自己眼下的境况说了。当然不能说是让人拐来的，只说男人死了，带着孩子来这边投奔亲戚，不料这边的亲戚也死了，这才落在客栈里。又让连掌柜把话带过去，如果于老板不嫌弃，她也愿意。

这以后，何桂兰也就带着小福子又嫁了这于老板。

可嫁过来才知道，这于老板看着斯文，也不是好脾气。他前边的老婆还留下一窝儿孩子，两男一女，都比小福子大。这于老板对自己亲生的儿女都不待见，整天不管不问，拿小福子也就更不当回事。于老板的这几个孩子也总欺负小福子，说他是"拖油瓶儿"。但小福子的脾气也随他妈，不吃亏，于家的这几个孩子跟他打，他也就跟他们打。到小福子二十来岁时，看看这于家实在没嘛意思，人也没一个顺眼的，就想走。这时何桂兰已经又给这于老板生了一儿一女，家里越来越乱。何桂兰也看出来，这于家往后没小福子的地方。既然他想走，就跟他说，干脆回天津，让他找他爸去。小福子这时已经成人，该懂的事儿也都懂了，虽说当初是跟着他妈这么出来的，可这都是他妈的事，他爸要怨也怨不着他。

这么一想，一咬牙，也就回来了。

来子曾听老朱说过，知道有小福子这么个人。可没想到，他这时候回来了。小福子来到鞋帽店，一听他爸已经殁了，立刻放声大哭起来。来子在旁边劝了几句，可怎么劝也劝不住，越劝哭得越凶。老朱是小福子的亲爹，儿子哭亲爹，这当然没毛病。但他越哭动静儿越大，震得房顶直掉土，把胡同里的人也都哭出来了。来子这才意识到，他这哭不是好哭。

果然，当天晚上，尚先生就来找来子。来子正在铺子里算账，一见尚先生来，就已猜到，八成是为小福子的事来的。尚先生也不绕弯子，说，就是为他的事来的。

尚先生说，这个下午，小福子去找他了。

来子一听就明白了，嗯了一声，没说话。

尚先生说，当初我跟杨灯罩儿说过，向理不向人。

来子笑笑说，明白，您现在还是这话。

尚先生说，是。

来子说，您不用说了。

尚先生看着来子。

来子说，这铺子本来就是他朱家的，现在他朱家的人回来了，理应还给他。

尚先生点头说，知道你会这么说，我已跟小福子说了，铺子还给他，这没问题，不过当初来子接手时，这铺子可不是现在这样，当初也就是个小铺儿，现在已是个正经的买卖了。

来子摆手说，这就不用说了。

尚先生说，不行，必须得跟他说清了，这铺子给他可以，可怎么给，得另商量。

来子笑笑说，白给他，我一分不要，以后跟这铺子也是两清。

尚先生说，没这道理。

来子说，只要他朱又福把这铺子打理好，就算对得起我了。

第三十章

这年腊月初一的晚上，刘大头把杨灯罩儿打了。

这天是洋人过节，叫"圣诞节"。杨灯罩儿晚上回来，不知从哪儿抱来个荷叶喇叭的留声机，在家里呜里哇啦地一直放到半夜，整个胡同都能听见。后来刘大头实在忍不住了，过来踢开他的门，就把这留声机给砸了。砸了留声机，杨灯罩儿当然不干，说这是找洋人借的。刘大头一听是洋人的东西，干脆就给砸得稀烂。杨灯罩儿一急，一骂，刘大头连他也打了。

刘大头这几年，一直憋着杨灯罩儿的火儿。

刘大头的脾气随他爸。他爸的脾气随他爷。他爷当年是个石匠，叫刘剩子。道光二十年（1840），林则徐在广东虎门把洋人的大烟烧了。洋人急了，把军舰开到天津的大沽口，给朝廷递照会，说烧了他们的大烟不能白烧，得赔款，还要割岛，否则就要开炮，还要打进天津，再从天津一直打到北京。这也就是史称的"白河投书"。当时朝廷也没有立刻就被洋人吓住，仓促之下，要构筑大沽口和北塘口两处炮台的土坝，又要添筑炮位。刘大头他爷刘剩子是专砸石头垒墙的粗石匠，就应召来到工地。刘剩子早就恨透了洋人，一到工地就使出浑身力气拼命地干。别人是白天干活儿，晚上睡觉。他是白天黑夜连轴儿转，歇活儿不歇人。实在困了就在工地上忍一会儿，醒了接着干。这样连着干了二十几天，就把自己活活累死了。到刘大头他爸这一辈，也是个粗石匠，且又多了一门泥瓦匠的手艺。刘大头他爸叫刘铁蛋，绰号二蛋子，脾气比刘大头他爷还急，也更恨洋人。咸丰十年（1860），朝廷的统兵大臣僧格林沁为抵御英法联军，在天津挖城壕，筑"墙子"。刘大头他爸也应征来到工地。一次正在底下干活儿，码在上面壕沿儿的一垛青砖突然倒了，别人眼快，都躲开了，刘大头他爸只顾埋头凿石头，上面的砖块儿稀里哗啦地掉下来，就把他砸在底下。等人们把他刨出来，就已砸得看不得了。

到刘大头这一辈，也就看明白了，当初他爷筑大沽炮台，后来他爸挖城壕筑墙子，都没能挡住洋人，死也是白死，洋人不光打进天津，还到处占地盘儿，划租界。这以后，刘大头也就不再凿石头，索性玩儿起了石锁。刘大头玩儿石锁是硬气功。练硬气功的人性子都急，脾气也暴。刘大头又秉承了他爷和他爸的脾气，不光暴，还沾火儿就着。天津人把一些不三不四的地痞叫"地赖"，刘大头在蜡头儿胡同住着，这一带的地赖也就轻易不敢到这边来。一次刘大头听底下的徒弟说，有几个混星子，不知是哪儿的，来高掌柜的包子铺吃包子总不给钱，回回都是吃完了一抹嘴就走。刘大头就来问高掌柜，有没有这回事。高掌柜一听就笑了，说，这是谁，嘴这么快，我已经说了别告诉你，吃几个包子，不值当的。

刘大头说，这不是包子的事儿，是人的事儿，不能惯这毛病。

说完就扭头走了。

过了几天，这几个混星子又来了。正在包子铺吃包子，刘大头就带着几个徒弟进来了。进来也没说话，在旁边坐下，要了一壶茶，一边喝，朝这边看着。这几个人里有个大个儿，长着一张黄板儿脸，在脑门正中印堂的地方有一个疤。这疤挺显眼，看着也挺深，形状像个大枣核儿。刘大头也是在江湖上混的，一看就明白了，这人应该是"枣核儿帮"的。河边的"锅伙"是混混儿，街上还一种比混混儿更浑的人，叫"杂巴地"，这"枣核儿帮"既是混混儿，又是杂巴地，是一群蒸不熟煮不烂的混星子。这个帮里的人平时没事，就拿个枣核儿在自己的印堂上搓，天长日久，脑门儿上就搓出一个枣核儿形状的疤，看着挺凶，也是个记号儿。这几个人不认识刘大头，吃完包子一抬屁股又要走。伙计也不敢拦。这时刘大头就起身过来，抓住这"大枣核儿"的后脖领子往回一拽说，先等会儿，别着急，说完了话再走。

"大枣核儿"立刻回头看看刘大头。

刘大头说，把钱撂下。

"大枣核儿"一听乐了，把脸凑到刘大头的跟前问，你知道我是谁吗？

刘大头也乐了，说，你要这么问，就说明你也不知道我是谁。

"大枣核儿"没再说话，朝身边看看。旁边的几个人刚要动手，刘大头的徒弟已经围过来。这几个徒弟整天跟着刘大头耍石锁，手劲都大得吓人，上来揪住这几个人，没费劲就按在地上了。刘大头对这"大枣核儿"说，你刚才要是痛痛快快地把钱撂下，走也就走了，可现在这么走就不行了。说完把伙计叫过来问，这几个人来过几次，一共吃了多少包子。

伙计的记性挺好，想也没想，一张嘴就说出来。

刘大头又问，这些包子加起来，总共多少钱？

伙计又说了，总共多少钱。

刘大头回头问这"大枣核儿"，听清了？

"大枣核儿"没再说话，把钱掏了交给伙计。刚要走，刘大头又一把把他揪回来，看着他说，以后再让我在这包子铺看见你，就没这么客气了。

说完，又问，听清了？

高掌柜这半天一直在柜台这边看着，担心刘大头把事情闹大，再伤了人。这时就连连冲他摆手。刘大头明白高掌柜的意思，一松手，这"大枣核儿"就赶紧带上人走了。

刘大头憋杨灯罩儿的火儿，还不光为自己，也为白家胡同李大愣的侄子。刘大头和李大愣当初都是义和团的，且在一个坛口。当年天津提督聂士成领兵和义和团联手，在八里台跟洋人血战。刘大头和李大愣的这个坛口先在守卫老龙头火车站这一路。后来又奉命过海河，攻打法租界的紫竹林。这一仗刘大头和李大愣都负了伤。李大愣是伤在腿上，刘大头是伤在屁股上。这以后，俩人就去了静海，在一个偏僻的村里养伤。李大愣有个侄子，刚十几岁，叫小尾巴儿，一直跟在李大愣的身边。这次也就一块儿来到静海，为的是照顾他俩养伤。后来天津传来消息，说城里正到处抓义和团，红灯照的首领林黑儿也让官府砍了。刘大头和李大愣一听就在静海待不住了。这时两人的伤也基本好了，一商量，就决定回天津，看看这边的情况。一天夜里，俩人带着小尾巴儿回到北门外。事先约好，先各自回家看看，第二天早晨天不亮，在运河边的金华桥底下碰头。但刘大头刚到家，就让官府的人堵在屋里了。等进了大牢，又见到李大愣和小尾巴儿，才知道他俩也给抓进来了。李大愣告诉刘大头，官府的人早已蹲在他俩的家门口，就等着他俩回来。刘大头奇怪，官府的人怎么会知道他俩住哪儿，再说他俩是义和团，家门口也没人知道。李大愣说，他也是进来之后才听说的，蜡头儿胡同有个姓杨的，绰号叫杨灯罩儿，这人知道底细，还跟租界的洋人也勾着，是他告诉洋人的。

刘大头一听，这才明白了。

李大愣的大哥，也就是小尾巴儿他爸，在坛里是二师兄，还亲手杀过一个洋人军官，案情重大，只过了一堂，就让官府砍了。小尾巴儿一看他爸给砍了，就急了，天天在牢里蹦着脚儿地大骂。后来官府的人让他骂急了，就把他也砍了。刘大头和李大愣在牢里关了大半年。后来两家儿的人烦人托壳，又上下打点，最后才总算把人放出来。

刘大头从牢里一出来，第一件事就是来找杨灯罩儿。但杨灯罩儿这时已听到消息，早钻进租界不露面儿了。刘大头找了几次没找着人，越找不着，心里的气也就越大，于是在外面放出狠话，杨灯罩儿要躲，最好就一直这么躲着，别让他看见，哪天看见了，非活劈了他不可。杨灯罩儿一听这话，果然沉不住气了，先是来找包子

151

铺的高掌柜，想请他出面给说和。高掌柜早就讨厌杨灯罩儿，这次又是为这种事，就推说自己跟刘大头虽认识，但没这么大面子。杨灯罩儿也知道高掌柜不想管，只好又来找尚先生。尚先生这时也已听说了这事。尚先生倒不为杨灯罩儿想，是为刘大头。刘大头的老婆有病，几个孩子还小，家里的日子还得指着他。他这次虽然出来了，可毕竟是花钱出来的，官府的人还一直盯着他。倘再闹出点事，再进去，就不是花钱能出来的了。于是就来找刘大头，对他说，好鞋不踩臭狗屎，俗说话，恶人自有恶人磨，他这种人，以后肯定好不了，你为他再折出去，不值当的。

尚先生这一说，刘大头才把这事暂时撂下了。

第三十一章

刘大头这个晚上打杨灯罩儿，还不光为李大愣侄子的事。

杨灯罩儿这时又在一家叫"爱德蒙"的洋行混事儿。尚先生说，杨灯罩儿有个一般人都比不了的本事，说白了，也就是拆梯子。他只要用着谁了，能在最短的时间里，让对方对他印象极好，然后迅速拉近关系。等用完这人，觉着没用了，一回头就把这梯子拆了，街上再碰面儿，都不一定理你。然后下一个用着谁了，再想办法搭这个梯子。

杨灯罩儿当初在河北药王庙的洋人医院认识了大卫李，觉着这人是个有用的梯子，于是就扒着搭上了交情。果然，后来通过这大卫李就去了"克莱芒"咖啡馆儿。但因为偷嘴，没一年就让那个叫克莱芒的大胡子洋人轰出来。再后来大卫李也离开这个咖啡馆儿，又去了一家叫"克洛德"的洋行。杨灯罩儿一听说这事，觉着这大卫李还有用，又想踪上去。天津人有句老话，老天爷饿不死瞎家雀儿。没几天，杨灯罩儿就在北门里碰上大卫李。一听是给他老娘办装裹，当即就把这事儿揽下来。一直到大卫李的老娘死，连装裹带

152

棺材，包括一应执事，一堂白事都是杨灯罩儿一手操办的，不光体面，花钱也不多。这以后，他也就三天两头儿在大卫李的眼前晃。后来"克洛德"洋行的大老板要回国，二老板赫德想送个礼物，可又不知送点儿什么，问大卫李，大卫李搜肠刮肚也想不出好办法。跟杨灯罩儿一说，杨灯罩儿又给出了个主意，说送一双天津的"缎儿鞋"，好看，也讲究。可他主意是出了，事儿又办砸了。回来跟老朱一说，老朱嫌压钱，死活不给做。虽说最后去南市买了一双现成的，总算把这事儿答对过去，可杨灯罩儿也看出来，为这事，大卫李的心里挺腻歪。大卫李本来已跟杨灯罩儿说了，在洋人面前替他说了话，洋人也已答应，等这事儿一完，就让他来"克洛德"洋行上班。但这以后，大卫李也就不再提这事了。这时杨灯罩儿已看出来，这个大卫李也就这意思了，以后再想指也指不上了。后来大卫李的老婆生孩子，让他踅两个牛鼻子，给他老婆下奶。杨灯罩儿也没当回事。办是给办了，可懒得再跑乡下，就去肉市上踅摸了两个猪拱子，回来用刀剁巴剁巴，也就看不出是猪拱子还是牛鼻子，胡乱把这事儿给糊弄过去了。

但后来，杨灯罩儿渐渐发现，在洋人堆儿里混，不比侯家后，没个大卫李这样的人给开道儿还真不行，且不说不懂洋文，洋话也说不利索，从洋人的眼神儿里就能看出来，还不光是一般的瞧不起，跟他们共事，根本就不信你。

也就在这时，又有了一个机会。

大卫李的老婆生了孩子之后嘴馋，突然想吃"狗不理包子"。大卫李想起来，好像听杨灯罩儿说过，这"狗不理包子铺"就在他家的胡同口。一天在巴黎路上无意中碰见杨灯罩儿，就问他，去"狗不理包子铺"远不远。杨灯罩儿这时正愁没机会再给大卫李干点献虔儿的事，一听赶紧说，不就是"狗不理包子"吗，甭管了，一会儿给你送来。

杨灯罩儿立刻跑回侯家后，来包子铺让蒸了一屉包子，装在两个提盒儿里，又雇了一辆胶皮，趁热就给大卫李的家里送来。这次大卫李挺满意。当然，主要是大卫李的老婆满意。这以后，杨灯罩儿也就三天两头儿来给送包子。一天下午，大卫李感叹一声说，其实你这人，还真是个可用之人。杨灯罩儿一听有门儿，赶紧说，我这人心粗，以前的事，做得到不到的，您多海涵。大卫李这才吐口儿说，找个机会吧，我再去洋人那儿说个试试。

大卫李这时已离开"克洛德"洋行，又在一家叫"爱德蒙"的洋行做事，老板还是那个叫赫德的洋人。赫德用"克洛德"洋行又注册了一个子公司，自己当了大老板，且把大卫李提拔为襄理。大卫李跟赫德一说，赫德还记得这个叫杨灯罩儿的中国人，也就答应了。

这以后，杨灯罩儿就又来到"爱德蒙"洋行。

第三十二章

刘大头打杨灯罩儿，其实是为另一件事。

当年僧格林沁在天津筑墙挖壕，后来这城壕就成了一条河，天津人叫"墙子河"。在这墙子河的西南，有一片洼地，天津人叫"老西开"。三年前，法国人突然在这块洼地破土动工，要盖教堂。但法国人盖这教堂，真正的目的却并不是这个教堂。在这片洼地的东北面是法国人的租界。其实再早也不是法租界，法租界是在海河西岸的紫竹林一带，总共不过四百亩地。后来法国人借着八国联军打进天津，又把租界推到墙子河的东北岸，面积一下扩到两千多亩。这以后还不死心，还想越过墙子河，接着往西南，也就是老西开这一带扩，这样它的租界连起来就能达到四千多亩。当时法国驻天津的领事叫罗图阁，为这事，专门照会天津海关道唐绍仪。可这唐绍仪是个面瓜，不光面，还茶，也不知心里是怎么想的，接到法国人的照会，不说行，也不说不行。这一下法国人胆儿大了，你不说行，也不说不行，那就认为你的意思是行。于是先在老西开这里破土动工，声称要盖教堂。所以他们盖这个教堂只是一种试探，其实真正的目的还是占地。三年后，这个教堂竣工。这回法国人要玩儿真的了，先把教会从"圣母得胜堂"那边迁过来，然后就在这个新建教堂的附近插上法国旗，又立起界碑。接着向直隶省公署发出最后通牒，限中国方面两日内让出老西开。这时中国官府还不吭声。法国领事的胆子就更大了，干脆派巡捕房的巡捕和安南兵，把在界桥站岗的中国警察都抓了。这一下天津人不干了，你法国人跑到天津来占地盘儿，占一块也就算了，还一而再再而三地没完没了，现在又在中国人自己的地方把中国警察抓了，没这么欺负人的。天津人的脾气不闹是不闹，一闹就是大的。市民立刻上街抗议，示威游行，接着又到直隶省公署、交涉署和省议会请愿。商会也通过决议，抵制法国银行发行的纸币，抵制法货。几天后，近万名各界人士举行公民大会，决议通电全国，与法国断绝一切贸易。这一来事态越闹越大，十几天后，法租界的商业公司和工厂的职员、工人、夫役、女佣，连倒脏土拉胶皮的，全都罢工了。这一罢就是四个多月。法租界陷入了瘫痪，电灯房停电，晚上漆黑一团，垃圾也没人清运，臭气熏天。法租界里的华人也都纷纷迁出来。

这也就是史称的天津"老西开教堂事件"。

"爱德蒙"洋行有二十几个中国职员，这时也都罢了工。大卫李来找杨灯罩儿商量，说洋人急了，这一罢工，生意都停了，已经跟法国国内签了合同的货发不出去，那边的货也过不来，照这样下去损失会越来越大。这时，杨灯罩儿的心里也正琢磨这事儿。但他琢磨的却是另一回事。他自从来这家洋行，虽不懂洋文，洋话也说不利索，但也有一个大卫李没有的优势，就是头脑灵活，也更了解天津人的想法儿。一件事，倘跟天津人谈，天津人会怎么想，怎么说，然后再怎么应对，来来回回的来言去语，他事先都能大致想出来。事后证明，还真跟他想的差不多。此外，他还有一个更大的优势，就是对天津人的脾气也了如指掌。赫德来中国几年，已能听懂中国话，甚至还能说几句天津话，可就是摸不透天津人的脾气。天津人表面看着都有礼儿有面儿，说话也挺随和儿，但你别招他，指不定哪句话让他不爱听了，说翻脸就翻脸，一翻脸还就麻烦。所以，赫德跟天津人打交道，总得猜，看着对方说话好好儿的，可心里总没底，摸不清他到底是怎么想的。现在有了杨灯罩儿就行了，再有跟天津人打交道的事，先问他，有的事干脆就交给他去办。杨灯罩儿也学精了，赫德再找他，或有事让他办，能不让大卫李知道的就尽量不让他知道。但杨灯罩儿也明白，大卫李毕竟是这个"爱德蒙"洋行的襄理，跟赫德也不是一天两天的关系，他一句话能让自己来，倘哪天发现，自己总绕过他去找赫德，也就一句话还能让自己走。所以也就处处小心，唯恐让大卫李看出来。

这时大卫李来找杨灯罩儿商量，杨灯罩儿也就没说实话。

其实这时，赫德已经找过杨灯罩儿了。赫德找杨灯罩儿还不光是为洋行的事。赫德跟法租界的工部局关系也很密切。这时工部局的人已经在跟赫德商议，现在法租界以外的事态已无法控制，只能由法国驻天津的领事通过外交手段去跟中国的直隶交涉署交涉。工部局的人跟赫德商量，眼下租界以内的事，能不能找到这样的中国人，让他们去做自己人的工作。工部局的人说，天津人虽然不好说话，但他们自己人跟自己人说话，应该还好说一些。

赫德一听，立刻就想到了杨灯罩儿。

赫德通过这一阵的几件事，已看出这杨灯罩儿是什么人。于是没在公司，特意把他叫到自己家里，先跟他说，自从他来公司，已看出他是个难得的人才，各方面能力也都远在大卫李之上，以后准备提拔他当襄理。杨灯罩儿一听就明白了，这洋人赫德是在给自己画饼。杨灯罩儿已跟洋人打了几年交道，也知道这些卷毛儿畜生的心思。他们最不希望的就是中国人自己串通，这样就会联合起来对付他们。中国人的心眼儿本来就多，倘再一串通，他们就更斗不过了。所以，他们跟中国人商量事，都是一对一，单独说话，也单独许愿，最好能让中国人自己窝儿里斗，都打得跟乌眼儿鸡似的，他们才好从中取利。但这时，赫德说的话也正对杨灯罩儿的心思。大卫李除了会说几句洋话，简直就是一脑袋糨子，说他是个棒槌都抬

156

举他了。现在赫德这一说，杨灯罩儿的心里也就明白，这是又有事要让他办。

于是说，有嘛事儿，您说。

赫德先拿出一兜大洋，哗地放到他面前说，这是给你准备的。

杨灯罩儿吓了一跳，先瞅瞅这兜大洋，又抬起头看了看赫德。

赫德交代给杨灯罩儿的是两件事。两件事，其实是一件事，先在洋行的职员里串一串，劝大家赶紧来上班，只要上班，公司可以给钱，也可以加薪。不过更重要的，还是去租界外面，在那些示威的人群里打探一下，看他们下一步还准备怎么干，再把打探到的情况随时带回来。赫德说完这两件事，最后又交代了一件事，他说，让杨灯罩儿再找一找身边的朋友，还可以雇一些人，混进游行示威的人群里，劝这些人别再游行，还可以给他们钱。

赫德最后说，如果这些钱不够，还可以说。

杨灯罩儿一听，差点儿把鼻涕泡儿乐出来。这可是个千载难逢的好机会。这一次，只要给洋人把这事儿办漂亮了，后面肯定能升职。况且在这当口儿，洋人最发愁的是怎么让中国人复工，花钱他们不怕，趁这机会，也能发一笔洋财。这一想，心里也就有数了，这种事当然不能找别人，只能单干。不过他这回也学精了，没大包大揽，只对赫德说，一定尽力。

杨灯罩儿已经看准了，决定先从赫德家的女佣下手。这女佣也是天津人，叫春桂，家是河东大王庄的。这时也已经罢工，正收拾东西准备回家。杨灯罩儿想的是，这春桂一走，赫德家里一时雇不到人，肯定抓瞎，所以只要把她留住，就是首功一件。这么一想，就先来找春桂。这时春桂还在自己房里收拾，见杨灯罩儿进来，就低着头继续叠衣裳。杨灯罩儿来过几次赫德的家，每回都是春桂给开门，也认识。这时就没话找话地说，这是要走啊？

春桂抬头看他一眼，没说话。

杨灯罩儿问，回家，干嘛呢？

春桂说，嘛也不干，呆着。

杨灯罩儿听出她话头儿不对，知道再往下说，就更没好话了。但杨灯罩儿还有个特点，就是脸皮厚。倘换了别人，几句话不对，让对方一噎，脸一红也就躲开了。杨灯罩儿不是，甭管好赖话儿，都能吃，只当听不出来。这时就说，回家呆着也是呆着，不如出来干点儿嘛。

　　春桂看看他，问，还能干嘛？

　　杨灯罩儿知道春桂是明知故问，就说，知道你为嘛走。

　　春桂没说话。

　　杨灯罩儿朝春桂的脸上瞄了瞄，又说，那老西开就是个乱葬岗子，除了臭水坑就是坟头儿，洋人要盖教堂，就让他们盖去，话说回来，现在一盖教堂，那地方儿倒干净了，还修了大马路。说着又摇摇头，喊的一声，再说那老西开又不是咱家的，跟咱有嘛关系？

　　春桂慢慢抬起头。

　　杨灯罩儿赶紧掏出两块大洋，放到春桂面前说，这个，你先拿着，赫德先生说了，只要你别走，以后可以加工钱，要是还有别的条件，也只管提。

　　春桂瞥一眼这两块大洋，拿起包袱就走了。

　　大卫李来找杨灯罩儿商量这事时，杨灯罩儿刚在春桂那儿碰了钉子。出师不利，正有点儿堵心。这时大卫李一说，立刻又在心里画了个圈儿。他想，赫德让自己去劝那些职员，幸好没去，倘真去了，让大卫李知道了，就明白自己是绕过他去找赫德了。又想，不如跟大卫李分头，让他去劝公司职员复工，自己去外面的街上打探消息，这一来赫德给的这一兜大洋，自己也就可以落下了。于是对大卫李说，我看，这事儿这么办，咱俩一里一外，你是襄理，只管里，我跑外，去街上打听那些人的动向，咱俩每天一碰头，你再去跟赫德先生汇报。

　　大卫李一听，是让自己去跟赫德汇报，觉着杨灯罩儿挺懂规矩，也就答应了。

　　这时东马路是一个聚点儿，罢工示威的市民都集中在这儿。杨

158

灯罩儿来了两天，到处竖着耳朵，却没探听到一点儿有用的消息。但他还是把事情想简单了。这时，他一见探不到消息，干脆就在人群里四处乱窜，煽动大家复工，且把在赫德家里跟春桂说过的那一套话，又拿到这儿来说。但他就没想到，这时聚在这里的人，都是来抗议示威的，没有一个人是像他说的这样想的。他这样一说，立刻就引起周围人的警觉。就在这时，春桂也来到东马路。春桂的男人是在法租界的电灯房上班，也参加了罢工，这时就在抗议示威的人群里，还是个领头儿的。春桂是来给男人送饭，一到这儿，就在人群里看见了杨灯罩儿。杨灯罩儿那天在赫德家里，赫德跟他说的话，春桂在旁边都听见了，也知道赫德为这事儿，还给了杨灯罩儿一兜大洋。这时就跟她男人说了。春桂的男人也已注意到这个人，知道他在人群里到处乱窜，一直在替洋人说话。这时一听春桂说，立刻就让人把他抓住了。杨灯罩儿起初还嘴硬，咬死口儿不承认。春桂就从人群里出来。杨灯罩儿一见春桂，才没话说了，抗议示威的人们早已憋了一肚子火儿，正没处发泄，这时一见抓住个汉奸，又从他身上搜出了大洋，立刻就都围上来，你一拳我一脚地把他狠狠暴打了一顿。春桂的男人止住众人，跟大家商议，如何处置这个人。有人提议，割掉他的一只耳朵，以儆效尤。但春桂的男人觉得割一个耳朵还是太便宜了，不足以平民愤。最后一商议，就决定把杨灯罩儿捆起来，在背上插个招子，游街示众。

杨灯罩儿当即就被五花大绑，像个猴儿似的让人牵出来，沿着东马路上游街。

这个下午，杨灯罩儿游街到大胡同拐角时，刘大头带着几个徒弟正从这儿路过。刘大头一见前面人山人海，不知又出了嘛事。挤过来一看，才知道是杨灯罩儿正让人牵着游街。刘大头闹不清这杨灯罩儿又惹了什么祸，但也知道，肯定是又干了什么丢人现眼的事。可就在这时，杨灯罩儿也看见了人群里的刘大头。杨灯罩儿这时一路游街过来，不停地有人往他身上啐唾沫，扔烂菜帮子，还有的干脆扔砖头，脸上流血身上流汤，已经连死的心都有。这时一见刘大头，就冲他喊，刘师傅，咱都是一个家门口儿的，跟他们说说，饶了我吧！

他这一喊，人们立刻都回过头来看刘大头。有不知内情的，也指着刘大头骂，把他也当成了汉奸。刘大头是个要面子的人，性子也烈，跟洋人打仗时，让枪子儿削掉半拉屁股都得站着，哪受过这种污辱。当时要不是几个徒弟拉着，就扑上去把骂他的人撕巴了。

所以，刘大头这个晚上打杨灯罩儿，其实真正的火儿也是从这儿来的。

杨灯罩儿这时已让"爱德蒙"洋行轰出来了。这回又是大卫李的事。大卫李还是知道了，自己这次又让杨灯罩儿耍了。杨灯罩儿已偷偷去过赫德的家，而且还拿了赫德的钱。最让大卫李生气的是，赫德给他这些钱，本来是让他劝职员复工时，给大家的小恩小惠，可他却把这笔钱留下了，让自己只拿嘴去劝那些职员，用天津人的话说，叫"唾沫粘家雀儿"。结果还挨了那些人的一通臭骂。大卫李气得一连几天胸口发闷，怎么也咽不下这口气。正这时，听到消息，说是在东马路罢工示威的人抓住一个汉奸，用绳子捆了插上招子，牵着游街示众。大卫李一听，就猜到八成是杨灯罩儿，心里这才狠狠地出了口恶气。再想，这事儿还不能就这么完了，倘让这个人留在洋行里，日后还是个祸害，指不定又折腾出什么事。

于是立刻来找赫德。

赫德一听，也吃了一惊。赫德惊的倒不是杨灯罩儿，而是"爱德蒙"洋行。这杨灯罩儿让人抓了，倘他只说是自己的事，这还好办，如果说出是"爱德蒙"洋行的人指使他去的，这股祸水就会引到这边来。本来天津市民抗议示威，是冲着法租界，也就是冲着整个法兰西，现在要是一下子都冲"爱德蒙"洋行来，那公司的麻烦可就大了，岂不是让人拿着石头往鸡蛋上砸？

大卫李也看出赫德的心思。他本来也是这个目的，就赶紧说，现在只有一个办法，尽快撇清咱们洋行跟这个人的关系，对外死活不承认，他是咱洋行的人。

赫德问，还来得及？

大卫李说，来得及。

赫德说，那就快办。

就这样，杨灯罩儿又让"爱德蒙"洋行轰出来了。

第三十三章

归贾胡同南口有个"吉祥水铺"，开水铺的是傻四儿。

傻四儿刚生下来时也哭，但哭不出声。他爸是海下跑船的，看这孩子是个哑巴，腿也有毛病，一条腿粗一条腿细，怕将来不好养，可扔又舍不得。就在这时，他爸跟着船来城里送海货，听说了一件奇事。这奇事是出在天后宫，天津人也叫娘娘宫。一天上午，一个穿戴得干净体面的老太太坐着胶皮来到娘娘宫的门口。当时宫前街上来来往往都是人。这老太太下了车，对拉胶皮的说，她进去一下就出来，让拉胶皮的等一会儿。拉胶皮的是个年轻人，挺好说话，一听就说，您老工夫儿别大了，快出来就行。老太太点头答应，又把在门口卖花的叫过来，买了一束花儿，说这会儿身上没零钱，等一下出来，连胶皮的车钱一块儿给。卖花的是个中年女人，本来不太乐意，一看拉胶皮的答应了，也就不好再说别的。这老太太拿着花儿就扭身进去了。可这拉胶皮的和卖花的在门口左等不见这老太太出来，右等还不见出来。年轻人都性子急，就来到门口冲里嚷，老太太，你倒是还走不走啊，要不走，先把车钱给了，我还得拉别的活儿去！卖花的女人一见拉胶皮的嚷，也在旁边跟着嚷。他们这一嚷，把里边的道士嚷出来。道士不知怎么回事，连忙问，这是要找谁。这拉胶皮的年轻人就把刚才的事说了，卖花的女人也在旁边说，她的花儿钱，这老太太也没给呢。这时旁边已围了不少看热闹的人。道士奇怪地说，庙里没人啊，更没有你们说的这个老太太。

拉胶皮的年轻人一听就急了，问道士，你们这庙，有后门吗？

道士说，庙哪有没后门的，可后门长年锁着，锁头都锈住了。

这时旁边有好事的，问这年轻人，这老太太是从哪儿上的车。

年轻人说，远倒不是太远，南关下头儿。

他说的南关下头儿，也就是海光寺一带。周围的人一听更不对了。有人说，海光寺倒是有几户人家儿，可周围除了荒地就是苇坑和乱葬岗子，这老太太上那儿干嘛去？

众人一听，也都越发觉着这事跷蹊。

道士又说，今天香客也少，里边确实没人。

拉胶皮的年轻人说，不对，我是亲眼看这老太太进去的。

卖花儿的女人也说，是啊，我俩看着她进去的。

这一下道士吃不住劲了，说，出家人不打诳语，听你们这意思，好像不信？

拉胶皮的说，不是好像，本来就不信！

旁边有人说，嗨，信不信的也不用说了，进去看看不就知道了。

拉胶皮的年轻人本来就想进去，一听有人这样说，就抬脚来到娘娘宫里。看热闹的人也都跟着进来了。可转了几进院子，里里外外找了一遍，确实没见这老太太的踪影。这一下道士理直气壮了，说，我说没有吧，这光天化日，要真进来个老太太，能说没就这么没了吗？

这时有人提醒说，正殿还有个二楼，去二楼看看。

众人立刻又来到正殿的二楼。一上楼，立刻都愣住了。二楼供奉的是"王三奶奶"。这王三奶奶据说会看病，天津人来娘娘宫烧香，都要来拜一拜王三奶奶。街上有句话，摸摸王三奶奶的手，百病全没有，摸摸王三奶奶的脚，百病全都跑。这王三奶奶的神像也不像别的神像，衣着并不华丽，是个农村女人的打扮，慈眉善目地盘腿坐在神坛上，手里拿个小黄布包，据说这包里是能治病的药茶。这时众人来到王三奶奶的神坛跟前，只见案子上整整齐齐地放着两摞大子儿，一数，整整四十二个，这显然是给拉胶皮的车钱。旁边还有几个铜板，这应该就是给的花儿钱。拉胶皮的年轻人抬起头，

162

仔细端详了端详这个神像，突然倒退一步，吸了一口气。他发现，这神坛上的王三奶奶就是刚才坐车的那个老太太。这时卖花儿的女人也看出来了，上前咕咚一下跪在拜坛上，一边磕着头说，王三奶奶啊，恕我有眼无珠啊，还敢冲您老要花儿钱，今天这花儿都给您老了。说着，就把手里的花儿都放在神坛上。

这一下就在街上传开了。后来越传越神，说是王三奶奶下凡，去海光寺给一户人家儿的孩子看病，这家的孩子一生下来是个瞎子，王三奶奶去了，用手一胡噜这孩子就看见了。回来时雇了一辆胶皮，捎带着又点化了拉胶皮的和娘娘宫门口一个卖花儿的。

这以后，娘娘宫的香火也就更旺了。

傻四儿他爸跟着船来城里送海货，听说了这件奇事，想着既然这娘娘宫的王三奶奶这么灵，自己的儿子又哑又瘸，不如干脆就给这王三奶奶送去。于是也没跟他妈商量，就把傻四儿抱到娘娘宫来，跟道士说，日后这孩子要真治好了，谁家想要就送给谁家吧。但傻四儿在王三奶奶跟前，也并没治好，该哑还哑，该瘸也还瘸。这种有残疾的孩子，当然没人要。后来在天后宫长到十几岁，就自己跑出来。这时街上的人才发现，这傻四儿也不是全哑，耳朵还能听见，两手比画着咿咿啊啊地也能说出个大概意思。有好心人，就把他领到缸店街的"明记剃头房"，想着让他学一门手艺，将来也是个饭辙。"明记剃头房"的掌门是陈师傅，叫陈明三。陈师傅心也善，看这孩子没家，又是个残疾，就让他留下了。但剃头这行看着简单，其实最吃功夫，不光要心灵，还得手巧，讲究"刮、剃、梳、编、捏、拿、捶、按、掏、剪、剔、染、接、活、舒、补"十六门手艺。一般学徒都是"前三后五"，也就是头一年学三门，后一年学五门，主要的八门手艺学会了，剩下的八门，最后一年也就差不多了。可傻四儿别说"前三后五"，光第一门手艺"刮"，就学了三年。前两年先练刮冬瓜皮上的白霜儿，冬瓜不会说话，刮破也就破了，到第三年一上脑袋，麻烦就来了，经常是刮着刮着客人嗷儿的一声就从椅子上蹦起来，再一看，顺着脖子往下流血。陈师傅先是三天两头

163

儿替他给人家赔不是，后来一看实在不行了，就对傻四儿说，我干这行已经大半辈子了，这剃头房让人砸了倒是小事，主要是在街上丢不起这人，我陈明三号称陈一刀，在这缸店街上也算有名有姓，教出你这么个徒弟，跟门口儿的街坊实在没法儿交代。又说，我养了你这几年，也算对得起你了，你眼下力气也长全了，还是出去看看，能干点儿别的就干点儿别的吧。

傻四儿给陈师傅磕了个头，就从剃头房出来了。

这以后，傻四儿就在街上摆茶摊儿，冬夏两季也去拉冰。冬天的运河冰面能冻一尺多厚，有人去河上，把冰凿成二尺多长一尺多宽的冰块儿，拉到个不碍事的地方，挖个两丈多深几丈见方的大坑，一块一块码起来。码一层冰，铺一层稻草，最后再堆个土堆封起来。天津人把这叫"冰窖"。到夏天最热的时候，再把这冰窖挖开。这时的冰就值钱了，能卖出精米白面的价钱。傻四儿冬天去河上，等人家凿出冰，给拉到岸上来。夏天再去冰窖，帮着往外挖冰。但他的腿有毛病，冬天河上的冰面又滑，拉着费劲，再后来在冰上摔了一跤，还让冰块把腿砸了，人家就不敢用他了。傻四儿没了拉冰的差事，光摆茶摊儿又不够吃饭。这时，单街子上的"八方来"水铺正缺伙计。剃头房的陈师傅认识多来喜多老板，去替傻四儿说情，虽说他腿有点毛病，可水铺就在河边，挑水没几步儿，嘴哑，也碍不着挑水的事。多老板一听，不过是来水铺挑水，用谁都是用，也就做个顺水人情，答应了。

那年水铺的伙计李十二串通北门里白家的下人小穀揪儿偷出一个青花瓷的小碗，后来这事儿发了，还把白爷惹恼了。事后，多来喜多老板就把这单街子上的水铺关了。这一下傻四儿又没事干了。剃头房的陈师傅给他出主意，归贾胡同南口儿有半间闲房，过去打更的刘二夜里常在这儿歇脚儿，现在没主儿，不如把这半间闲房收拾出来，自己开个水铺。

这以后，傻四儿就用这半间闲房开了个"吉祥水铺"。一开始只卖凉水，后来陈师傅请人帮着盘了个大灶，又置了铁锅，也卖开水。

这里离河边不远，只一里多地，但傻四儿腿有毛病，对他来说就有点儿远了。每回挑水，只能挑半桶。开始也打满了，可挑着洒一道儿，到水铺也就只剩半桶了。后来街上的人跟他说，你这是费傻劲，出的是两桶水的力，最后却只剩半桶，还不如干脆就挑半桶。傻四儿这才算过账来。

这以后，再挑水也就只挑半桶。

第三十四章

侯家后过去是个繁华之地，五行八作的铺子一家挨一家，各样的牌匾招幌花花绿绿，吃喝玩儿乐也一应俱全，夜里走在街上，人来人往如同白天一样。但自从闹这场兵乱，街上的买卖铺子就大不如前了。可胡同里的住家儿人口并没减少，反而越来越多。人一多，水铺的开水也就用得多。吉祥水铺是小水铺，只有一个灶眼儿，一口铁锅烧的水几壶就打完了。傻四儿一个人连挑水带烧水，起初还能支应，再后来就越来越忙不过来了。

洋人在老西开盖教堂的事一闹起来，东马路从早到晚聚的都是抗议示威的人。傻四儿一听街上的人说，是为洋人盖教堂，心里的火儿一下也起来了。

傻四儿最恨洋人的教堂，也恨洋教。

当初傻四儿喜欢上北大关的一个女孩儿。这女孩儿叫小雪，她爸是个修脚的。小雪眼有毛病，一只眼的黑眼珠散在白眼珠里，天津人把这叫"玻璃花儿"。但傻四儿不嫌，还觉着小雪有这"玻璃花儿"反倒更好看。小雪她爸一见自己的女儿有人喜欢，也挺高兴。但小雪她妈看不上傻四儿。心里不乐意，嘴上却不这么说，只给傻四儿提了个条件。小雪她妈信洋教，就说，傻四儿娶小雪行，但也得信洋教。小雪她妈知道傻四儿不会答应这个条件。傻四儿曾对小雪说过，他虽是在娘娘宫长大的，可连中国的神鬼都不信，更别说信洋教了。果然，这时一听就拨楞着脑袋比画说，不信洋人那玩意儿。傻四儿并不知道，也就是他这句话，把小雪她妈惹恼了。小雪她妈认为，这傻四儿简直就是个魔鬼，他竟然敢把万能的主说成是"那玩意儿"。这以后，也就索性挑明了，坚决不同意这门亲事。后来小雪跟了个拉胶皮的。这拉胶皮的就比傻四儿聪明多了，一听小雪她妈提这个要求，二话没说就答应了。可答应是答应，娶了小雪以后，一次教堂也没进过，该不信还是照样不信。

傻四儿从这以后也就恨上了洋教，就因为这个洋教，小雪她妈才愣把他俩拆散了，再后来从恨洋教也就更恨洋人的教堂。这时一听街上的人说，洋人又在老西开盖了教堂，东马路上的人就是为这事闹起来的，于是水铺的水也不烧了，跑到东马路，从早到晚也跟着抗议示威的人一块儿罢工。一天晚上，傻四儿从东马路回来，累了一天正打算睡觉，杨灯罩儿来打开水。杨灯罩儿白天让人牵着游了一天的街，从东马路一直游到金钢桥，一路让人又啐唾沫又往身上扔各种垃圾，从头到脚流脏汤子，晚上回到家，想弄点儿水洗洗。这时一看水铺凉锅凉灶，水缸也见底了，也是心里正没好气，一下就跟傻四儿急了，骂他没事儿闲得蛋疼，洋人盖教堂跟他有嘛关系，放着水铺的活儿不干，跑去掺和这种没用的闲事。

他这一骂，旁边的邻居不干了。

水铺旁边的邻居这几天虽也觉着不方便，但傻四儿去东马路跟着示威，毕竟也是正经事，大伙儿也就都能担待。这时住水铺对门的李秃子从院里出来，指着杨灯罩儿的鼻子骂，你少喝一碗水能渴死啊，白天游街没游死你，又跑到这儿来找死是吗？

李秃子这一骂，旁边又有人说话了。

这说话的姓麻，叫麻新科，在一家小报馆当主笔，平时写些花边新闻之类的"豆腐块儿"。李秃子一骂杨灯罩儿，他不爱听了。这麻新科也信洋教，本来就看不惯在东马路抗议示威的人，觉着这些人简直不可理喻，洋人在天津盖教堂，是来传播西方文明，天津人这么闹不光没文化，素质低，也把愚昧的本性都暴露出来。又听说

166

这杨灯罩儿因为替洋人说话，让东马路上示威的人打了，还牵着去游街，心里正为这事鸣不平，这时一听李秃子也骂杨灯罩儿，就过来帮着说话，说李秃子不该骂杨灯罩儿，傻四儿是开水铺的，不好好儿烧水，跑到东马路去凑热闹，说他闲得蛋疼还是好的，说白了就是吃饱了撑的跟着瞎起哄。

傻四儿这半天看看这个，看看那个，一直没吭声，这时一听麻新科也说自己闲得蛋疼，一下就急了。傻四儿也不是好脾气，虽然腿有毛病，可从小爱看练武的，也能比画两下，这时朝麻新科走过来，突然一伸手就给了他一下。麻新科正跟李秃子讲理，没想到傻四儿会跟自己动手。这麻新科虽是个耍笔杆的，也有点干巴劲儿，腮帮子上挨了傻四儿一拳，回手也给了他一下。傻四儿毕竟腿脚有毛病，挨了麻新科的这一下晃了晃就一头摔在地上。这一下李秃子不干了。李秃子是在码头上扛大包的，过来一伸手抓住这麻新科的肩膀子往怀里一带，又往外一推，麻新科一下就给扔出一丈多远。李秃子又跟过去，抓住脖领子把他提起来，对他说，你替洋人说话，这事儿先搁一边儿，我现在只告诉你一句话，你听清了，以后你再敢动傻四儿一个手指头，我把你撅巴了塞进这灶里，让傻四儿当劈柴烧！

这时杨灯罩儿一见事情闹大了，早已经一溜烟儿地走了。

李秃子又转头对傻四儿说，你去东马路可以，可也别不烧水，东马路上的那些人罢工，是罢洋人的工，可你不烧水是罢咱自己的工，再说那些罢工的人也得喝水，你烧了水，不光街坊有喝的，也可以给那些人送去，这比你在那儿瞎掺和强多了。

傻四儿一听，这才明白了。

这以后，傻四儿就又在水铺烧水，烧了水再挑着给东马路送去。可挑开水不像挑凉水，凉水洒了，也就湿个鞋，开水一洒就把脚烫了。傻四儿烫了两回脚，再挑开水也就越挑越少。

这时来子已把"福临成祥鞋帽店"交给小福子，正在家闲着。一天在街上碰见李秃子。李秃子本来跟来子不熟，但跟蜡头儿胡同的刘大头熟，常听刘大头说起来子。后来在街上见了，俩人一说话也就慢慢熟了。这时一见来子就问，这一阵在忙什么。

来子也是随口答音儿，说没嘛事，在家闲着呢。

李秃子就说，这一阵傻四儿的水铺正忙不过来，每天得烧水，还得去东马路送水。又说，他自己得去脚行干活儿，有这心也没这工夫，来子要是没事，就去帮帮他。

这时来子也已听说了，东马路上的人抗议示威，是因为洋人在老西开盖教堂的事。来子常去吉祥水铺打水，跟傻四儿也熟。这以后，就每天来水铺，先帮傻四儿烧水，然后再挑着给东马路上的人送去。傻四儿腾出手来，也就一心一意忙水铺的事。

第三十五章

来子在水铺，也就一直这样干下来。

后来老西开教堂的这场事过去了，街上的李秃子又来找来子。李秃子是爽快人，说，傻四儿虽傻，也有个傻心思，他不好意思直接跟来子说，所以才央他过来，意思是，来子要是一时半会儿还没事干，是不是就别走了，还在水铺帮他挑水。李秃子说着自己也乐了，又说，也难怪傻四儿不好意思跟你说，他的意思是，工钱没有，也就管个饭。

来子一听笑笑说，这有嘛不好意思说的，管饭就行。

李秃子立刻连连点头，我就说么，你不会不答应。

从这以后，来子也就正式来水铺，给傻四儿挑水。

傻四儿嘴哑，腿瘸，人却勤快，也爱干净。这"吉祥水铺"虽然只有一个床铺大小，垒个大灶，再放两口水缸，也就转不开身儿了，但傻四儿收拾得一尘不染。傻四儿跟来子比画着说，这烧的水是入口的东西，脏了谁还敢喝？但水铺的房子年久失修，一下雨就漏。这年一进六月，又连着下了几场雨。天一放晴，来子就赶紧给水铺修房。来子当年跟着他爸老瘪拉拔火罐儿的坯子，筛土和泥都在行，又去海光寺的农户那儿要了点麦秸，回来剪碎掺在泥里。忙了一天，总算把房顶又重新抹了一遍。傍晚，傻四儿过意不去，冲蹲在门口洗手的来子比画着说，要请他去包子铺吃"狗不理包子"。

来子听了笑笑，也没推辞。

包子铺这会儿正上人。这时高掌柜已把生意交给儿子。但生意交了，还不放心，一到饭口就来前面盯着，唯恐有闪失。来子和傻四儿进来时，王麻秆儿又一边喝着稀饭在说外面的新鲜事儿，说下午从河北的大经路回来，路过金钢桥时，看见海河里的水已平槽儿了，早晨过去时还不这样，不到一天工夫，就涨了四五尺，照这样涨下去真要发大水了。正吃包子的人一听，都有点儿慌。有人问王麻秆儿，海河边的防水墙有没有人看着。王麻秆儿说，看是有人看着，可水这东西能看得住吗？老话说，水火无情，上游再下来水，冲开防水墙也就是一眨眼的事儿。这时旁边的马六儿不爱听了。马六儿这两天生意不好，街上人心惶惶，已经没人打帘子，心里正没好气。就横了王麻秆儿一眼，哼着说，要想喝稀饭，就说喝稀饭，为了白喝一碗稀饭费这么大劲，值当的吗？王麻秆儿听出马六儿这话里有骨头，就回了一句，大河又没盖盖儿，你不信，自己看去啊？马六儿又跟了一句，为一碗稀饭，就让海河发大水，也太邪乎了！王麻秆儿一听这话急了，把脖子一伸说，海河是我家的啊？我让它发水就发水？说着把碗一蹾，脖子一拧，我要真有这本事，就不在这儿喝这个稀饭了！

高掌柜一听这俩人越说越戗，就过来说，是啊，要这么看，今年这水还真有点儿悬。

马六儿一听高掌柜也这么说，才不说话了。

傻四儿在旁边听了，心也一下子提起来。傻四儿的水铺是开一天，挣一天的钱，用街上的话说，也就是"嘴顶嘴"，只要一天不开张，就没饭吃。这些日子一直是来子挑水，也就没去河边。这时听王麻秆儿一说，才知道河里的水已经成了这样。晚上回到水铺，就跟来子商量，真要发水了怎么办。来子明白傻四儿的心思，真要发了大水，还别说这水铺，他连自己的命都顾不过来。就安慰说，不用担心，我这几天不回去了，就在水铺盯着，真要发水了，能顾铺子顾铺子，顾不上铺子，就背着你走，反正我淹不死，你也就淹不死。

傻四儿听了叹口气，比画着说，难怪街上的人都说，你这人，真行。

来子说，倒不是行不行，我总不能看着你淹死。

说完，就拿上水桶扁担出去了。

第三十六章

一进七月，又连着下了几场大雨，海河的水就真上来了。先是进了街。这水一开始来得慢，只是一点一点洇着。但一天下午，突然就大了，一眨眼的工夫就灌满整个街筒子。

跟着到傍晚，就出事了。

归贾胡同南口儿的西边有一家"华记布匹庄"。这布匹庄的门脸儿不大，里面却净是洋货，也是侯家后最早拉电线点电灯的铺子。但这铺子哪儿都好，就是里面比街上低，一进门先跳坑。这时街上一进水，铺子里立刻就灌满了。墙皮一湿，墙上的电线又连了电，火花儿噼里啪啦地一爆，就把纸糊的顶棚引着了，眨眼间就着起了大火。铺子里有几个伙计，岁数都小，没经过事，一见着火了自己先都跑出来。可这时，铺子后面的屋里还有个老太太。这布匹庄的掌柜姓华，老太太是华掌柜的老娘。华掌柜这个下午出去办事了，华老太太正坐在后面的屋里喝茶，就闻见一股子一股子的烟味儿。先还没注意，后来呛得喘不上气了，才知道是前面出事了。这时前面铺子的火已经越烧越大，架眼儿上的布匹有的有油性，有的有蜡性，一沾火也就都烧起来。街上的铺子最怕着火，一家儿一着，能

170

借着风势烧一条街。这时旁边铺子的人一见，赶紧都过来帮着救火。但来子一过来，突然想起这铺子的后面还有个老太太，赶紧一低头就冒着烟钻进去。这时后面的华老太太已呛得快没气了，一听有人声，就拼着老命使劲叫唤。来子摸过来，一哈腰把华老太太背在身上，就摸着出来了。这会儿街上水会的人也抬着水机子赶过来。但这时水机子已经用不上，虽然满街都是水，可水里还漂着各种杂物，水机子一吸就堵了，想要拉一根长点的管子，水里又没法儿拉。来子一见就找了个洗脸盆，舀了街上的水直接往火上泼。旁边的人一看，这才意识到，眼下正是发大水的时候，还愁没水？立刻也都找了脸盆水桶一类的家伙儿，舀着水救火。

这一场火，华记布匹庄只烧了些布匹，倒没受太大损失。华掌柜这个下午是出去收账了。做买卖最怕世道不稳，发水着火，或赶上兵乱，本来欠钱欠得好好儿的，兴许就趁乱赖账。所以华掌柜一见要发水，就赶着出去收账。这会儿急火火地回来，一见自己的老娘正坐在铺子门口吃槽子糕，又听街上人说，是来子冒死把老太太背出来的，就扯住来子千恩万谢。

这时布匹庄里已成了个水坑。华掌柜一看，也没了主意。

来子发现，在旁边的街旮旯儿有半堵破墙。可墙破，砖还是好的。于是就去把这墙拆了，搬来砖，在布匹庄的门口垒了个半人高的埝。这一下就行了，不光能把街上的水挡住，铺子里的水也就能淘出去了。街上别的铺子和住家儿一看，觉着来子的这个办法挺好，也都跟着学。来子帮布匹庄垒好了埝，谁家再叫，就去帮着搬砖。后来墙旮旯儿的这堵破墙青砖拆完了。来子又找来一辆平板车，蹚着水，去西营门外的砖窑往这边拉砖。

等这场大水过去了，华掌柜就来包子铺找高掌柜。华掌柜知道高掌柜在街上人缘儿好，说话也占地方儿，且来子当初在包子铺干过，跟来子的关系最近，就想让高掌柜问问来子，往后是怎么个心气儿，总在水铺帮傻四儿挑水，也不是长事儿，要是还没想好事由儿，就想让他来自己的布匹庄当个大伙计。所谓大伙计，也就是伙计里领头儿的，在铺子里的身份仅次于二掌柜。高掌柜这时已上了年纪，怕自己想事不周全，别好心好意地又把事情办砸了，就来胡同里找尚先生商量，看这事儿，跟来子说还是不说，要说，怎么说。

尚先生听了想想说，要说，倒也能说。

高掌柜听出尚先生这话里好像有话，就让尚先生说明白了。

尚先生笑笑说，也没嘛说不明白的，只是，您先去问问小闺女儿，看她怎么说。

高掌柜听了看看尚先生，不明白为嘛去问小闺女儿。

尚先生说，这么说吧，小闺女儿要说，让您管这事，您再管，倘她说别管，咱再另说。

高掌柜听了又想想，笑着摇头说，看来真是老了，脑子跟不上了，我还是不明白。

但嘴上这么说，也知道不便再问，只好回来了。

让高掌柜没想到的是，他回来一问小闺女儿，小闺女儿果然不同意。但她虽不同意，也不说不同意，只是说，隔行如隔山，来子又没在布匹庄干过。

说完这半句话，就不往下说了。

高掌柜一听，心里暗暗佩服尚先生。看来，尚先生的心里早已有数。可再想，还是想不出小闺女儿到底是怎么个心思，于是说，可他老大不小了，总不能给傻四儿挑一辈子水啊。

小闺女儿就不说话了。

高掌柜想了一天，还是想不明白，就又来找尚先生。

尚先生一听就笑了，这才说，要这么看，我是真猜对了。

几天前，小闺女儿偷偷来找尚先生，说在街上看见来子挑水，走道儿有点儿瘸，八成是闹水那些天，脚在水里扎了。她去药铺买了点儿药，让尚先生给来子。尚先生一听就问，你干嘛不自己给他？小闺女儿没接茬儿，只是反复叮嘱，千万别让来子知道，这药是她买的。

这时，高掌柜又问尚先生，这究竟是怎么回事？

尚先生这才说，这事表面看着，也就是华掌柜想让来子去他的布匹庄，其实没这么简单。华掌柜有个女儿，已经十七八岁，还没说婆家。这回来子救了华掌柜的老娘，又给他铺子帮了这么大忙，华掌柜在街上跟人说话时，已经露出来，以后想招个养老女婿，街上的人听了还都猜，他这么说，是不是已经有了目标。其实，他在这个时候说这样的话，心里怎么想，还用猜吗？尚先生说着又笑了，这华掌柜倒是个正经的生意人，不过您说得对，也得看缘分。

高掌柜一听，这才恍然大悟，问，小闺女儿是想让来子，还回包子铺？

尚先生点头说，可她想是想，心里也明白，这话，轮不到她说。

高掌柜频频点头，连说，明白了，这就明白了。

高掌柜把包子铺的生意交给了儿子，虽然儿子也已五十多岁，街上的人还是叫少高掌柜的。高掌柜见来子在街上给傻四儿挑水，也早有让他回来的心思。只是这事一直搁在心里没说，一是既然已把生意交给儿子，这事还得跟儿子商量；二来也是担心小闺女儿。当初高掌柜为他俩撮合这事儿，本以为是个两好儿合一好儿的事，结果却弄了个乱点鸳鸯谱。来子为这事，反倒在铺子待不下去了。来子从铺子走了以后，高掌柜一直想问小闺女儿，到底是怎么打算的。但几次要问，也没问出口。小闺女儿也就一直没再提这事。现在听尚先生这一说，再想想这次问小闺女儿时，她说话吞吞吐吐的样子，高掌柜的心里也就明白了。

高掌柜回来，跟少高掌柜的一商量，少高掌柜的也早知道来子的为人，当然愿意让他回来。但高掌柜这回长了记性，还是想把事情办稳妥。他担心的是，现在毕竟还不知来子是怎么个心气儿，倘跟他一说，再让他驳了，自己已经这把年纪，总有点儿伤面子，况且来子正给傻四儿的水铺挑水，傻四儿的腿脚儿又不好，跟来子说这事儿，也有挖人家墙脚儿之嫌。这样想来想去，就干脆先来找傻四儿。傻四儿嘴哑，腿瘸，心里却透亮，高掌柜一来，就猜到是怎么回事了。于是不等高掌柜开口就比画着说，人往高处走，水往低处流，来子在水铺挑水总不能挑一辈子，知道他在包子铺干过，只要他自己愿意回去，当然是好事，从他当初在鞋帽店时就看出来了，做买卖，他是把好手儿，这也是高掌柜手把手儿教出来的。

高掌柜见傻四儿的嘴虽笨笨磕磕，却能说出这样一番入情入理的话，心里挺感慨，看来这傻四儿并不傻，是茶壶煮饺子——心里有数，于是笑着摆手说，买卖上的事可不是教出来的，是天生的。又说，你要这么说，我心里也就踏实了，既然这样，你就帮我问问他吧。

傻四儿也笑了，比画着说，还是您自己问吧。

高掌柜想想也是，既然人家已经答应了，总不能逮着蛤蟆再攥出尿来。但再想，倘让傻四儿问，这事儿总还有个退身步儿。就说，还是你帮着问吧。

傻四儿叹口气，笑着冲高掌柜打个嗨声，算是答应了。

当天下午，傻四儿就跟来子说了。来子知道高掌柜上午来了，一听傻四儿说，才知道是为这事。傻四儿比画着说，这也是好事，你在这儿挑水，也就是有碗饭吃，再怎么说也不叫个正经事由儿，你本来在包子铺干得好好儿的，后来为嘛走，我多少也听说过，再后来你虽说又从鞋帽铺出来了，可买卖已经学成这样儿，总不能最后落个半鬶子。

来子听了，吭哧了一下说，这事儿，容我再想想。

傻四儿乐了，一拍来子，意思是知道他想嘛。

来子看看傻四儿。

傻四儿用手比画，你是不想见小闺女儿，对不？

来子就不说话了。

傻四儿说，高掌柜是明白人，他让你回去，你听他的就是了。

来子又看看傻四儿。

傻四儿咧嘴冲他笑笑。

来子的心里有点儿酸，说，好吧，我一有空儿就回来，还帮你挑水。

傻四儿乐着点头，拍拍来子比画着说，行，你来了，我也能省点劲。

第三十七章

来子一回包子铺，就赶上一件事。

蜡头儿胡同的刘大头这年五十九岁，按天津人的习惯，做六十大寿是过九不过十，这么一算，也就该是六十整寿。这时刘大头还耍石锁，徒子徒孙已经上百，站在一块儿已是黑压压的一片，但光玩儿石锁不能当饭吃，底下的这些徒弟也得养家糊口。

河北的金家窑有个黄九爷，在海河上有一个黄家码头。这黄家码头不大，但把着水路要道，从三岔河口一进海河，走不了多远就是这个码头，平时上游下来的各路货船也就都在这儿停靠。黄九爷除了这个码头，还有几处买卖，平时码头上的事就都交给儿子。这儿子叫黄金堂，是个二百五，平时总跟码头上的装卸工人过不去。码头上干装卸的也有组织，叫"脚行"。这"脚行"看着是出苦力的，也有很严的行规，顶头儿主事的叫"总头"，也叫"大头"，下面设"二头""小头""把店""抱把"，一直到"先生""站街"，每人都掌管"脚行"里不同的事务。这黄金堂是东家，东家总跟"脚行"的人过不去，其实最后吃亏的还是东家自己。"脚行"的人看着都是出力的，其实也蔫损嘎坏，在活儿上，或是在货上给你使点坏门儿，你赔钱都不知怎么赔的。黄家码头的脚行"大头"叫杜黑子，是个吃石头拉硬屎的人。黄金堂觉着跟他不好说话，心里就一直别着劲儿。后来黄金堂找了个机会，也没跟杜黑子打招呼，就跟下游贺家口脚行的"大头"马老虎说定了，让他带人来接黄家码头。说好的这天，马老虎带人一来，就跟杜黑子这边的人顶起来。两句话没说完，双方就动了手。脚行的人打架一般都是为争地盘儿，地盘儿就是饭碗，所以不打是不打，一打就是打死架。但杜黑子这边人少，又正干着活儿，马老虎这边是有备而来，不光人多，还都带着家伙。这一动手，杜黑子这边的人就吃了亏。杜黑子是个玩儿命的主儿，一见自己的人见了血，就急眼了，把衣裳一甩就朝人堆儿里扑过去。但最后，还是马老虎这边占了上风，杜黑子手下有几个人给打成重伤，杜黑子自己也让人打折一条腿，太阳穴上还挨了一刀。杜黑子带人离开黄家码头，心里咽不下这口气，就来找刘大头。这杜黑子当年也是义和团的，跟刘大头不在一个坛口，所以不熟。但刘大头早就知道杜黑子。杜黑子当年曾编了几句话："男练义和拳，女练红灯照，砍倒电线杆，扒了火车道，烧了毛子楼，灭了耶稣教，杀了东洋鬼，再跟大清闹。"义和团把这几句话写成揭帖，贴得满大街都是。这回杜黑子来找刘大头，本来心里没底，不知刘大头会不会管自己的事。没想到刘大头一听就说，不看僧面还得看佛面，咱当年虽不在一个坛口，可毕竟练的是一家的拳，这事我既然知道了，就不能不管。

刘大头管这事，也是管在明处。他先让人去黄家码头给马老虎送信，说这天傍晚，太阳一落三岔河口，他就带人过来，马老虎这边准备多少人都行，想备嘛家伙，刀枪剑戟斧钺钩叉，镋棍槊棒拐子流星，也随便，他只带五十个人，一个不多一个不少，还都赤手空拳，别说一根针，在身上找出一根洋火棍儿就算栽。这马老虎也听说过刘大头，只知道他是侯家后耍石锁的，却并不知道，他当年还在义和团跟洋人打过死仗，也就不知好歹地应了战。结果这天傍晚，刘大头带着手下的五十个徒弟过来，没一袋烟的工夫，就把马老虎的二百多人都打趴下了。刘大头事先已叮嘱手下的徒弟，这回不是打洋人，下手别太狠，点到为止，只要对方一趴下也就行了。最后，刘大头来到马老虎跟前。这时马老虎也已挂了花，但只是皮外伤，头皮上砸出个血窟窿，一个胳膊上的肉也给撕开了。刘大头问他，会水吗？马老虎这时知道，自己大势已去，摇头说，不会。刘大头朝海河一指说，你自己跳下去，只要游到对岸，跟你的事儿就算结了。马老虎二话没说，一头就扎进河里，连撬带刨地还真扑腾到对岸。刘大头又让人把马老虎这些人的刀枪棍棒都拢到一块儿，扔进海河，这才带人回去了。

这场事后，杜黑子来跟刘大头商量，想索性请他出山，来黄家码头的脚行当"总头"。刘大头一想，虽说江湖上有句话，隔行不取利，但自己手下的这些徒子徒孙也都有家，也得吃饭，就答应来黄家码头。不过"总头"还是杜黑子，只让自己的徒弟们在这儿干活儿。他对杜黑子说，他对脚行的事没兴趣，只要让底下的这些人有碗饭吃就行了。

这回刘大头过六十大寿，底下的徒弟们不想办得太寒酸。有人提议，去宝宴胡同的"聚和成"像样地摆几桌。可算了算，真要摆就不是几桌的事了，加上同行同道，各界朋友，少说也得十几二十几桌。刘大头这时的心气儿已不及从前，自从白家胡同李大愣的大哥父子和锅店街的徐大鼻子都让官府砍了，义和团的坛口也散了，心就凉了。黄家码头那边的脚行平时有杜黑子盯着，自己每天也就是在运河边看着徒子徒孙们耍耍石锁，打打把式撂撂跤。平时会朋友也很少，天一黑就回家睡了。这时一听，要在宝宴胡同的"聚和成"给自己做寿，就不太同意，花钱不说，也没这份儿心思。可不同意，又不能太拗了徒弟们的心意，这样商量来商量去，最后就决定来"狗不理包子铺"。一来在这包子铺做寿可大可小，大了多弄几个菜，再不行去外面的菜馆儿叫菜。高掌柜和少高掌柜的都是老街旧邻，人又厚道，也不会说出别的。二来包子铺的地方儿豁亮，人多也坐得开。可这样一算，还是不行。眼下刘大头的徒子徒孙有一百三十几号人，包子铺又没有十人桌，还是放不下。最后刘大头跟徒弟们商量，包子铺的旁边有一家捞面馆儿，是个山西人开的，铺子虽不大，里边挺豁亮，也干净，虽然没有大菜，但各样小菜儿也挺齐全，做寿这天小辈儿的徒孙们就都在这边，只派几个代表，来包子铺跟师爷师父一块儿坐。刘大头的几个徒弟来到包子铺，跟少高掌柜的一商量，事情就定下来，三天以后的中午，刘大头在这里做寿，把包子铺全包下来。

但就在这天中午，又出了一档事。

刘大头平时对徒弟管教很严。这天中午，在包子铺做寿虽然热闹，徒弟们为让师父高兴，都说说笑笑，挨着个儿地给师父敬酒，可喝归喝，也没出大格儿，更没有敢在师父面前喝大的。就在这时，包子铺来了个人。这人进来先朝铺子里扫一眼，就冲柜台走过来。来子正往外端菜，一眼就看出来，这应该是个安南人。安南人也就是越南人。这些安南人本来是跟着洋人的军队来天津的，在租界替洋人站岗巡逻，看家护院。后来越来越不长进，也就散在天津各处，三教九流干哪行的都有。安南人的长相儿很特殊，脸和鼻子都往横里长，一眼就能看出来。这个安南人不光脸横，还是个噘嘴儿。这时小闺女儿正在柜上。这噘嘴儿的安南人过去，跟小闺女儿说了几句话。来子一见撂下菜过来，问怎么回事。小闺女儿说，他想要六斤包子。来子一听对这安南人说，今天中午不开板儿，是私人包桌。这安南人的中国话说得挺好，显然是在天津学的，还带点天津口儿，张嘴就说，甭管谁包桌，赶紧给我做。

来子朝旁边一指说，你自己看看，现在忙得过来吗？

安南人一拨楞脑袋，忙不过来是你的事，我等着要。

来子一见这人横着说话，看看他。

安南人也看看来子，还等嘛？

来子还看着他。

安南人把头伸过来，我的话，你没听懂吗？

来子说，听懂了。

安南人的眼立起来，听懂了就快去做！

来子倒笑了，我要是不做呢？

安南人冲来子眨巴眨巴眼，问，你说的，不做？

来子说，我说的。

安南人没再说话，扭头就走了。

来子已经看见了，小闺女儿这半天一直站在厨房门口，冲这边又摆手又使眼色。这时就走过来，问她，这安南人是干嘛的，怎么

178

说话像个"棱子"？

天津人把不懂嘛儿，直脖瞪眼的二百五叫"棱子"。

小闺女儿说，你惹祸了。

来子问，惹嘛祸了？

小闺女儿说，刚才没顾上跟你说，这个安南人有来头儿，是给日本人做事的，他来不是买包子，是要包子，每回不光不给钱，还得给他送过去。

来子越听越糊涂，问，到底怎么回事？

小闺女儿这才告诉来子，这个安南人来要包子，是给日本人要的。小闺女儿问来子，当初有个"枣核儿帮"的混星子，经常带人来白吃包子，后来刘师傅听说了，带几个徒弟过来，就在这包子铺把他打了，还让他把欠的包子钱都还上了，这事儿听没听说过。

来子想想说，这个"大枣核儿"，我见过。

小闺女儿说，就是这个"大枣核儿"的事儿。

小闺女儿告诉来子，后来才听说，这"大枣核儿"是河北的一霸。当初刘大头带人把他打了，那以后，他也就再没敢过来。可没过来，心里还一直记着这事。后来他在日租界不知怎么认识了几个安南人。这几个安南人本来是在法租界混事儿，这两年见法国人的势力越来越不及日本人，就又跑到日租界傍上日本人。有一次，这几个安南人问"大枣核儿"，天津哪儿还有好吃的东西。"大枣核儿"一听，就想起当初在包子铺挨打的事，于是说，北门外的侯家后有个"狗不理包子铺"，那儿的包子一咬顺嘴流油，挺好吃。这几个安南人去宫岛街跟日本人一说，日本人果然感兴趣，立刻让这几个安南人来包子铺。这几个安南人来了，一张嘴就要一百个包子，又说让送到日租界的宫岛街去。当时少高掌柜的一看就明白了，这一百个包子肯定是打了狗了。但不送又不行，只好打发两个伙计，用提盒给送去了。果然，伙计连一分钱也没拿回来。这以后，这几个安南人就隔些天来要一回包子，每回都是一百个。少高掌柜的一看总这样下去不行，就跟父亲高掌柜商量，得想个办法。高掌柜在侯家后卖了一辈子包子，知道街上做买卖这潭水有多深，就说，这也是没办法的事，要说办法，当然也有，一是干脆关张，咱不卖，他也就甭想再吃，还一个办法，也是唯一的办法，要想接着干，就只能给他吃，好在不是天天要，只当喂狗了。高掌柜对儿子说，这些年得出一个经验，做买卖虽是将本求利，但也得学会吃亏，嘛时候懂吃亏了，这买卖才算学出来了。这以后，少高掌柜的也就只好耐着性子，这几个安南人再来要包子，只管让伙计给送去。

小闺女儿说，现在，这几个安南人已经要顺手了，觉着是应该的。

来子想想说，要这么说，刚才的这安南人还得回来。

果然，过了一会儿，那个噘嘴儿的安南人又回来了，这回还带了两个人，看样子也都是安南人。这几个人一进来，其中一个大个儿问噘嘴儿，刚才哪个人说的？

噘嘴儿指指来子。

大个儿就走过来，问，你说的，不卖包子？

来子眨眨眼说，卖，当然卖啊！

大个儿说，卖就赶快做。

来子说，可得等，包子得一个一个儿包，那边还有包桌，一时半会儿包不出来。

大个儿说，不行，让他们等，先给我包。

来子问，这是你说的？

大个儿说，我说的。

来子没再说话就扭头进去了。

这以后，刘大头这边的菜就停了，包子也停了。刘大头这伙儿人都是练硬气功的，不光饭量大，嘴也急，甭管上菜还是上包子，一眨眼的工夫就吃得见了盘子底儿。这时包子和菜一停，立刻就觉出来了。刘大头的大徒弟也姓刘，叫刘全儿。刘全儿一见这几桌都没动静了，就朝里边的厨房喊，怎么回事啊？来子出来说，临时加了个外活儿，实在忙不来，得等一会儿。刘大头的这些徒弟知道师父跟包子铺的关系，可今天是给师父过六十大寿，就还是有点不高兴。刘全儿说，今天说好是包桌，就咱这一档子，怎么又接了外活儿？

来子说，不接不行，人家要得急啊。

刘全儿说，他再急，也没这个道理。

来子站在厨房门口这边，只跟刘全儿说话，人却不过来，这样说话就得大声嚷。他又说，刘全儿大哥，我们做生意的您也得担待，来的都是客，我们谁都惹不起。

刘全儿一听来子今天说话有点儿怪，更不高兴了，说，来的都是客，也得有个先来后到，说着就站起来，一边朝这边走着说，我倒要看看，谁这么厉害，让你惹不起？

要在平时，刘大头就把刘全儿叫住了。刘大头虽有一身本事，却不是个爱惹事的人。街上把练武的人叫"练家子"，"练家子"一入行，师父不是先教本事，而是先立规矩，将来学了能耐不能恃强凌弱。可这时，刘大头已经看见了，进来要包子的是几个安南人。刘大头最恨安南人，当年在义和团时，说是跟洋人打仗，其实洋人的军队里也有很多安南人。尤其后来，洋人在天津划了租界，平时站岗巡逻、在街上出头露面的都是这些安南人。这些人比洋人还坏。洋人有时甭管真假，还顾点儿脸面，装装绅士。这些安南人却是死不要脸，多下作的事都能干出来。这时刘全儿走过来，朝这说话的大个儿安南人看看问，你要包子？

刘全儿个儿不高，还有点儿驼背，站在这大个儿安南人的跟前几乎矮半头。这安南人显然没把刘全儿放眼里，拿眼角瞥着他没说话。旁边的噘嘴儿说，是我们要包子。

刘全儿不想跟这几个人废话，转身叫过来子，问，今天我们包桌，对吗？

来子点头说，对。

刘全儿又问，这个中午，铺子里就我们这一档事儿，对吗？

来子又说，对。

刘全儿说，赶紧给我们上菜上包子，甭搭理他们。

来子也就等着刘全儿这句话，应了一声转身就走。

这大个儿安南人一听急了，上前一把抓住来子说，先给我做包子！

刘全儿一见这安南人动手了，就走过来，一把攥住他的手。刘全儿是耍石锁的，来子隔着这安南人的手，就能觉出刘全儿手上的劲儿。这安南人疼得哇地叫了一声，一转身就朝刘全儿扑过来。他想的是，刘全儿身量瘦小，在自己面前肯定处于劣势。可他上当了。刘全儿的瘦小不是一般的瘦小。一般的瘦小是弱，枯干，皮包骨头。刘全儿的瘦小却是胖子浓缩的，浑身上下紧绷绷的都是肌肉。这大个儿安南人朝他扑过来，他并没躲，等着对方到了跟前，突然嗨地叫了一声，两手一抓就把他扛起来。这个扛是扛（gāng），不是扛（káng）。扛（káng）是用肩膀，而扛（gāng）则是两手一抓直接举过头顶，就如同举重的抓举。刘全儿已跟着刘大头耍了几十年石锁，最重的石锁有二百多斤，现在耍这个安南人当然不在话下。他一手薅住这安南人的脖领子，另一只手抓住他的裤裆，两臂一较力就扛过头顶。这个大个子安南人已经傻了，没想到这个瘦小的中国人有这么大劲，悬在半空吓得哇哇大叫。

刘全儿又大喊了一声，去你的！

再一用力，就把这安南人扔出去。

包子铺的柜上离门口儿有五尺多远，刘全儿这一下，就把这安南人直接扔到街上去了。跟来的几个安南人都给洋人当过兵，也有些身手，一见这大个儿吃了亏，立刻过来把刘全儿围在当中。这时这边桌上的人也都过来，没费劲，三两下就把这几个安南人都打倒了。刘全儿也有办法，把这几个安南人像别鸽子翅膀似的连胳膊带腿别在一块儿，看着就像几只蛤蟆趴在地上。刘全儿对这大个儿的安南人说，看来，你们不是第一次来要包子？

这大个儿安南人翻了翻白眼儿，不答话。

刘全儿叫过来子问，他们来过几回？

来子说，这得看账。

说着去柜上翻了翻账本，说，不算这次，一共是八百个包子。

刘全儿回头问这地上的大个儿安南人说，你听清了？

这安南人翻着白眼儿，还不说话。

刘全儿说，我知道，这包子你不是给自己要的，你们安南人也没长吃这包子的嘴，甭管西洋人还是东洋人，你回去说一声，要来找我，我在这儿等着，不过再来，先把账结了。

说完让人把这几个人的胳膊腿儿拆开。几个安南人就连滚带爬地走了。

少高掌柜的毕竟经的事少，一见闹成这样，有些担心。回到后面就埋怨来子，不该把事儿挑起来。现在这几个安南人回去，肯定不会就这么算完，后面还得闹事。但高掌柜已经看明白了，说，是福不是祸，是祸躲不过，既然是个疖子，早晚得出脓水儿，这事就是今天不闹，迟早也得闹，晚闹不如早闹，这回一下子了清了也好。说着话，刘全儿也来到后面，对少高掌柜的说，您放心，我师父说了，我们今天就在这儿等他，冤有头债有主，他们一会儿只要敢来，有嘛事儿，我们答对，铺子的人别掺和，只在旁边看着就行了。

一会儿，这几个安南人果然又回来了，这回还跟来两个日本人。日本人都是小矮个儿，用天津话说，叫矬，可这两个日本人都是大个子，一个挺胖，另一个更胖，头发都在脑后挽成个发髻，穿着和服，怀里抱着东洋刀。这几个安南人这回威风了，来到包子铺的门口一字排开，刚才的那个大个儿安南人冲铺子里喊，那个瘦子，出来！

刘全儿就走出来。

这安南人凑到最胖的日本人跟前说，就是他。

这个日本人虽身材魁梧，却长着个很精致的小鼻子，但人一胖，脸就显大，这小鼻子几乎湮在脸上的肉里。他用生硬的中国话说，是你说的，让我结账？

刘全儿上下看看他，说是。

这个日本人冲刘全儿招招手。刘全儿刚要过去，刘大头从铺子

183

里出来。刘大头当年在义和团时，守天津城的城墙，跟洋人军队血战了几天几夜都没让攻进来。后来是几个日本人化装成义和团的人混进城里，把南门旁边的城墙炸开，洋人军队才乘势打进来。这些年，刘大头的心里还一直记着这事。现在一见这几个安南人又带来两个日本人，就放下酒碗走出来。

正在旁边捞面馆儿喝酒的徒孙们不知这边发生的事，这时一见来了几个安南人，还有两个日本人，又见师父也出来了，就知道要有热闹看了。立刻也都出来，围在旁边等着给师爷站脚儿助威。这时刘大头走过来，上下看看这小鼻子日本人，问，我说话，你听得懂吗？

小鼻子日本人点头，表示听得懂。

刘大头说，好吧，你俩听清了，今天是我六十大寿，我不想见血。

这两个日本人对视了一下。

刘大头说，要么，你们把包子钱撂下，以后别再来了，咱两便。

小鼻子日本人问，如果不呢？

刘大头说，如果不，今天你俩，得让他们抬着回去。

小鼻子日本人突然抽出东洋刀，呀的一声就朝刘大头劈过来。但他劈的这一下只是虚的。刘大头已看出来，站着没动。这日本人虚晃一刀之后，突然一反手又劈过来。这回是真的了，力道也相当大，东洋刀在半空划过还呼哨了一声。刘大头仍然站着没动，等这刀快到眼前了，突然一猫腰抓起徒弟放在铺子门口的石锁。他抓石锁的速度相当快，抓起来并没拿在手里，只是朝这小鼻子日本人一扔。这日本人的东洋刀一下砍在这石锁上，当的一声，他的刀立刻断成了两截儿，手里只还攥着个刀把儿。这小鼻子日本人一下愣住了，低头看了看，扔下刀就又朝刘大头扑过来。刘大头两眼盯着他，等他来到近前只朝旁边一闪，与此同时伸出两根手指在他的肩膀前胸和小腹点了几下。他这几个动作极快，一般的外行几乎看不出来。这小鼻子日本人的这一下又扑空了，转身的一瞬，似乎感觉到了什么，站住愣了愣，突然啊地叫了一声就倒在地上，身子蜷得像个蛆，一边龇牙咧嘴地抽搐了几下，就不能动了。这时另一个日本人一见，也朝刘大头扑过来。这次刘大头没再跟他费事，只在他身上点了一下。这日本人立刻像个蜡人儿似的定住了，两手还举着，眼也一眨一眨的，却一动不动地僵在了那里。刘大头走过来，轻轻一推，这日本人就像半截儿木头似的倒下了。

围在旁边的徒弟徒孙们立刻都齐声叫好。

这时，站在旁边的几个安南人都已经看傻了。

刘大头回头对他们说，你们费点儿劲，把这两块料抬回去吧。

说完，就回铺子里去了。

第三十八章

小闺女儿来蜡头儿胡同找马六儿。马六儿不在家。

马六儿常来包子铺吃包子，小闺女儿也常跟他说话，挺熟。前几天的后晌，将近傍黑时，马六儿从外面回来。经过包子铺的门口，小闺女儿追出来叫住他。马六儿看出小闺女儿好像有话，就跟着她来到胡同口的拐角儿，问，有嘛事儿？

小闺女儿问，打一个帘子多少钱？

马六儿一听乐了，说，你打帘子干嘛？

小闺女儿脸一红，不是我打，有人打。

马六儿问，谁打？

小闺女儿说，你怎么这么多话呢，就说多少钱吧。

马六儿说，不是我多话，这也得分人。

小闺女儿眼一立，怎么，你还看人下菜碟儿啊？

马六儿赶紧说，倒不是这个意思，外人一个价儿，要是咱自个儿街坊，就另一个价儿。

小闺女儿问，我算自个儿街坊吗？

马六儿摇头，你打帘子？我不信。

小闺女儿说，这么说吧，是给来子打。

马六儿一听又乐了，要是来子还用问，嘛钱不钱的，说不着这个。

小闺女儿说，本儿钱，总得给你，那就给他打一个吧，今年一闹水，秋后苍蝇蚊子太多了，我看他身上咬得净是疙瘩，去他家一看才知道，连个帘子也没有。

马六儿想想说，那就甭打了，我那儿还有个现成的，是江家胡同老齐家的，后来他家修房，又闹家务，这帘子就没要，我搁着也是搁着，拿去给他挂吧。

小闺女儿说，行，你就给他送去吧。

想了想，又说，别说是我让送的。

马六儿反应慢，回到家才捯摸过来。小闺女儿要给来子打帘子，可又不想让来子知道，把帘子送去也让自己送。马六儿毕竟也是过来人，这一捯摸，心里就有几分明白了。晚上把帘子找出来，用布擦了擦，还挺新。于是就给来子送过来。来子一见马六儿突然给送来个帘子，有些纳闷儿。马六儿就说，今年碰上了"秋傻子"，一入秋，反倒一天比一天热，苍蝇蚊子也多，挂个帘子多少能挡上点儿。来子这时也正发愁，一到夜里关上门热，可敞着门，又进蚊子。来子毕竟跟马六儿关系近，没客气，也没问，就让他把帘子挂上了。

马六儿是个心里存不住事儿的人。这天晚上给来子送了帘子，就总想把这事跟谁说说。但又没人说。在包子铺说，就成了传老婆舌头，况且小闺女儿的脾气，马六儿也知道，倘让她知道了，真当着街上的人给自己几句，自己这老脸就没处儿搁了。可不说，憋在心里又难受。想来想去，就来跟王麻秆儿说了。王麻秆儿一听就乐了，说，这可是好事啊，早听说小闺女儿有点儿回心转意，这要真成了，可是个大喜事儿。马六儿的心里还有点儿嘀咕，知道王麻秆儿嘴敞，赶紧又叮嘱他，千万别露出这事儿是从他嘴里说出来的。

王麻秆儿连连摆手说，你放心，就算小闺女儿真知道了，这种时候，她也不会说别的。说着又一笑，说不定，你替她把这层纸捅破了，她心里还得谢你呢。

王麻秆儿当天晚上就来找来子。来子刚从包子铺回来，正打算洗洗睡了。王麻秆儿一进来就说，嗯，这屋里一挂上帘子，是不一样了，不光能挡住蚊子，也凉快多了。

来子抬头看看他，知道他来，不是为的说这个。

王麻秆儿又说，要早挂个帘子，少受多少罪啊。

来子问，你到底想说嘛？

王麻秆儿就笑了，问，知道这帘子是谁给的吗？

来子说，马六儿啊，昨晚刚给送来的。

王麻秆儿说，马六儿是你亲爹啊，再怎么是朋友，能这么心疼你？

来子想想，也对，其实从一开始，来子就觉着，马六儿这帘子送得有点儿怪。

王麻秆儿说，是小闺女儿！

来子一愣。

王麻秆儿又说，是她从马六儿手里买的这帘子，又让马六儿给你送来的。

来子听了，没再说话。

王麻秆儿从来子家里出来，想想还不行，这事儿也得让高掌柜知道。当初高掌柜给来子和小闺女儿撮合这事，最后没成，来子反倒为这事离开了包子铺。这一连串的事，是王麻秆儿后来才听说的。所以这回这帘子的事，他觉得应该告诉高掌柜，一来让高掌柜高兴，二来也让高掌柜再找个合适的机会，在旁边给敲敲边鼓儿。果然，高掌柜一听比谁都高兴，想了想说，眼下就有个合适的机会，正好能给他俩烧把火儿。

王麻秆儿连忙说，那您这好事就还是做到底吧。

高掌柜说的机会，是铺子的事。这时"狗不理包子铺"在外面的名气已经越来越大。名气一大，生意也就跟着大，可铺子的规模却还是过去的规模，包子就总跟不上卖。高掌柜跟少高掌柜的商量，要扩大铺子也没这么简单，抓紧当然得抓紧，可也得从长计议。现在先说把厨房扩大，有了包包子的地方，再说别的。但铺子后面总共就这么大地界儿，要扩厨房，就得挤人住的地方。小闺女儿一直是自己住一间小屋。这小屋就在厨房旁边，厨房一扩，也就正好把这间小屋用上了。当天晚上，高掌柜就跟小闺女儿商量，眼下铺子要扩厨房，她就没地方住了，来子的家里是两间房，他一个人住，如果小闺女儿同意，就跟来子说说，先住他那儿去。当然也不是长事，以后怎么办，再说以后。高掌柜这回不会再干乱点鸳鸯谱的事，这么跟小闺女儿说，也是心里有根，知道小闺女儿应该不会不同意。果然，小闺女儿一听倒没说别的，可脸上还是有点儿难色。高掌柜立刻说，别的事你放心，他家那两间房我知道，虽在一个院儿里，可是分着的，一间东厢房，一间西厢房，街坊不会有闲话。

高掌柜这一说，小闺女儿也就没话说了。

但让高掌柜没想到的是，跟来子一说，这边却出了岔头儿。来子倒也没说不同意，只是想了一下，说，让小闺女儿去住，当然没问题，他出去再找个地方就行了。

高掌柜一听这话头儿不对，赶紧说，怎么她去了，你倒走？

来子说，我俩住一块儿，不方便，也容易让胡同的人多想。

高掌柜说，你家这两间房是分开的，对着门，有嘛多想的？

来子说，在一个院儿里住，终归不太好，倒不是我，主要是小闺女儿。

这一下事儿就不对了。本来小闺女儿去来子家借住，不愿意的应该是小闺女儿。现在却倒过来了，小闺女儿没说别的，反倒是来子不愿意。小闺女儿当天下午就知道来子说的这番话了。这番话的意思在别人听来倒没什么，但小闺女儿一听就明白了。来子不愿意她去住，其实不愿意的还不光是这个。既然这个不愿意，就说明别的也不愿意。这回小闺女儿没等高掌柜跟她说，自己就来找来子。来子正在厨房包包子，小闺女儿一进来，就把来子拉出来。来子的两手都是面，知道小闺女儿要跟自己说什么，也就等着她说。小闺女儿瞪着他，一下一下地喘着气，却不说话。过了一会儿，才涨红着脸说，你别想歪了。

来子说，你这是哪儿的话。

小闺女儿说，哪儿的话，就是这儿的话，我答应表舅姥爷去你家借住，是为了给铺子腾地方，好扩厨房，没别的意思，跟你说，我但凡有一点儿办法，也不会赊这个脸去你那儿。

来子的脸一下也红起来。

小闺女儿说，既然你这么说，你家我还就去定了，可去也不领你的情，我领的是表舅姥爷的情，你爱上哪儿住上哪儿住，你在外面吃苦受罪，就是睡大街上，也跟我没关系！

她说完，一扭身就走了。

第三十九章

来子的家有一个小院儿。这小院儿过去没有，是来子他爸老瘪当初自己圈的，为的是拉拔火罐儿的坯子和泥方便。家里本来是两间房，一间东房，一间西房，这一圈了院子，两间房正好对着，也就成了东西厢房。小闺女儿搬来以后，来子还是没搬出去。俩人每天晚上从铺子回来，不一块儿回，早晨去的时候也不一块儿去。在院里打头碰脸，也只是有一句没一句地招呼一声。小闺女儿是个心里有话搁不住的人，这样过了几天就绷不住了。这天早晨，小闺女儿在东厢房朝这边瞄着，见来子从西厢房出来了，看样子是要去铺子，就从屋里出来，叫住他问，你不是要出去找地方吗，我已经来这些天了，怎么还不走？

来子没想到小闺女儿会这么问，一下不知该怎么说。

来子没搬出去，一是没找着地方，二来，也是高掌柜跟他说了一番话。小闺女儿搬来的几天以后，一天晚上，高掌柜见来子磨磨蹭蹭地还不想回去，就把他叫到后面，跟他说了帘子的事。来子这时已听王麻秆儿说了，知道这帘子是小闺女儿让马六儿送来的。但这时高掌柜一说，心里还是觉着挺热。高掌柜说，咱爷儿俩这些年了，我可真是看着你长起来的，要说小闺女儿，就更不是外人，你现在跟我说句透底的话，当初的事不说了，可现在，从几档子事儿就能看出来，小闺女儿已经回心转意，你怎么反倒又不行了呢？

来子吭哧了一下说，不是不行，是不敢。

高掌柜不懂，问，怎么叫不敢？

来子说，我也不傻，从给傻四儿挑水那阵子，有时在街上碰见她，从眼神儿就能看出她心里是怎么想的。说着又摇摇头，可这事儿，我已经想明白了，成不了。

高掌柜更不懂了，看着他问，为嘛成不了？

来子说，不是因为她，也不是因为我，是这事儿，就不是这么个事儿。

高掌柜越听越糊涂。

来子说，我当初是给傻四儿挑水，现在就说不挑水了，可眼下，已经老大不小了还一事无成不说，连个正经的手艺也没有，真娶了人家，我拿嘛养活？总不能让她跟着我受罪。

高掌柜这才明白了，摇头说，这你就想错了，你一事无成又不是你的事，本来那鞋帽店已经让你打理出来，眼看着已是个像样的正经买卖，后来是老朱那不长进的儿子回来了。

来子刚要说话，高掌柜把他拦住了。

高掌柜说，我说过，人跟人，都是缘分，夫妻更如是。说着又摇摇头，叹了口气，有句俗话，有缘千里来相会，无缘对面不相逢，你俩的事啊，我知道说也是白说，就随缘吧。

小闺女儿在这个早晨叫住来子，问他怎么还不搬走。来子就明白了，肯定是高掌柜已把自己的话告诉她了。于是低着头，没答话。小闺女儿说，我没想到，搬到你这儿来借住，让你为这么大难，不过没关系，我也不是死皮赖脸的人，你要是真觉着别扭，我还搬出去，大不了回包子铺，晚上把几个桌子凑一块儿，当初房檐儿底下我都蹲过，怎么不能凑合。

来子一听小闺女儿的话越说越难听，刚要张嘴，小闺女儿已经转身回屋了。

来子想了想，跟进来。小闺女儿没抬头，摔摔打打地收拾东西。

来子说，我没这意思。

小闺女儿的手停住了。

来子又说，你，就住这儿吧，我愿意。

小闺女儿慢慢转过身，眼里有泪。

来子没再说话，就转身去铺子了。

这以后，来子和小闺女儿在院里再碰面，就都自然多了。

小闺女儿一来，这小院儿也跟过去不一样了。当初是来子他爸老瘪整天在院里拉拔火罐儿的坯子，还得和泥，拉出的坯子也得在院里晾着。小院儿本来就不大，这一乱也就更插不下脚了。现在小闺女儿来了，把过去的杂物该扔的扔，该归置的归置，这一收拾不光显得整齐，也豁亮多了。这天下午高掌柜没事，溜达到胡同来。一进小院儿看了看，就笑着说，嘿，要说家家都是如此，有个女人，立马儿就显出不一样了，这才像个过日子的人家儿。

小闺女儿正在院里晾衣裳，一听高掌柜这话，脸立刻红起来。

来子听见高掌柜说话，从西厢房里出来。

高掌柜说，正好你俩都在，商量个事儿。

来子说，您是要说八月十五的事儿吧，我听尚先生说了。

小闺女儿笑着说，您怎么说就怎么是，还用跟我俩商量。

高掌柜要说的，确实是八月十五的事。高掌柜劳碌了一辈子，现在总算把铺子的生意交给儿子，也能喘口气了。再过几天就是八月十五，回过头想想，这些年就没正经地过过一个八月节。现在清闲了，就跟尚先生商量，今年想松下心来过个节，也踏踏实实地吃块月饼。尚先生一听说，好啊，难得您有这个心气儿，今年咱就一块儿过节吧。

这时，高掌柜对来子说，大后天就过节了，我的意思是，包子铺在外边，街上乱，也不是赏月的地方，就在你这小院儿里，连尚先生一块儿，就咱四个人，清清静静地过个节。

小闺女儿一听也高兴，说好啊，就这么定。

包子铺跟菜馆儿饭庄不一样。一般的菜馆儿饭庄都有饭口，到饭口的时候客人多，饭口一过，也就不上人了。但包子铺没饭口，从早到晚都一个样，半夜不打烊也照样有人来吃包子。所以这些年，高掌柜就定下个规矩，虽说冬天天短，夏天天长，但一年四季都一样，只要街上打更的刘二梆子一响，到二更天，包子铺就上板儿。高掌柜一辈子做生意兢兢业业，也明白，买卖上的事无尽无休，钱是赚不完的，还得细水长流。

八月十五这天晚上，街上的人都回家过节了。少高掌柜的看看没嘛生意了，也知道父亲已跟尚先生约好，要去来子的院儿里过节，就让来子和小闺女儿早早回去了。小闺女儿事先已做了准备，去运河边买了五斤河螃蟹、一条鲤鱼，都在铺子里拾掇好了。又特意让来子去"月盛斋"买了几块"百果百饼"，在"天宝楼"买了点儿鸡爪和鸡脖。晚上回来才发现，小院儿里还摆了两盆黄白菊花。一问来子才知道，是尚先生事先让人送过来的。

天一黑，高掌柜和尚先生都来了。小院儿里放下桌子，菜都摆上来。尚先生平时不大喝酒，但喝也能喝。小闺女儿也能喝一点儿。高掌柜一辈子没染上烟酒的嗜好，就以茶代酒。这个晚上天气也好，月明风清，天上一轮挺大的月亮。高掌柜一边喝着茶，说起这些年经历的大大小小各种事，不禁有些感慨。倒是尚先生，一边喝着酒就笑了。尚先生说，这世上的人分两种，一种是机灵人，还一种是不机灵的人。可再细想，这么分也不完全对，说是两种，其实还不止两种，机灵跟机灵也不一样。有的人看着挺机灵，遇事也挺机灵，还有人看着挺机灵，可真到事儿上就不机灵了，不光不机灵，干脆还净干糊涂事；不机灵的人也不一样，有的人看着不机灵，其实就是不机灵，也有的人表面看不出来，可真到碴儿上，总能干出让

192

你想不到的机灵事儿。高掌柜先是让尚先生的这番话绕糊涂了，再想，就明白了，用手一指来子笑着说，就是这样儿的。来子也笑了，有点不好意思地说，我可没觉出自己机灵。

高掌柜说，这一回一回的，咱这铺子多亏了你啊。

小闺女儿说，前些天的事儿，一个月咱少说得省几百个包子。

尚先生说，这可不光是几百个包子的事，后来连城里人都知道了。说着又笑了，要不是我紧拦慢拦，连大狮子胡同那边的几家商号，都要合着一块儿来给包子铺送帐子呢！

尚先生见高掌柜没反应过来，说，那两个日本人是抬着走的，都觉着解气啊！

高掌柜也笑了，说，幸亏没来，心里高兴就行了。

尚先生说，是啊，我也担心给包子铺找事儿。

高掌柜又感慨地说，要不说呢，都说这买卖行里也是江湖，可真正的江湖买卖不是学出来的，应该是天生的。一边说着，竟然也给自己斟了一盅酒，端起来说，我这辈子滴酒不沾，今年头一回踏踏实实地过个八月节，也是高兴，就跟你们两个年轻人喝一盅吧。

尚先生立刻也把酒盅端起来说，也算我一个。

高掌柜跟尚先生对视了一下，说，说点儿嘛呢？

尚先生说，嘛也别说了，都在酒里！

高掌柜点头，行，那就嘛也不说了，都在这酒里了！

说完，又把这酒盅朝来子和小闺女儿举了举，四个人就一块儿把酒喝了。

高掌柜没喝过酒，一杯下肚就撑不住了，说有点儿晕。毕竟是上了年纪的人，来子一见，就赶紧换着送回包子铺去了。回来时，尚先生也已走了。小闺女儿已经把院里收拾利落。来子没再说话，跟小闺女儿打个招呼就回西厢房，想洗洗睡了。可刚喝了点儿酒，说话又说得挺兴奋，还不太想睡。这时，小闺女儿来敲门。来子去开了门，小闺女儿进来，手里拿着一根擀面棍儿，看一眼来子说，我看你这两天总歪着脖子，回头也费劲，是睡落枕了？

来子说，是，夜里脖子受了点儿风。

小闺女儿就把他拉到床沿儿坐下，说，我给你擀两下。

这是天津街上的一个偏方儿，夜里睡觉歪着脖子，再受点风寒，早晨起来脖子就疼得不能动了，俗话叫"落枕"，中医讲就是"风痹"。把擀面棍儿烤热了，在肩颈上擀一擀，就能缓解，也有的一擀也就好了。来子就在床沿儿上坐下来。小闺女儿的擀面棍儿往来子的脖子上一搁，挺热乎儿。来子这才知道，小闺女儿来之前，已经先把擀面棍儿焐热了，是揣着过来的。心里顿时也觉着一热。小闺女儿的手法儿很细，擀面棍儿在脖子和肩膀之间来回擀着，力道有轻有重。来子的脖子本来又僵又疼，这一擀也就擀开了，一下觉着松快了很多。

小闺女儿一边给来子擀着，忽然说，今天有点儿怪。

来子问，嘛事儿，怪？

小闺女儿说，这个晚上，你没觉出来吗？

来子立刻明白了。其实来子也觉出来了，这个晚上，看着是高掌柜约了尚先生，一块儿来这小院儿过节，可吃饭的时候能感觉到，他们说的话，好像话里话外都有所指。

小闺女儿没再说话，擀面棍儿却一点一点慢下来。一会儿，就停住了。来子听出来，小闺女儿站在身后，喘气越来越粗。来子的心里也一紧。这时，小闺女儿的两只手就从来子后面的脖子滑到脸上，一下一下摸着，先摸脑门儿，又摸鼻子，接着就摸到了嘴。来子这时也忍不住了，回身一下抱住小闺女儿，两人就倒在床上。小闺女儿看着瘦，可这时来子一压上来，手一伸进衣裳，才感觉到，竟然软软的。小闺女儿闭着眼，一伸手拉过床上的被子。

到半夜时，小闺女儿起身要穿衣裳。

来子歪在被窝里问，你要干嘛？

小闺女儿说，回去。

来子揽住她光滑的腰说，别回去了。

小闺女儿停住手，回头看看他说，我今晚要是不回去，以后就回不去了。

来子说，回不去，就不回了。

小闺女儿说，不回去行，可这算怎么回事呢？

这一下把来子问住了。这才意识到，蜡头儿胡同就这么大，又是平房，都老街旧邻，整天出来进去打头碰脸，眼观鼻子鼻子观眼，谁家屋里放个屁都能听见，俩人还没成亲就住到一块儿，这要让人知道了好说不好听不说，以后在这胡同里，也就没法儿见人了。

这时小闺女儿已经把衣裳穿起来，搂住来子的脖子亲了一口说，定个规矩吧。

来子说，你说。

小闺女儿说，咱就这一回。

来子一听瞪起眼，就这一回？

小闺女儿笑了，先别急，以后日子长了，等将来，我正式过了门儿，都是你的。

来子噘着嘴，没吱声。

小闺女儿又搂住他亲了一下说，好吧好吧，这样，你要实在忍不住了，就去我那屋，我实在忍不住了，就过来，可完了事儿还得回，这样行了吧？

来子吭哧了一声，点头说，行吧。

第四十章

来子有了这一夜，再看小闺女儿，好像就变了。人还是过去的人，可又不像是过去了。从前的小闺女儿只是表面，穿嘛色儿的衣裳，梳嘛样儿的头，怎么说话，怎么笑。可现在，却是从外到里都知道了。这一知道，也就有了一种暖乎乎儿湿润润的亲近感。小闺女儿这时再看来子，眼神儿也不一样了，过去是追着，眼神儿一追上，就像根钉子似的钉在来子眼里。现在，刚跟来子的眼神儿一碰，脸一红，立刻就躲开了。

可就这一碰，一红，来子的心里就痒酥酥的。

小闺女儿虽是个女孩儿，但比来子有主见，在男女的事上，好像也比来子懂得多。那天晚上，来子虽是在小闺女儿的身上，俩人扣在一块儿就像一条船，可真正掌舵的却不是来子，而是小闺女儿。小闺女儿闭着眼，喘着粗气，并不吭声。但她的两只手却像是会说话，引着来子的手怎么来，怎么去，从哪儿到哪儿，哪儿又是怎么回事。来子觉着自己就像个瞎子，让小闺女儿的手牵着走。这么走了一会儿，渐渐就明白了。这一明白，也就全明白了，连平时在街上听人说的粗话，骂的街，这时再一想也就全明白了。

这以后，又过了几天，来子才知道小闺女儿给他俩定的这个规矩是怎么回事。原来这男女之间的事，就像水闸。平时这闸门关着，也就总这么关着。可一旦打开就不行了，只要一回，再想关上就难了，憋足的水一下子倾泻而出，想挡就挡不住了。来子一直住西厢房。过去，东厢房是他爸和他妈住。后来他爸走了，他妈死了，这屋子也就一直空着。这几天，一到晚上，来子躺在这边的床上就翻来覆去地难受。也不是难受，就是睡不着，用街上的话说叫"折饼儿"。来子一边在床上"折饼儿"，从窗户能看见东厢房。东厢房也奇怪，不知小闺女儿睡了还是没睡，灯总亮着，直到街上打更的刘二把梆子敲了三下，还一直这么亮着。那边的灯光从窗户透出来，把当院儿照得通亮。当院儿一亮，西屋这边也就亮。这一下，来子就更睡不着了。这天晚上，来子看看铺子里没嘛客人了，本打算拉个晚儿，把厨房的几个笼屉刷一刷。小闺女儿对他说，刷笼屉，早一天晚一天也没事儿，今天早点儿回去吧。来子看看小闺女儿，觉着她这话有点儿怪，但接着心里就动了一下。于是没再说话，就和小闺女儿一块儿回来了。到了院里，小闺女儿说，我还有点事儿，一会儿，你过来。

说完又看来子一眼，就扭身进屋去了。

来子回到西厢房，等了一会儿，就过来了。东厢房这边还亮着灯，小闺女儿却已经躺下了，裹着被子，看样子像睡着了。来子一时不知怎么办，犹豫了一下，蹑着脚走过来，在床沿儿上坐下了。可刚坐定，小闺女儿突然一撩被子就像条出水的鱼似的蹦起来，一把搂住来子的脖子。来子吓一跳，还没等反应过来，就已经让小闺女儿拉倒在床上，三两下脱了他的衣裳，又一把拉过被子盖上了。来子这才发现，小闺女儿自己已经先脱光了，于是浑身登时也热起来。第一次时，他就像个瞎子，任由小闺女儿在她的身上牵着走。但这回已经轻车熟路，且也能掌舵了。两人昏天黑地地从被子里滚出来，又一直滚到床的另一头儿。小闺女儿从被子里钻出来，一边喘着，一翻身骑到来子的身上。她这一骑，身子就像是突然变了。刚才在来子的身下时，浑身上下软软的，但这软又不是豆腐的软，像焖子。焖子也软，但比豆腐筋道，也更有弹性。来子压在上面觉着刚要陷进去，可跟着又弹起来。这时，小闺女儿一到上面，身子又像一根弹簧。来子仰着头，看着她一跃一跃的，就像是骑在马上。

两人折腾了好一气，才终于都软下来。

小闺女儿歪在来子的怀里，气喘吁吁地说，你今晚，别走了。

来子说，你有规矩。

小闺女儿说，规矩，也能改。

来子说，我也不想回去，想一辈子都这样。

小闺女儿听了，就把头钻进来子的胳肢窝里。

来子觉出来，小闺女儿哭了。

他问，你怎么了？

小闺女儿叹口气说，我也想啊。

说着，抱住来子使劲亲了一口，摸了摸来子的身上，一翻身又骑上来。这回来子更有劲了，让小闺女儿在上面几下，就又把她压在身下。小闺女儿一边喘着说，咱说好一个事。

来子一边使着劲说，你说。

小闺女儿说，我肯定等你，可你，也一定得等我啊。

来子停住了，问，你这是嘛话？

197

小闺女儿说，记住，我这辈子除了你，不嫁别人。

说着，就又哭了。

来子慌了，忙问，你这是怎么了？

小闺女儿抹了下眼泪说，高兴的。

又一拍来子的屁股，接着使劲啊。

来子一下把小闺女儿压得更紧了。

这天夜里完了事，来子还是回西屋了。来子本来不想走，但小闺女儿似乎又改主意了，说不行，这本来是好事，可别弄得胡同的人都知道了，以后别说自己，来子也没法儿见人了。又说，真那样，丢的不光是来子的脸，连包子铺高掌柜和尚先生的脸，也就都丢尽了。

来子这才不情愿地回来了。

这个晚上，来子从小闺女儿的身上下来时，本来已累软了。但回到西厢房这边，躺到床上，又觉着有了精神。想想自己这几年，爹走了，娘也死了，又干嘛嘛不成，好像就没一回走运的时候。现在，有了小闺女儿这样一个可心的女人，这辈子总算有点儿福分了。这么一想，脑袋一热，就觉着自己过去的想法也许太矫情了。讨老婆是为过日子，如果真找着个能一块儿把日子过好的女人，又干嘛不呢？何必非得等到自己混得怎么样了再说。况且话又说回来，就算混得怎么样，也是无尽无休的事，混成嘛样儿才算是真混得怎么样了呢？

来子这一想，也就想通了。

既然如此，小闺女儿又这么称心如意，该娶就娶，娶过来俩人一块儿干，日子也就更有奔头儿了。这么想着，也就不想再睡了。可激灵一下，再看窗外，天已经大亮了。这才意识到，自己不知不觉地已睡了一觉，刚才的这些念头，都是在半梦半醒的时候想的。

来子起来匆匆洗了把脸，就来东屋叫小闺女儿，一块儿去铺子。可叫了两声，屋里没动静。看来小闺女儿已经先去了。来子就赶紧奔包子铺来。

可到了包子铺，还是没见小闺女儿。一问少高掌柜的，说没见她来。来子心里纳闷儿，刚才去东屋叫她，没人，现在又没来铺子，她这是去哪儿了呢？少高掌柜看一眼来子，开玩笑地说，挺大个活人，丢不了，这一会儿没见人，看你跟丢了魂儿似的。

来子一听，倒有些不好意思了。

又过了一会儿，还不见小闺女儿来。来子就真有点儿沉不住气了。这回没再说话，就又回小院儿来。小院儿的门敞着。来子早晨走时，记得把院门关上了，看来是有人来过。来子来到东厢房，推门一看，小闺女儿的床上已经空了，铺盖和换洗的衣裳都没了。再细一看，她平时手使的东西也都不见了。来子的心里咯噔一下，赶紧又回包子铺来。少高掌柜的一听，这才意识到，看来小闺女儿确实有事，就赶紧和来子一块儿来后面跟高掌柜说这事。

高掌柜听了沉吟半晌，没说话。

这时，尚先生来了。尚先生问，小闺女儿在吗？

高掌柜说，这儿正说这事儿呢，一早晨没见她。

尚先生说，我早晨看见了，小闺女儿好像跟个男人走了，那男人给她拎着铺盖，拿着东西。说着又摇摇头，我那会儿也是刚起，出来只看见个背影儿，还不敢确定是不是她。

少高掌柜的说，要这么说，就肯定是了。

高掌柜想了想，可这个男人，是谁呢？

尚先生说，是啊，我也寻思，事先从没听小闺女儿说过。

来子没说话，转身就出去了。

第四十一章

马六儿接了个打帘子的大活儿。

街上有句话，把门上挂的竹帘子叫"半年闲"。甭管买卖铺子还是住家儿，挂帘子，都为挡苍蝇蚊子。可天津这地方四季分明，一到冬春两季就没蚊子了，还别说冬春，一入深秋天儿也就凉了，天儿一凉，自然也就不用再挂帘子。这个下午，马六儿从北大关转到南门外，又一直绕到宫北大街，也没揽着一个生意。傍黑挑着打帘子的家什回来，走过"福临成祥鞋帽店"时，小福子出来把他叫住了。马六儿认识小福子，知道他是老朱的儿子，也知道他当年是跟着他妈让一个外地人拐跑了，现在大了回来，又从来子的手里把这鞋帽店要过去了。

这时一听小福子叫，本不想搭理，但还是站住了。

小福子已出外多年，走时还小，现在回来，老街坊都不熟。但知道马六儿是蜡头儿胡同的，也听人说过，他跟这门口的人都熟，这时就过来问，打一个竹帘子多少钱。

马六儿一听要打帘子，赶紧说，都是门口儿街坊，当然跟外边不一个价儿。

小福子立刻说，别价，越是街坊越不能让你吃亏，你是指这个吃饭的。

马六儿放下挑子说，帘子打完了，你看着给。

马六儿这么说着，就觉出不对了。当初来子打理这鞋帽店时，为了好看，也上讲究，铺子的门口一直挂的是虾米须的帘子。自从小福子接手，平时不爱惜，又不在意，这虾米须子已长短不齐，看着也破破碴碴了。现在小福子是想让马六儿给打个竹帘子。但马六儿给谁家打帘子，都是拆旧打新，有缺帘子条儿的地方再补几根。可小福子这里没旧帘子，所有的帘子条儿都得用新的。这鞋帽店的门比一般住家儿的门又宽，也高，这样一个帘子下来，就得用不少帘子条儿。马六儿跟小福子说，咱都是自己街坊，我得先跟你说明白了，你要打的这帘子，跟一般的帘子还不太一样，我得先去竹竿巷给你做帘子条儿，做帘子条儿当然也不是难事，量好尺寸，去一趟也就做了。不过，马六儿又看看他说，我给你打帘子，只收个本儿钱可以，可做这帘子条儿，人家竹竿巷的人该怎么算就得怎么算，眼下已经快入冬，你费这么大劲，又花这么多钱，打这么个半年闲的竹帘子，值当不值当的，你得想好了。

小福子说，想好了，这帘子眼下不打，过了年开春儿也得打。

马六儿说，那就行，要这么说，我就先去做帘子条儿了。

小福子说，你做吧。

小福子让马六儿打帘子，其实真正的目的并不是打帘子。小福子刚遇上一件堵心事。前些天，裕泰粮行的林掌柜打发伙计来鞋帽店，说要用一顶礼服呢的帽子。林掌柜的丈人家是霸州胜芳的，刚让人捎话儿来，林掌柜的小舅子要给刚出生的儿子办满月，请姐姐姐夫回去吃满月酒。林掌柜穿的戴的都是现成的，就缺一顶像样的帽子。林掌柜一直跟老朱是朋友，现在虽说老朱没了，可别的鞋帽店不熟。听说眼下老朱的儿子接手这铺子了，就打发伙计过来，给自己做一顶礼帽。其实一顶礼帽也不费事，去趟"同升和"就买了。林掌柜打发伙计来"福临成祥鞋帽店"，也是财迷，想着老朱在时，年年给自己送一双方口青布鞋，现在老朱没了，鞋也没了，这次就想图个小便宜。伙计来跟小福子一说，小福子也没当回事。去了趟西头湾子，跟给铺子做帽子的常户儿说了。常户儿说，做帽子好说，可得拿料子，这礼服呢不是一般料子，咱小户人家儿，压在手里压不起。小福子一听立刻说，料子好办。当天回来，就去了趟估衣街。估衣街上满地堆的都是布头儿。但说是布头儿，其实也有好料子。小福子不懂局，来到一个地摊儿问卖布头儿的，有没有礼服呢。卖布头儿的说有。又问，要嘛色儿的。小福子一听这才想起来，林掌柜的伙计来了只说要一顶礼帽，却没说要嘛色儿。

想想就问，都有嘛色儿的？

卖布头儿的乐了，说，我这儿色儿可太全了，要嘛色儿有嘛色儿。

说着拿起一小块儿，在小福子眼前抖了抖问，你看这块儿，行吗？

要命的是，小福子还是个色盲，看不出颜色。他看着卖布头儿的在自己眼前抖来抖去的这块料子，觉着挺鲜艳，想想要是做成礼帽儿，戴在头上应该不寒碜。于是就买了。当天晚上，就给这做帽子的常户儿送过来。做帽子的是个五十多岁的女人，看了看这块料子，看看小福子，又看看这块料子，又看看小福子，眨着眼问，就用这料子做？

小福子说，是啊，就用这料子做。

这女人又问，你看好了？

小福子不耐烦地说，看好了。

这女人说，行，你三天以后来拿吧。

小福子一听问，不是每回都给送吗？

这女人说，这帽子不能送，你得自己来拿。

小福子心里纳闷儿，也没再问，就回来了。

三天以后，小福子来拿帽子。这帽子果然做得挺有款，看着也气派。小福子看了看觉着行，估计林掌柜肯定满意。把帽子拿回来，当天下午，林掌柜的伙计就来取走了。

可第二天一早，林掌柜就亲自来了。一进门脸都气白了，把帽子啪地扔在小福子面前的柜上。小福子吓一跳，看看林掌柜，赶紧问，怎么回事？

林掌柜说，我跟你爸，可是这么多年的交情了！

小福子赶紧说，是是，这我知道。

林掌柜说，这帽子我给钱不给钱先搁一边儿，就算不给钱，你要是不乐意可以跟我明说，一顶帽子再怎么着也值不了几个钱，你犯不着这么糟践我！

小福子糊涂了，说，您老别急，有话慢慢儿说。

林掌柜这才把事情说了。昨天伙计把这帽子拿回去，一开始林掌柜也没看出什么。在头上戴着试了试，还合适，看着也挺是样儿。可他老婆一直在旁边看着，这时说，你还美哪？

林掌柜听出这话头儿不对，回头问，我美怎么了？

他老婆说，你没看出来，这帽子是嘛色儿？

林掌柜虽不色盲，也有些色弱，对颜色不敏感。这时听他老婆一说，再一细看，才发现，这帽子竟然是个绿的。一个大男人，顶着个绿帽子出去，当然不像话。还不光不像话，走在街上也得让人笑掉大牙。林掌柜的老婆问,你当初是不是欠了那老朱的钱?林掌柜想想说,他给我的鞋都是白送,我给他的土面也一钱不值,跟他没有买卖上的穿换儿。林掌柜的老婆说,那就不对了,你不欠他钱,他这儿子怎么跟你这么大仇儿?这是我看出来了,要没看出来,你顶着这么个绿帽子去我家,让我娘家人看了,这算怎么回事?

林掌柜气得一宿没睡着觉,第二天一早就来找小福子。

小福子一听也慌了,赶紧解释,自己真没看出这帽子是嘛色儿。

林掌柜听了又想想,倒相信小福子说的是实话。自己要不是老婆说,也没看出这帽子是什么色儿。这时又朝铺子里环顾了一下,就不由得叹了口气。当初来子打理这铺子,林掌柜也曾来过。那时这"福临成祥鞋帽店"虽比不上"同升和"和"内联升",也已经有了像样字号的气派。现在再看,这铺子已经又成个"狗食店儿"了。

林掌柜也听说了,小福子是个外行。做生意不是一厢情愿的事,他自从接手这铺子,整天看这儿不顺眼,看那儿也不行,可鞋帽这一行的生意经又一点不懂局,想怎么改就怎么改。过去给老朱做鞋的几家常户儿,一见这铺子换了个二百五,还总拖欠工钱,渐渐地也就都不给做了。没了做鞋的常户儿,又找不着新的,铺子里的鞋也就卖一双少一双,最后干脆断档了。后来街上有个修鞋的老吴,见小福子这铺子闲着也是闲着,先是赶上刮风下雨就进来避一避,再后来,干脆就把修鞋摊儿也搬进来。修一天鞋,给小福子撂个仨瓜俩枣儿。

林掌柜对小福子摇头说,你这么下去可不行。

小福子知道林掌柜要说嘛,登时面红耳赤。

林掌柜说,要说当初,我和你爸是朋友,跟你论起来也算个长辈。

小福子低头嗯一声。

林掌柜说,今天我得说你几句,这回这帽子的事儿,这是我,要换了别人,人家能把你这铺子砸了,你信不信?不光砸你的铺子,这事儿,恐怕还得闹大了。

小福子当然明白，点头说，是。

林掌柜说，我不说，你心里应该也有数，眼下这鞋帽店，已经让你干得快成个修鞋铺儿了，可既然修鞋，还要铺子干嘛？街上摆个摊儿就干了，说句嘴损的话，你这也好有一比。

小福子抬头看看林掌柜。

林掌柜说，这铺子是罐儿里养王八，越养越抽抽儿。

林掌柜这话说得确实是损了点儿。但小福子明白，还真是这么回事。

林掌柜又说，听我一句劝，当初你爸留下这铺子，不容易，现在到你手里，还别说把它往大里干，至少得能守住。说着又摇摇头，可话又说回来，你守得住，这铺子是你的，要守不住，还不如干脆交给别人，甭管怎么说，只要别让这买卖黄了，也就算对得起你爸了。

林掌柜这一番话，说得小福子有个地缝儿都想钻进去。

林掌柜又叹口气说，忠言逆耳啊，我一说，你也就一听，打算怎么着，自个儿寻思吧。

也就是林掌柜的这一番话，真让小福子走心了。

小福子不傻，也不浑，不用人说也早已明白了，自己真不是干这行的材料儿。只是心里这么想，一直不愿承认。这回，有了这绿帽子的事，这层纸才终于让林掌柜捅破了。这一捅破，也就咬牙下定决心，真不能再这么下去了。

第四十二章

小福子让马六儿打帘子，是另有目的。

小福子想来想去，要保住这铺子，唯一的办法，就是还把来子请回来。可当初自己是硬把这铺子从人家手里要过来的，当时来子也不含糊，一个大子儿没要，只给自己撂下一句话，只要把这铺子干好，就算对得起他了。但现在的问题是，自己没把这铺子干好，不光没干好，还干成了这个奶奶样儿，用林掌柜的话说已经是罐儿里养的王八，越养越抽抽儿。这种时候，倘再请来子回来，人家来不来另说，自己也实在张不开这嘴了。

小福子也知道，给来子传话，最合适的人当然是尚先生。可当初，自己往回要这铺子就是找的尚先生。现在又要往回请来子，倘再找尚先生，就算尚先生还肯管这事儿，自己也没这个脸再去。可直接去找来子，更不行，来子一驳，也就没一点退身步儿了。

这样寻思来寻思去，就想到了马六儿。

马六儿是个爱小的人。但爱小跟爱小也不一样。有人爱小，是爱小便宜，也有人爱小是爱小利。爱小便宜跟爱小利当然不是一回事。爱小便宜是贪，是自己的不是自己的都想得着；爱小利则不然，得用本钱，是将本求利，这就不为过了。马六儿就是后者。马六儿这半辈子心里很清楚，也把自己看明白了。自己就是个打帘子的。唱戏的有一句话，菜里的虫子，就得死在菜里。既然是打帘子的，吃的是这碗饭，挣的是这行的钱，也就别再想别的了。

这回这帘子刚打了一半儿，马六儿就明白了，小福子的心思并没在帘子上。他找自己打帘子，应该是另有用意。果然，眼看一个帘子快打完了，小福子才把真实想法说出来。

马六儿早知道这鞋帽店已经干不下去了，再不想办法，关张是迟早的事。但马六儿也知道自己几斤几两，请来子回鞋帽店，这事儿虽不算大，可也不算小，仅凭自己的面子去跟来子说，来子现在又在包子铺干得好好儿的，八成得碰软钉子。想来想去，就想到了包子铺的高掌柜父子。少高掌柜的跟来子的关系也近，可还不及高掌柜。街上的人都知道，高掌柜跟来子情同爷孙。果然，少高掌柜的一听马六儿说这事儿，就说，来子这一阵正不是心思，人也瘦了，现在让他回鞋帽店，包子铺这边虽也折手，但还能支应，只是不知他自己愿不愿意。想想又说，这事儿，还是跟老掌柜商量一下吧。说着，就和马六儿一起来到后面。

高掌柜听了，半天没说话。

少高掌柜的说，这事儿我也没主意，您看怎么办吧，是去，还是不去，怎么都行。

高掌柜叹口气说，这个鞋帽店，一回一回地经了这么多事，现在弄成这样了，才又想起来子，来子再厚道，也没这么折腾人的；他回去可以，可真要回，这次得先说清楚了。

少高掌柜的说，我也是这意思。

高掌柜又想想，还是先听来子的意思吧。

少高掌柜的说，来子没说去，也没说不去，看意思是去不去两可。

高掌柜说，要这么说，你就去问问尚先生，看他怎么说。

少高掌柜的和马六儿就来蜡头儿胡同找尚先生。

尚先生一听就笑了，说，我早就想到这一步了，这是早晚的事儿，这个小福子看着人挺精明，又能说，可肚子里像个洋铁壶——一敲当当儿响，是个空的，做买卖这一行动的可是真格的，讲的是平地抠饼，对面拿贼，得凭真本事，光吹气冒泡儿不行。

马六儿一听赶紧说，既然这样，您就去跟来子说说吧。

尚先生说，我说可以，可问题是，怎么说。

少高掌柜的这才想起问马六儿，小福子想请来子回去，具体是怎么个请法儿。

马六儿眨巴眨巴眼，没听懂。

尚先生说，他是想把这铺子还交给来子，还是请他回去，只当个二掌柜？

少高掌柜的立刻说，别说当二掌柜，就是回去给他当大掌柜，也不能干。

马六儿咧咧嘴说，这个，小福子还真没细说。

尚先生摇摇头，这么大的事，不细说可不行。

马六儿说，我再去问问他。

马六儿回来一问，小福子显然也没想好，含糊了一下说，只要来子肯回来，具体的可以再商量。马六儿又回到蜡头儿胡同。尚先生一听，就把来子叫来，跟他把这事说了。尚先生说，这小福子倒是个好人，可比他爸心眼儿灵，灵又灵得不是地方，做买卖又是外行，有些事跟他说也说不清，我的意思，你这回要接手，就干脆快刀斩乱麻，别再留啰唆事。

来子点头说，我也这么想。

于是就让马六儿带话过去，第二天上午，来铺子具体商量。

第二天，马六儿和来子来到鞋帽店。让小福子没想到的是，尚先生也来了。来子开门见山说，自己回来可以，但不是来铺子干，说白了，是接手，要接手，就没小福子的事了。

小福子一听傻了，没想到，这事儿一谈就这么绝。

来子说，这不是绝，买卖上的事向来都这样，看着做买卖是白刀子进白刀子出，其实是杀人不见血，所以才留下这句老话儿，亲兄弟，明算账。情义当然要讲，可那是生意以外的事，撂下生意，多亲多近都行，可生意上的事就不行了，生意场上没情义。说着又看看小福子，我说句话，你别过意，你这人，要是干别的，也许是个大才，可干买卖这行，你还真不是这里的虫子，这个铺子搁你手里，出不了多少日子就得关张，其实现在已经跟关张差不多了，你要让我接手，只能全接，咱别再留尾巴，要是舍不得，你就接着干，不过先说下，等你干得实在干不下去了，到那时再让我接，我接不接就不一定了。

来子的这一番话，说得小福子的脸上红一阵白一阵。

马六儿看看小福子说，该说的都说了，你也给句痛快话吧。

小福子吭哧了一下说，来子说的，有道理，我也都明白。

尚先生在旁边说，既然明白，你要是同意，就按说的商量吧。

既然事情已说开了，再商量也就简单了。眼下这铺子已经没嘛买卖，也没多少货底儿。小福子当初接手时，这铺子的规模本来就是来子打理的，到小福子手里，连一块砖一片瓦也没添过。尚先生说了个想法儿，眼下这铺子，来子先接手，钱不钱的都不说。等日后铺子的生意有了转机，看见利了，再给小福子后找补，到那时给

207

多给少，看来子的心气儿。小福子一听，等于是白给，心里就有点不太情愿，可把这铺子交给来子，总比让它黄了强，这样也算对得起在九泉之下的爹了。但来子想了想，还是说，别等日后了，这铺子再怎么说也还是个铺子，眼下我手里还有几个钱，想办法再凑点儿，一次拿出来，也就算了清了。

小福子一听，这才松了口气。

尚先生当中间人，当即给写了字据，马六儿做证人。

事情就这么定下来。

第四十三章

来子二十五岁时，把生日的事忘了。

其实生日的事说大大，说不大也不大。直到头一天，来子才突然想起来，这天该是自己的催生了。这时铺子里已经有两个伙计，一个叫汪财，一个叫福贵，俩人都二十来岁，是河北丰南的老乡。这天中午，来子看看没什么生意了，跟汪财交代了一下，就从铺子出来。先去包子铺要了三十个包子，又在街上打了六两老白干儿，就一个人回来了。

小院儿里挺空。东厢房一直闲着，门口已经长出了荒草。来子看着窗外，独自吃着喝着，就有些感慨。过去有高掌柜，心里有了过不去的事，还有个人说说。现在高掌柜已经过世。自从高掌柜没了，来子没人说话，就觉着孤单了。喝酒就是这样，酒入愁肠愁更愁。几盅酒下去，平时搁在心里，又顾不上想的事，一下子就都翻腾起来。

这时，来子又想起小闺女儿。

小闺女儿一晃走几年了。她那个早晨突然就这么走了，尚先生看见，是跟个男人走的，那男人还给她扛着铺盖拎着东西。来子怎么想，怎么觉着小闺女儿这事做得不对。他当然不相信这男人是小闺女儿在铺子认识的来吃包子的客人。小闺女儿绝不是这种人。退一万步说，这男人要真是来吃包子的客人，小闺女儿跟他认识了，又打算跟他走，也不可能再跟自己有这一水。可不管怎么说，她总不该就这么不辞而别。那个早晨，来子从包子铺出来，先跑到运河边的码头，又一直转到火车站，也没见着小闺女儿的踪影。他这时就明白了，小闺女儿既然决定这样走，也就不可能再让自己找着她。说一千，道一万，还是高掌柜当初说的那句话，人跟人，就是个缘分，夫妻更如此。看来这辈子，自己跟她也就是这点儿缘分了。

来子这一想，也就认头了。

来子独自喝着酒，想起十八岁生日时，是小闺女儿给过的催生。当时她是用自己的体己钱去街上买的肉馅儿，亲手包的催生饺子。这一想，就又想到了十七岁的生日。那时他妈还活着，已经瘫在床上。过催生那天，他妈知道他爱吃"狗不理包子"，就给了他几个大子儿，让他自己来包子铺吃包子。现在再想，他妈一走，也已经快十年了。

来子的酒量已经很大。但酒量大的人只是能喝，也不是喝了没感觉。喝酒的人有句话，如果喝了酒，又没感觉，这酒也就白喝了。既然是喝酒，要的也就是喝完之后这种晕晕乎乎儿感慨万千的感觉。这个中午，来子一个人不知不觉就把这六两老白干儿都喝了。因为是就着三十个包子喝的，也就没觉出什么。要在平时，已经喝到这个份儿上，来子就得去街上再打几两回来。但今天不想喝了，也不是不想，是没心思喝了。

看看已是下午，就从家里出来。

往西走几步就是归贾胡同南口儿。来子一眼看见街边的"华记布匹庄"。当年发了那场大水之后，这布匹庄的华掌柜曾找到包子铺的高掌柜，跟他说，想让来子去他的铺子。当时来子还真动心了。可后来有人跟他说，华掌柜让他去，其实是另有心思。这华掌柜没儿子，只有两个女儿。大的叫华春梅，已经出嫁，婆家是西门里的，开着一家涮肉房。二的叫华冬雪，眼下还没婆家。跟来子说这事的人叫黄八，在"华记布匹庄"的斜对面开个小饭馆儿。这黄八当年在河边的"鱼锅伙"干过，对河螃蟹最内行，据说一只螃蟹放在地上，只要让它爬两下，就知道是"长脐"还是"圆脐"，街上的人就都叫他"螃蟹黄"。后来这"螃蟹黄"离开"鱼锅伙"，在街上开了个小饭馆儿，虽是混混儿出身，人却挺热心，平时门口的街上谁家遇上红白喜事或有过不去的难事，只要能伸手的都会伸手帮一下。"螃蟹黄"告诉来子，华掌柜已在街上放出话，他这小女儿不打算往外嫁了，将来招个养老女婿，连这铺子也一块儿给他，日后为自己养老送终。"螃蟹黄"跟来子说，你家里就一个人，又老实可靠，华掌柜让你来他的铺子，八成是看上你了。来子也就是听了"螃蟹黄"这话，才没敢答应。来子见过华掌柜的这个小女儿，模样确实挺好，皮肤也白，偶尔出来，在街上也不爱说话。但在当时，虽然小闺女儿已经驳了来子，可他心里还是一直有她。有她，也就装不下别人了。

来子在街上走了一会儿，不知不觉来到针市街东口儿。这时一抬头，突然愣住了。见一个男人领着个八九岁的孩子，正从对面的街上迎着走过来。来子一眼认出来，这人是自己的父亲老瘪。老瘪正一边走，一边东瞅西看。可以看出来，他日子过得不太舒心。虽说已过了十多年，看出人有些老了，可还不光是老的事，整个儿人都蔫毛了，看着没精神。

来子站住了，朝那边看着。

他发现，旁边的那孩子，看眉眼儿有几分眼熟。再细看才想起来，像自己。这才明白了，应该是父亲跟那个女人又给自己生了个兄弟。

来子想了想，没过去打招呼，转身走了。

第四十四章

老瘪的日子确实过得不舒心。

这几年，自从开了这嘎巴菜铺子，二闺妞已经越闹越不像话。平时霸道点儿也就算了，老瘪也不想跟她太计较。可渐渐发现，她当年在娘家做姑娘时的老毛病又犯了。街上来吃嘎巴菜的，自然三教九流都有。有的急着去办事，来了赶紧吃，吃完了赶紧走。但也有闲着没事儿的，从早到晚在街上找乐子，就为消磨时间。二闺妞又好说笑，四十来岁的人了，还整天描眉打脸儿，捯饬得花枝招展，一说话满脸跑眉毛。有的男人跟她开几句过分的玩笑，明里暗里说些占便宜的话，她不光不掉脸儿，还叽叽呱呱地跟着一块儿笑。老瘪是老实人，老实人都本分，况且又做着生意，自然看不惯二闺妞这么胡闹。可看不惯也没办法，又不能说。每回一说，刚往这上拐，一句话还没说完她就先急了，能一马勺把碗砸了。

后来就越闹越不像话了。先是有个在街上拉洋片儿的，外号叫"鸡蛋黄儿"，长着一张焦黄儿焦黄儿的小圆脸儿，鼻子旁边还有个大黑瘊子。每回来吃嘎巴菜，就跟二闺妞眉来眼去，还说他有几套外国洋片儿，哪天有工夫儿让二闺妞看看。二闺妞一听当然高兴，问这外国洋片儿上都是嘛玩意儿。"鸡蛋黄儿"就挤着眼说，不能说，一看就知道了。拉洋片儿分"京八张"和"怯八张"，还有一种"水箱子"，有点儿像后来的幻灯。木箱子上镶着几个小镜头，看的人就扒着这小镜头，一边往里看"西洋景儿"，一边听拉洋片儿的人自己敲锣打鼓地连说带唱。老瘪也知道，这"鸡蛋黄儿"的外国洋片儿没好东西，肯定是些光屁股女人。可看着二闺妞跟"鸡蛋黄儿"这么说话，又不敢插嘴。还有一个经常来吃嘎巴菜的，外号叫"二饽饽"。这"二饽饽"是在东马路上一个小园子说相声的，一说话比"鸡蛋黄儿"还贫，每回来了也跟二闺妞说说笑笑。可这"二饽饽"说笑跟"鸡蛋黄儿"不一样。"鸡蛋黄儿"说笑是只动口。"二饽饽"手碎，赶上二闺妞过来抹桌子拿碗，还有意无意地在她身上摸一把。二闺妞就像没觉出来，只是笑，也不恼。但"鸡蛋黄儿"在旁边看得清楚，就不干了。"鸡蛋黄儿"认为大庭广众之下，"二饽饽"这么干太下流了。心里这么想，嘴上再说话，也就难免咸的淡的带出来。"二饽饽"是说相声的，指着嘴皮子吃饭，也就更不吃亏，每回"鸡蛋黄儿"夹枪带棒地一有来言，他也就不阴不阳地必有去语。俩人还都是说的江湖上的话，行话叫"调侃儿"。经常是他俩已说得脸红脖子粗，旁边的人却看看这个，看看那个，一句也听不懂。一天早晨，这俩人又矫情起来。这回闹得更凶，都拍了桌子。最后他俩临走说的话，旁边的人都听懂了，说要一块儿去运河边了事儿。来吃嘎巴菜的人自然都是看热闹不嫌事儿大，又是打的这种醋坛子的酸架，也就没人给劝。

这以后，这个"鸡蛋黄儿"就再也没来。

后来据跟着去河边看热闹的人说，那天早晨，"二饽饽"和"鸡蛋黄儿"到了河边，没说几句话就动起手来。这"鸡蛋黄儿"看着嘴皮子挺利索，其实身上不行，干巴瘦，也没劲儿。"二饽饽"却是身大力不亏，三两下就把"鸡蛋黄儿"撅巴在地上。"鸡蛋黄儿"这会儿要服个软儿，哪怕不吭气了，"二饽饽"也就算了，可当着看热闹的人又觉着面子下不来，偏还嘴硬，扯着嗓子越骂越难听，这一下嘴就给身子惹祸了。"二饽饽"让他骂急了。这会儿正好有辆拉粪的大车从河边过，"二饽饽"把他抓起来，就扔进这粪车里了。

"二饽饽"灭了"鸡蛋黄儿"，早晨再来吃嘎巴菜，也就更不把老瘪放眼里。再后来，不光早晨来吃嘎巴菜，平时找个由头儿也来铺子。二闺妞去东马路的园子听了几回"二饽饽"的相声，"二饽饽"再来，就跟他说，也想跟他学相声，要拜"二饽饽"为师。这一下老瘪在旁边实在看不下去了，一天等"二饽饽"走了，就跟二闺妞说，你别忘了，咱是卖嘎巴菜的，干嘛就得吆喝嘛，你这又要学相声，又要拜师，这算哪一道？可没想到，老瘪这一说，二闺妞倒急了，眉毛一拧瞪起眼说，我学相声怎么了？我愿意！

老瘪还是耐着性子说，我是说，你学这个没用。

二闺妞说，有用没用，你管得着吗？

老瘪吭哧一声，我怎么管不着？

二闺妞说，连这个家都是我的，有你说话的地方儿吗？

二闺妞这一说，老瘪就没话了。

这以后，二闺妞也就变本加厉，晚上也经常出去。再后来不等老瘪问，干脆就明着告诉他，是去小园子听她师父"二铎铎"说相声。老瘪听着心里窝气，可又说不出来。夫妻过日子就是这样，不在贫富，街上有句话，穷穷过，富富过，过的是个心气儿。做买卖更是如此。老瘪天生是个勤快人，也能吃苦。可看着二闺妞整天这么折腾，再吃苦就不认头了。一不认头，这买卖做着也就没心气儿了。过去铺子是早晨卖嘎巴菜，到中午晚上也不闲着，再卖点儿馄饨面条儿之类的小吃。这以后，早晨一过也就收了。在家呆着不是心思，看着二闺妞也烦，没事儿就带上小帮子，出来在街上闲逛。小帮子这时已经快十岁，脾气也随他妈，嘴馋，手还懒，平时在家要教他点事儿，属耗子的，撂爪儿就忘，可一来街上，俩眼就不够用的了，专往小食摊儿上蹉摸，一会儿要糖墩儿，一会儿要仁果儿，一会儿又要皮糖。老瘪瞪着这儿子想，要不是他长得有点儿像来子，自己真得怀疑，这小王八蛋是不是自己的种。

这个下午，老瘪领着小帮子走到针市街东口儿，也已看见了来子。老瘪当年从家里出来时，来子才十几岁。现在远远看着，已是个大老爷们儿了。个子虽不高，可一走路也一晃一晃的了。毕竟是自己的儿子，还是一眼就认出来。老瘪知道，来子也已经看见了自己。但心里犹豫，过去还是不过去。正犹豫着，再看来子，已经一扭脸过去了。

老瘪朝那边愣愣地看着。

来子就这么消失在街上的人群里了。

第三部

瓠 子

第四十五章

王麻秆儿这些年得出个经验，在街上，不认识的人尽量少说话。倘非说不可，也不说没用的。自己是卖鸡毛掸子的，就说鸡毛掸子的事，跟鸡毛掸子不沾边儿的，对方说了只是听，不接茬儿，只要不接茬儿也就不会有是非。所以这个上午，一个戴眼镜的年轻人迎面过来，说要买鸡毛掸子，王麻秆儿看也没看这个人，挑了一个在手里转着抖了抖说，这掸子买了，用去吧，都是活鸡毛，三五年也没个秃。但这年轻人拿了掸子没走，又问，你侯家后的？

这一下王麻秆儿小心了，看看这个人，没说话。

这年轻人也没再说话，拿了掸子就转身走了。

王麻秆儿看着这年轻人的背影，心里纳闷儿，自己的鸡毛掸子是挺有名，可这是在河北的大经路上，名气再大，还不至于大到这边来。且这年轻人说话虽是天津口音，看着又不像天津人。王麻秆儿的心里寻思，他怎么知道自己是侯家后的？

王麻秆儿中午没回家，在街上的小铺儿吃了碗烩饼，下午转到北站。又去地道外转了一遭，看看天色不早了，才往回走。来到海河边，刚过金钢桥，在桥头又看见了上午买掸子的那个年轻人。王麻秆儿的心里一动，觉着应该有事儿，就不想再跟这年轻人搭话了。正要一低头过去，这年轻人却迎过来，声音不大不小地说，老伯，跟您说句话。

王麻秆儿只好站住了，抬头问，你还想买鸡毛掸子？

年轻人笑笑说，再买一个就再买一个，不过，还想问您点事儿。

217

王麻秆儿知道躲是躲不开了，索性点点头，看着他嗯了一声。

年轻人说，您住蜡头儿胡同？

这下王麻秆儿的心里就更戒备了，看看他，歪了歪脑袋问，你到底要干嘛？

年轻人又问，您是姓王？

王麻秆儿不说话了，看着这年轻人。

年轻人又朝左右看看说，有个人，想见您。说着从王麻秆儿扛着的掸子垛上拔下一根鸡毛掸子，一边抖搂着说，您找个见面的地方吧，明天晚上，还在这儿，我等您。

说完，给了钱，就拿着掸子走了。

王麻秆儿回来寻思了一路，可怎么也想不出这年轻人究竟是干嘛的。他知道自己住蜡头儿胡同，还知道姓王，这就说明他很了解自己的底细。可看这年轻人的穿着打扮儿，言谈举止，又不像做生意的，也不像哪个宅门儿的少爷，倒像个读书人。但王麻秆儿又想想，却怎么也想不起来，自己这些年在哪儿跟读书人打过交道。这年轻人临走时说，有人想见王麻秆儿。王麻秆儿想，这个想见自己的人又会是谁呢？

王麻秆儿回来想了一夜。从这年轻人说的这番话里，能品出几个意思，一是要见自己的这个人，应该不是个一般的人。倘是一般人，又知道自己住蜡头儿胡同，直接来就是了。他这时不露面，就说明不便露面。二是跟这人见面的地方，既然这年轻人让自己找，也就说明，是想找个安全的地方，至少是个不被人注意的地方，否则不用找，随便哪儿都行。此外还有一层意思，这年轻人说，明晚还在桥头见。这也就是说，他跟王麻秆儿见面，也不想让侯家后这边的人看见。王麻秆儿这么一想，也就明白，看来这次是真遇上不同寻常的事了。

侯家后一带就这样巴掌大的一块地方，这时虽已不及前些年繁华，但仍是个人烟稠密之地。且这里虽然大胡同套着小胡同，宽街窄巷密密麻麻，却都是老街旧邻，走在街上即使谁跟谁不认识也是半熟脸儿，倘突然来个外人，就显得挺招眼。倘这样想，要找一个跟这年轻人见面的保险地方，也不是容易的事。这时，王麻秆儿就想到了来子。

来子的"福临成祥鞋帽店"这几年翻修了几次，但每次都只修三面墙，有一面不动。来子跟王麻秆儿关系近，一般的事也就不瞒他。一次两人喝酒，来子才说出来，当年经过那一场兵乱，他就有了经验，开买卖铺子不能都在明面儿上，也得留个退身步儿。这退身步儿不光是藏人藏东西，还得能藏事儿。后来接手这鞋帽店，就在铺子里边的一面墙后面，修了一个暗室。这暗室就是一道夹壁墙，外面看着是一间屋，其实墙里有墙，还砌出一间，不知底细的人从外面看不出来。来子说，做生意就是这样，谁都想把生意做大了，可真做大了也麻烦，招风不说，也难免得罪人。有这样一个暗室，也是为了预防不测。

第二天一早，王麻秆儿就来鞋帽店找来子。来子这时已把铺子改成前店后厂。在店铺后面又扩出一间房，虽然只有前面铺子的一半儿大，也挺豁亮。买卖做大了，出的鞋也就多。过去几家做鞋的常户儿，来子索性就都请到铺子里来，成了一个做鞋的作坊。

来子从后面出来，一见王麻秆儿来了，看看他，知道有事。

王麻秆儿看一眼柜上的伙计，说，找个地方说话吧。

来子的手里正拿个鞋样子，问，事儿急？

王麻秆儿说，挺急。

来子把鞋样子递给身边的伙计，朝旁边指了一下，就和王麻秆儿过来。柜台旁边有个小门，进来，是一个不大的套间，来子把这儿当账房儿。

俩人进来，来子回身关上门，才问，嘛事儿？

王麻秆儿就把昨天遇上的事，跟来子说了。

来子听了想想说，这倒不像是坏事。

王麻秆儿说，坏事是不像坏事，我就怕有麻烦。

来子说，真有麻烦，已经找到你了，想躲也躲不开。

219

王麻秆儿点头，这倒是，他们连我住哪儿都知道，就是想躲也没法儿躲了。

来子这时已猜到王麻秆儿的来意，问，你是想，在我的暗室跟这人见面？

王麻秆儿说，现在要说保险，也就是你这儿了。

来子说，保险是肯定保险，柜上的伙计都老实巴交，后面几个绱鞋的师傅一到晚上就都回去了，铺子平时除了主顾儿进来出去，也没旁人，这你只管放心。

王麻秆儿说，这就行了。

来子说，只有一样，你得想好了。

王麻秆儿看看来子，你说。

来子说，一样的话，也看你怎么说。

王麻秆儿立刻说，这你放心，我不会给你找麻烦。

来子说，倒不是这意思，这个暗室的事，你只要把话说圆了就行，这年月世道不太平，买卖家儿有暗室也不新鲜，再大的买卖铺子还有修暗道的，这在街上已不是秘密。

王麻秆儿说，这话，我会说。

来子说，别的，你只管把心放肚子里，我这儿要不保险，就没保险的地方了。

王麻秆儿点头说，行，今晚，我就带他们来这儿。

这个晚上，王麻秆儿又来到金钢桥的桥头。刚站定，昨天的那个年轻人就过来了。这回他身边还跟着个人。这人的帽檐儿压得挺低，天又黑，看不清脸。

年轻人问，跟你走？

王麻秆儿点点头，就转身头前走了。

三个人一前两后，先往北，再往西，走了一阵，又朝北一拐，来到侯家后。王麻秆儿来到"福临成祥鞋帽店"的门口。后面的年轻人站住了，抬头看看问，这是哪儿？

王麻秆儿说，自己的地方，进来吧。

说着就先迈脚进来了。铺子里黑着灯，没人。王麻秆儿径直朝里走，来到后面，拉开一个货架子，墙上露出个小门儿。打开这个小门儿，王麻秆儿先进来，开了灯。后面的两个人也跟进来。王麻秆儿站在当屋儿，转过身。这时，跟在年轻人后面的这个人才把帽子摘下来，慢慢抬起头。王麻秆儿借着灯光看了看，也是个年轻人，没见过，但看着又有点儿眼熟。这年轻人却直盯盯地看着王麻秆儿，看了一会儿，才问，您是叫，王久安吗？

王久安是王麻秆儿的大名，这些年已没人叫，街上也没几个人知道。

王麻秆儿一愣说，我是王久安。

又问，你是？

这人说，我叫王茂。

王麻秆儿一听王茂，心里动了一下，又上上下下仔细地打量了一下眼前的这个年轻人。这年轻人的个子不高，两眼挺亮，看着很精干。王麻秆儿又问，你今年，多大？

王茂说，三十。

王麻秆儿的眼泪就流出来了，点点头说，你是，大毛吧？

王茂说，是，我是大毛。

说完又叫了一声，爸。

王麻秆儿看着儿子，摇头讷讷地说，儿啊，你还回来啊？

王茂就是当年的王大毛。王大毛他妈，也就是王麻秆儿当年那个叫黄小莲的老婆二十几年前拆天津城的城墙时，跑去跟人家抢墙砖，让一个女人砸了一砖头，回来睡了一夜，第二天就死了。黄小莲的娘家是扬州高邮，后来她的娘家哥哥听了这事，就来把王大毛接走了。当时王大毛刚三岁多。后来大了，从高邮的家里出来上学，也就没再回去。

王茂说，这王茂的名字，是他从家里出来，后来自己改的。

王麻秆儿问儿子，这回回来，是做买卖，还是办事？

王麻秆儿这样问，也是试探，想知道儿子眼下是做的哪行。但心里明白，不便直着问。

王茂说，办事。

说着又拉过一块儿来的这个年轻人，介绍说，这是我的同事，叫申明。

申明过来笑着对王麻秆儿说，老伯的鸡毛掸子真是刨得漂亮，拿在手里就觉着轻巧儿。王麻秆儿也笑了，说，一听你还真是天津人，也就咱天津，说刨鸡毛掸子，外地人不这么说。申明说，他确实是天津人，家是津南东楼村的，跟王茂一样，出外多年，现在家里已经没人了，也就剩几个远房亲戚。王麻秆儿这才明白，难怪这申明说话也有点儿天津口音。

王麻秆儿是明白人，从在街上跟这申明见面，现在又是在暗室里这样见的儿子，心里就有数了，儿子和申明这次回来，应该不是办一般的事。这时再看看儿子，已经是个相貌堂堂的大男人了，跟这个申明站在一块儿，两人还都有几分斯文。一边看着，心里就有了底气，想不到自己一个卖鸡毛掸子的，还能养出这样一个有模有样儿的儿子。这样想着，就又有几分担心，拉着儿子问，这次回来，打算待多少日子，眼下住哪儿。

王麻秆儿这一问，王茂才说，他也正想商量这事。他这次和申明回来，有很多重要的事要办，可能得多住些日子，可眼下还没找到保险的住处。

王麻秆儿一听儿子先不走，心里高兴了，赶紧说，地方就别找了，你们要觉着这儿行，就先住这儿吧，这鞋帽店的老板叫来子，跟我亲侄子一样，人也妥靠。

王茂和申明商量了一下，就决定先在这儿住下来。

王麻秆儿先去街上给王茂和申明买了些吃的，看着他俩安顿下来，就来蜡头儿胡同找来子。来子还没睡，一见王麻秆儿来了，就知道是为暗室的事。王麻秆儿来的路上，又在街上买了一包羊杂碎，打了一瓶老白干儿。这时一进门就放在桌上说，咱爷儿俩喝点儿。

来子一看就笑了，问，这是遇上嘛喜事儿了？

222

王麻秆儿拿过两个碗，一边倒着酒说，还真是喜事儿，大喜事儿啊！

然后端起碗，把酒喝了，才跟来子说了王茂的事。

来子一听也替王麻秆儿高兴，但想了想，又有些意外。

他看看王麻秆儿问，事先也没说，怎么突然就回来了？

王麻秆儿说，我没问，不过看着，他和一块儿来的这人，应该都是干大事的。

来子没再说话，但心里已有几分明白了。

王麻秆儿说，咱不是外人，我才不瞒你。

来子笑笑说，这话，您不用说。

王麻秆儿说，他们要在这暗室住一阵子，这就得麻烦你了。

来子说，大毛论着也是我兄弟，咱自己的地方，说得着麻烦吗？想怎么住就怎么住。

想了想，又说，不过，我还嘱咐您一句。

王麻秆儿说，知道你要说嘛，这事儿，到你这儿打住，跟别人，打死我也不说。一边说着又把酒碗端起来，感叹一声，唉，我王麻秆儿也有今天，天上掉下这么个大儿子！

来子也端起碗说，是啊，真为你高兴！

来子第二天特意起了个大早，来到铺子，伙计和后面绱鞋的师傅还都没来。王麻秆儿事先告诉来子了，王茂跟他约定的敲门暗记儿，是连敲三下，空一下，再敲两下。来子来到铺子后面，搬开货架子，敲了敲暗室的门。王茂在里面打开门，一看是来子，不认识，立刻有些紧张。来子赶紧说，我叫来子，是这个鞋帽店的老板。

王茂一听是来子，才让他进来。

王茂已知道来子跟自己父亲的关系，但还是道谢，又说，恐怕还得打扰些日子。来子说，这就不用客气了。接着又说了下铺子里的情况，前面柜上有两个伙计，一个叫汪财，一个叫福贵，后面绱鞋的平时有四个师傅，忙不过来也有五六个的时候。伙计都是老实人，绱鞋师傅也都是靠手艺吃饭，人不是非，也不好打听事儿。早晨都是吃了早饭才过来,晚上天一黑,也就都回去了。过去铺子里还留个看夜儿的,现在王茂他们来了,以后晚上也就不留人了,这样他们出来进去也方便一些。王茂一听很感激,又说,要给来子点儿钱。

来子一听笑了,连连摆手说,都是自己人,用不着这个。

申明拿出两块大洋说,你还是留下吧,以后肯定还有麻烦你的地方。

来子坚决不收,最后有点要掉脸儿了。

王茂一见,这才作罢。

第四十六章

来子发现,王茂虽比自己小几岁,可说话办事,比自己还老成。来子跟王茂也挺说得上来。虽然是初次见,可这些年跟王麻秆儿一块儿喝酒,王麻秆儿一喝到伤心处时,就说起当年的老婆黄小莲,又由黄小莲说到这个儿子。这时见了王茂本人,也就并不觉得陌生。王茂起初以为自己大,后来跟来子一攀,敢情来子属羊,王茂属猪,算着还小四岁,这以后才改口,叫来子大哥。来子笑着说,我这大哥也就是大个岁数,要论见识,真不如你。

王茂和申明住在鞋帽店的暗室,也常有人来找。来的人都把帽檐儿压得很低,或用围巾捂住半个脸。一般都是晚上来。有的来了说一会儿话就走。也有的住一夜,天不亮就匆匆离开了。来子偶尔碰上外面来的人,也不问,只当没看见。有时赶上鞋店有事,晚上在账房算账拉点晚儿,等铺子没人了,就来暗室跟王茂说一会儿话。来子爱喝酒,王茂不喝。但王茂抽烟。王茂抽烟的姿势很好看,手指细长,又白,夹烟卷儿的时候食指和中指都翘起来,看着很斯文,又不女气。嘴里的烟刚一吐出来就吸进鼻孔,能这样来回转好几圈儿。申明不抽烟,就总给王茂提意见,说暗室这么小,又没个窗户,抽的烟一时半会儿散不出去，太呛人。但申明不抽烟，却爱喝酒，一见来子拎着酒进来就高兴。王茂也总管着申明，说喝酒不是好嗜好，容易误事，《三国演义》里的张飞要不是喝酒，能让范疆和张达杀了吗？典韦就更不用说了，为喝酒，把自己的兵器都丢了。申明听了不服气，说，那都是古人的事。

王茂说，将古比今，古人的事才是教训。

来子听他俩说话有意思，也长学问。但这以后再来，也就不拿酒了。

来子爱跟王茂说话。王茂走的地方多，知道的事儿也多。但知道事儿多的人也不一样。有人知道事儿多，也就是说说，甭管提哪儿，都去过，当地的风土民情也能说得头头是道儿，可知道也就是个知道，再多的就说不出来了。但王茂不是。王茂去的地方也多，不光能说出这些地方，还能说出这些地方的事，且能说出这些事的道理，这就不一样了。同一件事，搁别人嘴里，说了也就说了。让王茂一说，就能说得入情入理，还能举一反三，引申出一些更深的道理。来子这些年，没离开过侯家后，听王茂一说，就觉着挺长见识。

几天前，来子去西窑洼办事，路过直隶审判厅时，看见门口坐着一群人，还有人往他手里塞传单。来子跟胡同里的尚先生学过认字，知道这传单上写的是"哀告书"，说是天津西南有五个村的村民，都是佃户，现在他们种的地让一个叫"李善人"的人夺去了，要干别的用，且已雇人拉土，把这些农田垫了，几十户人家的生活都已没了着落。来子拿着这张传单，看得似懂非懂，就知道这些佃户不容易，指着种地吃饭，现在地让人夺了，以后就没饭辙了。晚上回来，来到暗室，就把这事跟王茂说了。王茂看样子正跟申明商量事，一听来子说，就笑了，说，我们正商量的也就是这事。王茂说，你说的津西南这五个村，是小刘庄、小滑庄、贺家口、西楼村和东楼村，申明的老家就是东楼村的。来子一见王茂和申明的手里都拿着小本儿，好像一边商量，还在记，就赶紧说，我别搅了你们，你们接着商量吧。

王茂把笔帽插上说，没关系，已经商量完了。

说着就让来子坐下来，给他讲，今天他看见的那些人，坐在直隶审判厅的门口，那叫静坐。静坐也是一种示威方式，跟游行抗议是一个性质。然后，王茂又说，这五个村的农民为了保护自己的权益，现在必须这样做，否则以后就没活路了。王茂说，这五个村住着七八十户人家，本来这一百多亩耕地都是从祖上传下来的，当年清兵入关，夺了这些地，他们都沦为佃户。本来是种自己的地，朝廷却派了"揽头"和"庄主"来管。这个"李善人"也是一个"揽头"。他现在想把这些耕地据为己有，不知要盖房还是干嘛，这一下也就砸了这些佃户的饭碗。现在他们去静坐，就是要护佃，不能眼看着自己的饭碗就这么让人给砸了。

王茂喘了口气，又说，现在这场护佃的事，我们把它叫"五村农民抗霸"。

王茂这一番话，来子才听明白了。

来子打心里佩服王茂。他比自己还小几岁，可这样年轻不光走了这么多地方，还读了这么多书，懂这么多事。自己本来觉着学了这些年的买卖，生意上的事，街上的事，都已明白得差不多了，可现在跟王茂一比，真是差得一天一地。心里这么想着，就笑着摇头说，王茂兄弟，我这心里就像一盏灯，让你这一拨，就亮了，以后还真得多跟你学。

申明在旁边笑着说，他这才跟你说几句，他的真本事，你还不知道呢。

王茂回头看了申明一眼。申明脸一红，就把嘴闭上了。

王茂又笑笑说，其实咱是一块儿长起来的，用天津的话说叫"发孩儿"，我听我爸说过，咱小时候经常一块儿玩儿。只是年头儿多了，都忘了，以后我们有事，也得让你帮忙。

来子立刻说，有让我做的事，你们只管说。

王茂说，眼下就有个事。

说着站起来，去旁边的桌上拿过一摞纸，交给来子。来子接过一看，跟自己从直隶审判厅门口接的传单一模一样，也是"哀告书"。王茂说，你去街上方便，今天，就想办法把这些传单散发出去，电车上、店铺门口儿、饭馆儿、茶馆儿，哪儿人多就往哪儿搁。

接着又叮嘱，不过千万小心，别让人看见。

来子听了看看手里的传单，点点头。

王茂又说，现在这个"李善人"跟直隶审判厅暗中有勾结，所以这事知道的人越多，迫于社会舆论的压力，他们也就越不敢胡来，这也正是撕开这"李善人"伪善面皮的好机会。

来子说，这点事儿容易，我上午出去一趟，街上转一圈儿就办了。

来子这个上午出来，从北门外到西门外，又绕过西南角儿转到南门脸儿，最后从东马路绕回来，就把王茂交给他的这些"哀告书"都散发出去了。再回到鞋帽店，已是下午。伙计汪财一见来子回来了，赶紧过来说，蜡头儿胡同的王麻秆儿已来过几次。来子一听就知道有事，对汪财说，我先回账房歇一下，王麻秆儿再来，就让他过来。

来子回到账房，刚喝了口水，就见王麻秆儿来了。

王麻秆儿一进来就说，哎呀，你可回来了。

来子放下手里的茶盏问，嘛事儿，这么急？

王麻秆儿说，急倒不急，是有事儿跟你商量。

王麻秆儿要跟来子商量的，也是王茂的事。前一阵，王茂曾问王麻秆儿，挂甲寺在哪儿，又问，去郑庄子怎么走。当时王麻秆儿也没在意，就告诉他，挂甲寺得沿着海河一直往下游去，过了小刘庄儿，就在海河边儿。再往下是贺家口，过了贺家口，河对岸就是郑庄子。但王麻秆儿后来才发现，王茂打听挂甲寺和郑庄子，并不是真要去这两个地方，他是要去裕大纱厂，跟他一块儿的申明，要去北洋纱厂，这两个纱厂一个在挂甲寺，一个在郑庄子。

来子听了不明白，问，他们去纱厂怎么了？

王麻秆儿说，我是纳闷儿，两个念书人，这回来天津，怎么想起要去纱厂？

来子笑了，说，你也说过，他们是干大事的，要去哪儿，肯定有他们的道理。

王麻秆儿摇头，叹口气说，儿大不由爷啊，就随他们折腾去吧，只要别出事就行。

王麻秆儿怕出事，可没过多少日子，还是出事了。先是一连十几天，王茂和申明都没回来。来子有些担心，又怕王麻秆儿嘀咕，就安慰说，看来他们这一阵太忙，顾不上回来。

这天晚上，来子正在账房算账，就听有人敲门。开门一看，是申明。王茂和申明平时从不在铺子里露面，一早一晚回来，都是直接回暗室。这时，来子一见申明来账房，就知道有急事。申明进来，又朝窗外看了看。来子赶紧起身说，去暗室说话吧。

申明说，来不及了，我马上得走。

说着就拿出一根红布条儿，交给来子，让他拴在铺子门口的招幌上。鞋帽店的门口挂着一个招幌，这招幌是一串鞋和帽子，都是用木板做的，上着漆。来子听了不懂，问申明，拴这红布条儿干嘛。申明这才说，王茂已经出事了，让警察抓了，拴这红布条儿是个暗记儿，为的是再有自己人来找，一看见这红布条儿就不进来了。又说，他暂时也先不能来了，现在，正在想办法营救王茂，让转告王麻秆儿，千万别急。最后又叮嘱来子，一定要把暗室清理干净，不能看出有人住过的痕迹。申明说，现在这地方还没暴露，不过也要以防万一。

这样说完，就匆匆走了。

来子想了一夜，觉着这事想瞒也瞒不住，还是得告诉王麻秆儿，否则王麻秆儿突然找不着儿子了，又不知怎么回事，再出去四处打听，弄不好就得出更大的事。

第二天傍晚，王麻秆儿来了。先把掸子垛放在铺子里，推门来到账房。他手里拎着一兜"狗不理包子"，一见来子就小声问，他们回来了？

来子摇头，意思是没回来。

王麻秆儿哦了一声，一屁股坐在凳子上，喘了口气说，他俩走了这些天，本以为今天得回来了，还给他们买了点儿包子，既然没回来，咱爷儿俩就喝两口儿吧。

来子没走，也是为等王麻秆儿。这时看他一眼说，酒就别喝了。

王麻秆儿抬头看看来子。

来子说，你过来，咱里边说话。

说着，就和王麻秆儿一块儿来到暗室。王麻秆儿一进来就觉出不对了，这暗室显然已收拾过了，王茂和申明手使的东西都没了，看着就像是没人住过。

他环顾了一下问，怎么回事？

来子说，你坐下，咱慢慢说。

王麻秆儿坐下了，瞪着来子问，是不是，出嘛事了？

来子这才把申明昨晚回来说的话，跟王麻秆儿说了。

王麻秆儿一听就急了，蹦起来说，你怎么不早说？！

来子说，早说晚说也是这么回事，眼下又没处打听消息，咱能有嘛办法。

王麻秆儿说，不行，我就不信没办法！

说完转身就走。来子一把没拉住，他已经出去了。

王麻秆儿一连几天没露面儿。这几天，来子如坐针毡，铺子里的事也没心思做了。他倒不是急着等王麻秆儿打听来什么消息，而是担心王麻秆儿。这几天已听说了，街上正到处抓人，倘王麻秆儿出去东问西问，一旦引起人的注意，就可能再惹出什么麻烦。

这天傍晚，王麻秆儿终于回来了。来子一见，赶紧让伙计上了板儿，又把铺子里的人都打发回去了。然后拉着王麻秆儿来到账房，才问，怎么样，听到嘛消息了？

王麻秆儿坐着愣了一会儿，说，明儿一早，正法。

来子听了心里一沉，忙问，你打听清楚了？

王麻秆儿说，不用打听了，街上的告示已经贴出来了。

说完，就起身走了。

第四十七章

来子第二天歇了生意。王麻秆儿一早就出去了。来子回到蜡头儿胡同，就在自己家里等他。王麻秆儿的家是在胡同里边，回来得从来子的门口儿过。来子就敞着院门。

快到中午时，王麻秆儿回来了。在胡同里走着像喝醉了，摇摇晃晃的。

来子赶紧出来，跟在他后面。

来到王麻秆儿的家。王麻秆儿一进门，一屁股就坐在凳子上了。来子这时已经明白了，也就不问。王麻秆儿倒不哭，两眼干巴巴的一眨不眨，看着有些发凝。

愣了一会儿，来子还是问了一句，后面的事，打算怎么着？

王麻秆儿喃喃着说，让孩子委屈一会儿，先在那儿躺着吧。

来子知道，这样的犯人刚行刑，白天自然不能去收尸，要收，也得等天黑。这时要劝王麻秆儿，劝什么话也是白劝，想了想就说，你先歇歇吧，我去北门里的"蚨记寿衣店"，那儿的郁掌柜我认识，你怎么个心气儿，跟我说一下就行了。

王麻秆儿摇头说，还是我去吧，我知道他的喜好。

说完就站起身，磕磕绊绊地出去了。

来子想了想也出来，朝针市街这边来。"唐记棺材铺"的唐掌柜是个绝户，没儿没女，已经快七十了还自己撑着这铺子。这时见来子来了，愣了一下问，有闲事？

来子说，算闲事，也是正事。

唐掌柜看看他。

来子说，是王麻秆儿的事。

唐掌柜一听就明白了。唐掌柜跟王麻秆儿过得着。王麻秆儿又有个毛病，遇上高兴事儿，心里搁不住，跟唐掌柜喝酒时，就把儿子突然回来这事儿说了。本来说了也就说了，可他喝了酒一高兴，又说得挺细，把儿子过去叫王大毛，现在自己在外边改了名字，叫王茂，也都跟唐掌柜说了。这时来子一说，是王麻秆儿的事，唐掌柜就明白了。唐掌柜已看见街上贴的告示，本来心里还寻思，想着这告示上说的王茂，兴许跟王麻秆儿的儿子是重名。现在一听来子说，才知道果然是了。但唐掌柜是开棺材铺的，干这行的人不多嘴。听来子说了，也就没吭声。接着又想了想，还是叹口气说，要说我干这行也大半辈子了，嘛样儿的人、嘛样儿的事儿都经了，棺材是卖的，既要卖，也就得将本求利，可这利多大叫大？说来说去还得讲个人情不是？这些年，我也白送了不少棺材，这回就再送他一口吧。

来子一听说，您要这么说，我也不推辞，就替他谢您了。

唐掌柜摆摆手，给他捎个话儿，儿子是好儿子，就节哀顺变吧。

晚上，来子和王麻秆儿抬着一块门板，来到西营门外。这是一大片空地，早先是清兵操练的地方，后来撂荒了，又总在这儿杀人，渐渐地也就成了刑场。天挺黑，四周没人。王麻秆儿径直走到一个土堆跟前。王茂还躺在这儿。不知是谁，用一块席子把他的上半身盖上了。王麻秆儿掀开席子，露出的是王茂已经没了脑袋的腔子。脑袋就在旁边，歪着。王麻秆儿拿出一块粗布的包袱皮，把这脑袋轻轻抱起来，放在包袱皮里，小心包好，斜背在身上，又和来子一块儿把身子搭到门板上，用席片盖好，就抬回来了。

王麻秆儿是个热肠子，这些年赶上街上的谁家有白事，过得着的，就请他去帮忙。请他去不为让他干活儿，侯家后的白事跟红事一样，最讲老礼儿老例儿，礼数差一点儿就有人挑眼，真让人挑出眼来，主家不光别扭，也让人笑话。王麻秆儿最懂老礼儿老例儿，只要他去了，礼数就不会差。这时，来子看着他想，他给街坊四邻帮了这些年的忙，这一回，却轮到自己了，且还是白发人送黑发人。这么想着，心里就一拧一拧地疼。

这个晚上，来子和王麻秆儿把王茂的尸首抬回来。来子找了两个骑马凳，把这块门板架在当屋。王茂的上半身都是血，看样子是

231

头被砍下的一瞬，从腔子里喷出来的。这时血已经干了，衣裳硬得像夹纸，嘎嘎巴巴的。脖子上没了脑袋，看着就不像脖子了，像个树墩子，碴口儿齐刷刷的，看得出这行刑的鬼头大刀不光锋利，也很沉。王麻秆儿打了一盆清水，先把儿子的这半截脖子洗净，又打开包袱皮，把王茂的脑袋抱出来。搂在怀里，拿毛巾蘸着清水把脸上的血迹和泥土小心地擦干净。来子特意从铺子带来绱鞋用的针线。王麻秆儿就把这脑袋又对在脖子上，用针线一点一点地缝起来。来子在旁边给扶着，不忍心看，把脸转过去。王麻秆儿缝的针脚很密。针脚一密，线就勒进肉里。这样缝了一圈儿，脑袋就又在脖子上了，看上去，像脖子上有一道很长的疤。衣裳是王麻秆儿亲自从北门里的"蚨记寿衣店"选的，是一套青色的立领学生装，外边套的是一件灰色的卡其布大衣。

来子问，老例儿，都不要了？

王麻秆儿说，他是新派，不喜欢这个。

这时门外有动静。

来子出来看看，是"唐记棺材铺"的唐掌柜打发伙计把棺材送来了。伙计见来子出来，比画个手势，意思是棺材就别卸了。来子立刻明白了。回到屋里，又给王茂细细地打整了一下，就和王麻秆儿一起抬出来，小心地装进棺材，把盖子盖上了。

大车是唐掌柜给雇的，事先已跟赶车的讲好，给送到坟地。伙计看看没事了，又托付了一下赶车的把式，就回去了。赶车的把式拉着棺材朝西门外这边来。西门外再往西，是刑场，往南是一片乱葬岗子。王麻秆儿和来子跟在大车的后面来到这里，借着月色一看，是一眼望不到边的荒坟。大车来到一块稍高的地处，停下来。车把式回头问，就这儿？

王麻秆儿点头说，就这儿吧。

把式勒好车，帮着把棺材抬下来。王麻秆儿掏出事先准备的橡钉和锤子，冲棺材里说了一句，儿子，咱爷儿俩下世再见吧。就钉上棺材盖，和来子一块儿挖个坑埋了。

232

第四十八章

这年冬天，老瘪出事了。

起先还不是老瘪，是傻四儿。

这时街上已经又乱起来。天津各学校的大中学生开始罢课，学生和老师手挽着手上街游行，联合北平、南京和全国各地的学生向政府请愿，要求停止内战，一致对外，抗日救国发动自卫战争。这也就是史称的"一二·九运动"。傻四儿有个亲叔伯大爷，在铁路上混事儿。铁路混事儿不光体面，挣钱也多，平时家里的日子就挺好过。傻四儿本来连自己的爹妈都不知在哪儿。但他爸当年把他抱到天后宫，后来就把这事儿告诉了他这个叔伯大爷。这叔伯大爷也来过天后宫，还真见着了傻四儿。后来傻四儿从天后宫出来，先在"八方来水铺"当伙计，再后来自己又开了这个"吉祥水铺"，这叔伯大爷都知道，也就把这些事都告诉了傻四儿的爹妈。可傻四儿他爸当年是这么把傻四儿扔的，现在看着儿子已长大成人，也就没脸再来见儿子。但这个大爷毕竟是亲叔伯的，心疼侄子，又来看过傻四儿几次。可傻四儿也有穷脾气，自己开自己的水铺儿，挣多多吃，挣少少吃，虽然这叔伯大爷的日子好过，也不沾人家。这时街上突然乱起来，傻四儿本来不知又出了嘛事儿。一天在街上碰见这大爷。大爷告诉他，是来给儿子送件棉袍儿。这叔伯大爷的儿子在扶轮学校念书，这时也在游行的队伍里。傻四儿比画着问这叔伯大爷，这回学生又是为嘛事。大爷这才把日本人占了中国东三省，现在又已经把手伸到华北这边，给傻四儿讲了。傻四儿也知道日本人已进了华北，这时一听，身上的血登时又热起来。叔伯大爷知道傻四儿的脾气，就跟他说，你要真想出点儿力，就去给街上的孩子们送点儿热水，这么冷的天，他们整天站在露天地儿里，又没个热水喝，已经有人冻病了。傻四儿一听立刻比画着表示，这好办，自己就是开水铺儿的，要别的没有，热水有的是。这以后，傻四儿就又天天挑着挑子，去给街上的学生们送热水。

出事也就出在这个热水上。

傻四儿的这个水铺不大，本来每天也就用十几挑水。水烧开了，谁买就自己来水铺打，不用送。现在不光去河边挑水，还要往街上送水，每天出的力就多了一半儿。傻四儿的腿脚儿又不好，人也将近五十了，晚上回来，就累得眼皮也抬不起来了。这一下就出事了。傻四儿平时最爱吃枣儿饽饽。几天前，把一块枣儿饽饽放在灶台上烤着，晚上回来，一累就忘了。夜里耗子爬上灶台，就给啃了。傻四儿早晨一看，没法儿吃了，心疼得要命。耗子出来，经常走哪条道儿都是熟门熟路，傻四儿知道这耗子还得来，一生气，就弄了点儿耗子药放到灶台上。可这个晚上回来一累，耗子药的事又忘了。夜里耗子再出来，在灶台上一跑，就把耗子药扒拉到烧水锅里了。第二天傻四儿累得实在起不来了，也就没去街上送水。

也幸亏他这天没去送水。

傻四儿并不知道这烧水锅里已经有了耗子药。这天又像往常一样，早晨起来先去河边挑水，又烧水，然后像每天一样有来打的就卖水。头一个来水铺儿打水的就是老瘪。老瘪卖嘎巴菜，每天天不亮就得起，起来头一件事先打嘎巴菜的卤子。打卤子最好用开水，开水打的卤子跟凉水打的不一个味儿。老瘪每天早晨就拎个洋铁桶，先来傻四儿的水铺打一桶开水。老瘪这天夜里刚又跟二闺妞怄了气。二闺妞过去一到夜里，上了床不想别的，就是缠磨着老瘪干这点事儿。但老瘪这时已经越来越没兴趣，倒不是因为上了年纪，干女人也不是没劲，就是不想再干二闺妞。老瘪一想到二闺妞整天去跟着"二饽饽"学相声，心里就像咽了个苍蝇。可头天晚上，老瘪从外面回来，一进白家胡同，走过一家的窗根儿底下时，听见屋里的动静不对。抬头一看，这家的窗户上贴着"囍"字儿，就知道是刚结婚的，大概天一黑，小两口儿就忍不住了。老瘪已经有日子没干这事儿了，就站住听了听。这一听，自己的底下也就有了动静，一有动

234

静，也就有了这个心思。于是这天夜里一到床上，就先把自己脱了。这是老瘪跟二闺妞这些年的规矩，谁想干，谁先脱。脱了自己，倘对方也脱了，就是想干，不脱，就是不想干。可后来二闺妞先把这规矩破坏了，她想干，自己不脱，先来脱老瘪。这一来也就变成老瘪让脱，就是想干，不让脱，就是不想干。但再后来，老瘪就一直不让二闺妞脱了，经常是二闺妞在床上跟老瘪死缠烂打，最后撕巴了一身汗，老瘪却还是守身如玉。但这个晚上，老瘪听了人家新婚的窗户根儿，心思一下上来了。夜里到了床上，没说话就先把自己脱了。看看旁边的二闺妞没反应，就靦着脸过来脱她。二闺妞却一脚把他蹬开了，说快睡吧，明儿一早还得跟着师父去河边吊嗓子。也就是这句话，让老瘪吃味儿了。他脱二闺妞，二闺妞可以让脱，也可以不让脱，但在这个时候不应该提"二饽饽"，而且还是因为"二饽饽"才不让自己脱。老瘪一听就有点儿要急。但急也就是在心里。老瘪知道，自己如果真急了，给二闺妞几句，心里倒是痛快了，可这一宿也甭打算睡了，二闺妞能在床上张牙舞爪地一直闹到天亮。老瘪憋着气睡了一夜，第二天早晨起来，心里还像堵个大疙瘩。去傻四儿的水铺儿打了开水回来，没干别的，自己先沏了壶茶。这样喝了一会儿，才开始打嘎巴菜的卤子。但一边打着卤子就不行了，觉着肚子一拧一拧地疼，接着就吐了。二闺妞也没当回事，起来只顾自己描眉打脸儿，然后就去河边儿跟"二饽饽"吊嗓子了。

老瘪起初也以为是自己早晨起得急，着凉了。可打好卤子，开始卖嘎巴菜时，就更不行了。先是脸发白，出虚汗，接着就站不住了。这时有吃了嘎巴菜的，也开始有了反应，有吐的，也有的已经歪在桌上。有明白人一看，就知道是嘎巴菜的毛病，赶紧去街上弄条狗来。给这狗吃了一碗嘎巴菜，狗登时就躺在地上吐白沫了。卖嘎巴菜的铺子出了这种事，一下就在街上炸开了。傻四儿水铺儿的灶上有两口锅，这时已经在烧第二锅水。一听街上的人说，老瘪的嘎巴菜铺子出事了，再无意中一看，立刻惊出一身冷汗。这才发现，灶台上还有一些耗子药。但这耗子药显然是让耗子跑过了，已经散开，有的肯定已掉进了锅里。幸好侯家后的人起得晚，老瘪买了水之后，还没人来买水。傻四儿没敢声张，赶紧把这锅开水淘出来倒了，又反复把锅洗刷了几遍。但嘎巴菜铺子这边的事已经闹大了。先是老瘪，这时已吐着白沫不能动了。又过了一会儿，眼看人要不行了，就有人跑去河边，把正吊嗓子的二闺妞叫回来。二闺妞一进门就给老瘪灌药。这药是"二饽饽"给的。"二饽饽"是江湖人，身上经常带着各种奇奇怪怪的药丸子。刚才一听来送信儿的人说了老瘪的症状，就说，这是吃了有毛病的东西，得赶紧让他吐出来。又说，自己亲自去不合适，就给了二闺妞几颗黑药丸子。二闺妞回来，一进门就先把这几个黑药丸子给老瘪灌下去。一会儿，老瘪果然有了动静，开始大口大口地吐起来。可越吐越凶，眼看着几乎把肠子都要吐出来了。再后来就不光是吐，底下也拉，蹿出来的已经不是稀屎，干脆就是水。到了下午，老瘪就只剩半口气了。

这时，老瘪的儿子小帮子才从外面回来。

小帮子这时已二十多岁，头天晚上出去跟人推牌九，玩儿了一宿，就在朋友家睡了。这会儿回来，一见他爸老瘪成了这样，也吓了一跳。听老瘪说了，才知道是怎么回事。老瘪见二闺妞没在跟前，就拉着小帮子的手说，看样子，自己这回是真闯不过去了。

说完，指了指旁边的被阁子。

这种被阁子是装被子用的，像个放在床头的躺柜。小帮子按他手指的地方拉开被阁子的抽屉，里面是些乱七八糟手使的东西。老瘪又比画了一下，意思是让他往下摸。这才发现，在抽屉底下还有一个夹层。打开这夹层，里边有两张纸。拿出来看看，挺旧，好像有些年头了。老瘪又比画了一下。小帮子打开一看，是两份"福临成祥鞋帽店"的契约。

老瘪只听说老朱早已死了，后来这鞋帽店到了老朱儿子的手里。却并不知道，现在这铺子已经是来子的。老朱告诉小帮子，他当年没跟他妈说这事，是想暗地里留个后手，怕的就是像今天这样，自己突然有个三长两短，所以才从蜡头儿胡同杨灯罩儿的手里盘了这

236

半个铺子。倘自己先走了，小帮子他妈肯定靠不住。这样，小帮子拿着这契约去要那一半儿的铺子，日后也是个饭辙。小帮子本来是个没心没肺的人，整天就知道出去喝酒耍钱。这时一听，才知道他爸已把自己的日后都安排好了，一下动了心，头一回字正腔圆地叫了一声，爸。

又说，您可不能死啊！

老瘪听了点点头。

当天晚上，就死了。

第四十九章

小帮子小时叫小帮子，到二十多岁，就不能叫小帮子了。街上的人知道他姓牛，就叫他牛帮子。牛帮子不随老瘪，随他妈，不光好喝酒，爱耍钱，还爱捯饬。一个大老爷们儿，整天打扮得油头粉面，浑身上下溜光水滑儿，像个唱戏的。半大小子时，游手好闲还行，大了就不行了，总得干点儿嘛。牛帮子先是说，这年月干嘛嘛赔，还不如不干。老瘪听了，气得半天说不出话。后来又说，跟几个朋友商量了，要一块儿出外做生意。老瘪一听，这倒是好事，总比跟一些不三不四的狐朋狗友糇在一块儿整天喝酒耍钱强。跟二闺妞一商量，二闺妞的心思根本没在这儿，也就点头同意了。老瘪给牛帮子拿了点儿钱，让他当本钱。牛帮子这回还真做生意了。可他和几个朋友从天津蔫了茶叶，弄到杭州的西湖边儿去卖。等在那边玩儿够了，又蔫了海鲜拉回天津来。结果两头儿的东西都砸在手里。牛帮子把这点儿本钱踢腾光了，才屁滚尿流地回来了。老瘪摇头叹气说，你这是一帮哪儿的二百五朋友啊，你们怎么不在天津弄点儿煤，倒腾到山西大同去卖呢？没让你赔死，就算便宜你小子了！

这以后，老瘪也就明白了，这牛帮子不是做生意的材料儿，干脆就让他待在家里，跟着自己打理嘎巴菜铺子。可牛帮子在铺子里也是个甩手二掌柜，早晨越忙的时候，倒背着两手出来进去，抻着脖子这儿看看，那儿看看，油瓶子倒了也不扶。

但就是这样，老瘪也知足，至少不出去招灾惹祸了。

牛帮子虽跟来子是同父异母，但比来子狠。狠也分两种，一种狠是歹毒，恨谁就往死里整，也就是所谓的心狠手辣；还一种狠则是没顾忌，心里怎么想，就怎么干，用街上的话说也就是使得出来。牛帮子就使得出来。牛帮子这些年，心里一直向着他爸，恨他妈。小时候不懂事，就看着他妈整天冲他爸嚷，再急了还蹦脚儿。可不管她怎么嚷，怎么蹦，他爸都闷着头不吭声。大了才明白，是他妈太欺负人了。他爸就像头老牛，整天闷头干活儿。他妈不干活儿也就罢了，反倒像有理了，经常两句话没说完，眼就冲他爸立起来。现在行了，他爸一死，他妈就抿着两手不知怎么办了。牛帮子果然使得出来。他这妈虽是亲妈，也照样扔下不管，揣上他爸给留下的这两张契约，扭头就去了"福临成祥鞋帽店"。

牛帮子来了才知道，他爸临死时说的话，有对的，也有不对的。对的是老朱确实早死了。不对的是，现在这铺子的老板早已不是老朱的儿子小福子，而是来子。

牛帮子知道来子。当初他爸活着时，曾不止一次跟他说过，他还有一个同父异母的哥哥，叫牛全来，小名叫来子，一直还住在侯家后的蜡头儿胡同。牛帮子看着没心没肺，其实心里也会画圈儿，侯家后离白家胡同就这么两步儿，他爸却从来不去。既然不去，肯定就有不去的道理。所以这些年，他也就从没来过这边。但不来，心里还是有些好奇，不知这个没见过面的大哥到底长得嘛样儿。这个下午，牛帮子来到"福临成祥鞋帽店"。伙计告诉他，牛掌柜不在，出去收账了，恐怕一时半会儿回不来。

伙计这么说，意思是让他别等了。

牛帮子一听，却扭头进了账房儿。但他刚进去，就让伙计汪财给轰出来。汪财说，账房儿这地方我们都不能进，你一个外人，是你能进的吗？

牛帮子哪受过这个，眼一瞪说，你知道我是谁吗？

汪财哼一声说，你爱谁谁。

这时伙计福贵走过来。福贵比牛帮子高一头，一过来，把牛帮子的眼前都遮黑了。福贵一伸手就把牛帮子提起来，说，甭管你是谁，账房儿是搁钱的地方，不许进，懂吗？

说完，一开门就把他扔出来了。

牛帮子在街上混过，知道好汉不吃眼前亏的道理，一见这福贵长得五大三粗，两个手伸出来像两个大蒲扇，没敢再说话，扭头就从铺子出来了。在街上转了一阵，才突然想起来，现在就知道这铺子在来子手里，刚才又听伙计叫他牛掌柜，要这么说，他现在就应该是这铺子的掌柜的。可掌柜的跟掌柜的也不一样，是给别人掌柜，还是给自己掌柜？要给别人掌柜，这铺子就还不是他的，应该还有个老板。倘给自己掌柜，就说明这铺子已是他自己的了。

这么想着，看见街边的"狗不理包子铺"，才觉出有点饿了，就走进来。

这时已是下午，包子铺里没几个人。尚先生正坐在墙边的一个桌上，一边吃着包子，跟少高掌柜的说闲话。眼看又到年根儿了，街上买神祃儿的人多起来。尚先生过去的神祃儿都是自己刻版，自己印，现在七十出头儿了，眼神儿不行了。尚先生又是个要好儿的人，要自己刻版，就得刻得像那么回事，不地道，宁愿不刻。这几天就又跑了一趟河北内丘，进了一些正宗的"神灵祃儿"。头些年去内丘跑一个来回，也就是四五天的事，现在走不动了，一去一回，就得六七天。这个下午回来，已累得筋疲力尽，就来到包子铺，一边吃着包子喝两口酒，也解解乏。正吃着喝着，跟少高掌柜的闲聊，就见牛帮子进来了。牛帮子先要了两碟儿包子，又说要醋，要蒜。伙计去给拿了醋蒜。牛帮子把蒜剥了剥，又说蔫了，让换一头。伙计一见这人吃两碟儿包子还这么褶列，不想给换。少高掌柜的看了伙计一眼。伙计这才去了。尚先生不认识牛帮子，见这人油头粉面，以为是哪个小班儿唱戏的，也就没在意。一边喝着酒，还跟少高掌柜的聊天，说来子头几天刚做了一笔好生意，一双鞋卖了两块大洋。少高掌柜的一听就笑了，说嘛鞋，这么值钱。尚先生说，他敢要这个价儿，自然就有值这个钱的地方。又说，来子现在已把这"福临成祥鞋帽店"的字号越做越大，真是今非昔比了。牛帮子先是只顾低头吃包子，这时一听说到"福临成祥鞋帽店"，又说到来子，已经夹起来放进嘴里的一个包子刚咬一口，一愣神，停了一下。但这一下就出事了。牛帮子虽也吃过"狗不理包子"，却并不知道这个"狗不理包子"是怎么回事。这"狗不理"的包子是水馅儿，可这水馅儿跟一般"灌汤包儿"的水馅儿还不是一回事，馅儿里是油汤，牛帮子把这包子放在嘴上咬一口，一停住，包子馅儿里的一股汤油就从咬破的包子里滋出来，不偏不倚，正滋在这边尚先生的腮帮子上。旁边的伙计一见，赶紧拖下肩上的手巾过来要给尚先生擦。尚先生轻轻抹了一下脸说，不忙，等他把这个包子吃完了吧，再滋，一块儿擦。

少高掌柜的在旁边噗地笑了。

牛帮子一见也有点不好意思，赶紧三两口把这包子吃了，先道歉，然后才凑过来，问尚先生，您刚才说的来子，是这"福临成祥鞋帽店"的掌柜的，还是老板？

尚先生先把脸上的包子汤擦了，答，当然是掌柜，不过也是老板。

牛帮子又问，这么说，这铺子是他的？

尚先生笑了，说，是啊。

牛帮子问，这铺子的老板，过去不是姓朱吗？

尚先生本来没注意旁边吃包子这人，这时被他的包子馅儿滋了一脸，又这样问来问去，就跟少高掌柜的对了一下眼神，回头说，这位小兄弟看着脸儿生，不是住这块儿的吧？

牛帮子说，我是白家胡同的。

牛帮子一说白家胡同，尚先生又仔细看看他。尚先生从见这牛帮子第一眼，就觉着这人虽然眼生，又好像在哪儿见过，或是长得像谁。但一时又想不起来。这时一听白家胡同，心里就动了一下。

尚先生曾听王麻秆儿说过，老瘪当年从家里出去，后来去了白家胡同，先是在一个铁匠铺跟人搭伙，后来这铁匠死了，就跟这铁匠的女人一块儿过了。王麻秆儿说，一次来子跟他喝酒，曾说过，老瘪跟这女人还给他生了个兄弟。这时，尚先生再看看这牛帮子，虽然长得前帮子后勺子，脑袋挺鼓，可看眉眼儿，还真有几分像来子。

尚先生就像是随口问了一句，这位小兄弟，贵姓啊。

牛帮子一边吃着包子说，姓牛。

尚先生又跟少高掌柜的对视一眼。

少高掌柜的就走过来说，旁边蜡头儿胡同过去有个叫牛喜的，外号儿老瘪。

牛帮子头也不抬地说，那是我爸。

又说，头几天刚死。

少高掌柜的哦了一声。

尚先生又看看他，小兄弟今天来这边，是办事？

牛帮子说，来鞋帽店，要现在说，是找来子。

尚先生试探着问，找他，有嘛事？

牛帮子摇晃了一下脑袋，哼一声说，现在看，这事儿还真有点儿麻烦了。

说完，一推跟前的碟子碗，就起身走了。

尚先生看看出去的牛帮子，又看看少高掌柜的。少高掌柜的这时也正看着牛帮子的背影。见他出门走远了，才把头转回来，想想说，看这意思，来子恐怕又要有麻烦了。

尚先生点头说，我看也是。

少高掌柜又笑笑，这年头儿，好好儿好好儿的，说不准哪会儿就得冒出个事儿来。

尚先生叹口气说，来子这些年，已经够不容易了，可别再有麻烦。

说完，就起身从包子铺出来了。

尚先生提着刚从内丘进的一摞"神灵祃儿"一进胡同，就见来子从胡同里迎面出来。来子下午收账回来，道儿上买了几斤籼米，打算熬"腊八儿粥"用，先回家放下。尚先生一见来子就站住了，想了想，刚才的事应该告诉来子，就问，你没去铺子？

来子说，收账刚回来，这就去。

尚先生说，你还有个兄弟？

来子也站住了，是啊！

又看看尚先生，您怎么知道？

尚先生说，他刚才来了，这会儿，应该去铺子了。

来子一听更奇怪了。他虽然知道这个兄弟，也曾打听过，这兄弟叫牛全有，小名小帮子，后来大了，叫牛帮子，可这些年从没有来往，他现在突然来，会有什么事？

尚先生又说，我刚在包子铺碰见他了，你这兄弟可有意思，还是小心点好。

说完又拍了拍来子，就进胡同去了。

第五十章

来子一回到铺子，伙计汪财就赶紧迎过来，往账房那边看一眼小声说，掌柜的，你可回来了。来子见他神色不对，问怎么回事。汪财这才把刚才的事说了。汪财说，刚才来了个人，点名要找牛掌柜。告诉他掌柜的不在，出去收账了，他就要去账房等，拦也拦不住。后来福贵过来了，才把他轰出去。这人没说话就扭头走了。可过一会儿又回来了，这回直接就奔账房。福贵又要轰他。他瞪着眼说，他也是这儿的掌柜的，这铺子有一半儿是他的，让福贵小心点儿，惹急了他，就让他滚蛋。福贵一听，这才不敢说话了。可他进了账房还不算，又嚷着让给他沏茶，说渴了，一会儿又说屋子太冷，让给他笼个火盆。来子一听就明白了，这人肯定是牛帮子。可他跟伙计说，这铺子有一半儿是他的，这又是怎么回事？

来子想起尚先生刚才说的话，心里一沉。看来，这牛帮子来，

242

还真有事。

这么想着，就朝账房这边来。

来子自从十几年前在街上见了一次牛帮子，这些年就再也没见过。但这时推门进来，还是一眼就认出来。再一看他左胳膊上戴着孝，就明白了。想着这毕竟是跟自己一个爹的兄弟，过来看看他，嗓子眼儿一热问，你是全有吧？

牛帮子坐着没动，翻起眼看看来子说，是。

来子又问，爸没了？

牛帮子嗯一声说，刚没。

来子刚要再说话，牛帮子已把两份契约掏出来，摊在账桌上说，这个，你看看吧。

来子过来拿起这两份契约看了看，一下愣住了。这两份契约都是十几年前的，显然，一份是杨灯罩儿当初跟老朱立的。可另一份，来子再看就吓一跳。这份契约上写明，杨灯罩儿的那一半铺子，已经卖给他爸牛喜。牛帮子说，这事儿，我得跟你说明白了，当初，咱爸是从一个叫杨灯罩儿的人手里盘下的这半个铺子，当时怎么盘的，多少钱，我都不清楚，他临死只告诉我，这铺子有一半儿是我的，他死以后，让我来把这半个铺子收回来。说着又喝了口茶，现在，既然这铺子在你手里，后面的事儿也就都好说了。

来子这时再想想，就明白了。

显然，这又是杨灯罩儿捣的鬼。他当初曾哄着老朱说，要把他的这一半铺子盘给老朱。老朱老实，真信了，糊里糊涂也就答应了。可盘过来，杨灯罩儿却没给他任何手续。看来杨灯罩儿在当时就已打好了这算盘，他这是一个闺女许了两个婆家，这边把这一半铺子盘给老朱，那边又盘给了他爸老瘪。这样，也就可以从两边拿两份儿钱。

来子在街上做生意这些年，已是经过事的。这件事怎么办，心里也就大概有数了。倘搁别人，当然再简单不过。当初来子曾让老朱把尚先生和马六儿请来，有中间人，也有证人，且让尚先生执笔，又补了一个字据，证明在老朱和杨灯罩儿之间确实有过这么一笔交易。现在，只要把这字据拿出来，告诉对方，当初杨灯罩儿跟他那边签的这个契约是假的，对方让杨灯罩儿骗了，有嘛话，让对方去跟杨灯罩儿说，也就行了。倘对方不干，还要再闹，大不了就一块儿找地方说理去，既然手里有字据，到哪儿也不怕。可现在就不行了，这牛帮子毕竟是自己的手足兄弟，来子不想把这事做得太绝。他这时细想，已经明白了父亲当年的一片苦心。他是担心自己突然有什么不测，不放心这个小儿子，所以才想给他留这样一条后路。既然如此，自己这当大哥的，也就不能再把父亲给他留的这条后路堵死。

这么想了，就说，你就留下吧。

牛帮子听了眨巴眨巴眼，让我留下，留下干嘛？

来子说，随你，当个二掌柜也行，干别的也行。

牛帮子噗地乐了，当二掌柜？这铺子有一半儿是我的，让我给你当二掌柜？

来子一听牛帮子这么说，知道他一点亲情的意思也没有，也就把脸掉下来，看着他说，我刚才这么说，是看在咱兄弟的情分上，你要不念这份儿情，咱就得该怎么说怎么说了。

牛帮子说，行啊，那就该怎么说怎么说吧。

来子说，好，我现在就告诉你，当初杨灯罩儿把咱爸骗了，当时这一半铺子，他已经先盘给老朱了，他以为老朱好糊弄，可我不好糊弄，我知道了这事，立刻又让老朱补了个手续，现在这手续就在我手上，当时也有证人，你要不信，我现在可以把证人找来。

牛帮子毕竟没经过事，一听来子这么说，心里立刻没底了。

但他稍稍愣了一下，又硬挺着脖子说，我也有中间人。

来子问，你的中间人是谁？

牛帮子指着契约说，你自己看，归贾胡同的，保三儿。

来子一听是保三儿，就说，要是保三儿就更好办了，保三儿是个讲理的人。

来子这时已知道这牛帮子是怎么回事了。也就明白，这件事并不像自己想象的。俗话说，出好心，不一定得好报，既然如此，也就不能再留尾巴，干脆这一次就都了结清楚。想到这里，就说，我看这事这么办，你把你的中间人请过来，我也把我的证人请过来，咱再把各自的所有字据，该拿的都拿出来，摆在桌面儿上，三头对案，大家也心明眼亮。

牛帮子不知好歹，立刻说，行，就这么办！

来子当即把伙计汪财和福贵叫来，让他俩分头，一个去蜡头儿胡同请尚先生，倘马六儿在家，也一块儿请过来。另一个去归贾胡同请保三儿。伙计汪财和福贵正都烦这牛帮子，这时一听，立刻就都去了。一会儿，尚先生来了。尚先生一进门看见牛帮子，只冲他点了下头，然后转身对来子说，马六儿一早上街了，这会儿还没回来。

来子心里明白，马六儿是怕事，不想来。

尚先生说，我既是证人，又是中间人，一个人也就行了。

这时保三儿也到了。保三儿已经五十多岁，早不拉胶皮了，养了两辆车，平时在家吃胳膊。所谓吃胳膊是行话，也就是往外租车，吃份子钱。保三儿路上就已听汪财说了请他来是为嘛事，进门只跟来子打了个招呼，就说，你们先说吧，我听听这到底是怎么回事儿。来子就把当初杨灯罩儿怎么先哄着老朱补签了一个合伙儿干这鞋帽店的契约，然后又怎么骗着老朱，说把自己这一半铺子盘给他，却没留任何字据，再后来来子知道了，又怎么把尚先生和马六儿请来当证人，补了一个字据，证明在他俩之间确实有过这么一笔交易，一样一样全都说了。最后，来子又拿出当初请尚先生补写的字据，摆在账桌上。尚先生是明白人，街上的这点事也都装在心里，这时已经明白是怎么回事，就回头问牛帮子，你听明白了吗？

牛帮子还嘴硬，说，不明白！

尚先生笑笑说，这点事，连小孩子都能明白了。

牛帮子涨红着脸，看看屋里的所有人。

保三儿说，你爸当初是让这杨灯罩儿骗了！你如果还不明白，

245

就是成心装王八蛋了！

说完，扭头就往外走。

来子赶紧叫住他说，别走，既然来了，晚上我做东，请各位吃顿便饭。

保三儿哼一声说，我先去找那杨灯罩儿，这老兔崽子，敢拴个套儿套我！

说完一摔门就出去了。

第五十一章

王麻秆儿这时也正找杨灯罩儿。

王麻秆儿那天夜里埋了儿子，觉着自己就像煮了挂的鸡，浑身上下已经拾不起个儿了。在家里躺了几天，心里还一直寻思这事。开始是难受，一想到儿子没了脑袋的样子，心里就像针扎一样疼。但慢慢静下来，再想这事的前前后后，就越想越觉着蹊跷。

王麻秆儿有个朋友，姓徐，平时爱玩儿鸟儿，街上的人都叫徐爷，跟王麻秆儿是在鸟儿市认识的。这徐爷在警察局看大门儿。王茂刚被抓时，王麻秆儿曾来找过他，让帮着打听消息。但徐爷就是个看大门儿的，也没处去打听。最后就问来一个确切的消息，说王茂已经判了，处决。这几天，王麻秆儿躺在家里一直想，曾听徐爷说，王茂是在西楼村被抓的，当时是在一个菜地的窝棚里。可王茂跟自己说过，要去的是裕大纱厂，怎么又跑到西楼村的菜地去了？王麻秆儿想弄明白这到底是怎么回事，于是就又来警察局找徐爷。这回徐爷告诉他，后来还真打听清楚了，本不想再跟他说，他儿子已经没了，再说也没意义了。

王麻秆儿一听，立刻让他说。

徐爷这才说，警察局有个白科长。这白科长好色，平时最爱玩儿女人。可他玩儿女人不是去妓院，专找相好的。过去有了相好的，就在外面租房子。租房子跟安外宅还不一样。安外宅相对固定，租房子不固定，也许仨俩月，也许三五天，打几枪就换个地方，比安外宅更安全。这白科长不敢安外宅，只是偷偷租房子。白科长的老婆是个"母老虎"，过去白科长在外面也安过外宅，可他老婆不光是母老虎，还是个警犬，没两天就能闻着味儿找来，把这外宅砸了不说，还闹得满大街都哄嚷动了。这以后，这白科长也就只是偷偷租房子。这样不等他老婆发现，已经又换了地方。但再后来租房子也不行了。他老婆又有了应对手段，在白科长身边的下属找了几个眼线，还是很快就能发现。这时白科长就发现了一个最保险的地方，他的办公室。他老婆的胆子再大，就是大到天上去，也不敢闹到警察局来。到了晚上，只要局里的人都走了，这白科长让相好的来自己办公室，也就想怎么折腾怎么折腾。但这样也有个问题，白科长的相好再怎么隐蔽，总不能飞进来，只要走大门，看门儿的徐爷就能看见，不光能看见，还得给她开门。起初白科长也担心，自己在办公室玩儿女人，这种事如果让上司知道了不光是丢差事的事，弄不好还得法办。白科长担心徐爷的嘴不严，把自己这点事说出去。可相好的来了几回，观察了一下，发现这徐爷还真不是个多事的人，每回只管开门，开门以后，就像没这么回事，从他嘴里一丝风也透不出去。过去白科长在局里出来进去，门口见了徐爷连眼皮也不抬。这以后，晚上再来局里，有时跟相好的玩儿高兴了，等把相好的打发走，就在门口儿的街上买包羊杂碎，来门房儿跟徐爷喝两口儿。

徐爷对王麻秆儿说，他得来的消息，就是跟这白科长喝酒时，听他说的。据这白科长说，警察局里有个探子，是安南人，叫阮三哈。这阮三哈在天津呆的年头儿多了，也就成了半个天津人。阮三哈认识一个叫杨灯罩儿的人。这杨灯罩儿住侯家后，一天跟这阮三哈说，他知道点事儿，如果告诉阮三哈，他一准儿能立功。阮三哈一听就让他说。但杨灯罩儿说，说行，得先拿钱。阮三哈问，要多少？杨灯罩儿反问，你要是在局里立了功，上边能奖励多少？阮三哈说，这得看立功大小，立的功大，奖励就大。杨灯罩儿说，你这回肯定是立大功。阮三哈留了个心眼儿，就说，总得有几块大洋。杨灯罩儿一听说，那就五块大洋，这奖励的钱归我，提职的事归你。阮三哈说，行，可你得先说，我不立功，哪儿来的钱。杨灯罩儿一听拨楞着脑袋说，那不行，你们安南人没谱儿，我得先见着钱。这时阮三哈已看出来，杨灯罩儿大概真知道点有用的事，经过讨价还价，最后一咬牙，就给了他三块大洋。杨灯罩儿这才告诉阮三哈，沿着海河往下游走，有个西楼村。这西楼村的南边有一片菜地。菜地里有个用席子搭的窝棚，今天晚上，这窝棚里有人聚会，去了一抓一个准儿。杨灯罩儿说完就拿上这三块大洋走了。阮三哈如获至宝，也没向局里报告，当天晚上，就带着几个人直奔西楼村的这块菜地。到了一看，菜地里果然有个窝棚。立刻围上去，真在这窝棚里抓住几个人。带回局一审，这几个人都是西楼村和附近几个村的村民，只说是在窝棚里喝酒闲聊。于是训诫了一番，让每个人找了保人，也就都领回去了。但这其中还有一个人，虽然也说是西楼村的，可一看就不像种地的。问他村里的人，也都说不上来。这一下警局的人就警觉了，接着又在他身上搜出在裕大纱厂组织工人罢工的文件，还有一些传单，是这几个村的"哀告书"。

徐爷对王麻秆儿说，这人，就是你儿子王茂。

王麻秆儿不等徐爷说完，心里已经明白了。

徐爷说，你儿子是个革命党，你愣不知道？

王麻秆儿没再说话，转身就回来了。

王麻秆儿这天从徐爷那儿回来，没回蜡头儿胡同，而是去了锅店街。锅店街上有一家"小王麻子菜刀铺"，专卖饭馆儿厨子剁猪骨头用的"笨菜刀"。这种"笨菜刀"的刀背儿有半寸多厚，还有个名字，叫"七六刀"，意思是七寸长六寸宽，掂在手里沉甸甸的，看着不像刀，像一把板斧。王麻秆儿把这些日子卖鸡毛掸子的钱全掏出来，一口气买了两把"七六刀"，用两手提着就回来了。一路走，街上的人见他杀气腾腾，都不知怎么回事。有认识他的，也不敢上前问。王麻秆儿就这么提着这两把"七六刀"回到蜡头儿胡同。这时已是傍晚。王麻秆儿没回家，一进胡同就直奔杨灯罩儿的家来。杨灯罩儿的家是靠胡同里边，屋门的旁边有一棵半抱粗的大柳树。王麻秆儿先选好地方，站在这棵大柳树的对面。他想的是，倘杨灯罩儿从屋里蹿出来，那边有树挡着，肯定得往另一边跑，自己先在这边堵着，他也就无路可逃了。这么想好，又站定，就一脚把屋门踹开了。但杨灯罩儿没在家，屋里是空的。王麻秆儿两手掂着菜刀进来，在屋里转了一圈儿，又出来了。正往回走，迎面正碰上回来的杨灯罩儿。杨灯罩儿这一阵已很少回家，今天是趁傍黑，回来拿点东西。刚进胡同没走几步，一见王麻秆儿掂着两把菜刀气势汹汹地从自己家出来，心里登时就明白了。不等王麻秆儿到跟前，扭头就跑。这时王麻秆儿也已看见了杨灯罩儿，哪里肯放过，挥着菜刀就追上来。

王麻秆儿比杨灯罩儿还大两岁，但整天走街串巷卖鸡毛掸子，虽是六十多岁的人了腿脚儿还很利落。杨灯罩儿却整天不干正经事，眼下还傍着个女人，夜里也总不闲着，身子就比王麻秆儿虚。这样王麻秆儿三两步就追上来，看准杨灯罩儿的后脑勺儿一菜刀就劈过来。杨灯罩儿已经感觉到身后的金风，接着又听见呼哨一响，就知道这一响不是好响，哇地叫了一声朝前猛一扑。这时王麻秆儿的菜刀也到了，划着杨灯罩儿的后脑勺儿就劈下来，正砍在小腿肚子上。杨灯罩儿一个趔趄扑倒在地上。王麻秆儿跟上来，又举起菜刀。他这一刀要劈在杨灯罩儿的脑袋上，非得劈成两半。但就在这时，尚先生赶过来，一把把他抱住了。尚先生已经七十多岁，抱住王麻秆儿并没有多大劲儿，也就是箍住王麻秆儿的两个胳膊，不让他再抡菜刀，其实王麻秆儿稍一挣也就挣开了。但王麻秆儿这时虽已杀红了眼，心里还清楚，知道自己倘由着性子真把这一刀劈下去，就得和尚先生一块儿摔倒。自己摔倒了还好说，尚先生已是这个年纪的人，这一下就得摔坏了。这一想，手里的刀也就没再举起来。杨灯罩儿趁这机会从王麻秆儿的裤裆底下像条泥鳅似的一钻，爬起来就一瘸一拐地跑了。

但刚跑到胡同口，又让保三儿一把揪住了。

保三儿从"福临成祥鞋帽店"出来，就来蜡头儿胡同找杨灯罩儿。这时见他瘸着腿跑出来，上前一揪滑了手，腿下又一绊，杨灯罩儿一个嘴啃泥又趴在地上。保三儿跟王麻秆儿不一样。王麻秆儿找杨灯罩儿是来拼命的，保三儿不拼命，现在自己养着两辆胶皮，日子过得挺滋润，跟杨灯罩儿这种人拼命不值。这时，保三儿一把抓住杨灯罩儿的脖子，一使劲把他从地上揪起来，这一下也就跟他脸儿对脸儿，相距不过一尺来远儿。这时天还没黑透，保三儿朝杨灯罩儿的脸上看了看，一见他已是个两鬓斑白的老人，脸皮一堆褶子，就有点儿心软了。可正在这时，杨灯罩儿突然朝保三儿的脸上啐了口唾沫，噗的一下。

他这口唾沫挺黏，又挺臭。保三儿一愣，下意识地一松手。

杨灯罩儿趁机一拧脖子挣脱出来，扭头就瘸着腿跑了。

第五十二章

杨灯罩儿的这一口唾沫，让保三儿恨疯了。

保三儿把别的事都扔下了，每天就在蜡头儿胡同转，非找着杨灯罩儿不可。

杨灯罩儿也知道，保三儿过去是拉胶皮的。天津的街上有句老话，"车、船、店、脚、衙，没罪也该杀"。所谓"车"，指的也就是拉胶皮的，意思是这一行的不光好人少，也都不是善茬儿。杨灯罩儿很清楚，自己这一口唾沫肯定是捅了马蜂窝。但杨灯罩儿想来想去，还是想不明白，自己这些年跟这个保三儿没一点儿来往，他这个晚上来蜡头儿胡同显然不是路过，也不会是帮王麻秆儿，看样子就是冲自己来的。可他又是为嘛事来找自己呢？

杨灯罩儿这时已顾不上弄清这些事。用句天津的土话说，别的都是老么，先说保命要紧。他从蜡头儿胡同跑出来，跳上一辆胶皮，一头钻进法租界就再也不敢出来了。

保三儿还是很快就打听到杨灯罩儿的下落，知道他现在跟一个叫黑玛丽的女人住在法租界的巴黎路。这黑玛丽四十多岁，早先是个舞女，这些年一直在法租界里混。现在人老珠黄，跳舞跳不动了，就在巴黎路拐角的一个小洋楼租了个储物间，平时以给洋人"拉皮条"为生。杨灯罩儿是在一个咖啡馆认识黑玛丽的。杨灯罩儿自从当年让洋人赫德从"爱德蒙"洋行轰出来，跟大卫李也就断了。后来杨灯罩儿走投无路，又去找过大卫李，还想让他帮忙。但大卫李跟他挑明了，对他说，他现在已经彻底看清了，知道杨灯罩儿是个什么玩意儿变的了，所以不光不想管他的事，以后也不想再跟他有任何来往。他告诉杨灯罩儿，就当从来不认识，别再来找他，再来，他就叫巡警。杨灯罩儿一见大卫李把话说得这么绝，也就只好作罢了。但没了大卫李，在法租界就更难混了。过去还能进公司，现在岁数也大了，公司就更进不去了，只能到处打游飞。一天下午，杨灯罩儿来到一个咖啡馆。他来这咖啡馆当然不为喝咖啡。在这里喝咖啡的大都是洋人，或跟洋人有关系的中国人。

果然，杨灯罩儿在这儿认识了黑玛丽。

黑玛丽本来是指跳舞吃饭的，后来不跳了不是自己不想跳，而是没人要了。洋人对舞伴的要求很高，漂亮不漂亮倒在其次，他们也看不出中国女人的丑俊。有的长得瘪鼻子翻嘴唇，洋人看了反倒爱得不行；但必须得年轻，年轻女人腰儿才细，腿才直，洋人要的是身材。可这时黑玛丽的腰虽还不算粗，也只比屁股细一点儿，腿本来挺长，一过四十也就打弯儿了。黑玛丽跳了半辈子舞，这时再干别的也不会，就只能还吃这碗饭。在租界混了这些年，已学会说洋话，也认识不少洋人，再有中国女人想干这行，她就往洋人跟前介绍。时间一长，洋人再想找舞女，也来冲她要，至于要去了光跳舞，还是跳完了舞也干别的，黑玛丽就不管了。

一天下午，杨灯罩儿正坐在咖啡馆里，就见黑玛丽带着两个中国女人进来，坐在旁边的桌上。喝了一会儿咖啡，又来了两个洋人。

黑玛丽的洋话说得呱呱的，跟这两个洋人嘻嘻哈哈地聊了一会儿，这两个洋人就把这两个中国女人带走了。这时杨灯罩儿已看出来，这女人应该是个人物儿，想了想，就起身凑过来。先搭上话，闲聊了几句，俩人挺说得上来。黑玛丽说的是天津话。但天津话也不一样。在租界混惯洋事儿的天津人，说的天津话不纯，还带点洋腔儿。天津话本来很重，口音也冲，一带洋腔儿就软了，也轻。杨灯罩儿在法租界混了这些年，对黑玛丽这种带点洋腔儿的天津话也就很熟悉。黑玛丽的眼也毒，看出凑过来的这个男人应该也混过洋事儿，而且不像个省油的灯。黑玛丽干这行，也不能总单枪匹马，一直想有个妥靠的男人帮衬。两人这样聊了一会儿，都觉着对方有用，也是惺惺相惜，就一拍即合越聊越近乎儿。又一块儿吃了顿晚饭，当天晚上，杨灯罩儿也就住在黑玛丽的家里。

杨灯罩儿在黑玛丽的家里本来不是长住，赶上有事，或俩人都有兴致，就多住几天，一忙也许就三五天不来。但自从杨灯罩儿的小腿肚子让王麻秆儿砍了一菜刀，又往保三儿的脸上吐了口唾沫，就一头钻进黑玛丽的家里不敢出来了。他当然没跟黑玛丽说实话，只说自己累了，想在这儿歇几天。黑玛丽一个人本来也冷清，有个杨灯罩儿做伴儿，也挺高兴。

保三儿当年拉胶皮，对法租界很熟，在这边也有朋友。让这边的朋友一扫听，没几天就打听到了杨灯罩儿的下落。保三儿知道巴黎路，问清了具体地方，当天下午就来到法租界。这是个平顶的小洋楼，加上地下室一共三层。储物间是在一进门的二楼。

保三儿过来，先敲了敲门。

黑玛丽打开门，上下看看保三儿，不认识。保三儿却一把推开她就闯进来。杨灯罩儿正趴在床上翻看一本花花绿绿的外国画报，回头一看是保三儿，翻身一个鲤鱼打挺就从床上蹦起来。保三儿比他快，上前一把就把他按住了。杨灯罩儿歪在床上，胳膊让保三儿拧着，疼得直咧嘴。黑玛丽吓得嗷儿地叫了一声。保三儿冲她比画着说，你要再敢叫，我先宰了他，再宰你！黑玛丽就不敢叫了。保三儿又朝旁边一指说，坐下。

黑玛丽就坐下了。

保三儿这才松开手，让杨灯罩儿坐起来。可杨灯罩儿刚起身，突然一蹦就朝门口儿跑去。保三儿没追，只在底下一伸脚，杨灯罩儿朝前一蹿就摔在地上。保三儿跟过来，又把他揪起来，放到床沿儿上说，你这已经是第二回了，再跑，我就不客气了。

杨灯罩儿垂头丧气地低着头，在床沿儿上坐下了。

保三儿说，说吧，到底怎么回事。

但保三儿这一问，杨灯罩儿却听拧了，以为保三儿问的是这回王麻秆儿儿子的事。再说，那天傍晚在蜡头儿胡同的胡同口儿，差一点儿让王麻秆儿拿菜刀给劈了，心里也就明白，看来再想搪塞也搪塞不过去，于是只好把这事的前前后后都说了。杨灯罩儿说，他也是偶然发现这件事的。一天早晨，他从家里出来，一出蜡头儿胡同，看见两个年轻人从"福临成祥鞋帽店"里出来，心里有些纳闷儿，鞋帽店还没开板儿，这俩人这会儿出来，肯定是住在店里了，可来子怎么会让这样两个生人住在店里？这么想着，这事儿也就过去了。几天以后的晚上，他有事回来得晚，路过鞋帽店时，又看见这两个人。这一下杨灯罩儿就留意了。杨灯罩儿这时是哪条道儿上的活儿都干，也哪条道儿上的钱都挣，用街上的话说，也就是"打八岔"。这时突然想起来，在警察局里有一个叫阮三哈的朋友，是个安南人，当年在洋人的租界混事儿，后来又跑到华人的警局当探子。这阮三哈曾跟杨灯罩儿说过，现在天津的地面儿很复杂，各路人都有，可上面最注意的还是革命党。阮三哈让杨灯罩儿留意，只要发现可疑的人，就跟他通报一声，将来有了好处大家分。杨灯罩儿已听街上的人说过，王麻秆儿的儿子小时候让姥姥家领走，最近好像又回来了。可这儿子回来的事，王麻秆儿好像挺背人，不太愿意说。杨灯罩儿的肚子里弯弯绕儿多，直觉告诉他，这应该是个发财的机会。于是就下了功夫，天天在鞋帽店的门口蹲着。这一蹲还真没白蹲，终于弄清了，这两个年轻人一个宽肩膀儿，一个溜肩膀儿。王麻秆儿总来看这个宽肩膀儿的，估计是他的儿子。那个溜肩膀儿的应该是跟王麻秆儿的儿子一块儿的。又注意了几天，发现这两个人最常去的是两个地方，一是裕大纱厂和北洋纱厂，再一个就是西楼村。西楼村的南面有一片菜地，这菜地里有个窝棚，这两个人常去这个窝棚。这时，杨灯罩儿的心里就开始盘算了。看样子，这俩人八成都是革命党，倘把这事告诉阮三哈，肯定能赚一笔。可还有一样，这其中有一个是王麻秆儿的儿子，要是把他儿子也举报了，真抓起来，这种罪过儿可是要掉脑袋的。砍了那个年轻人的脑袋倒无所谓，倘把王麻秆儿的儿子也砍了，自己以后也甭想再在这蜡头儿胡同住了。又想，其实举报一个人，也就等于举报了两个人，只要告诉阮三哈，把这个溜肩膀儿的年轻人抓住，到里边一动刑，他肯定就把王麻秆儿的儿子招出来，真这样，王麻秆儿也就怨不得别人了。杨灯罩儿在心里这样打定主意，就又继续盯着这两个人。过去只在鞋帽店的门口蹲守，这以后就不光蹲守了，也在后面跟着。一天晚上，杨灯罩儿在鞋帽店的门口蹲到半夜，看看还没动静，正打算回去，就见这两个人又出来了。一边走着，还在小声说话。就听溜肩膀儿的说，那行，明天咱分头，我去大经，你去厂子，晚上，我再去窝棚，天亮回来会合。杨灯罩儿躲在暗处，看着这两个人从眼前过去，说的话虽然听得断断续续，也就都记在心里了。这溜肩膀儿的说的大经，应该是大经路，厂子，应该是说裕大纱厂或北洋纱厂，又说晚上去窝棚，肯定就是西楼村南面菜地里的那个窝棚。杨灯罩儿一想，这倒是个机会，明天晚上，这溜肩膀儿的年轻人跟王麻秆儿的儿子分开了，他去西楼村菜地的窝棚，正好可以抓个正着。于是第二天一早，杨灯罩儿就跑来找阮三哈。经过一番讨价还价，这些日子总算没白费劲，在阮三哈那里挣了三块大洋。但后来才知道，阮三哈那个晚上带人去了，果然在西楼村菜地的窝棚里抓了几个人。可其中并没有那个溜肩膀儿的，却抓住了那个宽肩膀儿的。杨灯罩儿听了心里一惊，知道是把王麻秆儿的儿子抓了。再想心里又纳闷儿，那天晚上，明明听那个溜肩膀儿的年轻人说，第二天晚上，他去西楼村的菜地窝棚，怎么又换了王麻秆儿的儿子？但这时再怎么说都没用了，只能眼睁睁地看着，王麻秆儿的儿子就这么拉去给砍了。

保三儿一听，没想到杨灯罩儿就为三块大洋，还干了这样一件断子绝孙的缺德事儿，抡圆了就扇了他一个大嘴巴子。杨灯罩儿的瘦脸上登时印出五个通红的手指头印儿，跟着嘴角的血也淌下来。杨灯罩儿捂着脸委屈地说，你让我说，我说了，怎么还打？

保三儿说，我没让你说这个！

杨灯罩儿一听，眨巴眨巴眼。

保三儿说，我问你，当初让我当中间人，你把那半个鞋帽店盘给老瘪，是怎么回事？

杨灯罩儿一听这才明白了，敢情保三儿找自己，是为的鞋帽店的事。心里立刻暗暗叫苦。本来这鞋帽店的事已过去十几年，人也都死得差不多了，现在怎么把这事儿又翻腾出来了？可现在让保三儿这一诈，却把自己的这件事也给一块儿诈出来了。这以后，自己就真没法儿再回蜡头儿胡同了。这时，保三儿又把他的胳膊一拧问，你说不说？

杨灯罩儿赶紧咧着嘴说，说说，我说。

杨灯罩儿这才又把当初怎么先把自己的一半铺子盘给老朱，然后故意没留手续，钻这个空子，又去骗了老瘪一道，怎么来怎么去，都跟保三儿说了。

保三儿听了二话没说，揪着杨灯罩儿就回侯家后来。

第五十三章

牛帮子随他妈二闺妞，其实也随他爸老瘪。随他妈是好揪饬。随他爸，是好面子。牛帮子这回拿着他爸留的两份契约来"福临成祥鞋帽店"，本来是理直气壮地想要回属于自己的那半个铺子，来当半个老板。不料却弄出这么个事来。等把当年的证人和中间人都找来，坐在一块儿三头对案，才知道，敢情是自己的那个死鬼爹当初隔山买老牛，让人给骗了。

但事情虽是这么个事情，也都说清了，牛帮子的面子却下不来。不光面子下不来，也觉着这事未必就是这么个事。虽然来子说，当初杨灯罩儿是把这半个铺子盘给老朱在先，且有中间人尚先生和证人马六儿，而且后来还补了字据，但这字据只是老朱一头儿的，上面并没有杨灯罩儿的签字，就算有证人，再怎么说也不能完全当成凭据。可要找当初的当事人，老朱已经死了，杨灯罩儿又找不到人。牛帮子对来子说，你总不能给我来个死无对证。

来子也知道，牛帮子这是在故意没理搅理。

于是说，你说吧，你要怎么着才认这个账。

牛帮子摇晃着脑袋说，我牛全有虽比不上你牛全来，可也说话算话，要说别的，那是难为你，死的就没办法了，可还有个活的对不对？你只要把这杨灯罩儿给我找来，让他当着我的面亲口承认，这事儿就是他当初故意骗人，一个闺女许了俩婆家，这个账，我就认。

来子一听说，你说不难为人，这已经是难为人了，这杨灯罩儿不是个正经人，比死的老朱还难找，实话告诉你，现在想找他的不是你一个人，那天在胡同口儿，要不是他跑得快，就让王麻秆儿一菜刀给劈了，他这会儿不定钻哪儿去了，恐怕这辈子也不会再露面儿了。

牛帮子一听心里更有底了，哼一声说，那就没办法了，人得讲理，你要说我这契约是假的，你总得拿出凭据，无凭无据，现在又找不来当事人，这铺子的一半儿就还是我的。

来子没想到，这牛帮子这么难缠。再想，到底是自己的亲兄弟，吃亏也没吃到外人身上，只好说，这样吧，就算这铺子一半儿是你的，以后咱哥儿俩合着干，这总行了吧。

牛帮子一拨楞脑袋说，不行。

来子耐着性子问，怎么还不行？

牛帮子说，怎么叫就算？合着是你赏我的？这铺子本来就应该有我一半儿!

牛帮子跟来子这么矫情来矫情去,已经矫情了三四天。每天上午过来,往账房一坐,就转着圈儿地说车轱辘话。来子让他说得脑子都乱了,生意上的事也做不下去了。这天下午,牛帮子在账房里正这么说着,就听外面的铺子突然乱了。来子赶紧出来一看,就见保三儿揪着个人进来。再仔细一看,竟然是杨灯罩儿。保三儿一见来子就说,这老小子我带来了!

来子见铺子里正有生意,这么闹不像话,就赶紧让保三儿弄着杨灯罩儿来到账房。牛帮子不认识杨灯罩儿,看了看,不知保三儿揪进来的这老头是谁,就问,这又是要干嘛?

保三儿冲他说,你不认识他是谁?

牛帮子说,不认识,他谁啊?

保三儿说,那就认识认识吧,他就是杨灯罩儿!

牛帮子一听,登时愣住了。

保三儿把杨灯罩儿按在一个凳子上说,你把刚才说的话,在这儿再说一遍!

杨灯罩儿翻了翻白眼儿,意思是不想说。

保三儿又一掐他的脖梗子问,你说不说?

杨灯罩儿立刻一咧嘴说,说说,我说。

于是,就把刚才在黑玛丽家里说的话,在这账房当着牛帮子和来子又说了一遍。

牛帮子听完,冲杨灯罩儿使劲啐了一口,就起身走了。

第五十四章

来子从来不做梦。可这天夜里,做了一个梦。他梦见他爸老瘪左手领着牛帮子,右手领着一个女人,来到鞋帽店。梦里的老瘪还是这么瘪,但身上挺干净,像是要出远门。走进铺子,把牛帮子交到来子手里，没说话，只是看看来子。来子见他眼泪汪汪的，刚要说话，他已经转身走了，把领来的女人也留在铺子里。来子刚要叫，老瘪已经出门走远了。来子这才顾上看这女人。但这女人也转身走了，只回头看了一眼。也就这一眼，来子认出来，这女人竟然是小闺女儿。他刚要叫，小闺女儿也已出门走了。她走得比他爸老瘪还快。来子追到门口，已经没人了。这时再回头，就见牛帮子去了账房。来子也跟进来，刚要说话，牛帮子迎上来，咕咚给来子跪下了。来子赶紧要扶他起来。牛帮子已经泪流满面，冲来子说，哥，咱爸让我叫你哥，咱爸说，让你给我一口饭吃。来子一见也哽咽了，想说话，可嗓子眼儿堵着，说不出来，使劲要搀牛帮子起来，牛帮子却死活不起。后来一急，就醒了。

这时看看窗外，天还没亮。

来子每天的习惯是天不亮就起，起来先来铺子。这时鞋帽店的后面已经又扩出几间房，伙计都住后面，伙房也在后面，铺子管吃管住。这个早晨，来子从家里出来，一边往铺子走着，心里还在想着夜里的这个梦。小闺女儿这一走，算算已经快二十年了。这二十年，来子没再想过成亲的事，也没这心思。头些年，"华记布匹庄"的华掌柜又托人来跟来子提。华掌柜后来还是招了个上门女婿。这女婿是津西独流镇的，家里没人，从小跟着叔叔在运河上跑船儿。跑了这些年，也想上岸了。华掌柜一听媒人说，觉着挺合适。本来都说妥了，日子也定了，可这年秋天，这年轻人跟他叔叔跑最后一趟船时，在青县跟一条"对槽"撞上了。这年轻人为救他叔叔，自己淹死了。这一下华掌柜的小女儿就成了个半羼子寡妇，说没嫁，已经有了主儿，可有主儿又还没成亲。后来也就一直落在家里。华掌柜托人来跟来子说，他闺女虽已有过主儿，可还没破身，也就还是个黄花儿闺女，来子要有意，也不说招赘不招赘了，况且来子现在也已是"福临成祥鞋帽店"的老板，论买卖比自己的布匹庄也不小，只要同意，把自己的女儿娶过去就行了。但来子跟媒人说，谢谢华掌柜的美意，自己没心思。华掌柜也听说过来子当年的事，这

258

时媒人带话回来，也就摇头叹气说，这个小闺女儿，真没福气啊。

上午，来子一边做事，还一直走神，眼前一会儿晃着梦里的小闺女儿，一会儿又是跪在跟前的牛帮子。快到中午时，尚先生来了。尚先生有个塘沽的朋友来看他，知道他最爱吃海货，就带来一篓儿海蟹。尚先生过意不去，想买顶帽子送这朋友。进来跟来子说了几句话，就看出他有心思，于是问，怎么回事。来子知道尚先生会圆梦，就把夜里的这个梦跟尚先生说了。尚先生听了想想，笑着说，我也甭给你圆这梦了，圆了你也不信，俗话说，梦是心头想，看来你是又想小闺女儿了。说着又看看他，再就是，心里还是放不下你这兄弟。

尚先生这几句话，都说到来子心里了。

来子低着头，没说话。

尚先生说，有一句老话儿，兄弟之间，救急救不了穷，救穷救不了命，甭管谁，一时穷富是人定的，可一辈子穷富就不是人能定的了，得天定，你就是怎么管，也管不了根儿。

来子一听，就明白尚先生的意思了。

尚先生又说，按说你们也是亲兄弟，可我说句不该说的话，你别过意。

来子说，您说。

尚先生说，你这兄弟可不是个善主儿，要真让他来这铺子，你就乱了。

来子说，可我爸没了，眼下，总不能不管他。

尚先生点点头，管可以，可也看怎么管。

来子看着尚先生。

尚先生说，你给他米，给他面，给他钱都行。

来子问，就是不能让他来铺子？

尚先生说，你自个儿寻思吧。

说完，就拿上帽子走了。

来子是个听劝的人，这些年别管遇上什么事，都想听听别人怎

259

么说。两个人想的，总比一个人周全。但别人说完了，可以听，也可以不听，自己还有自己的想法。来子也知道，尚先生说得有道理。其实尚先生还是说客气了，有的话虽没直说，意思也已经带出来。来子寻思到中午，就把伙计汪财叫过来，告诉他，吃完午饭，去趟白家胡同。

伙计汪财一听去白家胡同，就明白了，有点儿不愿去。

来子说，让你去就去，那天来的，是我兄弟。

汪财说，知道。

来子说，请他过来，就说我有事，要跟他商量。

下午，牛帮子来了。来子没再跟他绕弯子，开门见山就说，现在也别说这铺子是谁的了，既然咱是亲兄弟，以后就一块儿干。牛帮子没想到来子把自己找来，会这么说。那天保三儿把杨灯罩儿揪来，杨灯罩儿已当着所有的人承认，当初就是他骗了老瘪，盘给他的这半个铺子根本就没这么回事；牛帮子既然已事先说了，只要来子把这杨灯罩儿找来，让他当面承认，自己就认这个账。现在杨灯罩儿来也来了，承认也承认了，他也就无话可说了。但牛帮子的秉性毕竟还有一半儿随他妈二闺妞，想法儿和思路都跟常人不一样。这时一听来子这么说，翻着眼皮想了想，说，古人讲，凡事都得师出有名，咱话也得说在前头。

来子说，你说吧。

牛帮子问，你请我过来，总不能让我当个二掌柜吧？

来子一听牛帮子用这个"请"字，就觉着有点儿扎耳朵。但还是说，咱兄弟俩，当然不分什么大掌柜二掌柜，有事儿商量着办，说书的有句话，兄弟齐心，其利断金。

牛帮子点点头，又问，我的月俸，怎么算？

来子一听这话，就有点儿要忍不住了。

来子这时已经听说了，他爸老瘪一死，白家胡同的那个嘎巴菜铺子二闺妞和牛帮子根本就玩儿不转。现在已经关张了，他娘儿俩也就是坐吃山空。照这样再过些日子，也许就得跑当铺卖着吃了。

来子看着牛帮子，心里说，现在叫你来铺子，也就是咱爸夜里托的这梦，让我给你一碗饭吃，你真以为自己是个爷，我得花大价钱，八抬大桥请你过来？但心里这么想，嘴上还是说，我也没月俸，每月也就是个零花钱，你跟我一样，有用钱的地方，再另说，到年底了，铺子赚了钱，你也有份儿，到时候怎么算，咱再商量。

牛帮子听了没说话，显然心里不太满意。但他毕竟也是二十大几的人了，看得出眉眼高低，心里也掂得出轻重。虽不高兴，也就没再说别的。

第五十五章

来子很快就意识到，自己犯了个错误。

生意上的事，就这么绝，看着是白刀子进，白刀子出，其实杀人不见血，血都流在了看不见的地方。所以才留下一句老话，亲兄弟，也得明算账。兄弟情义可以讲，但那是生意以外的事。摞下生意，多亲多近都行，可一沾生意就不行了。生意场上没情义。谁讲情义就得吃亏。这种话，来子过去也说过。可现在，却在自己身上可丁可卯儿地应验了。

牛帮子刚来铺子时，还没看出什么，只是整天伸着脖子这儿看看，那儿看看。先在前面的柜上看货架子，架眼儿里都摆着嘛样儿的鞋，嘛样儿的帽子。然后又凑在柜台旁边，看来了主顾，伙计怎么做买卖。再然后就溜达到后面绱鞋的地方。这时后面已是一大间，能坐下十来个人，有绱鞋的，也有做帽子的。牛帮子在铺子里转悠了几天，觉着自己都看明白了，就开始说话。先说柜上的伙计，跟主顾说话太客气，这么低三下四不行，咱是拿鞋卖钱，又不是跟他要钱，至于这么说话吗？柜上的伙计做买卖都是学徒学出来的，当初一入行，师傅就是这么教的，牛帮子是个外行，在这儿指手划脚，伙计就不爱听。有个叫年四儿的小伙计，跟牛帮子顶撞了一句，牛帮子登时急了，说他敢跟掌柜的顶嘴，立刻要轰他走。年四儿这才知道自己惹祸了，赶紧哭着央求牛帮子，说下回再也不敢了。但牛帮子还不依不饶，说要立规矩，愣是把年四儿赶走了。接着就是铺子后面。在铺子后面绱鞋的这几个师傅，都是一直给"福临成祥鞋帽店"绱鞋的，铺子要的式样、具体要求，包括鞋帮鞋边儿鞋底儿鞋面儿的宽窄薄厚儿，针脚儿大小，来子都有详细规定，不用说，心里就都清清楚楚。这侯家后还有两家鞋帽店，可没开两年就都关张了。来子跟这几个师傅说，知道为嘛吗，这俩铺子都是外地人开的，咱天津这地界儿最讲手艺，甭管嘛事，就俩字，地道，咱的鞋帽店虽不是百年老号，活儿也不能有一丝一毫的马虎，其实百年老号也就是这么干出来的。这时牛帮子来后面，一见绱鞋师傅做的鞋都是细细的小针脚儿，缝得不光密，还瓷实，就连连摇着头说，这么干可不行，咱这买卖要这么实在，还不得赔死？他拿起一只纳了一半的鞋底子比画着说，鞋是穿在脚上的，谁没事儿还总掰着脚丫子看鞋底儿？你多缝几针少缝几针没人知道。

这几个师傅里，有一个叫吴铁手儿的，绱鞋不使锥子，半寸多厚的鞋底子也能直接用针扎。这吴铁手儿当年是老朱手把手儿教出来的，活儿最细，也最地道，几个绱鞋师傅都服他。牛帮子却早就看着这吴铁手儿不顺眼。他每次说话，别的师傅都不吭声，唯独他，敢顶嘴，说家有千口，主事一人，不能鸡一嘴鸭一嘴的，我们到底听谁的。又说，现在这么干，是牛掌柜交代的，要改弦更张可以，得牛掌柜亲自发话，咱来铺子干活儿，只听牛掌柜的。

也就是吴铁手儿的这几句话，一下又把牛帮子惹了。

牛帮子走过来，问吴铁手儿，你知道我是谁吗？

吴铁手儿一边低头绱着鞋说，我不管你是谁，爱谁谁。

牛帮子问，你真不知道？

吴铁手儿说，不想知道。

牛帮子点头说，那行，我今天就让你知道知道。

牛帮子的意思是要轰吴铁手儿走。可他不知道，这些绱鞋师傅都是手艺人。手艺人跟伙计不一样。伙计在街上随便就能找，可绱鞋师傅都是几十年的功夫，想请都没处去请。牛帮子这里还没轰，吴铁手儿自己就先提出不干了，说，南市那边有几家鞋帽店，早就想请他过去，他是看着这"福临成祥"是老东家，还是做熟不做生，才一直没好意思走。现在既然这样，再呆下去也没意思了。这吴铁手儿一提出要走，别的师傅也就都提出来，要跟着走。

牛帮子本来就不懂买卖上的事，对鞋帽店这行更一窍不通。这些绱鞋师傅辞活要走，也就没当回事，反倒觉着这些人是借着这茬儿要涨工钱。心里觉着好笑，俗话说走了张屠户，不吃带毛儿猪，天底下仨腿儿的蛤蟆不好找，两条腿儿绱鞋的还不有的是。这天下午就又来找来子，说要商量做帽子的事。牛帮子刚去南市转了一圈儿，看见几家鞋帽店的橱窗里都摆着各式的帽子，有将军盔，有土耳其皮帽，还有海龙水獭的三块瓦儿。牛帮子跟来子说，咱这铺子不能光做毡帽儿礼帽儿，这能赚几个钱，也得做点儿高级的，海龙水獭的三块瓦，狐狸嗉儿的大翻檐儿。来子刚去后面，把吴铁手儿几个师傅好说歹说地挽留住，回来坐在账房里正运气，这时一听牛帮子这么说，就压着火儿问他，你知道海龙怎么卖吗？

牛帮子本来兴致勃勃，来子这一问，眨巴着眼说，怎么卖？

来子说，把咱这铺子卖了，也不一定能买一顶海龙的帽子。

牛帮子一听傻了。

来子又说，我正要找你，你坐下。

牛帮子一拨楞脑袋说，你有话说吧，我站着就行。

来子说，以后这铺子的事，你别乱说话。

牛帮子的眼登时立起来，问，你这话是嘛意思？

来子说，我的意思是，你这么乱说话，咱这买卖就没法儿干了，你轰走俩伙计，也就轰了，可现在又要把绱鞋师傅都轰走，你知道绱鞋师傅多难找吗？咱鞋帽店卖的是鞋，没人给做鞋了，还卖嘛？这几位都是咱二十来年的老师傅了，现在一下都走了，这买卖还干不干？

牛帮子一听，这才没话了。

第五十六章

小回长这么大，还是第一次来天津。好在侯家后的地方虽不大，但很有名，一问都知道，这样一路打听着就找过来了。可到了侯家后，再一打听"狗不理包子铺"，说是早在几年前就已搬到北大关去了。小回一边问着人，又找到北大关。这时"狗不理包子铺"的门面已经挺大，也更气派了。虽还没到午饭的饭口，铺子里已经开始上人，几个伙计正里外忙着。小回进来看了看，叫住一个伙计说，要找高掌柜。这伙计上下看看她，是个小闺女儿，可再看，只是显小，应该也有二十多岁了，就问，找高掌柜有嘛事儿。

小回说，是高掌柜的老乡，也算亲戚。

伙计一听，就转身进里边去了。

一会儿，少高掌柜的走出来，看看小回问，你找我？

小回问，您是高掌柜？

少高掌柜的笑笑说，你如果说的是老的高掌柜，早在十年前就已过世了，我是您儿子，都叫我少高掌柜的。说着看看小回，又问，伙计说你是我老乡，听口音，是武清来的？

小回说，我妈，在这儿呆过。

少高掌柜的问，你妈是谁，叫嘛？

小回说，叫李翠翠，小名叫小闺女儿。

少高掌柜的一听，一把拉住小回说，孩子，你妈是小闺女儿啊？快进来！

说着，就把小回带到后面来。

又问，你这趟来，是要干嘛？

小回说，找我爸。

少高掌柜的又看看小回，问，你爸是谁？

小回说，听我妈说，他叫牛全来，小名叫来子。

少高掌柜的想了一下，点着头喃喃地说，明白了，明白了。

小回又说，我妈说，找着包子铺的高掌柜，也就找着我爸了。

少高掌柜的说，你妈说得对，你找着我就行了。

又问，你妈现在怎么样？

小回的眼垂下来，说，不太好。

少高掌柜的看出这不是一句话两句话能说清楚的，就说，孩子，你先踏实住了，饿了吧？先吃点儿包子，喝碗稀饭，我这会儿离不开，过一会儿找个人，先带你过去。说着就让伙计端来两碟包子、一碗稀饭。看着小回吃完了，才让人把她送到鞋帽店这边来。

来子正在账房算账。一见小回，又听说是小闺女儿的女儿，很意外。

小回见了来子，张嘴就叫了一声，爸。

这一叫，更把来子叫愣了。

又仔细看看她，心里轰的一下，立刻就明白了。

赶紧拉住问，你妈呢？

小回忍着泪说，在家呢。

来子把她拉过来，上一眼下一眼地打量着，看眼角眉梢儿，还真像她妈，但也有像自己的地方。这时，突然有个这么大的女儿站在眼前，就像在做梦。

哽咽了一下，又问，你妈这些年，好吗？

小回摇头说，不好。

小回说，我妈这些年最常说的一句话就是，又梦见你了。

来子听了忍了忍，才没让眼泪流出来。

小回随她妈，是薄嘴唇儿，说话不光清楚，也利索。本来在来的路上心里还打鼓，天津这么大，又从没来过，不知这一趟能不能找到这个没见过面的爸。现在竟然挺顺利地就找见了，心里总算踏实下来。这时来子一问，她跟她妈这些年的情况，也就一五一十地全说了。

当年李显贵本来已答应张楼村的张同旺，把自己的女儿嫁过去，

265

张家那边也已经准备过彩礼。可就在这时，小闺女儿却突然不见了。李显贵一下急了，赶紧让小闺女儿的大哥去四处找。小闺女儿的大哥叫大虎。大虎把村里村外都找遍了，又一直找到镇上，也没见小闺女儿的踪影。这时李显贵就明白了，女儿是为了逃婚，离家出走了。她最有可能去的地方就是天津。可天津这么大，又上哪儿去找？当然，李显贵这时也不想再找了。他把女儿许配给张同旺这么个半大老头儿，心里本来就不情愿，只是为了还债才迫不得已。现在既然女儿走了，也就正好，家里这边的事，天塌下来自己顶着就是了。张家那边一听小闺女儿走了，知道是怎么回事，也无话可说。这事也就只好放下了。李显贵本来已经打算卖房。但就在这时，张楼村豆腐房的黄掌柜又来了，对李显贵说，这张同旺毕竟是个走南闯北的人，倒通情达理，也有情有义，这桩婚事虽没成，可还让带话过来，说可以拿出当初说好的彩礼钱，当然不能再叫彩礼，只当是借给李显贵，让他先把这难关渡过去，不过该怎么说怎么说，李显贵得把房契押给他。李显贵一听感激不尽，借钱押房子，也是天经地义，况且押房子总比卖房子强。这以后，李显贵用这笔钱还了账，买卖也就一点一点又缓起来。但买卖是缓起来了，经过这一番折腾，李显贵却病倒了，且这一病就起不来了。在炕上躺了些日子，李显贵知道自己也就这意思了，就把儿子大虎叫到跟前，对他说，去把小闺女儿找回来，他临死想见见她。

大虎一听，这才来天津找小闺女儿。

大虎听人说过，曾有人在侯家后见过小闺女儿。到了天津，就直奔侯家后来。大虎一想，小闺女儿一个女孩儿，在侯家后不会去铺子当伙计，只有两种可能，要么已经嫁人，要么自己想办法做点小买卖。可他到这儿两眼一抹黑，谁也不认识，只好在街上见人就打听。仗着侯家后地界儿也不大，打听了两天，还真打听到了。有人说，前面的"狗不理包子铺"，好像有个女孩儿叫小闺女儿，说话口音是武清的。大虎一听赶紧找过来。到了包子铺门口，没敢进去，只站在街边朝铺子里看。这时小闺女儿正从后厨往外端包子，一眼就看见了窗外的大虎。把包子给客人放下，就赶紧出来了。大虎一见小闺女儿，挺大个男人，眼泪一下就流出来，哽咽着说，这些年，你跑到这儿来，也不跟家里说一声。

小闺女儿倒没哭，只是看着大哥问，家里怎么样，爸呢？

大虎这才说，爸快不行了，想你，一直念叨着想见你。

这下小闺女儿哭了，立刻就要跟大虎回去。

但想了想，又说，今天还不能走。

大虎问，为啥？

小闺女儿说，还有点事，明儿一早吧，你先找个地方住下。

兄妹俩约好，大虎就先走了。

第二天一早，小闺女儿就跟着大虎回武清了。

来子这才明白了。这些年，他一直在想当初那最后的一晚。小闺女儿当时跟他说，这辈子除了他，她谁也不嫁。还说，她一定等着来子，也让来子等她。现在再想这些话，她当时应该已跟她大哥约好，第二天一早就要回武清了。这时，来子看着眼前的小回，心里一酸，嗓子又一热。显然，也就是那一晚，他俩就有了小回。

小回又说，当年她娘回去，家里的生意已经又不行了。这时李显贵躺在炕上，大虎不光身子骨儿不行，人也窝囊，顶不起家里的这爿生意，于是买卖就又垮了。李显贵见债主子整天上门催债，说的话也越来越难听，眼看着就要搬东西封门，就把小闺女儿叫到跟前，拉着她的手说，他死了倒好说，可难办的是她大哥，她大哥天生窝囊，只怕自己一死，就得让债主子赶到街上去。李显贵流着泪说，他这一辈子虽没混得太像样，可也要个脸面，总不能自己死后，儿子上街要饭。这时小闺女儿的肚子已经显形儿，也跟家里说了，这回要不回来，就在天津嫁人了。这时，就跟她爸说，您说吧，让我怎么帮我哥。李显贵问小闺女儿，还记不记得张楼村的那个张同旺。小闺女儿说，当然记得，要不是他，我当初也不会去天津。李显贵说，这两天，他又让黄掌柜捎话来，说小闺女儿虽然怀孕了，他也不嫌，只要小闺女儿同意，他还愿意娶她。李显贵说，就当为

267

了爹，也为救你大哥，你就答应这张同旺吧。

小闺女儿一见爹已说到这个份儿上，只好咬牙答应了。

这以后，小闺女儿就嫁到张家。后来生下小回，取名李香香，小名叫小回。小闺女儿后来告诉她，让她叫小回，是让她记着，她爸在天津，将来有一天还要回去，找她爸。

来子问，这次，为嘛来天津？

小回说，这个张同旺，本来一直对她娘儿俩挺好，可前些日子死了。他一死，几个儿子为分家产闹起来。后来越闹越乱，小闺女儿是个姨太太，自然没有跟他们争的份儿。这时小回已经大了，她妈也不想让她夹在这几个儿子中间，这才让她离开张家，来天津找她爸。

来子叹口气说，没想到，你妈这些年，这么不容易。

小回见了来子，一直没流泪，这时一听这话，眼泪就流下来了。她说，她出来时，她妈反复叮嘱，真找着她爸了，告诉他，千万别去看她。她妈说，她跟他的缘分，这辈子已经尽了。当年的事，留在心里就行了，当个念想儿，别再见面了。

来子听了摇摇头，又叹口气。

第五十七章

来子这些年，心里只装着小闺女儿。

尚先生曾探过来子的心气儿，说男人这辈子，不能没女人，不光心里有，跟前也得有。尚先生说，没女人的男人叫光棍儿，其实在中医讲，这光棍儿还有另一层含义，只是没法儿直截了当说出来。尚先生读的书多，只能绕着弯儿地给来子讲，他说，有日就有月，有上就有下，有硬就有软，有黑就有白，阴阳调和，方为天地，男人没女人，也就少了半边，天长日久会受病。来子也明白尚先生的意思，可心里已经有了小闺女儿，再装别的女人就装不下了。这次见着小回，听她说了她妈的事，憋在心里这二十多年的难受一下子就都涌上来。但眼前突然有了这么个大女儿，一见自己，又这么亲，心里多少还是个安慰。

这天晚上，来子把尚先生和王麻秆儿都请到铺子来。王麻秆儿这时明显老了，脸上的褶子都耷拉下来。但腿脚儿还利落，只是上街卖鸡毛掸子，已扛不动掸子垛了，每次只弄几根，捆成把儿，这么扛着也轻便。来子在街上的饭馆儿叫了几个菜，就在账房，请大家吃饭。这时包子铺的少高掌柜的也过来了，还特意让伙计用提盒儿送来几屉包子。来子叫过小回，让她跟大家见面，叫少高掌柜的和王麻秆儿爷爷，叫尚先生太爷爷。尚先生一听连连摆手，笑着说，别别，可别让孩子这么叫，我还没这么老。来子说，这不是老不老的事儿，这些年，您和老高掌柜的，待我如同爷孙，现在让孩子这么叫，也是这份儿情分。

小回过来，跟每个人一一见了。

吃着饭，尚先生问来子，小回已经来了，后面怎么打算。

少高掌柜的说，不能让孩子出去。

王麻秆儿也说，是啊，眼下日本人的飞机在六里台子那边轰炸了几天，街上到处是逃难的难民，这兵荒马乱的年月，可不能让孩子上街。

来子说，我也是这么想，就让她在铺子里吧。

这以后，小回就留在铺子里了。晚上跟来子回去，来子还住西屋，小回就住当初她妈住过的东屋。白天再跟着来子来铺子。小回在家时，跟她妈学过做鞋，这时来铺子后面一看几个师傅绱鞋，立刻就会了。但来子疼小回，不想让她学绱鞋。绱鞋是手艺，学会了手艺，这辈子就得受累。铺子里的几个师傅，这些年绱鞋绱的，手指头都让线绳子勒歪了。来子不想让小回再干这一行。况且学手艺是男人的事，女孩儿家，将来嫁个好婆家也就行了。可小回闲不住，出来进去总想找点事干。其实这些年，来子的心里还一直想着"缎儿鞋"的事。现在街上的鞋店卖皮鞋的越来越多，老字号卖的也都是洒鞋或方口儿青布鞋，"缎儿鞋"已经看不见了。可天津城里这边，娶媳妇聘闺女还都是老礼儿老例儿，还讲穿"缎儿鞋"，平时也就还是经常有人来问。倘"福临成祥鞋帽店"把这"缎儿鞋"拾起来，应该还有生意。来子去了一趟鼓楼南大街，在摊儿上找来一些老缎儿鞋的旧鞋样子，让小回在家里学着绣鞋面儿。小回心眼儿灵，手也巧，一看就明白，学得快上手儿也快。可就是好热闹，一个人在家嫌冷清，总拿着绣活往铺子这边跑。来子也就由着她，想来铺子就来。平时有女儿在跟前，看着也高兴。

但牛帮子来铺子，却看着小回不顺眼。牛帮子也知道小回是怎么回事，小回一来，来子就把她的事跟牛帮子说了。牛帮子是街上混的人，听了看看来子，眨巴眨巴眼问，这事儿，你有根？来子没听懂，不知牛帮子说的有根没根是什么意思。牛帮子说，就那一宿的事，就有了这孩子？这可太寸了，还不光寸，你可别弄个鸭子孵鸡，最后落个白忙活。来子立刻明白了，脸登时红起来。他本来想说，你说的这叫人话吗？但话到嘴边，还是咽回去，喘了口气说，甭管有根没根，这是我的事，跟你没关系，我告诉你，也就是让你知道有这么个事。其实来子这话说得已经不好听了，意思是，这事不用牛帮子操心，他也管不着。牛帮子当然也听出来子的意思，但他见小回在铺子里出来进去，还是觉着碍眼。铺子里每天管三顿饭，到吃饭的时候，不论尊卑，掌柜的和伙计跟缅鞋师傅一块儿在伙房吃。牛帮子平时经常出去，偶尔赶上在铺子吃饭，就不阴不阳地念三音，跟厨子说，赶明儿别蒸饽饽了，熬一锅咸饭就行，吃咸（闲）饭养闲人啊。但小回随她妈，不吃亏，嘴也不饶人。牛帮子念三音一回两回行，小回没说话，到第三回就不行了。这天中午，铺子里吃贴饽饽熬小鱼儿，牛帮子一边吃着又说，这贴饽饽熬小鱼儿太费事，不如熬一锅咸饭，吃咸（闲）饭养闲人哪。他这话刚一出口，小回腾地就站起来，看着牛帮子说，二叔你说清楚，这话是嘛意思，你说谁是闲人？

来子也早就听着牛帮子这话扎耳朵，但也不想让小回跟他硬顶，真撕破脸，以后就没法儿在一块儿处了，做买卖，还是讲个和气生财。这时就抬起头，冲小回使眼色。小回却像没看见，瞪着牛帮子说，告诉你，我是吃我爹！别以为我不知道你是怎么回事，真说起来，还指不定谁是闲人呢！牛帮子一听立刻涨红脸，直起脖子冲小回说，你的意思，我是闲人？

小回说，谁是闲人谁知道！

牛帮子一下蹦起来，吼着说，你今天把话说清楚！不说清楚，我饶不了你！

小回冷笑一声，你少跟我来这套，我爹软，我可不软！

牛帮子脸一拧，我今天倒要看看，你不软，能怎么着？

小回说，这铺子说到底，是我爹的，没你说话的份儿！

小回一说这话，也就等于把事挑开了，牛帮子把手里的饽饽一扔说，这铺子是谁不是谁的，是我跟你爹的事，你个小毛孩子才来几天，轮到你跟着掺和？又扭脸冲着来子，今天既然话说到这儿了，我倒要问问，我在她面前到底也是个当叔的，你背后都跟她说嘛了？

来子这时也忍不住了，哼一声说，你还有个当叔的样子吗？

牛帮子嘴一歪，笑笑说，这我就找着根儿了，敢情毛病在你这儿，我说呢，要没个撑腰的，这小丫头片子也敢跟我这么说话！今天我就问你一句话，在这铺子，我也是闲人？

来子闷头咬了口饽饽，说，我这当大哥的，已经对得起你了。

牛帮子听了点点头，把筷子往地上一扔就转身走了。

其实来子憋牛帮子的火儿，也已不是一两天了。他当着小回说，牛帮子没个当叔的样子，也是有所指。牛帮子自从来鞋帽店，又有了饭辙，每月还能从铺子拿点儿零花钱，渐渐老毛病就又犯了，经常在外面喝酒耍钱。但光耍钱也就算了，有时跟几个不三不四的朋友喝了酒，就来铺子里胡闹。来子虽也喝酒，但有三不喝，一是平时没事不喝，二是在铺子里不喝，三是当着伙计不喝。他有了这三不喝，也就不许伙计喝。铺子里的规矩很严，哪个伙计要是喝了酒，立刻就卷铺盖走人，一点儿商量没有。牛帮子这样喝了酒带人来铺

271

子撒酒疯，底下的伙计就有议论。更让来子生气的是，牛帮子的这些狐朋狗友来铺子，一见小回长得有模有样，还冲她调笑。小回当然也不是省油的灯，开始跟她说几句不疼不痒的话，也就算了，小回也不想给爹惹事。但后来越说越不像话，小回就不干了。一次一个叫大金牙的跟牛帮子来到铺子。这大金牙的家里是开绸缎庄的，买卖虽不大，但挺有少爷派头儿。这天也是喝大了，一进铺子，见小回正坐在柜台里绣鞋面儿，就凑过来涎着脸说，妹妹这小手儿，这么软乎儿光溜儿，跟嫩葱儿似的，绣鞋面儿真可惜了，要是给我摸摸身上，死了都值。小回抬头看看他，就把手里的绣绷子放在柜台上了。柜上放着个鞋拔子。这鞋拔子是红木的，有一寸半宽，半寸多厚，一尺多长，是买鞋的客人试鞋时，伙计给客人提鞋用的。小回放下绣绷子，没看大金牙，突然抄起这鞋拔子就在他脑袋上给了一下。这一下不是砸，也不是打，是抽，横着来的，啪的一声，这大金牙从耳朵根子到腮帮子，登时给抽出一道通红的血檩子。

大金牙一下给抽傻了，酒也醒了，捂着腮帮子看着小回。

小回放下鞋拔子笑笑说，这是我们武清的一个偏方儿，专治喝了酒嘴没把门儿的。说着又转脸看看牛帮子，说，你这朋友下次再敢这么说话，我就不用鞋拔子了，用顶门杠。

说完，就拿起绣绷子扭身进里边去了。

牛帮子在旁边咽不下这口气。这大金牙再怎么说也是自己朋友，小回这么干，也太不给自己留面子了。越想越有气，就转身来账房找来子，要给小回告状。来子听了放下手里的账本，抬头看看牛帮子说，我要是小回，这回就不用鞋拔子，直接拿顶门杠。

第五十八章

尚先生是1860年生人，这一年整七十七岁。七十七岁叫"喜寿"，也算是有说道儿的大寿。来子的心里一直记着这事，一进四月，就问尚先生，这个大寿打算怎么过。尚先生摇头说，眼下天津又沦陷了，街上到处是日本兵，出门一看太阳旗，就想骂街，哪还有心思做寿。

来子说，甭管大办小办，该办咱还得办。

在来子的坚持下，尚先生生日这天，就还是在门口饭馆儿叫了几个菜，就在账房，吃了一顿饭。尚先生把包子铺的少高掌柜也请过来。但来子去请王麻秆儿，王麻秆儿推说有事。来子知道王麻秆儿的心思，上次请他来吃饭，他就很少说话，一直低着头喝闷酒。他是看见来子身边的小回，又想起自己的儿子王茂。这次王麻秆儿不想来，来子也就没勉强，只把马六儿请过来。马六儿这两年添了个头晕的毛病，走道儿经常摔跤，也就不出去打帘子了。他有个寡妇闺女，在南门外开着一爿小食杂店，就让闺女养着。

来子按尚先生说的，没弄得太复杂，只叫了四个热菜、俩凉菜，又让后面的伙房打了个鸡蛋卤儿，煮了一锅捞面。少高掌柜的开玩笑说，今天我就别让伙计送包子了，尚先生是七十七岁的大喜寿，心里本来就憋着一肚子气，再吃包子，岂不成了气包子？

这一说，大家就都笑了。

小回问，这七十七岁，为嘛叫喜寿？

尚先生就用中指蘸着酒盅里的酒在桌上写了一个字，问小回，这个字，认识吗？

小回在老家时，张同旺曾让她去念过几天村塾，一般常见的字都认识。但这时看看尚先生写的这个字，端详了一下，好像没见过，就摇头说，不认识。

尚先生说，这是个"喜"字。

小回说，不对啊，喜字我认识，不是这么写。

尚先生说，这是草书的写法儿。

说完又问，你再看，这喜字，还像个嘛？

小回又伸着头看了看，说，像两个"七"。

尚先生说，这就对了，这喜字草书的写法像"七七"，所以也就

273

有了七十七岁是喜寿的说法儿。

小回一吐舌头说，难怪都说呢，太爷爷就是有学问！

尚先生叹口气说，但愿我这个喜寿，能冲一冲喜啊！

马六儿一直没说话，这时一听，问，您这是嘛意思？

尚先生说，我这几天待着没事，在家里占了一卦，本来是不信的东西，可这回，还真有点儿担心，倘真应验了，可就又不是小事，说不定，咱这天津又得死不少人哪！

少高掌柜的立刻说，您别这么说半句留半句，听着怪吓人的。

尚先生说，这一卦是个坎卦，坎属水，按说水是财，可从这一卦的卦象看就不是财了，该是灾，要真是灾，那就是水灾，这一次比头些年的那场大水还大，恐怕是个大灾啊。

说着又重重地叹口气，看吧，天津这回能不能躲过这一劫，还真难说。

来子说，咱天津是个福地，肯定能躲过，再说让您这喜寿一冲，兴许也就过去了。

尚先生摇头说，难说啊。

尚先生的这一卦真算准了。这年一进六月，连着下了几场大雨。海河上游的水就像大潮一样灌下来，眼看着两岸又平槽了。这时墙子河的水也涨起来。城里人有了前些年那场大水的经验，知道这水灾是怎么回事了，就盯着墙子河。后来买卖铺户儿自发地各家出人，轮流在河边值守，一有险情立刻敲锣报警，众人就赶紧来河边护埝。来子先是派了伙计，也去河边跟着值班，后来不放心，干脆就亲自上了大埝。就这样到八月，大水还是来了。这场大水果然比前些年的那场水还大，一夜之间就把天津的地面儿全淹了。"福临成祥鞋帽店"的店铺也泡在水里。这次来子一点办法也没有了。街上最深的地方已经一丈有余，浅的也有半人多深。有钱的人家儿出来撑船，小门小户没船，就把门板卸下来，连洗澡的大木盆也用上了。

好在这几年，来子又把鞋帽店翻盖了几次，已是青砖瓦房，在水里泡着，一时半会儿还算结实。这时蜡头儿胡同是回不去了，那

274

边的水已到了胸口。来子索性让铺子里的人都上了屋顶。在屋顶上找了块平整地方，搭了两个窝棚，暂时吃住都在房上。

尚先生已上了年纪，这时又孤身一人，来子也接到屋顶上来，一块儿也有个照应。尚先生摇头叹气说，这场大水看着是天灾，其实也是人祸，日本人借着海河上游涨水，一直在大清河、子牙河、滹沱河和滏阳河的两岸故意决堤放水，为的是把沿岸的抗日军队都淹了。可这一决堤，也就殃及了天津，所以这场水灾有一多半也是日本人酿成的。不过日本人这么干，也是恶有恶报，水火不长眼，这一下连他们自己的坦克飞机也都淹了。

尚先生这一说，众人才都明白了。

尚先生说，天谴，这就是天谴哪！

第五十九章

这场大水一个多月才退。"福临成祥鞋帽店"已泡得不成样子。但来子这时还顾不上铺子，得先给马六儿办丧事。马六儿的腿脚不利索，发大水时往屋外搬东西，脚在水里扎了。当时扎得挺厉害，是个大窟窿，又让水一泡，就烂了。烂了一个多月，又开始发烧，再后来整个人就肿起来。尚先生给配了几副外敷的草药，眼看越来越重，又开了喝的药。但马六儿还是死了。马六儿的女儿本来是在南门外开食杂店。来子打发伙计去送信儿。可这场大水之后，南门外的这个食杂店早已没人了。来子跟尚先生商量，天太热，还是先把后事办了要紧。这时针市街的"唐记棺材铺"也已泡了，况且这一闹灾，最缺的就是棺材。来子就找了几块门板，让人勉强钉了个匣子，把马六儿装殓了，就拉到西营门外去埋了。

来子给马六儿料理完后事，才带着伙计清理铺子，又忙着修房。这样忙了一个多月，直到深秋，店里的买卖才又开张了。这天下午，来子把过去的几个绱鞋师傅又都请回来，正在铺子里商量事，一回

275

头，见王麻秆儿来了。但进来没说话，在铺子里转一圈，朝来子看了一眼，就又出去了。可出去也没走远，一直在门口转悠。来子看出王麻秆儿有事，把这边的事商量完，让几个师傅去了后面，就来到铺子门口。果然，王麻秆儿一见就又凑过来。

来子问，有事？

王麻秆儿点点头。

来子示意他来账房。

王麻秆儿跟着来到账房，进来关上门，才说，有人想见你。

来子这时已明白了，王麻秆儿说的这人，应该不是个一般的人。也就没细问，只是说，要来铺子，最好是晚上，晚上没外人，就几个伙计，倒都靠得住。

王麻秆儿说，那就让他今晚过来。

来子又想想，说，躲着点儿老二。

来子说的老二，是指牛帮子。

王麻秆儿立刻明白了，点头说，我知道。

牛帮子现在已不常来铺子，平时去日租界的福岛街，在他妈二闺妞那边。当初嘎巴菜铺子出事以后，生意也就垮了。后来"二饽饽"给二闺妞出主意，不能再这么耗下去。这时街上的各种人还不断来找麻烦，有查食品卫生的，也有让铺子赔钱的，还有说老瘪当初欠了钱，天天来堵着门要账的，二闺妞整天按倒葫芦瓢起来，答对也答对不过来。"二饽饽"就说，不如干脆把这铺子盘出去，来个金蝉脱壳儿，一走了之，这样还能落几个钱，那些人再想找你的麻烦也就没处找了。二闺妞一想也对，现在这铺子别说已经没意思了，就是有意思，凭自己的本事也撑不起来，不如赶紧找个买主儿甩出去。这点事儿二闺妞还懂，生意场上叫"一脚儿踢"。把这铺子一脚踢出去，也就省心了。其实这铺子是个金饭碗，占的地界儿好，天津人又爱吃嘎巴菜，只要经营好了别说日进斗金，至少是个赚钱的买卖儿。这些年，白家胡同有不少人一直盯着这铺子。这次出事，也是有人在暗中推波助澜，为的就是把二闺妞逼到绝路上，好让她把这铺子出手。现在二闺妞在街上一放出话，买主儿立刻就都找上门来。二闺妞倒也有心路，知道自己是个女流，担心让人坑了，索性就让"二饽饽"替自己出头。有想盘这铺子的，就支到"二饽饽"那儿去谈。"二饽饽"已经是个老江湖，用他自己的话说，是"大海漂来的木了鱼儿，闯荡江湖老梆（帮）子"，买卖上的事也就比黑还黑，吃肉不光不吐骨头，连骨头渣子都能嚼着咽了。打算盘这铺子的人本以为能捡个"洋落儿"，但只跟"二饽饽"谈两个来回儿就明白了，不是这么回事。这一下这铺子也就成了一个"鸡肋"，不盘下来不甘心，可盘下来，"二饽饽"开的价码儿又实在吓人。最后还是针市街西头的老夏，一狠心，一跺脚，咬牙把这铺子盘下来。老夏一直在街上摊"煎饼果子"，盘下这铺子，再添了豆腐脑儿和豆浆，正好儿凑一套，天津人早晨最爱吃的这点儿东西也就齐了。

"二饽饽"帮着把这铺子盘出去，也就带着二闺妞住进日租界的福岛街。

"二饽饽"后来就不在东马路说相声了，又去了南市的一个茶馆园子。过去说一场相声，也就仨瓜俩枣儿。可后来用他自己的话说，是咸鱼翻身，走了"狗屎运"。一天晚上，他说完了相声回到后台，刚换了衣裳要走，管事儿的过来把他叫住了，说外面有人找。一会儿进来两个人，都穿着制服，看意思是混官面儿的。"混官面儿"是天津人的说法儿，指的是在政府的哪个部门儿混事儿的。其中一个留背头的先上下看看"二饽饽"，说，看来你是个角儿。"二饽饽"是吃张口儿饭的，懂得深浅，赶紧说，不敢不敢，只是混口饭吃。

这留背头的又问，唱玩意儿的这行里，你都熟吗？

背头说的"玩意儿"，是指相声大鼓一类的曲艺。

"二饽饽"以为这个背头要找堂会，赶紧说，都熟，人我都熟。

这背头没再多问，留下一张名片，让"二饽饽"第二天上午，按这地址去找他，说完就带着人走了。这时"二饽饽"再看这名片，立刻吓了一跳。这名片上印的头衔是"天津特别公署文化专员"，名字叫夏野。"二饽饽"这才知道，刚才这俩人果然是官面儿上的。

第二天，"二饽饽"就按这名片上的地址找过来。这个夏野是在日租界宫岛街的一座二层小楼里办公。一见"二饽饽"来了，挺客气，先让他坐下，又给倒了一杯茶，说这是日本人送的绿茶，跟中国的绿茶不是一回事，中国绿茶是炒出来的，他们日本人的绿茶是用蒸汽蒸的，所以比中国的绿茶还绿。"二饽饽"平时也爱喝茶，但习惯喝花茶，绿茶也喝。可尝了尝这日本人的绿茶，不是味儿，闹不叽叽的像药汤子。可又不敢说，勉强咽了一口，从嗓子眼儿一直苦到了肚子里，嘴上还咂着舌头连声说，嗯嗯，不错，确实单一个味儿。

"二饽饽"进来时，并没注意，在这夏专员的身后还有一个小门。这时这小门开了，又出来一个男人。这人四十来岁，方脸儿，留个小平头，穿着黄军服，一看就是日本人。

夏专员说，这是西村先生。

"二饽饽"一看就明白了，这个叫西村的日本人应该是红帽衙门的。所谓"红帽衙门"，也就是日本宪兵队。这些人穿黄军服，因为帽檐儿上有一道红边儿，天津人就叫"红帽衙门"。日本警察署则是蓝制服，帽子上有一道白边儿，所以叫"白帽衙门"。"二饽饽"知道，这两个衙门的人都不好惹，尤其红帽衙门，只要进去没几个人能活着出来。这时心里就暗暗叫苦，知道自己这回是遇上大麻烦了。这个叫西村的日本人倒挺和气，中国话也说得挺好，他先说，"二饽饽"这个艺名很别致，也很有个性。又说，已经听夏专员大致介绍了"二饽饽"的情况，知道"二饽饽"在这一行里认识人很多，也德高望重，所以想请他给帮个忙。

"二饽饽"只好硬着头皮说，西村先生请说，只要能做到的，一定尽力。

西村就说，也不是什么大事，我们现在要对天津所有的艺人进行登记，这样以后好便于管理。曲艺这一块，就请"二饽饽"先生给组织一下，手续很简单，登记的地方也不远，就在南市牌坊的附近。一边说着，就把一个事先写好的地址交给"二饽饽"。

"二饽饽"一听是这事，就知道不好办。来日本人的红帽衙门登

278

记，这不是没事找事吗？行里的人一听肯定都不愿来，说不定还得骂自己是汉奸。可又不敢说不管，想了想只好说，事情他一定尽力去办，也肯定会尽量动员大伙儿都去登记，但不敢保证所有的人都去。西村听了面带微笑地说，你可以明确地告诉大家，如果没来登记，以后再登台演出，一旦查出来恐怕就要有麻烦了。说完看看"二饽饽"，又补了一句，而且，不会是一般的麻烦。

"二饽饽"一听，心里就明白了。

这回夏专员给了"二饽饽"三块大洋，又说，等事情办完了再给三块。"二饽饽"出来时，才松了一口气。再摸摸兜里的大洋，又觉着这是发了一笔不大不小的外财。他说相声已经二十几年，对行里的人很了解。干这个的大都为混口饭吃，一般也就胆小怕事，就是不胆小怕事的也不愿轻易惹事。当然也有胆儿大的，但毕竟是少数，再说就算胆儿大也分怎么大，谁也不敢拿自己老婆孩子的性命去赌气。果然，"二饽饽"回来一说去红帽衙门登记的事，虽然大家听了都不愿意，也就没人敢说别的。"二饽饽"又把那个叫西村的日本人说的话，对这些人说了一遍，倘不去登记，以后再登台演出，真查出来可就不是一般的麻烦。这样把话传出去，行里的人也就都来南市牌坊登记了。过了几天，"二饽饽"又来宫岛街找夏专员，说事情已经办了，他身边的人基本都去登记了，别的园子，差不多也都去了，可也不敢保证一个不落，不过就像西村先生说的，谁要是不去，将来真查出来，那就是他自己的事了。夏专员挺高兴，又拿出几块大洋交给"二饽饽"，说本来说好再给三块，但是多给两块，这是西村先生特意奖励的。接着又问"二饽饽"，会不会自己编相声。"二饽饽"一听就乐了，说，除了当年的老活，只要是说眼面前的事儿，这些活都是他自己攥的。

"二饽饽"说的"攥"是一句行话，也就是编的意思。

夏专员从办公桌的抽屉里拿出一张纸，递给"二饽饽"，让他看。

"二饽饽"咧咧嘴说，不认字。

夏专员皱皱眉，只好说，我给你念，你听听，这些内容能不能编成相声。

　　说着就把这张纸上写的念了一遍。"二饽饽"一听，都是替日本人说话的事儿，说日本人来了怎么好，给天津带来了多少好处，天津人怎么高兴，怎么喜欢，怎么欢迎日本人。心里登时就明白了。"二饽饽"也知道日本人不是东西，自从来到天津干尽了坏事。但也清楚，这是个千载难逢的机会，这回只要扒上日本人，以后不光吃穿不愁，还能吃香的喝辣的，再雇胶皮也就不用划价儿了。这么一想，一咬牙，心里就打定了主意。"二饽饽"从小吃的是开口饭，虽不认字，可会的这些相声段子都是师父口传心授，用行话说，是师父一口一口喂出来的。一个相声段子叫一块"活"，有了这些"老活"垫底儿，夏专员说的这些东西，稍微攥巴攥巴也就都糅在现成的活里了。想到这儿就点头说，这容易，能编。

　　夏专员又问，要是让唱大鼓的唱出来，也能编吗？

　　"二饽饽"说，能。

　　夏专员一听高兴了，当即又拿出几块大洋，交给"二饽饽"说，从现在起，你就是我的人了，每月从我这儿领薪水，具体多少，看你干得怎么样。又告诉"二饽饽"，交给他的工作很简单，就是找几个说相声唱玩意儿的，当然是人越多越好，去南市、谦德庄和地道外的茶馆园子演出，不光是晚上，白天也要去。"二饽饽"一听有点为难，说，这路活不上座儿，就怕茶馆园子不要。夏专员说，这不用你管，你只要把人找好了，把段子编好了，想去哪个园子就去哪个园子，我有办法让你去，不光去，还能让你挣得比过去多。

　　"二饽饽"问，他们要是愣不答应呢？

　　夏专员笑笑说，那他们就别想干了。

　　"二饽饽"眨巴眨巴眼，没听懂。

　　夏专员说，我封了它。

　　"二饽饽"这才明白了。

　　这以后，"二饽饽"就找了几个唱玩意儿的行里人，又胡乱攥了一堆相声大鼓，去南市的茶馆园子。一开始，园子老板一听是这路东西，不光不叫玩意儿，还净替日本人说话，担心底下的观众往台上飞茶壶茶碗，都死活不要。又去谦德庄和地道外转了一圈，这边的园子也不要。可没过几天，有两家园子果然被查封了。这一下都老实了，园子的老板对"二饽饽"也客气了。甭管真的假的，"二饽饽"带着这伙人再到哪个园子，都是远接高迎。

第六十章

牛帮子在"福临成祥鞋帽店"呆了一段时间，觉着越来越没意思。来子每月给的这点零花钱别说喝酒，还不够推一把牌九的，在铺子里出来进去也没人搭理，就不想再在这儿混了。回到白家胡同，才发现嘎巴菜铺子已经盘给了别人，他妈二闺妞早已跟着那个挨千刀的"二饽饽"跑了。不过这"二饽饽"是说相声的，倒也好打听，没几天就在街上问到了，现在是住在日租界，在福岛花园附近的一座小楼里。牛帮子来到福岛花园，一路问着找到这座小楼。进来一看，"二饽饽"和他妈二闺妞住的是一个用阳台改的亭子间。

二闺妞跟着"二饽饽"学了几年相声，只学了个半蝎子。当初刚学时，觉着这相声比"十不闲儿莲花落"好玩儿，试着上了两回台，又能出风头，还挺高兴。但说着说着就不行了。二闺妞天生没幽默感，本来挺可乐的话，让她一说就不可乐了。经常是上台一场相声说下来，一个"包袱儿"没响，用行话说是"一泥到底"。常来茶馆园子听相声的老观众都是内行，刚开始一见台上来了个生脸儿，还是个女的，都觉着新鲜。可听两回就知道了，不是这么回事儿。天津人甭管听戏还是看玩意儿，不将就，活儿好就捧，还是真捧，不好立刻就喊倒好儿，再不行就愣往下轰。二闺妞让底下的观众轰下来两回，就死活不想再上台了。"二饽饽"一开始教二闺妞说相声，只是想讨好，为了接近她。后来二闺妞真上台了，也是硬着头皮跟她一场，让二闺妞逗，自己给她捧，行话叫"量活"。现在二闺妞把相声说成这个德性，况且目的也已达到了，人已是自己的人了，也就不想再费这个劲，一见她死了这门心思，心里反倒高兴。这以后，"二馇馇"每天再去园子，也就让二闺妞自己待在家里。

牛帮子来了，跟他妈说，自己现在又没饭辙了。

二闺妞这时已听人说了，牛帮子去侯家后的"福临成祥鞋帽店"了。本来心里挺恨这死鬼老瘪，觉着跟他过了这些年，敢情是贼人傻相，看着挺老实，还跟自己藏了这么个心眼儿。可后来再想，牛帮子要真能把这半个铺子要过来，倒也是个得便宜的事。现在一见牛帮子耷拉着脑袋来了，就知道是在那边碰了钉子，哼一声问，怎么着，让人家轰回来了？

牛帮子也是二十大几的人了，面子下不来，就说，是不想在那儿呆了。

二闺妞问，你这铺子，到底是怎么回事？

牛帮子哼一声说，是我爸，当初上当了。

二闺妞又一撇嘴说，就他，这辈子吃屁都赶不上热乎儿的，还能干出漂亮事儿？

又问牛帮子，现在回来了，以后打算怎么办？

牛帮子想想说，我看，说相声挺好。

二闺妞一听说，你快算了吧！

牛帮子不服气，怎么着，你说我不行？

二闺妞说，不是说你行不行，这行看着简单，有个嘴就能说，其实没这么容易。

牛帮子心里明白，他妈学过相声，肯定是吃过这一行的亏。但还是说，人跟人不一样，我这人，天生爱逗哏，外边跟人说话，都说我说话哏儿，应该去说相声。

二闺妞又想了想，现在"二馇馇"在外面的事儿已经越弄越大，甭管入流不入流，聚了一帮唱玩意儿的，干脆成立了一个"馇馇社"，据说那个夏专员对他这"馇馇社"还挺满意。现在已是茶馆园子挣一份儿钱，每月在夏专员那再领一份儿钱，日子越来越好过。

可"二饽饽"自己也说，就是缺个可靠的帮手。倘让牛帮子去跟着"二饽饽"干，倒也是肥水没流到外人田里去。这么一想，就跟牛帮子说，"二饽饽"去园子了，等他回来，跟他商量商量。

晚上"二饽饽"回来了。一听牛帮子想学相声，心里说，快拉倒吧，就你这么一块吃嘛嘛没够、干嘛嘛不行的料，真学了相声还不得累死我。可嘴上不能这么说，就拐到他妈这儿来，说，你妈学过相声，也是行里人，她懂，这一行得是童子功，半路出家的不是没有，也有，可一般都不行，到了这岁数，舌头根子已经硬了，脑筋也回不过弯儿来，再怎么扒拉也扒拉不出来了。二闺妞一听耷拉着脸说，现在不是问你学相声行不行，是问你怎么学。

"二饽饽"平时怕二闺妞，这才赶紧说，你先别急，让我想想。

又想了一下，才说，说相声不行，可以学别的。

二闺妞问，学嘛？

"二饽饽"说，学"双簧"。

二闺妞跟着"二饽饽"学了几年相声，也算半个门里人，当然知道"双簧"。想了想，让牛帮子学双簧倒也合适。再问牛帮子，牛帮子虽不懂这双簧是怎么回事，但在茶馆园子也见过，觉着也是俩人，跟说相声差不多。想了想，倒也愿意。

这以后，牛帮子就跟着"二饽饽"学了双簧。

双簧叫"双簧"，也的确是两个人，前面坐一个，后面蹲一个。前面坐的这人叫"前脸儿"，后面蹲的叫"后脸儿"。蹲在后面的"后脸儿"说话，前面的"前脸儿"张嘴，带使相儿，但不出声，给人的感觉就像这个"前脸儿"在说话。牛帮子干别的不行，学这行倒快，脑子也灵，身上也有，好歹一教，再稍加点拨，立刻就明白了。"二饽饽"看他年轻，脸上身上也都有"买卖儿"，像这么回事儿，就让他坐在前面演"前脸儿"，自己蹲后面，演"后脸儿"。但"二饽饽"太胖，肚子也大，在后面蹲不下。好容易蹲下了，一说话又喘不上气，还爱放屁，经常一边说着就噗噗地放，不光响，还臭，坐在台下的人都能闻见。这以后，"二饽饽"就不敢蹲了，只能跪着，跪累了索性就趴着。这一下倒成了一景，让人看着更可乐。

有一次，日本人为天皇裕仁庆寿，日租界里张灯结彩，街上也到处用留声机放着日本歌。晚上日本人的酒会上，西村吩咐夏专员，特意让"二饽饽"带着牛帮子去演了一场双簧。日本人没见过这种表演，都觉着新鲜。有懂中国话的日本人还被逗得哈哈大笑。

这次演出大获成功，"二饽饽"和牛帮子也在日本人这里出了名。几天以后，天津特别市的"市长"温世珍听说这事，还特意安排时间，接见了"二饽饽"和牛帮子。

第六十一章

来子这一天都在想，王麻秆儿说，有人要见自己，这人会是谁呢？

吃过晚饭，来子看看铺子里没事了，就跟小回说，还要在账房算账，打发她先回去了。这时来子已有预感，里面的那间暗室，恐怕又要派上用场了。鞋帽店这些年翻修了几次，头年又闹了这一场大水，但这间暗室还一直留着。到了晚上，来子就先把这间暗室打扫出来了。

半夜时，王麻秆儿带着人来了。

来的是两个人。来子一眼认出来，其中一个是申明，赶紧带着来到后面的暗室。一进暗室，来子拉住申明说，你上次一走，这几年一直没消息。申明说，是啊，这一晃，王主任牺牲已经整整五年了。来子知道，申明说的王主任，是王麻秆儿的儿子王茂。这时王麻秆儿对来子说，申明这孩子，当初是大毛一块儿的，俩人又同岁，现在大毛没了，他就跟我儿子一样，他们的事我不问，可也知道，都是大事，你帮他，就是帮大毛，帮大毛也就是帮我。

来子说，这您不用说，咱这么多年了，谁还不知道谁，他们的事就是我的事。

申明说，那我就不客气了，这次来，还得住你这儿，平时也还会有人来。

来子说，你们怎么住都行，我这儿是铺子，平时进进出出的人多，来个生脸儿的也不会有人注意，铺子里的几个师傅伙计也都是老人儿，知根知底，靠得住。

来子一边说着话，才发现，跟申明一块儿来的也是个年轻人，看着也就二十来岁。申明把他拉过来介绍说，他叫田生，也是天津人，就是这侯家后的，这次让他来，也是为的方便。

来子看看这田生，好像没见过。

王麻秆儿在旁边说，你知道他爸是谁吗？

来子再看，也觉着有点儿眼熟，就问，他爸是谁？

王麻秆儿说，小福子。

田生笑着说，朱又福是我爸，我本来叫朱文，田生，是我的化名。

来子这才明白了，敢情这田生，是当年老朱的孙子。

来子问，你爸呢，他好吗？

田生说，我也是听说的，他前些年一直在南门外，后来就不知去哪儿了。

当年小福子把这鞋帽店盘给来子，就拿着钱离开了侯家后。这小福子的脾气不像他爸老朱。老朱绱了一辈子鞋，呆得住，只要往小板凳上一坐，屁股就像钉在凳子上了，能一天不动地方。这小福子不行，从小就跟着他妈何桂兰让人拐到安徽去，后来又是自己从安徽回来的，走南闯北哪儿都去过，东跑西颠惯了，在一个地方就呆不住。把这鞋帽店交给来子了，手里又有了几个钱，就琢磨着想去外地倒腾点儿小生意。在街上转悠了两天，这天中午转到南门外，见路边有个小食杂店，兼卖馄饨，就过来要了一碗。一边吃着，跟这小食杂店的老板闲聊。食杂店的老板是个女人，看样子挺精明。一边聊着，这女人就说，开这食杂店也不容易，一条街上甭多，有俩仨这样的铺子，你就没法儿干了，都是一样的东西，人家凭嘛非

285

买你家的，可要是往下砸价儿，就得认赔，只能想办法进点儿新鲜东西，也就是别人弄不到的。又说，可人家别的铺子好说，有在家盯着的，有出去跑货的，她不行，半拉花生，就一个仁（人）儿，盯了里边就跑不了外边。这女人一说，小福子就想起来，当初从安徽回天津时，曾去江苏那边绕了一下。江苏出紫砂泥壶，还有大闸蟹，天津人最爱吃腥东西，又爱喝茶，就问这女人，要是从南边弄来紫砂泥壶和大闸蟹，要不要？这女人一听挺高兴，立刻说，这可是新鲜东西，当然要，不过得先卖个试试。小福子是个急性子，又没正经做过生意，不懂这里边的事，更不知道这一行的厉害。他光听了这女人的前半句，说要，却没注意她后面说的，得先卖个试试。于是立刻去了一趟江苏，一下弄回一堆紫砂泥壶和几筐大闸蟹。等跟着船拉回来，又弄到南门外的这个小食杂店，这女人出来一看就傻眼了。她这铺子没这么大本钱，一下子哪要得了这么多东西。小福子这时才明白，自己光想着赚钱，这事儿干冒失了。更要命的是，这大闸蟹还不像紫砂泥壶。紫砂泥壶是死物儿，搁得住，大闸蟹却是活的，又是从江苏装船，一路走了几天，连热带闷，再打开筐盖一看，都死了，底下的已经臭了。小福子这才明白，难怪这一道儿总一股子一股子地泛味儿。大闸蟹不像海蟹，海蟹是出水儿就死，所以天津人吃海蟹，死的也一样吃。大闸蟹不行，只能吃活的，一死就不能吃了。这几筐大闸蟹没办法，也就只能全扔了。这女人这时已看出来，小福子倒腾生意是个外行。这几筐大闸蟹的本钱肯定已经打了水漂儿，但也不想让他赔得太多，就答应尽力帮他卖这些紫砂泥壶。但紫砂泥壶也不好卖。天津人的习惯是花茶。沏花茶没有用小泥壶儿的，都是带草套或布套的大茶壶。街上的人干脆就用大把儿缸子沏茶。这紫砂泥壶一摆出来，根本没人问。

但这女人替小福子卖泥壶，俩人越混越熟，一熟也就经常聊天。这一聊才知道，敢情小福子也是侯家后的。再一问，他爸是绱鞋的老朱，这女人还认识。这女人告诉小福子，她娘家也是侯家后的，从小在那儿长大，娘家姓马，她爸叫马六儿，是个打帘子的。小福子一听马六儿这名字，知道，俩人这一下也就越说越近。这女人说，她叫马桂枝，当初嫁到这南门外，没一年男人就病死了，也没给她留下个孩子，只留下这么一爿铺子。这些年，她一个女人连踢带打，就这么凑合过来。又过了几天，这马桂枝跟小福子商量，说行就行，不行就拉倒，只当没说。她说，要是小福子也一个人，就过来一块儿过，她一个女人，这些年也累了，想歇歇了。一边说着，就哭起来。小福子经了这次大闸蟹和紫砂泥壶的事，看出这女人的心眼儿挺好，心里也早有这意思，可又不敢提，怕人家说自己是图这铺子。这时这女人一说，立刻就答应了。这以后，小福子也没说娶马桂枝，俩人就搭伙一块儿过了。再后来，马桂枝也就生了朱文，也就是现在的田生。

田生说，他小的时候，有一年他爸带他去安徽看他奶奶。当时他还不知道，他爸和他妈已商量好，这边的生意忙不过来，是想把他给他奶奶送去，想着那边的条件好，等大一点了再接回来。可他到了那边，除了他奶奶，家里没一个人是亲的。那些人不喜欢他，他也不喜欢那些人。后来他奶奶跟家里商量了，送他出来读书，这以后也就再没回去。这次来天津，才听说，发大水以前，他爸和他妈就已经把那个小食杂店盘给别人，不知去哪儿了。

王麻秆儿听了挺感慨，摇头说，我跟你姥爷，是打了一辈子，也好了一辈子。

来子笑了，对申明说，这你就明白了，都不是外人，你们就踏实在这儿住吧。

王麻秆儿又说，不过这侯家后，看着地方不大，也是嘛鸟儿都有，当初大毛出事，我后来才知道，就是出在一个叫杨灯罩儿的人身上，后来这人钻进法租界，再也不敢露面儿了，可你们还得小心。说着又哼一声，那回，我一菜刀没劈了这老小子，算便宜他了。

申明点头说，是，这回得接受上一次的教训，绝不能再出这种事了。说着，又回头看看田生，你也要抓紧时间，把这周围的环境熟悉一下，以防不测。

田生点头应了一声。

申明又对王麻秆儿说，我们找个时间，还要去王主任的墓上看看。

王麻秆儿点了下头，没说话。

第六十二章

来子这天去西门里的板桥胡同收账，回来时已是下午。路过归贾胡同南口，傻四儿从水铺出来，站在门口冲这边使劲招手。来子起初没看见，已经过去了，旁边一个过路的人拍了他一下，又朝那边指了指。来子一回头，才看见是傻四儿在叫自己，赶紧过来问，有事儿？

傻四儿比画着问，你是回家，还是回铺子？

来子不明白，问，回家怎么了，回铺子又怎么了？

傻四儿比画着说，要是回家，就先别回去了。

来子问，怎么了？

傻四儿说，蜡头儿胡同出事了。

来了听了一惊问，谁家？

傻四儿说，是刘大头。

傻四儿朝身边看了看，把来子拉到水铺里，比画着跟他说，这个下午，他去河边挑水，路过蜡头儿胡同时，看见一伙日本人，都端着大枪，站在刘大头家的门口。旁边还停着一辆日本人的大卡车。来子一听愣住了，想了想，却想不出刘大头怎么会招惹了日本人。

刘大头这时已上了年纪，在胡同里碰见来子，也说过黄家码头脚行的事。这时杜黑子也上了年纪，已把脚行"大头"的位子让给刘大头的大徒弟刘全儿。刘全儿是刘大头一手教出来的，不光武艺好，人也仗义，爱看直理，跟前的这些师兄弟和底下的徒弟自不用说，连杜黑子的这帮兄弟也都服他。脚行到了他手里，也就越干越大，黄家码头往下走，已经又占了几个码头。刘全儿早就说，要给刘大头买个豁亮点儿的宅子，让他养老。但刘大头不答应，说在蜡头儿胡同住惯了，正应了那句老话，"老猫房上卧，累累找旧窝"。后来刘全儿一见他不想动了，又要给他把房子重修，院子也再往外扩一扩。刘大头还是不同意，说在这胡同住了这些年，都是老街旧邻，一扩院子就得占街坊的地方，他不想干这种不讲理的事。来子为这事，还挺佩服刘大头，到底是习武之人，就是讲义气。

这个下午，来子一回鞋帽店，王麻秆儿就来了。王麻秆儿也是为刘大头的事。但他担心的还不光是刘大头，也担心申明和田生。鞋帽店离蜡头儿胡同就几步儿，王麻秆儿说，他来，是想看看他俩在不在，如果在，千万小心。来子告诉他，刚才已去暗室看了，他俩都没回来。又说，这你放心，他们都是经过事的，有经验，回来一看不对，就不会进来了。

又问王麻秆儿，知不知道刘家到底出了嘛事。

王麻秆儿这才把刘大头的事跟来子说了。

刘大头的大徒弟刘全儿这时已管着几个码头的脚行。可现在，这些码头都已是日本人的。起初日本人只是暗中控制，让警备队出面，表面看着黄家码头还是黄家的，单家码头也还是单家的，只是船上装的卸的，都已是日本人的货。但后来日本人就挑明了，这几个码头干脆都要求插上日本的太阳旗。再后来，每天船上装卸的就全是日本人的军需物资。这一下刘全儿就觉着不能再干了。脚行的这帮弟兄虽然都为养家糊口，可也不能为吃饭就帮着日本人干事儿。也就在这时，日本人突然往几个码头拉来大批的粮食，急着要装船运走。这时有人告诉刘全儿，日本人的这些粮食都是从茶淀和宁河的芦台镇拉来的。这两个地方已是日本人在华北的重要产粮基地。他们在这里收了粮食，再运往各地，供给他们的军队。这时是运粮任务紧，且又赶上雨季，芦台和茶淀的铁路运力有限，所以才把这些粮食拉到这几个码头来，想用船运出去。告诉刘全儿这些事的人说，倘把这些粮食装上船，再给日本人的军队送去，他们吃饱了也就更有劲杀中国人了。刘全儿本来就不想给日本人干，这一听，心里也就开始盘算，怎么才能不给日本人干这个活儿。也就在这时，几个码头都传下话来，说怕赶上雨，堆在码头的粮食包拿雨一浇就完了，让脚行的人连夜加班。刘全儿也就借这个机会，吩咐底下的"二头"和"小头"跟码头上说，夜里干不了。码头的人一听就急了。这时黄家码头还在黄九爷的儿子黄金堂的手上。这黄金堂越老越浑蛋，一上了年纪还不光浑，也更二百五。黄家码头脚行的"二头"叫张顺。黄金堂一见跟这张顺说不通，一急就让人把他打了，还说，打他是轻的，再不答应干活儿，就把这事告诉日本人，倘日本人知道了有一个算一个，肯定都得抓进"红帽衙门"，谁也甭想跑。但脚行的人也没有好脾气的，一见张顺挨了打，黄金堂还拿日本人吓唬人，跟刘全儿一说，干脆就借这茬儿不干了。黄金堂手底下也有出谋划策的人，就出主意，干脆来个釜底抽薪。当年这黄家码头的脚行是杜黑子的，黄金堂为赶走杜黑子，曾找过贺家口脚行的马老虎。后来杜黑子找来刘大头，又把马老虎赶走了，这以后两个脚行也就结了仇。现在如果再把马老虎的脚行找来，刘全儿这边也就不攻自破。黄金堂一听，觉着这主意挺好，就亲自来贺家口找马老虎。可没想到，马老虎一听却立刻拨楞着脑袋说，我跟刘大头是有仇，现在的这个刘全儿是刘大头的大徒弟，当然跟他尿不到一个壶里去，可这是我们脚行自己的事，跟外人没关系。你说的这事儿牵着日本人，既然刘全儿不干，我就更不能干了，我这时要在他背后捅刀，以后在这行里也就没法儿混了。黄金堂在马老虎这里碰了钉子，日本人这边又催得紧，说是已接到气象部门的通知，这几天就有大雨，粮食再不装船就要让雨淋了。黄金堂这才把实情告诉了日本人。日本人一听也急了，立刻要来抓刘全儿。黄金堂赶紧拦住说，你们还不了解这些干脚行的中国人，看着一个个都是出臭汗的苦力，可脾气一上来都不管不顾，刀架脖子上也不含糊，真把这刘全儿抓起来，也就彻底砸锅了，这些粮食非烂在码头上不可。日本人一听这也不行，那也不行，就让黄金堂说，这事到底怎么办。这时黄金堂才说，其实从刘全儿往下，这些人都是一个叫刘大头的徒子徒孙，这刘大头是个耍石锁的，有一身武艺，只要他发话，刘全儿这帮人准听。

王麻秆儿对来子说，也就是黄金堂的这几句话，就要了刘大头的命。这个下午，日本人就来蜡头儿胡同找刘大头。来子一听忙问，刘大头怎么说？

王麻秆儿叹口气，刘大头那人的脾气你还不知道，只说自己年纪大了，中国老话说，儿大不由爷，更何况是徒弟，眼下他们都是自己出力挣饭吃，再说话，也就没人听了。

来子这才明白，日本人突然来找刘大头，是为这事。

又问，后来呢？

王麻秆儿说，日本人也知道刘大头是不想管，跟他说了一会儿，见还是说不通，就客客气气地把他请上吉普车，说是去宪兵司令部谈。就这样，把他弄到"红帽衙门"去了。

这个晚上，申明和田生回来了。来子立刻把这事告诉了他俩。申明和田生显然很清楚码头上的事。但没想到，日本人会来找刘大头。两人在暗室商量了一下，决定分头，申明去码头找刘全儿，看下一步怎么办。田生去想办法打听刘大头的消息。

这时王麻秆儿又来了。王麻秆儿回去，越想越不放心。来到鞋帽店，一听他俩又要出去，就反复叮嘱，千万小心。申明和田生点点头，就匆匆走了。

第二天一早，刘大头的老婆一嗓子，就把全胡同的人都哭醒了。刘大头的老婆也已七十多岁，平时出来进去不多说，也不少道。谁都没想到，这女人已经这岁数了，还能哭出这么大的动静。来子一听就知道不好，赶紧从家里出来。到刘家一看，才知道，刘大头已经回来了。但是抬回来的，整个人已经成了一个血葫芦。抬回来时，人已经没了，嘴里还在往外流血。这时尚先生也过来了，叹口气，对来子说，我年纪大了，这事，你给张罗一下吧。

来子点头说，我今天不去铺子了。

第六十三章

　　小回看着嘴不饶人，心里不搁事儿，遇上不高兴的拿过嘴来就说，其实也有心路，该说的说，不该说的也不说。鞋帽店往里走，靠近后面的地方有个暗室，这事她早就知道。一开始也不知道。这场大水过后，铺子修房，后面有一堵墙，来子一直不让动。起初小回奇怪，但也不问，知道她爸不让动，肯定有不让动的道理。后来房子修好了，收拾铺子时，偷偷注意了一下，才发现这墙上还有一个暗门。这暗门是藏在一个货架子后面。一天晚上，铺子上板儿了，她见跟前没人，就问她爸，后面墙上的这个暗门是通哪儿的。来子一见小回已知道了，这时铺子里的伙计也都已回后面歇了，就过来，把这货架子挪开，带她来到这暗室里。这暗室比一般的房子窄，是个长条儿，刚够摆开一个铺，挤着能睡三个人。靠墙还有一个小桌，旁边有个放东西的小柜子，也就没地方了。小回觉着新鲜，环顾了一下问，弄这个暗室是干嘛用的。来子这才告诉她，当年闹过一场兵乱，街上的买卖铺子都让乱兵抢了，这些年也一直不太平，他一接手这铺子，就修了这个暗室，为的是预防不测。小回眼尖，看出这铺子好像有人住过。来子就把王麻秆儿的儿子王茂当年的事，告诉了小回。

　　这次申明和田生来，来子本不想告诉小回。来子经了当年王茂的那一场事，就已知道了，申明和田生他们干的这是掉脑袋的事。倘小回不知道，也就没危险，一旦知道了也就被卷进这件事里了。来子当初跟小回说这暗室的事时，不知申明他们还会来，现在再想，就后悔把这些事告诉小回了。这几天，来子又反反复复地想，小回这么机灵，既然前面的事她都已知道了，现在申明和田生又住在暗室里，经常出来进去，时间一长肯定也瞒不过她。再想，毕竟是自己的亲生女儿，万一申明和田生有事，她也能帮上忙。一天晚上回到家，就还是把这事跟小回说了。小回一听挺兴奋，但又想不出申明和田生这两个人是干嘛的。来子说，不该问的，咱也别问，不过要我看，他们在外面干的事，应该跟日本人有关。

小回问，您的意思，他们是给日本人做事？

来子说，反了，应该是打日本人的。

小回哦一声，这才明白了。

小回再来铺子，也就一直注意后面墙边的这个货架子。来子为了搬着方便，这货架子上没搁东西，还故意让上面落了一层土，看着就像长年不动的样子。申明和田生出来进去，都是用手抠着这货架子的底下搬，尽量不碰上面的土。一天下午，铺子里没人，前面柜上只有一个伙计。小回正坐在账房里绣鞋面儿，账房敞着门。这时，就见一个生脸儿的年轻人走进来。小回从窗户已经看见了，这年轻人不是一下进来的，他先在外面的铺子门口走过去，过了一会儿又走回来，在门口站了一下，才进来。这时铺子里没人，站柜的伙计用两个胳膊肘儿挂在柜台上，一下一下地冲盹儿。这年轻人一进来就快步朝后面去了。小回立刻明白了，放下手里的绣绷子，也跟着过来。这时，这年轻人已进了暗室，正往回拉货架子。小回跟过来，刚要帮他把这货架子搬回原来的地方，里面的年轻人一伸手把她拉进去，又拉过货架子，回手关上门，接着就用胳膊勒住她的脖子。这一连串的动作也就一眨眼的工夫。小回已经吓蒙了，没想到这年轻人的手这么快。这时，年轻人也已发现这是个女孩儿，才慢慢松开手。

小回还惊魂未定，看着这个年轻人。

年轻人问，你是谁？

小回说，我叫小回。

年轻人一听，这才松了口气。来子曾说过，他有个女儿叫小回，也在这铺子里。

年轻人不好意思地说，我叫田生。

小回点头说，听我爸说过。

年轻人又说，刚才，对不起。

小回的脸一红说，没事儿啊。

这以后，小回跟田生也就认识了。小回这些年还从没接触过田生这样的人，觉着挺新鲜，有事没事就经常来暗室。赶上申明不在，就跟田生聊天。俩人同岁，又都是年轻人，一说话也就能说到一块儿。田生去的地方多，知道的事也多，还能讲出很多道理。比如田生给小回讲，现在这样的四月季节，天津还冷，可海南岛已经是夏天了，还别说海南岛，就是福建和广东，那边的人也都已穿短袖衣裳了。可是在东北，还冰天雪地。田生说完问小回，你知道这是为嘛吗？小回想了想，摇摇头。田生说，就因为咱的国家太大了，国家一大，物产也就丰富，可这就像居家过日子，谁家一富有，也就会让贼盯上了，所以这些年，外国人几乎把咱们中国瓜分了，你看看这天津，有多少个洋人的租界？这本来都是咱自己的家，他们外国人凭嘛跑到咱家来占地方？现在日本人更可恨，干脆把咱们全中国都给占了。

田生说到这儿，又问小回，你想想，这是为嘛？

小回想了想，还是说不出来。

田生说，就因为咱的国家太弱了，这就像一个人，你强壮，就没人敢惹你，就是贼来了，一看你五大三粗，他也不敢轻易动手，你弱了，当然就有人欺负，俗话说人善有人欺，马善有人骑，更何况不光是善，还弱，所以，要想不让人欺负，就得先强大自己。

小回长这么大，还从没见过这么能说的人，也没听过这样的话，一下就觉着浑身的血都热起来。这时小回虽没问，心里也大概明白田生和申明是干嘛的了。田生显然也跟申明介绍了小回。申明再出来进去，也就不避讳小回了。有时也有不认识的人来暗室，但一般都是在夜里。偶尔有急事，白天来了，赶上铺子里有人，小回就给打掩护，故意把铺子里的人支开，或跟来的人打招呼，说几句闲话儿，好像是自己的熟人。

小回发现，田生和申明吃饭是个问题。自从她跟田生熟了，他们吃饭的事，小回就包下来。早晨买了一天的饭，一大早送进暗室。可天一热就不行了，暗室里没窗户，又不透气，比外面还热。早晨买的饭不到中午就坏了。饭一坏，俩人就不敢吃了，倘吃坏了肚子更麻烦。后来小回想了一个办法。她在武清老家时，学过做豆腐丝儿。鞋帽店的对面有一家豆腐房，卖豆腐的是老两口儿，都六十多岁，无儿无女。小回有时没事了，就过去跟这老两口儿说话。老两口儿也挺喜欢小回。这以后，小回就经常去豆腐房，给这老两口儿帮忙。这样也就可以用豆腐房的豆浆做豆腐丝儿。豆腐丝儿不光解饱，也比一般的东西撂得住，放在个小盆里，再弄一桶凉水泡着，至少大半天儿不会坏。小回就经常做了豆腐丝儿送进来。

来子知道小回经常往暗室跑，一开始还说小回，申明他们干的不是一般的事，别总去打搅他们。后来听申明和田生说，小回还可以给他们帮忙做事，也就不管了。

但又过了些日子，来子就看出有点不对劲了。一天晚上，来子跟吴铁手儿商量几个新鞋的样子。吴铁手儿这时也已上了年岁，眼不行了，来子就不让他绱鞋了。平时只在后面盯着做鞋的事，或去街上别的鞋帽店转一转，一是看看流行的款式，二来也随时掌握行情。这个晚上，来子跟吴铁手儿商量完了事，天就已大黑了。吃完晚饭，却看出小回还不想走，说要去暗室看看。这样说完，又看看来子的脸色，才没再说话，跟着回来了。

来子的脸色一直不太好看，一到家，就跟小回说，我跟你说个事。

小回已猜到了，是要说暗室的事。

来子说，对，就是要说这事。

小回偷偷看一眼来子。

来子说，我就你这么一个闺女。

小回说，我知道您要说嘛。

来子说，既然知道，我就不多说了，他们都是难得的好人，咱只要能帮，就尽力帮他们，可话说回来，他们干的都是掉脑袋的事，当年你麻秆儿爷爷的儿子，就是这么死的。

小回说，可咱也不能当亡国奴。

来子问，这是田生跟你说的？

小回说，甭管谁说的，也是这个理。

来子说，理虽是这个理，可你一个闺女家，这是男人的事，况且，也不是咱一家的事。

小回说，匹夫有责，只要是个中国人，就不能说跟自己没关系，怎么能说不是咱一家的事，要是家家儿都想指着别人，都不出力，咱这个国家不就完了吗？

来子张了张嘴，说不出话了。

小回又说，再说，您现在做的，不也是在帮他们吗？

来子有些生气了，沉了沉，索性问，你是不是，喜欢上田生了？

小回的脸一红，低下头，不说话了。

来子明白了，叹口气说，田生是个好孩子，如今这样的年轻人，确实难找，可他现在整天是在刀尖儿上过日子，说不定哪天就遇上事儿。来子说着，就不想再说下去了，但看一眼小回，沉了一下，还是说，我跟你妈这些年，你都看在眼里了，你这辈子，爸也不求大富大贵，只要能找个好人家儿，踏踏实实地过一辈子，爸也就心满意足了，别的事，你想干的事，爸去替你干，大不了多出一份力就是了。说着又摇摇头，爸不能看着你这辈子没着落。

小回说，我也是二十多岁的人了，掂得出轻重，您就放心吧。

来子又看了看小回。小回来这两年，已经显大了。尤其这一阵，经常去暗室，总跟申明和田生他们说话，明显懂了不少事，说话也跟过去不一样，显得更成熟了。但想想自己这些年，用力喘出一口气说，人活一世，怎么都是一辈子，怎么才算活好了，大富大贵不一定好，小门小户粗茶淡饭也不一定就不好，爸走的路，不想让你再走了。

来子说着，就说不下去了。

小回说，我知道。

296

第六十四章

来子在鞋帽店的生意上，从没打错过主意，一步俩脚印儿地走了这些年，才把这"福临成祥鞋帽店"做成个在侯家后有名有姓的字号。可这回，"缎儿鞋"的这一步还是没踩准。铺子里本来已经进了料子，也准备了各种丝线，小回绣的缎子鞋面儿也都挺像样，可就是一件事没想到。天津用缎儿鞋的，一般都是闺女出门子。所谓"出门子"是天津的说法儿，也就是女孩儿出嫁。成亲这天，脚上得穿一双像样的"缎儿鞋"，而且颜色越鲜艳越好，天津人叫"鲜活儿"。可这时天津已经沦陷，街上到处挂着太阳旗，有的地方还有端着刺刀大枪的日本兵站岗。谁家聘闺女或娶媳妇，也就没心思再大操大办，这一来用"缎儿鞋"的也就少了。来子让绱鞋师傅试着做了几双，样子都是老样子，尺码儿也齐全，可摆了一春一夏，只卖出一双。再后来也就没人问了。这一来准备的材料就都窝在手里了。

入夏的一天傍晚，小回的大舅大虎突然来了。

来子正在账房算账，一见铺子里来个满头大汗的男人，立刻走出来。来子不认识大虎，见这人挺急，花白的二茬子头，一看就是从乡下来的，打量了一下问，您要买鞋？

大虎倒认识来子，立刻说，你是来子？

来子一听这人这么叫自己，就知道是熟人，但再看看，还是不认识。

大虎这才说，我是小回的大舅，我叫大虎。

来子一听大虎就知道了，赶紧让他来到账房。

大虎急着问，小回呢？

来子说，在后面。

说着就让伙计去叫。一会儿，小回从后面出来了。

小回一见大虎有些意外，赶紧说，大舅，不是我妈有事吧？

大虎说，就是你妈。

大虎告诉小回，她妈在张楼村的张家，整天让张同旺的那几个儿子挤对，说又说不出来，已经窝囊病了，这几天刚接回家来。大虎对小回说，她自己倒没说，可这么看着，心里是想闺女了，这次来天津，没敢告诉她。又说，你还是赶紧跟我回去吧。

小回一听就哭了，立刻就要跟大虎走。

来子想想说，我也去吧。

大虎一听来子也要去，看看小回，又看看来子，一时拿不定主意。

来子叹息一声说，其实我早该去，这回再不去，恐怕就没机会了。

小回也说，我爸要去，就让他去吧。

来子赶紧把铺子上了板儿，又给几个伙计放了假。看看铺子里没人了，才到后面的暗室。小回也跟过来。田生出去了，只有申明在。申明披着上衣，正坐在桌前写东西，一见来子和小回进来，赶紧站起来。来子告诉申明，他和小回有点急事，要去武清几天，铺子的生意先歇了，申明和田生再出来进去，一定要小心。申明说，这我知道，现在时局很紧，天津的情况也越来越复杂，我们肯定会注意。这时小回红着脸说，等田生回来了，告诉他，给他做的那双鞋已经做了一多半，帮子都缒好了，只能等回来再接着做了。

申明笑笑说，好，等他回来，我告诉他。

来子和小回又回蜡头儿胡同收拾了一下，就和大虎一块儿奔武清的北藕村来。

小闺女儿这回在张家，是让张同旺的几个儿子打了。张同旺一共三个儿子，老大张春贵，老二张秋阳，老三张夏荷。张同旺这些年一直跑南边做生意，老大张春贵也就接了他爸的生意，一直跑外。老二张秋阳在天津。张家在天津南市有一爿绸缎庄，还有两个货栈，老二就一直打理这边的铺子。老三张夏荷在家里看着产业。现在张同旺一死，几个儿子就都回来了。发送完了张同旺，开始闹分家。小闺女儿从办丧事时，就已看出家里的苗头不对，不想让小回搅到张家的事里，所以才赶紧打发她去天津找她爸。本来自己也不想再在这张家呆了。可要回娘家，娘家的爹妈都已不在，回大哥的家又没这道理，况且大嫂也不是个省油的灯，也就只好还在张家忍着。前一年天津发大水，把南市的绸缎庄和两个货栈都淹了。张同旺的二儿子一见世道越来越乱，物价飞涨，生意一天比一天难做，就把这几个铺子都卖了。

张家的几个儿子闹分家，小闺女儿本来一直没说话。可这回老二把绸缎庄卖了，她就不能不说话了。当初张同旺活着时有言在先，这绸缎庄等他百年之后，要留给小闺女儿，让她养老用的。当时这话，也是当着他几个儿子说的。现在这老二没跟她商量，就把这铺子卖了，且卖的钱也没给她，这就没道理了。但小闺女儿不说话还好，这一跟老二理论，张家的几个儿子早就憋着轰她走，这回倒齐心，一下有了借口，立刻就都冲她来了。小闺女儿本来就是个不吃亏的人，这几年在张家一直憋屈着不说话，也是看着小回。现在小回已走了，张同旺也死了，一下就爆发了。先跟张家的几个儿子大吵了一通，一气之下把客厅也给砸了。这一下张家的几个儿子也急了，浑劲儿一上来，就把小闺女儿打了。小闺女儿的气性本来就大，一个女人，又打不过三个大男人，这一挨打，一下就气得挺过去了。张家的几个儿子一见，正好借这机会来给她大哥大虎送信儿，就这样把她拉回来了。

来子和小回赶回北藕村，已是晚上。小回到家一进屋，见她妈躺在炕上，身上盖着一床薄被，脸在灯底下白得像纸，就扑过来趴在她身上哭起来。小闺女儿没想到小回突然回来了，一把搂住她，也不停地流泪。这时一抬头，就看见了来子。已经二十多年了，来子也已经有了白头发，但小闺女儿还是一眼就认出来。来子这时也看着小闺女儿。俩人四目相对，就这么看着。看了一会儿，来子才喃喃地说，你那天早晨走，也不说一声。

说完，眼里的泪就流下来了。

小闺女儿叹口气说，我说了，不让你来，你还是来了。

来子说，我先不走了，留下陪你几天。

小闺女儿摇头说，你铺子里还有生意。

来子说，我把生意歇了。

来子这一说，小闺女儿终于忍不住了，把脸转过去，身子一抽一抽的。看得出来，是在哭。小回推着她妈说，你这些年一直说想我爸，现在这不是来了吗？

小闺女儿说，可这时才来，这就是命啊。

说着又看看来子，说，你再不来，就见不着我了。

一边说，就又哽咽了。

来子就在大虎家里住下了。每天守在小闺女儿跟前。小闺女儿爱吃来子包的馄饨。来子在"狗不理包子铺"干过，最会和馅儿，擀的馄饨皮儿又筋道。每天三顿饭，只给小闺女儿包馄饨。包完了，小回煮了，再给端过来。这样过了几天，小闺女儿的脸上就有血色儿了。这天晚上，小闺女儿对小回说，你先去睡吧，我跟你爸说会儿话。

小回就回屋去了。

小闺女儿看着小回出去了，才对来子说，没想到，咱夫妻俩，是这样的缘分。

来子说，等你好了，我就娶你，明媒正娶一回，这辈子才对得起你。

小闺女儿笑笑说，来不及了。

来子说，来得及，再过过，你就好了。

小闺女儿说，我自己知道，也就这意思了。

说着又摇摇头，我要跟你说的，是咱小回。

来子说，你说吧。

小闺女儿说，这孩子随我，脾气太硬，嘴也不饶人。

来子说，是啊，就像戏文上说的，自古钢刀口易伤。

小闺女儿说，以后，你把着她点儿，再有，给她找个好人家儿，这辈子，别再像我了。

小闺女儿说到这儿，就说不下去了。

300

这以后，小闺女儿就不吃东西了。她对来子说，肚里没食，能死得干净。

来子让她喝水。她就只喝水。

又过几天，一个晚上，小闺女儿看着来子说，是时候了。

来子看着她。

她说，我该走了。

来子伸出手，一下一下地摸着她的脸。

小闺女儿抓住来子的手，冲他笑笑。

第六十五章

来子发送了小闺女儿，本想让小回留下。大虎也说，眼下外面的局势不稳，天津也乱，不让小回再出去了。但小回坚持要跟来子回天津。来子知道，她心里是惦记田生。来子这次来，见到小闺女儿，又把她发送走了，心里也就想明白了，这一明白，也就都看开了。人这一辈子，真能看上一个人，打心里喜欢，喜欢得除了这个人，就不能再是别的人，其实不是一件容易的事。这跟人们常说的缘分还不是一回事。一个人，跟他有缘分的人也许不止一个，但真正对上眼的，这辈子只能是一个。自己跟小闺女儿就是这样。真论缘分，也就是那两个晚上。可就算缘分尽了，最后她走，还是自己来送她。而且就算送她走了，自己这辈子，心里也不会再装下别人了。来子想，要这么想，就不必再拦着小回了。

来子带着小回回到天津，到侯家后已是晚上。来到鞋帽店的门口，一下愣住了。就见铺子的大门已经十字交叉地贴上了封条，还盖着红漆大印。旁边的窗板也都已封上了。

来子这才知道，铺子出事了。

这时来子最担心的还不是铺子，是申明和田生。鞋帽店只是卖鞋卖帽子，不会招谁惹谁，要出事，最有可能的就是申明和田生。

301

小回一看也急了。小回毕竟年轻，没经过事，一着急就哭起来，拽着她爸说，这可怎么办啊，田生他们是不是都给抓起来了？

来子赶紧拉着小回离开铺子门口。来到街边，想了想，就对小回说，现在到底怎么回事还不知道，蜡头儿胡同你也别去了，我现在就送你回武清。

小回一听不干，一定要见了田生再走。

来子急了，瞪着她说，你这孩子，怎么这么不懂事？这都嘛时候了，还要见田生？他现在到底在哪儿、出了嘛事都说不定，你上哪儿去见他？

小回一见来子真火了，才不敢再吱声了。

来子连夜把小回又送回武清的北藕村。见了大虎，把天津那边的事大概说了一下。又叮嘱小回，没有他的话，不许再去天津。交代完就又匆匆赶回来。

来子回到天津，已是第二天中午，这时还弄不清究竟发生了什么事，不敢贸然回蜡头儿胡同，就一直在街上转悠，想着万一碰见个熟人，打听一下。转到归贾胡同南口儿，正往里走，就觉着身后有人拽了自己一下。一回头，是王麻秆儿。原来王麻秆儿早就看见来子了，刚才在街上，没敢叫他，就一直远远地跟在后面。这时来到归贾胡同里，看看前后没人，才紧走几步追过来。来子一见王麻秆儿就急着问，铺子到底出嘛事了？

王麻秆儿一把拉住他，来到个角落，才把这些天的事说了。

王麻秆儿说，来子刚走的几天，铺子本来没事。他晚上有时也过来，给申明和田生送点吃的，顺带着看看他俩有嘛事。申明和田生那几天一直挺忙，经常出去，有时晚上也不回来。但有一次，田生大白天就回铺子来。王麻秆儿正好看见，就跟田生说，以后，白天最好别这样回来，过去这鞋帽店开着板儿，有买鞋买帽子的出来进去，他和申明回来还不显眼。可现在不行了，铺子的生意歇了，一歇生意再有人进出就可能有人注意了，只要一注意，也就可能看出事来。这以后，田生和申明也就更小心了。但没过两天，牛帮子突然来到鞋帽店。王麻秆儿自从来子带着小回去武清，平时没事，就一直在这铺子附近转悠。一来是为申明和田生望风，随时有事，好赶紧告诉他俩，二来也是替来子盯着这铺子。这时一见牛帮子来了，也就注意了。牛帮子进铺子转了一圈儿，这儿看看那儿看看，过了一会儿又出来了。他看见王麻秆儿正扛着一把儿鸡毛掸子在街上转悠，就过来叫住他，问，这铺子怎么歇业了？

王麻秆儿一听乐了，看看他说，这铺子又不是我的，我怎么知道。

牛帮子又问，铺子歇了，里边还住着人？

王麻秆儿一听，心里一惊。牛帮子这样问，说明他已看见了申明和田生。但王麻秆儿的脸上没敢露出来，说了一句，这得问你哥去，也许还有伙计，要么就是来催账的，说不清。

这样说完，就扭头走了。

王麻秆儿开始紧张起来。这时已听街上的人说，牛帮子跟着"二饽饽"说了相声。"二饽饽"成立了一个"饽饽社"，整天在南市的茶馆园子替日本人演出。牛帮子就跟这些人混在一块儿。还有人说，他现在已跟日本人扯上了关系。要这么说，他这时突然来鞋帽店，又打听铺子里的事，这肯定就不是好事。王麻秆儿想，得赶紧告诉申明和田生，这铺子不能再呆了。想到这儿，就等在铺子附近，一动不敢动地盯着。他想的是，只要看见申明和田生回来，就想办法告诉他们，别再进这铺子了。可一直盯到晚上，也没见申明和田生回来。

天大黑时，就见牛帮子又来了，这回还跟来一个大脑袋蒜头儿鼻子的胖子。王麻秆儿认出来，这人就是在南市说相声的"二饽饽"。王麻秆儿远远看着，就见牛帮子和这"二饽饽"先进了铺子，在里边呆了一会儿，又出来了。可他俩没走，在附近一个墙角的黑影儿里站着。过了一会儿，就见申明回来了。王麻秆儿看着申明朝铺子走过去，想过去拦，可这时牛帮子和"二饽饽"肯定也已看见他，再想拦已经晚了。于是就这么眼看着申明进了铺子。再看牛帮子那边，就见"二饽饽"跟牛帮子说了几句话，然后留下牛帮子就匆匆地走了。

这时王麻秆儿突然想起来，来子曾说过，为保险起见，在铺子里面绱鞋的大屋后墙，还留了一个后门。但这后门不常开，也不走人，所以也就没人注意。王麻秆儿赶紧绕到铺子后面。这后门果然没锁。从这个后门进来，来到暗室，赶紧把外面的事跟申明说了。申明一听就知道这地方暴露了，立刻收拾起所有的东西。从后门走时，又叮嘱王麻秆儿，让他把一把笤帚立在铺子门口儿，这样田生或别的人再来，一看就明白了。

王麻秆儿送走申明，想了想，觉着笤帚这事儿不太好办。牛帮子这会儿正盯着这铺子，倘自己拿着把笤帚过去，立在门口，牛帮子肯定得注意。可这个时候，田生又随时可能回来。王麻秆儿朝远处一看，就有了主意。这时打更的刘二正一边敲着梆子，拉着一辆排子车过来。刘二也已经七十多岁了，但身子板儿还硬实，到了晚上，还是一边打更，给街上的买卖铺子倒脏土。王麻秆儿就朝他走过去。刘二这个晚上刚喝了点儿酒，一边拉着车，敲着梆子，嘴里还哼哼唧唧的。见王麻秆儿迎面过来，就乐着说，这么晚了，谁还买你的鸡毛掸子啊？

王麻秆儿掏出几个零钱塞给他说，帮个忙。

刘二说，说吧，只要别耽误我打更就行。

王麻秆儿说，这儿有把笤帚，你一会儿路过鞋帽店，顺手给立在门口儿。

刘二听了，看看王麻秆儿手里的这把笤帚，眨巴眨巴眼问，这是要干嘛？

王麻秆儿说，这叫断道儿，这鞋帽店的牛老板，你认识吗？

刘二说，不就是来子吗？

王麻秆儿说，我穿他一双鞋，说好等有了钱就给，可他一直催，就跟我要赖账似的，都是这么多年的街坊了，一双鞋，值当的吗？我越想越气，这种人，以后跟他断道儿了。

刘二这时喝得晕晕乎乎儿，没再说话就把这笤帚接过去了。

王麻秆儿还不放心，一直远远看着。就见刘二路过鞋帽店时，把这笤帚立在门口儿了，心里才踏实。果然，牛帮子跟着就走过去。他看看这把笤帚，又看看拉着车走远的刘二，看样子是不明白这是怎么回事。又过了一会儿，就见一辆军用卡车开来了。车一停，跳下一群日本宪兵，闯进鞋帽店里里外外地搜查了一遍。然后出来，就把铺子的门窗都封了。

来子这才明白，自己这铺子，这回算是彻底完了。

王麻秆儿说，是啊，你也小心，先别回去了。

说着，又摇头叹了口气，你啊，怎么会有这么个兄弟！

来子刚要再说话，王麻秆儿已经扛着鸡毛掸子转身走了。

来子在街上转了一下午。天大黑时，在街边吃了一碗烩饼，心想，总不能一直这么呆在街上。又想，牛帮子再怎么说也是自己兄弟，总不会连亲哥也害。

这么想着，就还是回蜡头儿胡同来。

但刚到家门口，就听身后有动静。还没回头，两个胳膊就被人架住了。

第六十六章

小回这些年一直跟大舅亲，跟舅母不亲。

舅母叫白玉兰，娘家是静海的，说话侉，心眼儿也多。心眼儿多倒不怕，人都有心眼儿。但这心眼儿也分怎么使。跟外人动心眼儿行，跟家里人也动心眼儿，就叫隔着心。小回觉着，舅母就总跟自己隔着心，她每说一句话，后面没说出来的好像还有话，总得让人猜。过去她妈住在大舅这儿，是没办法，老宅的房子年久失修，已经没法儿住人了。这回她又从天津回来，就不想再住大舅家了。不想住，也是因为舅母的一句话。

那天半夜回来，来子放下小回就急着要走。大虎一看就知道天

305

津出事了，问来子，怎么回事。来子也顾不上细说，摆摆手就匆匆地走了。这时，白玉兰在旁边走过来，不阴不阳地说了一句话，她说，这趟去天津，可别烧香把鬼引来啊！

小回一听笑笑说，舅母你放心，我这就把鬼引走。

说完，就扭头回老宅这边来了。

老宅自从李显贵没了，已经二十多年没人住。房没塌，但门窗都已破烂了。大虎在家怕白玉兰，这时也不敢多嘴，只好跟着小回过来，帮着里外收拾。仗着天还热，把屋里打扫了，天亮时又把门窗修了修，糊上纸。小回又里里外外擦洗了一下，才勉强住下了。

这时，小回的心里惦记着三件事。一是她爸，不知回天津怎么样了。二是铺子，到现在也闹不清，究竟出了嘛事。第三就是田生。小回想，倘铺子让人封了，封铺子时，田生和申明会不会正在暗室里？倘在暗室就麻烦了，这暗室说是暗室，其实也不保险。

小回一想到这儿，就不敢再往下想了。

这天夜里，小回刚睡下，听见院里有动静，像是有人从墙上翻进来。她赶紧爬起来，蹑着手脚抄起立在炕边的顶门杠。再听，好像有人摸进外面的堂屋。当年李显贵爱干净，堂屋的地上铺的是磨砖对缝的青条砖。这时外面的人进了堂屋，脚步就很轻。屋门刚推开，小回抡起顶门杠就砸过去。进来的人朝旁边一闪躲开了，然后抓住顶门杠叫了一声，小回！

小回一耳朵就听出来，是田生。

田生压低声音说，是我啊！

小回在黑影里又仔细看了看，果然是田生。把顶门杠一扔，扑到田生怀里就哭起来。

哭了一会儿，才抬起头问，你是怎么找来的？

田生说，你当初说过，家是北藕村的，门口有两棵大槐树，就这么试着找来了。

田生告诉小回，她爸已经出事了。他那天一回去，就让人盯上了，当天晚上就被抓了。他先是被关进"白帽衙门"，后来又押到

"红帽衙门"，但别管怎么问，后来还用了刑，他就一句话，他只是个开鞋帽铺的，就知道卖鞋卖帽子，别的嘛也不知道。日本人见问不出什么，就把他扔进大狱。田生和申明后来又见到王麻秆儿。王麻秆儿才把知道的，前前后后都对他两人说了。申明和田生一商量，决定把来子救出来。这时田生已打听清楚，牛帮子每天晚上在南市一家叫"喜来春"的茶馆园子演双簧。一天晚上，就带了两个人等在这茶馆附近。牛帮子演出完了，一出来，就把他按住，带到个没人的地方。田生对他说，牛老板毕竟是你亲哥，现在你去跟"二饽饽"说，想办法把他弄出来，这件事也就不追究了。但牛帮子嘴还硬，咬着牙说，他牛全来当初不认我这兄弟，现在我也就不认他这亲哥，他死活跟我没关系。田生见牛帮子死硬，蒸不熟煮不烂，只好先把他放了。回来跟申明商量，看下一步怎么办。

但申明和田生还没商量出办法，王麻秆儿就也被抓了。

这时申明已经意识到，事态已越来越严重。于是和田生又来找牛帮子。申明对牛帮子说，现在已经调查清楚，牛老板和王麻秆儿被抓，都跟他和"二饽饽"有直接关系。申明让牛帮子回去告诉"二饽饽"，如果他俩不想办法把牛老板和王麻秆儿弄出来，他们两个人的性命也难保。牛帮子一见申明这些人真急了，要动真的了，这才说出实话。他说，王麻秆儿和来子还不一样。王麻秆儿是早就有人盯上了，而且是日本人盯上的，只是一直没动他。所以这回，他怕是神仙也难保了。但牛帮子又说，来子毕竟是他亲哥，前几天，他还是跟"二饽饽"把这事说了，让他想办法把来子弄出来。但"二饽饽"不敢，说日本人都是狗脸，说翻就翻，一翻脸还就不认人，他不想去捅这个马蜂窝，真把自己的小命儿搭进去不值。这时"二饽饽"也明白了，申明这边的人不会轻易放过他，从这以后，也就不露面了。

小回一听，她爸和王麻秆儿都让日本人抓了，一下就急了，问后面怎么办。田生安慰她说，现在正想办法，再说他俩都是平民，估计也不会把他们怎么样。

小回哭了，说，我爸这辈子，不光命苦，也太不容易了。

田生说，你放心，只要还有一点希望，我们就尽最大努力。

小回哭了一会儿，才问，你这次来，干嘛？

田生说，去落垡办事，顺便来看看你。

两人说着话，就已是半夜了。

小回问，你回哪儿？

田生说，回天津。

小回说，天已经要亮了，现在不能走了，路上太危险。

田生想想说，是，如果现在走，到天津恐怕就要明天下午了。

小回说，你跑一天，也累了，这院子白天没人，你就好好儿歇歇，等明天晚上再走。

田生就在炕上躺下了。小回拉过被子，给田生盖上，自己也躺在田生的身边。

田生躺了一会儿，慢慢撩开被子，把小回拉进来。又躺了一会儿，手就开始在小回的身上轻轻摸着，一边摸，解她的衣裳。小回先是闭着眼，让田生摸，这时就把他的手按住了。

田生看着她，喘气越来越粗。

小回说，我不想，再像我妈。

田生又看看她，没听懂她的话。

小回就把她妈和她爸当年的事，给田生说了。

田生听了抱紧小回说，行，我们就等抗日胜利的那天吧。

·第四部·

外插花

第六十七章

这年一进八月，北藕村旁边的张楼村着了一把火。火是从豆腐房黄掌柜的家里烧起来的。这时黄掌柜刚死。黄掌柜的儿子已把这豆腐房盘给了张同旺的三儿子张夏荷。黄掌柜的儿子叫黄文清，是个村塾先生。黄文清跟张夏荷已交割完，黄文清拿了钱，张夏荷也拿到了契约，只是还没盘点铺子。就在这时，豆腐房让一把火烧了。这一下，已经说好的生意就翻车了。张夏荷认为铺子还没盘点，没盘点就不算接手，既然还没接手，这铺子烧了就该算是黄家的，所以想往回要那笔钱。黄文清则认为，手续都已交割完了，契约也签了，这铺子就应该已是张家的了。既然是他张家的，盘没盘点也就是他自己的事，跟黄家没任何关系了。但黄文清自己这么说行，张夏荷却不认这个账。他一不认账，黄文清就有麻烦了。张家的这三个儿子，当初张同旺死时为分家产打成了热窑，可再怎么打也是自己家的事，现在跟黄家一闹起纠纷，就都冲黄家来了。黄文清是一个人，当然闹不过张家的兄弟三个，知道虽然理在自己这边，毕竟人单势孤。但黄文清是教书先生，虽人单势孤，却有脑子。

当时日本人驻扎在落堡的是"大龙部队"。这时"大龙部队"已撤走了，接着就有消息传来，日本人已经无条件投降了。又过了些日子，上边就传下话来，让各村各乡自行清理，凡是跟日本人打过交道儿的人家儿，限期主动去公所登记，乡邻有了解情况的也可以举报。张家的大儿子张春贵在运河上养了三条船，曾给日本人运过军需物资。二儿张秋阳在县城开了两个货栈，也跟日本人做过生意。

张家老三张夏荷就更不用说了，跟炮楼上一个叫山田的日本军曹是朋友，经常把这军曹请到家里来喝酒。但这时自行清理，张家的这三个儿子却都没去登记。黄文清得知这个消息，一纸举报信投到县里。当天下午，张楼村就来了一队当兵的，把张家的这三个儿子都捆走了。这当口儿，"汉奸"的罪名比什么罪名都大，最轻也是枪毙。张家一下子塌了天，这三个儿子的女人哭成一团。也就在这时，债主子一看张家要败了，立刻都上门来要账。张家到了这时自然谁都不敢惹，有来要账的就赶紧还钱。

也就在这时，小回的舅母白玉兰突然想起一件事。当年小回她妈小闺女儿嫁到张家，张同旺曾许诺，等他百年之后，把天津南市的那片绸缎庄给她。张同旺是个有脑子的人，担心自己死后，几个儿子不认账，还特意给小闺女儿写了一个字据。后来张同旺死了，他家老二把这绸缎庄卖了，果然不认这笔账了，一分钱也没给小闺女儿。小闺女儿拿出张同旺留下的这个字据，这老二还是不认，说不是他爸的笔迹。小闺女儿直到临死，还在念叨这个字据的事。但这白玉兰更有心计，小闺女儿一死，就把这张字据偷偷留下了。现在一看是时候了，就来到张家，把这字据拿出来给张家老二的老婆看。张家老二的老婆当然还记得这事，也知道，张家现在已是破鼓乱人捶，谁也惹不起，只好硬着头皮给了白玉兰一笔钱。

白玉兰得了张家的这笔钱，却并没声张。她也明白，这钱是以小闺女儿的名义要来的，就算现在小闺女儿没了，可人家的闺女还在，也应该给人家的闺女。于是警告大虎，这事不许告诉小回。大虎窝囊，虽知道自己这外甥女儿现在日子过得艰难，又无依无靠，也就不敢说。白玉兰先把自己男人的嘴封住了，接着就想下一步。小回这两年独自住在老宅这边，只靠卖绣活勉强吃饭。这时白玉兰就过来找小回。小回这几年很少去大舅那边，跟白玉兰更一直没来往，这时一见她过来，就知道没好事。但白玉兰倒像挺亲近，还特意给小回拿过一个绣绷子，说去镇上时特意给小回带回来的。小回不想跟这女人费口舌，就问她到底有嘛事。

白玉兰这才问，外面的事，你听说了吗？

小回问，嘛事？

白玉兰说，日本人已经投降了。

日本人投降的事，小回去镇上交绣活时已经听说了。

白玉兰说，这回，你可熬出来了。

小回看看她。

白玉兰说，当初你爸，是让日本人抓走的，现在日本人完了，你爸也该回来了。

小回听了没说话。其实小回一听日本人完了，心里一直想着这事。当初她爸跟她说，没有他的话，不许去天津找他。后来田生来了，才知道，她爸已让日本人抓去了。现在日本人完了，她一直想去天津，一来打听她爸的消息，二来，也想去找田生。这时白玉兰一说，也就说到她心里了。白玉兰见小回没说话，就知道她也有这个心思，立刻又说，这几天，她舅要去天津办事，她要是想去天津，正好可以跟她舅一块儿去。

小回一听，立刻就答应了。

大虎这趟去天津，其实没事。白玉兰让他去，就是想借这机会把小回带走。小回跟着大舅来到天津，大虎把她送到侯家后，自己就回去了。侯家后没有太大变化，只是街上的买卖铺面更少了。小回想了想，现在能找的认识人，也就是尚先生。于是就来到蜡头儿胡同。

小回一进胡同，就看见了尚先生。尚先生还在胡同口的墙边摆摊儿，给人代写书信，也卖香烛纸神祃儿。尚先生这时已快九十岁了，但耳不聋，眼不花，只是眉毛胡子都白了。这时一抬头，看见小回，立刻哎呀一声说，孩子，你怎么来了？

小回叫了声太爷爷，眼泪就流下来。

尚先生立刻把摊儿收了，带着小回来到街上的一个小铺儿，给她要了一碗素烩饼，坐在对面，一边看她吃着问，你这几年，一直在武清老家？

小回点头说，是。

又问，这次来干嘛？

小回说，找我爸。

尚先生听了沉吟一下，问，你爸的事，你没听说？

小回忙问，我爸怎么了？

尚先生叹口气，才告诉小回，她爸已经没了。

小回一听，刚吃到嘴里的一口烩饼不嚼了，愣愣地看着尚先生。

尚先生又摆摆手，打了个嗨声，告诉小回，那年来子关在"红帽衙门"，一直没放出来。后来日本人把他和一些人押到塘沽。直到上了海船，才知道，是要送他们去日本当劳工。来子一听，死活不肯去。跟他同船的人也都说不去。日本人见来子带头闹事，就把他捆在甲板上。但船一开，他还是找个机会跳海了。当时跟他一块儿跳海的还有几个人。有一个活着跑回来，才把这事说了。小回一听，就趴在桌上哭起来。

尚先生说，别哭了孩子，你爸死得有志气。

小回说，我爸，不会水啊。

尚先生说，他这一跳，就没打算活，咱天津人里，他是好样的。说着又摇摇头，现在咱这胡同里，老人儿已经没几个了，王麻秆儿也死了。

小回问，麻秆儿爷爷，是怎么死的？

尚先生说，他当初让日本人抓进红帽衙门，已是七十多岁的人，一挨打，没几天就死在里边了。说着，又苦笑了一下，不过这王麻秆儿，也真有他的。

小回问，怎么？

尚先生说，他直到临死，还差点儿拉个垫背的。

王麻秆儿胆小，身子也弱，只让日本人打了一回就剩半口气了。可他人迷糊了，嘴里还一直念叨"二饽饽"。日本人不明白，问他，"二饽饽"怎么回事。他说，他跟"二饽饽"还有一笔账，"二饽饽"欠他三块大洋。日本人好奇，问他，这三块大洋是什么钱？王麻秆儿就说，"二饽饽"曾让他搞一张日本人在东局子的军用机场地形图，说是有人要，答应这地形图到手，给他三块大洋。可后来他真把这地形图拿来了，"二饽饽"却一直不给钱，说要这地图的人没给他钱，他也就给不了王麻秆儿。王麻秆儿说完这话，没两天就死在大狱里了。可他死了，留下的这几句话也差一点儿要了"二饽饽"的命。日本人突然去家里抓"二饽饽"。当时"二饽饽"出去了，只有二闺妞和牛帮子在家。日本人把他家翻了个遍，没搜出有用的东西，就把牛帮子抓走了。牛帮子这时已吓傻了，不知日本人为嘛突然翻脸，在里边哭着说，他从来没干过有损大日本皇军的事。日本人关了他几天，见他整天哭，还吓得直拉稀，把牢房里弄得臭烘烘的，已经进不去人，这才把他放出来。这时"二饽饽"已得着消息，也不敢回家了，在外面找个地方藏起来。直到日本人投降，他才出来露面儿。但没过几天，他和牛帮子，还有那个"饽饽社"里的人，全被当成"汉奸"给抓起来了。

这时，小回才想起问，鞋帽店怎么样了？

尚先生说，这铺子，现在是保三儿管着。

小回当初在铺子里时，听她爸说起过保三儿这个人。

尚先生说，你先把饭吃了吧，我再带你去铺子那边看看。

小回这时已没心思吃了，从小饭铺出来，就跟着尚先生来到鞋帽店。

鞋帽店的门脸儿没变样。当初的牌匾是请尚先生写的，现在还是这块牌匾。那时来子干净利索，铺子的门窗玻璃，总让伙计擦得一尘不染。现在看着，也还是这么干净透亮。小回一进铺子，柜上站着个小伙计。这小伙计也就十几岁，看看小回问，要买嘛？

小回说，找保三儿。

小伙计一听就进里边去了。一会儿，保三儿出来了。保三儿这时已六十多岁，但身板儿笔直，还是当年拉胶皮的打扮儿，上身穿着月白色的布褂儿，下面是蟹青的灯笼裤儿，扎着腿带子，穿一双黑洒鞋，看上去挺利落。小回上下看看他，问，您是保三儿？

保三儿也没见过小回，说是啊，你找我？

尚先生说，这是来子的女儿，叫小回。

小回说，我爹是牛全来。

保三儿早知道小回，这时一听就笑着说，哦，小回啊！

小回笑笑，说，我该叫您嘛呢？

尚先生说，叫伯伯就行！

小回就叫了一声，伯伯。

保三儿说，这回总算行了，我可把本主儿等来了。

保三儿告诉小回，这鞋帽店当初让日本人封了，也就一直这么封着。后来风吹雨淋，门窗上的封条都掉了，日本人好像也把这事忘了。这铺子就一直这么闲着。日本人投降以后，有一天，突然来了几个人，把这铺子的门打开了，收拾里边的东西。当时保三儿正好从这儿过，一看铺子里有人，以为是来子回来了。可过来一看，不认识。就问这几个人，这是要干嘛。这几个人说，是政府派来的，清理没主儿的铺子，要逐一登记。保三儿一听这话头不对，问，你们怎么知道这铺子没主儿，听谁说的？这几个人说，政府规定，凡是没人管理的商铺，一律视为日本人留下的，都要收归国有。保三儿立刻说，这铺子是中国人的，当初的老板姓牛，让日本人抓去了，可人家牛家还有后人，说不定哪天还回来，怎么能说这铺子没主儿呢？

说完，就把这几个人轰走了。

保三儿担心再把这鞋帽店当成没主儿的铺子，这以后，在家闲着也没事，索性就过来，把铺子收拾出来了。当初铺子还有一些货底儿，保三儿就把这些货底儿盘出来。保三儿说着，又一指旁边的小伙计，这是我一个本家侄子，叫小满，他在这儿不拿月钱，就管三顿饭。

小回听了，眼里噙着泪说，伯伯，我真得替我爸谢谢您！

保三儿摆手说，我跟你爸，可是几十年的交情了，再说，自从小日本儿投降，这帮王八蛋一走，天津又来了不少捡"洋落儿"的，我不能看着这铺子让他们当"洋落儿"捡了。

保三儿说着，吩咐小满上板儿，铺子打烊。

这时尚先生看看没什么事，就先回去了。

保三儿又冲小回招了下手说，你过来。

小回就跟着保三儿来到后面。刚一过来，小回就看见了当初的那个货架子。

保三儿站住了，转过身说，还有个事儿，得跟你说。

这时小回已明白保三儿要说什么，点头说，我知道。

保三儿看看小回，你知道？

小回说，当初我爸，就是为这个出的事。

保三儿说，既然你知道，也就不瞒你了，今晚，还有人过来。

小回忙问，谁？

保三儿说，来了你就知道了，兴许你认识。

天大黑时，保三儿让小满在后面的伙房熬了一锅稀饭，又去街上买了几个两掺儿的大饽饽。三个人正在后面吃饭，就听外面的铺子有动静。保三儿立刻放下筷子出去了。

一会儿，保三儿回来了，冲小回招手说，你过来。

小回就起身跟着过来了。保三儿拉开货架子，开了暗室的门。小回进来一看，愣住了。暗室里站着个人，竟然是田生。田生看着小回，只是笑。小回一下子扑过来，看看旁边有保三儿，才没抱他，拉住他的胳膊说，你这几年都在哪儿啊，怎么一直没消息？

田生告诉小回，他当初从北藕村回来，没过几天就离开天津去外地了。也是最近，才又回来。田生对小回说，现在全国的局势已经大变，可天津的情况，也更复杂了。

小回问，你这次回来，还走吗？

田生说，看样子，暂时先不走了。

第六十八章

保三儿让小满去街上买了一刀烧纸。半夜，带着小回来到胡同口。保三儿教小回，先用火通条在地上画了一个圈儿。纸就在这圈儿里烧。烧纸一点着，小回的泪就止不住了。保三儿叹口气，喃喃地说，来子兄弟，你闺女小回，给你烧纸来了。

又回头对小回说，在心里念叨着点儿，你爸听得见。

小回抹着泪，把纸烧了。在旁边又画了一个圈儿。

保三儿看看她。

小回说，也给麻秆儿爷爷烧点纸吧。

保三儿哦了一声说，是，他家已经没人了。

小回烧完了纸，回到鞋帽店，脸上还带着泪痕。保三儿和小回来到暗室，看看没事了，就说，你们先说话，我去街上给田生买点吃的。说完就又出去了。

田生这才跟小回说，这次又启用这个暗室，也是没想到的事。他刚回天津时，本来是想找王麻秆儿。可来到侯家后一打听，才知道王麻秆儿已经死在日本人的监狱里了。再来鞋帽店这边看看，铺子还开着，但里边的人已经不认识。当初在侯家后，田生只认识来子和王麻秆儿。现在王麻秆儿已死了，当时来子也生死不明，这一下线索就全断了。但田生来鞋帽店附近转了几次，保三儿在铺子里已注意到了。保三儿是拉胶皮的出身，见的人多，眼也毒。田生穿的衣裳虽跟天津人没什么两样，可毕竟细皮嫩肉，眼里也有事儿，细看，还是跟街上的人不太一样。保三儿从窗户往外一看，就知道这不是个一般的年轻人。当初这铺子出事，来子让日本人抓了，保三儿虽然详细的不清楚，也已听街上的人议论，说来子是跟城外的人有牵连，所以才让日本人的探子盯上了。这时，保三儿想了想，就从铺子里出来。

田生一见保三儿出来了，扭头要走。保三儿立刻叫住他。

田生一听这人叫，只好站住了，慢慢转过身。

保三儿走过来问，你要找人？

田生说，我，路过。

保三儿说，你路过哪儿？我看见了，你在这门口儿转悠好几圈儿了。

田生一听，知道这人已注意自己了，就说，没事儿，闲溜达。

保三儿问，你是要找来子吧？

田生听了看看保三儿，没说话。

保三儿说，来子已经死了。

田生仍没说话，但脸色已经变了。

保三儿说，他让日本人抓了劳工，在去日本的船上，跳海了。

田生点点头，扭头要走。

保三儿又说，我是他的老街坊，也是朋友，叫保三儿。

田生一听保三儿，又站住了。当初他在铺子的暗室里住时，来子跟他闲聊，说自己年轻时拉过胶皮，曾提过保三儿这个名字。田生有个特点，记忆力超出一般的人，随便一个人名，只要听一遍就能记住。来子还曾说过这保三儿后来的一些事。所以田生知道，这保三儿大致是一个什么样的人。这时，就慢慢转过身，看看保三儿问，现在，这铺子是你的？

保三儿朝周围扫了一眼说，进来说话吧。

田生又犹豫了一下，就跟着保三儿来到铺子里。保三儿带田生来到后面，才告诉他，来子后来是怎么跳海的，又说了日本人投降以后，自己是怎么把这铺子从那些捡"洋落儿"的人手里抢回来的。保三儿说完这些，又问田生，你是不是来找来子？

田生这时只好承认，说是。

但田生又说，跟来子是在生意上认识的，来子还欠着一笔账，这回，是来跟他要账的。保三儿听了低头沉一下，又抬起头笑笑说，好吧，你就当真的说，我也当真的听。接着又说，还没吃饭吧，欠账是欠账的事，该吃饭，还得吃饭，我替来子请你吧。

田生一听先谢过。然后说，还有事。就赶紧走了。

田生一离开侯家后，就把这事跟申明汇报了。当初侯家后出事以后，申明也离开了天津。但这一次，比田生早回来半年。田生这个下午来侯家后，也是申明派他来的。这时天津的情况已经更复杂了，各方面的关系也盘根错节。侯家后虽然人烟稠密，但居住成分相对简单，大都是平民百姓，又靠近三岔河口，交通便利，也便于隐蔽。几天后，申明就告诉田生，这个叫保三儿的人已经调查清楚，应该可靠，而且他对田生说的情况，也基本属实。申明说，如果这样，这个"福临成祥鞋帽店"就还可以利用。于是又过了几天的一个傍晚，田生又来到"福临成祥鞋帽店"。保三儿正倚着柜台，跟伙计小满商量晚上吃什么。保三儿想吃窝头蘸虾酱了，让小满去街上买点儿虾酱。这时一回头，看见田生来了，就笑着问，又来要账？

田生笑笑，没说是，也没说不是。

保三儿先让小满把铺子上了板儿，又说，先说下，我替来子请你吃顿饭行，替他还账，我可还不起，话说回来，我也不知他当初跟你是什么买卖，到底欠了多少钱。

田生说，咱后面说话吧。

保三儿点点头，直接就把田生带到后面的暗室。

保三儿是收拾铺子时，无意中发现这个暗室的。这时看不出一点住过人的痕迹。但保三儿进来一看，还是明白了。保三儿在街上跑了这些年，经得多，见得也多，甭管嘛事儿，眼一看心里就有数了。他发现了这个暗室，就把小满叫过来，叮嘱他说，甭管这暗室当年是干嘛的，以后就烂在肚子里，跟谁也不能说，打死也不能说，明白吗？小满岁数小，可胆子并不小，听了点头说，您放心，死也不会说。

这时，保三儿已经把这暗室收拾出来。田生一进这暗室，立刻就闻到一股熟悉的气味。想想几年前，也有些感慨。保三儿对田生说，我知道，你来过这儿。

田生说，是啊。

保三儿说，你放心，过去来子在时怎么着，你现在还怎么着。

田生一笑，点头说，行。

这以后，鞋帽店的这个暗室就又启用了。

第六十九章

尚先生八十七岁生日这天，给鞋帽店送来一幅神祃儿。

尚先生说，十七年前的这天，是他七十岁生日，当时给鞋帽店写了一块牌匾，是铺子的字号，今天是八十七岁生日，又特意做了一幅不一样的神祃儿，一块牌匾，一幅神祃儿，还差一对红蜡就齐了，再过十七年，等他一百零四岁的生日那天再拿过来。尚先生笑着说，他这辈子，能给"福临成祥鞋帽店"的也就这么多了。保三儿一听今天是尚先生的生日，双手接过神祃儿说，我替来子谢您了！又说，再替来子给您祝个寿吧，咱简简单单，就在外面叫几个菜。

尚先生连连摆手，都这岁数儿了，祝寿已经不叫祝寿，叫催寿，还是免了吧。

说着看看跟前没人，又往前凑近一步，像随口说，昨天，我在街上碰见个人。

保三儿问，谁？

尚先生说，杨灯罩儿。

保三儿一听杨灯罩儿，愣了一下。保三儿知道，杨灯罩儿这几年一直在法租界，还跟那个叫黑玛丽的女人住在一块儿。这黑玛丽倒无所谓，关键是她儿子。黑玛丽的这个儿子，连黑玛丽自己都闹不清究竟是谁的，最后干脆让他姓自己的姓。黑玛丽姓马，本名叫马春芬，就让这儿子也姓马，取名叫马杜龙。这马杜龙长得不像中国人，大高个儿，挺瘦，还挺白，鼻子也挺高，且眼珠是蓝的，头发还自来卷儿。有人说他是洋人的"串儿"，说得再难听一点也就是"杂种"。但这马杜龙不是好脾气，生性，谁说跟谁急。一次急眼了，把一个跟他开玩笑的人一拳打个跟头，脑袋在马路牙子上磕个大窟窿不说，鼻梁子也给打折了。保三儿也是前些日子刚听那边的朋友说，现在这马杜龙是在天津警备司令部的稽查处混事儿，还是个小头目。这时，尚先生一说碰见杨灯罩儿，保三儿就留意了，但只哦了一声，没再往下问。

尚先生又说，可我觉着，不像是碰见他的。

保三儿问，怎么说？

尚先生说，我从胡同出来，刚往西头一拐，他就过来了，看意思是故意等我。

保三儿看着尚先生，问，他跟您说嘛了？

尚先生笑笑说，这人，算算也七十大几了，老脾气还没改，爱打听事儿，一个劲儿问我，这"福临成祥鞋帽店"怎么回事，现在怎么到了保三儿的手里。

保三儿听了点点头，嗯一声。

尚先生又说，他还问，这个保三儿是不是朋友挺多，平时净有人来找他。

尚先生说着，又摇了摇头，这种人，用句街上的话说，过去是癞蛤蟆爬脚面，不咬人腻味人，可现在，就怕这癞蛤蟆长牙了，要是真长了牙，可就不光是腻味人了，也得小心。

说完又摆摆手，就转身走了。

保三儿看着尚先生出去了，还在愣神儿。

尚先生跟保三儿说过，这年秋天，刚又让杨灯罩儿坑了一下。杨灯罩儿这几年已经不常回蜡头儿胡同，可一天下午突然来了。当时尚先生正在胡同口摆摊儿。杨灯罩儿凑过来，一边东瞅西看着说，想求尚先生帮个忙。尚先生知道杨灯罩儿在侯家后的人缘儿臭，不少人都憋着揍他，不会有人管他的事。本来也不想管，可看他这时穿个旧西服，领子都歪了，裤子一条腿儿长一条腿儿短，脚上的破皮鞋也开了绽，头发也是白的多、黑的少，就还是动了恻隐之心，问他，有嘛事儿？杨灯罩儿说，他在蜡头儿胡同的这个房子已经闲了这些年，撂着也是撂着，想让尚先生帮着找个买主儿，没多有少，甭管多少钱卖了就算了。尚先生一听不过是顺嘴打听一下的事，也就答应了。后来一问，还真碰上个有心想要的人。锅店街有一家

322

"丰盛货栈"，老板姓高，跟尚先生认识。高老板一直想找一处闲房存货，一听蜡头儿胡同杨灯罩儿这房子，觉着挺合适。尚先生见这事儿管得挺顺，心里也高兴，索性好人做到底，就帮着把价钱也谈下来。再跟杨灯罩儿一说，杨灯罩儿也愿意，两边就说定了。可交割这天，约好在高老板的货栈见面，左等右等，杨灯罩儿却一直没来。一会儿货栈的伙计跑来了，说有人看见，蜡头儿胡同的那间闲房已经有人去收拾了。高老板一听赶紧来到蜡头儿胡同，一问这几个收拾的人才知道，杨灯罩儿已把这房卖了。当时高老板倒也没说别的，手续还没过，这房子就是人家的，当然是谁出的价钱合适就卖谁。于是没说话就扭头走了。但高老板走了，尚先生却觉着自己的面子下不来，心里越想越憋气。尚先生在侯家后这些年，从来都是一步俩脚印儿，在街上说话也是吐口唾沫砸个坑，还从来没干过这种没谱儿的事。你杨灯罩儿又找着价钱更高的买主儿，这无所谓，谁跟钱也没仇，可总该先跟这边打个招呼。人家高老板这里还等着交割，他那边已跟另一个买家儿过了手续，把这边一扔黑不提白不提了，这就太不地道了。更让尚先生窝火的是，几天以后，尚先生又在胡同里碰上杨灯罩儿。他好像是回来拿东西，跟尚先生走个碰头，别说有句道歉的话，干脆就像不认识，连招呼也没打，就这么直脖瞪眼地过去了。尚先生为这事儿，气得好几天喘气都喘不匀实。

这时保三儿想，这个杨灯罩儿又要出什么幺蛾子？

保三儿心里正寻思，小回回来了。小回是去估衣街了。这时估衣街虽已不像先前那么热闹，但还有卖布头儿的。卖布头儿只是一种卖法儿，用街上的话说叫买卖生意，说是布头儿，其实都是整匹的布料，卖家儿故意扯成一块一块的，小的几尺，大的一两丈，扯完了在地上铺一领席，堆着当布头儿卖。这个卖法儿看着便宜，其实卖家儿也不吃亏，比整匹的布料儿还好卖。小回看看天已凉了，打算在估衣街买块布料，先给田生做件夹袄，入冬前，再给他做一个贴身的小棉袄。这时进来，见保三儿正愣神儿，就问怎么回事。

保三儿就把刚才尚先生说的话，跟小回说了。

小回听了想想问，尚先生知道这暗室的事吗？

保三儿说，应该不知道，暗室这事，我没对外面的人说过，当年你爸也不会说。

小回说，尚先生是个明白人，他嘴上不问，心里也应该有数。

保三儿说，是，他说话时，看得出来。

小回说，要这么说，他刚才来，就是为了告诉咱这事才来的。

保三儿点头，我也这么想。

小回说，晚上田生回来，得赶紧告诉他。

这天夜里，田生回来了。保三儿没走，一直等着田生。这时就和小回一块儿跟着田生来到暗室。田生听保三儿说了白天的事，想了一下说，这个暗室不能用了。

小回一听，立刻有些紧张。

田生又对保三儿说，你们分析得对，听尚先生这话，他今天就是来送这个消息的，现在随时都可能发生各种情况，你们赶紧想办法，最好连夜就把这暗室的门用砖砌死。

小回说，这不行，刚砌的墙是湿的，能看出来。

保三儿说，这倒好办，这暗室外面跟伙房隔着还有一堵墙，我干脆就把这两边的墙都用灰膏儿抹上，再在门口儿垒个垛子，这样就看不出来了。

商量定了，保三儿就把小满叫来，俩人去后面准备砖和灰膏儿。小回赶紧帮田生收拾暗室里的东西。田生看出小回紧张，安慰她说，你放心，不会有事。

小回说，我是担心你。

小回这次来天津又快两年了，已经越来越看出来，外面的形势跟自己想的不一样。本以为日本人走了，能过太平日子了，可现在看，不是这么回事。街上的东西越来越贵，有时一天就涨几次。该有钱的还有钱，该吃不上饭的还吃不上饭。一些歪戴帽儿斜瞪眼儿、不三不四的人，也照样还在街上溜达。探子也整天四处转，说不定哪会儿，就在哪个地方抓人。

田生笑笑说，你不用担心我，这里的情况，我先向申主任汇报，再另想别的办法，现在这边还有很多事，我暂时不会离开天津，一有机会，就来看你。

小回看着田生，有点不舍，你这一走，不会又几年吧？

说完，又咬了咬牙，反正，我就在这儿等你了。

田生抱了抱小回，叮嘱她千万小心，就匆匆走了。

几天后的一个上午，鞋帽店果然来了几个人，都穿着便衣，也不说是哪儿的，一进来就在铺子里乱翻。伙计小满一见赶紧过来，拦着说，你们这是干嘛？

一个留分头的胖子回手给了小满一个大嘴巴子。小满的嘴角登时流出血来。小满看着又瘦又小，也不是好脾气，一下急了，抹着嘴角瞪起眼说，你打人？！

保三儿正在账房，听见外面的动静赶紧出来，一看这阵势就明白了，过来拉住小满。这几个人在外面翻了一阵，又去后面。一会儿，留分头的胖子出来，问保三儿，你是老板？

保三儿说，老板死了。

胖子问，怎么死的？

保三儿说，让日本人抓走，打死了。

胖子听了又看看保三儿，说，你过来。

保三儿跟着来到后面。这时，墙边的货架子已经搬开了，露出里面刚抹的灰膏儿。这时一眼就能看出来，相对着的是两堵墙，都抹了灰膏儿。胖子指着问，这是怎么回事？

保三儿看看说，今年夏天雨水大，这两个墙山往上反碱，墙皮都粉了，天一凉快，刚铲了墙皮重抹的灰膏儿，年头儿太多了，墙山已经不结实，怕倒，又垒了个垛子。

胖子让把铺子后面的灯全打开，又仔细看了一阵，才带人走了。

第七十章

这年腊月二十三，天津下了一场雪。

雪是从早晨下的，也不太大，到中午一出太阳就化了。但化也没全化，天又冷，表面的一层刚一化又冻上了，在街面儿上结了一层薄冰，看着像泼了一层油，不光光滑儿，一走也刺溜刺溜的。这一下就坏了，大小伙子也不敢迈腿，稍一抬脚就得摔跤。有个拉胶皮的从鞋帽店的门口儿过，车上坐着一男一女，都穿着裘皮大氅，男的还戴着一顶三块瓦的水獭帽子。保三儿站在铺子里的窗户跟前往外看着，这时一看这车上的两个人，就知道他们要倒霉。这拉胶皮的是个年轻人，看得出来是个新手儿。这种日子口儿，街面儿又这么滑，拉车的两只手得错开，一前一后攥着车把，行话叫"阴阳把"，也叫"鸳鸯把"。用"鸳鸯把"拉车，身子能较上劲，就算脚底下打滑也不容易摔倒。可这个年轻人却是两手并排握车把，一边走着，车把已经一扬一扬地越来越不稳。果然，前面有个人横着过街，这年轻人稍微一躲，脚底下一滑，整个儿车把就扬起来。他这一扬，后面的这两位也都跟着仰过去，一个倒毛儿从车斗儿里折出去了，穿的又都是裘皮大氅，这一下就像两个狗熊在街上滚了几滚，男人的水獭帽子也骨碌到一边去了。拉胶皮的年轻人一看吓坏了，赶紧扔下车过来要搀这二位，可刚一迈脚儿自己也摔了个大马趴。爬起来刚把这二位扶起来，脚底下一滑又给拽倒了。

保三儿站在窗前看着直乐。这时，忽然想起尚先生。尚先生已是快九十岁的人了，家里如果提前没准备，这会儿肯定没吃的了。这么想着，就来铺子后面的伙房包了几个饽饽，又放了一块咸菜疙瘩，拎着朝蜡头儿胡同这边来。也就这几步道儿，小心蹭着走了有一袋烟的工夫儿。尚先生的家里挺暖和，但果然没吃的了。一见保三儿送饽饽来就笑了，说，这才叫雪中送炭啊，雪倒没嘛事儿，可

326

滑成这样，提前又没准备，已经饿一天了，你要是再不来，我能不能扛到明儿早晨都另说了。保三儿放下饽饽，看缸里没水了，又要去挑水。尚先生说，水就不用了，你又不是神仙，别人空身儿走着都摔跤，你也一样，再说这门口儿的窗台上还有干净的雪，这在中医讲，叫无根水，舀一壶进来就能烧，沏了茶还单一个味儿。

保三儿看看没事了，刚要走，尚先生又把他叫住了。

尚先生说，还有个事儿，得让你帮忙。

保三儿说，您说。

尚先生说，这事儿倒不急，可说不急，也急。

保三儿笑着说，多急也没事儿，我这就去。

尚先生说，有句老话儿你听说过吗？七十不留饭，八十不留坐，九十不留站。

保三儿当然听过这个说法儿，意思是人一到七十，兴许一顿饭的工夫儿就没了，所以不能留吃饭，到八十岁连坐也别让，九十就更别说了，站一下，也许人就没了。

尚先生说，我今年虚岁八十八了，已经说不准哪会儿了。

保三儿一听说，这大年根儿底下的，干嘛说这种话。

尚先生摆摆手，笑着说，谁都有这天，说不说，也是这么回事。

尚先生告诉保三儿，八十八岁按老话儿说，叫"米寿"，这"米寿"说好也好，说不好也不好，好了一过这道坎儿，就奔九十九去了，九十九是一百差一岁，"百"字少一，是个"白"字，所以九十九岁也叫"白寿"。可如果过不了"米寿"这道坎儿，也就撂在这一年了。

保三儿笑着说，这我懂，我还等着给您老过"茶寿"呢！

尚先生也笑，说，"茶寿"可是一百零八岁，我要真活到那会儿，累也累死了！

尚先生对保三儿说，这两天待着没事，算了一卦。人一老，过去不信的事，慢慢也就信了。本来这些年，一直觉着活得挺好，也就没想百年之后的事，可现在再不想就不行了。本打算过了年儿，一出正月，就把自己到那天，穿的戴的铺的盖的都置办齐了。可这回一算，卦上说，"米寿"这年不宜动百年之事。尚先生说，今天是腊月二十三，离出这个年儿还有七天，按说今天这日子最好，可我又出不去，你要是能去，就替我去北门里的"蚨记寿衣店"跑一趟，各样东西我都已看好了，该结的账也都已结了，就等着今天这好日子去拿。

保三儿一听说，这点事儿，您甭管了，我这就去给您拿回来。

保三儿一出蜡头儿胡同，就朝北门里这边来。这时已是傍晚，冷风一飕，街面儿上就更滑了。保三儿小心地迈着步儿，来到北门里的"蚨记寿衣店"。寿衣店的老郁掌柜头年已经过世，现在是儿子掌柜。郁掌柜的儿子叫郁天顺，街上官称顺掌柜。顺掌柜爱听戏，过去老郁掌柜在世时，还有闲工夫儿，就常去南市的小园子听戏，跟保三儿也算戏友儿。这时一见保三儿来了，先哟了一声，伸过头小心地问，怎么着，是管闲事？

保三儿赶紧说，闲事儿，闲事儿，给门口儿的街坊帮个忙。

然后才又说，是蜡头儿胡同的尚先生，来给他拿装裹。

顺掌柜已把东西都包好了，整整齐齐的两个大红包袱。放到柜台上，就笑着说，蜡头儿胡同净出新鲜事儿，这尚先生好好儿好好儿的，要给自己准备装裹。

保三儿听出顺掌柜这话里有话，就问，你说的，还有嘛新鲜事儿？

顺掌柜说，那个杨灯罩儿的事，你没听说？

保三儿说，这老狗烂儿，他又有嘛事儿了？

顺掌柜噗地乐了，说，他这回乐子可大了。

顺掌柜说的，是杨灯罩儿跟黑玛丽的儿子马杜龙的事。头几天，一个穿制服、满嘴喷着酒气的人来寿衣店办装裹，说死的是个五十来岁的女人，装裹要新派的。又说，他是天津警备司令部的人，办这装裹，是给他们稽查处马科长办的，马科长他妈死了。顺掌柜是卖寿衣的，来买寿衣的嘛人都有，也就嘛事儿都见过。这时一见这人满嘴酒气，说的又像酒话，也就没太在意。但后来这人又提到了杨灯罩儿。一提杨灯罩儿，顺掌柜才开始注意了。顺掌柜认识杨灯罩儿。当年杨灯罩儿来给大卫李的老娘办装裹，从那儿跟郁掌柜就算认识了，后来他身边的人甭管谁家有丧事，他就打着跟"蚨记寿衣店"郁掌柜是朋友的旗号，替人家来办装裹。郁掌柜这时已听说这杨灯罩儿的人品，知道不是个厚道人，不会白给人家跑腿儿受累，每次来，能让利的地方也就尽量给他让。那时郁掌柜就对儿子顺掌柜说过，像杨灯罩儿这种人的人性，是不会放过一点儿占便宜的机会的，就是拉大粪的车从他跟前过，都得抹一指头放嘴里，不过咱做的是买卖，他人性怎么样是他的事，心里明白就行了。后来，顺掌柜也听街上的人说过一些这杨灯罩儿的事。这次，这个来办装裹的人也是喝大了，嘴就没把门儿的了。他说，马杜龙这回给他妈办丧事，其实不是真为办丧事，就为借这机会敛钱，他要真有俩妈仨妈，就得发大财了。黑玛丽这回是暴病儿死的，晚上还就着一份儿罐儿焖牛肉吃了一个牛角面包，喝了一碗红菜汤，到夜里就不行了，又吐又拉。天不亮人就完了。马杜龙早就看着杨灯罩儿不顺眼，一直憋着轰他走，只是看着他妈，才没说话。这时他妈一死，他就翻脸了，一会儿也不让杨灯罩儿呆了，逼着他马上离开他家。可杨灯罩儿已跟黑玛丽一块儿住了这几年，早把这儿当成自己的家。现在马杜龙要轰他走，他当然不愿走，走了也没处去。他见马杜龙翻脸不认人，索性就跟他耍赖犯浑，说下大天就是不走。可杨灯罩儿还是不了解这马杜龙的脾气。马杜龙是个没爹的人，没爹的人也就没种，杨灯罩儿浑，他比杨灯罩儿还浑。马杜龙一见他赖着不走，干脆就让手底下的人抓着他的胳膊腿儿抬出来，一拽就扔到大街上了。这一下杨灯罩儿真急了，知道马杜龙这回是彻底跟他撕破脸了，索性就在黑玛丽家的门口儿蹦着脚儿地骂起来。他这一骂就难听了，把黑玛丽当初的这点臭底儿全给抖搂出来，连马杜龙到现在还不知亲爹是哪国人，也在街上嚷出来。这一下把马杜龙的脸都气歪了，当即命手下人把杨灯罩儿抓起来，扔进警备司令部的监狱。杨灯罩儿到这时也豁出去了，在监狱里还整天蹦着脚儿地又嚷又骂，干脆就把马杜龙的这点事儿全给抖出来。当初他在侯家后，无意中发现"福临成祥鞋帽店"可疑，经常有不明身份的人进出，曾把这事告诉了马杜龙。当时马杜龙许诺，只要他探来确切的消息，就在警备司令部替他邀功请赏。可后来，杨灯罩儿真把消息探来了，马杜龙却再也不提这事了。再后来杨灯罩儿才听说，马杜龙跟上边汇报时，把功劳全说成是他自己的了。这时杨灯罩儿在监狱里大骂，说马杜龙是个欺下瞒上的饭桶，是个地地道道婊子养的。后来马杜龙让他骂得实在没办法了，倘再把他关下去，自己在这警备司令部就没法儿呆了，才只好把他放出来。

　　顺掌柜对保三儿说，俗话说，猫有猫道，狗有狗道，小鸡儿不尿尿，各有各的道儿，杨灯罩儿在外面混了这几年，其实手里也攒了几个钱。杨灯罩儿攒的这钱，当初黑玛丽并不知道。这几年，杨灯罩儿和黑玛丽一直做"老虎货"的生意。所谓"老虎货"是天津人的说法儿，指的是翻新的旧货。但说是翻新的旧货，其实也就是假货。已经快穿破的旧雨鞋，在表面刷上一层厚厚的胶水儿，看着就锃明瓦亮。旧烟筒补上沥青，再用砂纸一打，就跟新的一样。破棉裤好歹洗洗，再用臭胶浆了，也就像看得过去的估衣。旧自行车烫了漆，能冒充七八成新的车子。但做这种"老虎货"也是手艺。杨灯罩儿当然没这手艺。可他认识有这种手艺的人，去西马路上转一圈儿，就把这些"老虎货"收来了。黑玛丽认识的洋人多。洋人也不是都有钱，有的来天津也就是做点小生意，开个小杂货店。洋人当然不懂这天津的"老虎货"是怎么回事，而且打死也想不到，在天津还有人会这种手艺，竟然能化腐朽为神奇。黑玛丽去跟洋人一说，这些东西价儿又低得吓人，洋人也就愿意要。这一来，杨灯罩儿和黑玛丽这几年也就赚了点儿钱。但黑玛丽看见的，都只是表面的钱。她看不见的，杨灯罩儿就偷偷留下了。这一次，他从警备司令部的监狱一出来，就直奔东马路的"广聚银号"。他当初把手头的钱都已背着黑玛丽存在银号里。但这黑玛丽的儿子马杜龙也不是吃素的。他早就听他妈说过，怀疑杨灯罩儿偷偷藏了钱。这次一放他出来，就让手底下的人在暗中跟梢儿。果然，这一跟就跟到了"广聚银号"。等杨灯罩儿取了钱一出来，就又把他抓回警备司令部。

保三儿一听就乐了，说，敢情这杨灯罩儿还闹得这么热闹。

顺掌柜说，完了，这回他也热闹到头儿了。

保三儿问，怎么？

顺掌柜说，他第二次再给抓进警备司令部，只关了几天，马杜龙看看他也没什么油水了，就又给放出来。可他的钱已经让马杜龙都搜去了，出来也就要了饭了。

顺掌柜叹口气，今天早晨，刚听打更的刘二说，他已成了"倒卧儿"。

保三儿知道，顺掌柜说的"倒卧儿"，是指夜里在街上冻饿而死的人。

顺掌柜说，听刘二说，他昨天夜里死在宝宴胡同了。

第七十一章

这年秋天，天津城外响起炮声。

保三儿去军粮城看朋友，回来说，那边已在修筑工事。保三儿这时已经没心思再打理这个铺子，跟小回说了几次，想回去歇了。但小回不答应。小回说，我知道您的心思，现在已是六十来岁的人了，不想再累这个心。保三儿听了没说话，显然，这话是说到他心里了。保三儿这些年是个松心松惯了的人，用他自己的话说，饿不死，也撑不着。挣钱也挣，但适可而止，从不让自己累着，也没有发大财的想法儿。只要吃饱喝足了，泡泡澡，听听戏，再去茶馆园子看看玩意儿，人这辈子就几十年，干嘛不让自己活得舒舒服服呢。当年拉胶皮都没受过累，干别的，也就更累不着了。但这几年打理这"福临成祥鞋帽店"，却把这几十年的累都受了，不光累神，也累心。保三儿对小回说，也就是看着跟来子这些年的交情，不想让他辛辛苦苦做起来的这个铺子就这么倒了，而且后来才知道，敢情这里还有田生他们的事。现在小回回来了，田生他们也走了，细想想，也算对得起九泉之下的来子了，自己也就没必要再在这铺子盯着了。

小回说，您说得自然有理，可也得替我想想，这么大个铺子，我自己哪撑得起来，既然您已替我爸累了这几年的心，就不在乎再累几年，谁让我叫您伯伯呢。

小回说到这儿，就说不下去了。

保三儿叹口气说，我上年纪倒在其次，主要也是现在的时局，街上人心惶惶，东西也都贵得没边儿，人们吃饭都发愁，谁还有心思买鞋买帽子？

小回问，您的意思，是关了这铺子？

保三儿说，当初你爸留的货底儿早已卖得差不多了，眼下这铺子，也就是个空壳儿，可再投本钱还别说有没有，就是有，这兵荒马乱的年月也只能打水漂儿。

小回一听就明白保三儿的意思了。她说，她想的，跟保三儿想的还不是一回事，现在这铺子卖不卖货倒在其次，有没有货卖也无所谓，关键是得开着。

保三儿听了看看小回，没听明白。

小回到了这时，也就只好把话挑明了。她说，当初田生走时曾说过，也许哪天还回来，倘他真回来了，这铺子又关了，让他上哪儿去找呢？

小回说着，就流泪了。

保三儿叹口气说，明白了。

这年的八月十五，田生果然回来了。田生是大白天回来的，拎着一个深棕色的帆布提箱。保三儿正在铺子里跟小满说话。田生一进来，冲保三儿叫了一声，爸。

保三儿一下让他叫愣了，回过头来看着他。

田生又说了一句，我是田生啊，我回来了。

这时小回从账房出来了。小回脑子快，已经听见田生叫保三儿爸，心里就明白了，冲保三儿笑着说，您可真是老了，就算年头儿多了没回来，也不能连自己儿子都不认识了。

保三儿眨巴着眼，看着田生，脑子还没转过来。

小回就冲小满说，今天是八月十五，上板儿吧，咱过节。

小满年轻，脑子灵，已看明白是怎么回事，就赶紧出去，把铺子的门板和窗板都上上了。这时，保三儿才问田生，这到底是怎么回事啊？

田生说，他这次回来，先不走了。从现在起，就对门口儿的街坊说，他是保三儿出外多年的儿子，现在回来了。街上的人都知道，保三儿当年跟来子有交情，后来来子出事，他一直替来子管着这铺子，这样也就好说了，只说是保三儿当年跟来子有约定，等保三儿的儿子回来了，来子就把闺女小回嫁给保三儿的儿子。现在保三儿的儿子真回来了，这门亲事也就该办了。保三儿一听，这才明白过来。小回当然高兴。看来田生这次回来之前，已把所有的事都想得很周密了，甭管假戏假做还是假戏真做，早晚也是这么回事。保三儿想了想，点头说，这样好，田生是我儿子，你俩再成了两口子，以后在街上也就好说了。

第二天中午，保三儿就去蜡头儿胡同，把尚先生请过来。

尚先生来到鞋帽店，见了田生，上一眼下一眼地打量了一下，点点头说，嗯，果然是一表人才啊，配得上咱小回，配得上！一边说着，又叹了口气。

小回知道，尚先生是想到了她爸来子。

尚先生说，是啊，你爸要在，得多高兴啊！

保三儿拉田生过来，让他叫太爷爷。

田生就规规矩矩地鞠了个躬，叫了一声太爷爷。

保三儿对尚先生说，眼下虽不是操办的时候，也操办不起，可还是得明媒正娶，这样才对得起小回死去的爸，今天请尚先生过来，是想让他给两个孩子当个媒人。

尚先生一听立刻说，好啊，这个媒人还真是非我莫属，我当定了！

接着又一拍手，丁是丁，卯是卯，今天的日子就挺好，我看，咱今儿就办了吧！

保三儿笑着说，我也是这个意思，正想跟您商量呢！

于是保三儿去街上的小馆儿叫了几个菜，就在这账房，吃了一顿简单的婚宴。

当天晚上，保三儿等夜深人静了，就和田生一块儿把后面这个暗室的门又拆开了。暗室里挺干净，简单收拾一下就能住人了。小回要把这暗室当洞房，和田生一起住在这儿。这回，倒是田生不同意。田生见保三儿出去了，才拉着小回的手说，你听见城外的炮声了吗？现在的形势很紧急，还不是考虑这种事的时候，咱今天成亲，只是给外人看的。

小回红着脸说，这我知道。

田生认真地说，将来，我一定给你一个正式的婚礼。

小回埋下脸，用头顶了一下田生的胸口。

田生说，我要对得起你对我的这份感情。

说着，在小回的脸上亲了一下。

这以后，田生白天和保三儿支应铺子，也经常出去，晚上就在暗室做自己的事。小回见田生越来越忙，也想帮他。田生就笑着说，后面马上就要用到你了。

一天早晨，田生对小回说，要带她去一趟乡下。

小回问，去哪儿？

田生说，赶个集。

小回就不问了，但心里明白，这种时候，田生自然没心思真去乡下赶集，一定是有事。于是赶紧收拾了一下，又换了件衣裳，就和田生一块儿出来了。

出城往东北走四十五里，是张贵庄。过了张贵庄，是詹庄子。詹庄子是个新开的集，眼下这样的时局，赶集的人不多。田生带小回进了集市，还一直往前走。走一会儿往北一拐，又去了东堤头。到东堤头已是中午，小回跟着田生来到一家"明记货栈"。这货栈的

334

老板姓盛，长得精瘦，两个眼挺亮，白眼珠白，黑眼珠黑，一看就透着精神。田生看样子跟这个盛老板挺熟，进来坐着一边喝茶，聊了几句话，就拿出一双方口儿的青布鞋。盛老板穿上试了试，挺合脚，立刻让伙计给田生拿钱。田生死活不要，推让了一阵，盛老板还是过意不去，就让伙计给装了一篓河螃蟹。盛老板说，眼下正是吃河蟹的时候，都顶盖儿肥。

田生没再推辞，拎上这篓螃蟹就带着小回回来了。

回来的路上，小回的心里一直不明白，田生先说要带自己去詹庄子赶集，可到了詹庄子没赶集，又去了东堤头。到东堤头好像也没太大的事，就送去一双鞋，又拿回了一篓河螃蟹。跑这么远，来这明记货栈，找这个盛老板，就为这点事？小回的心里鼓了鼓，想问田生。但转念又想，田生这么做，肯定有他的道理。一路上也就没吭声。

这以后，田生又让小回去东堤头给明记货栈的盛老板送过几次鞋。每次都是一双方口儿青布鞋。盛老板也总是让小回带回一篓河蟹，或一篓鲫鱼。这时小回就明白了，如果一回送鞋，两回送鞋，还都有的说。可回回都送一双鞋，再带回一篓蟹或鱼，这就应该不是鞋的事，也不是蟹和鱼的事了。小回知道了，她去送鞋，再拿蟹，也是在帮田生做事。

一晃田生已回来几个月，眼看又快到年根儿了。腊月三十这天的一大早，田生有事，急着要出去，临走叮嘱小回说，再去东堤头给明记货栈的盛老板送一双鞋。这时，保三儿来到铺子。保三儿一见田生要出去，对他说，你先别急着走，我跟你俩有话说。

田生和小回一听，就跟着保三儿来到账房。保三儿说，今天是大年三十儿，该是家家儿团圆的日子，你俩也不能总这么晃荡着。说着看看田生，我知道你是干大事的人，可别管干多大的事，也总得有个家，要我看，就在今天吧，你俩也该假戏真做了。

保三儿这一说，田生和小回的脸就都红了。

保三儿说，你们今天该干嘛还去干嘛，我在家准备晚饭。说着又拍拍田生，今晚咱一家人好好儿过个年三十儿，咱爷儿俩好好儿

335

喝几盅，也算是你们的喜酒！

田生听了想想说，好吧，晚上再说吧，我今天还有很要紧的事。

说完又看看小回，就匆匆走了。

小回一大早也从铺子出来。去东堤头的这条路已经跑得很熟，中午前就赶到了。到了明记货栈，把带来的鞋给盛老板拿出来。盛老板一看这双鞋，愣了愣。这时小回才注意到，她每次给盛老板送来的都是方口儿青布鞋，可这回却是一双青灰的麻布洒鞋。盛老板没说话，又拿出一个柳条篓。这回也不是河螃蟹和鲫鱼了，而是一篓小白鲢鱼。盛老板特意叮嘱，这种白鲢鱼一出水就死，得赶紧拿回去。说完，又吩咐伙计，一直把小回送到镇子口。

小回回到铺子时，已是傍晚。一进门，保三儿就说，下午田生回来过一次，问小回回来没有。等了一会儿，见她还没回来，就又出去了，说一会儿就回来。

小回忙问，他还说嘛了？

保三儿想想说，对了，他还说，甭管你带回来的是嘛，在铺子外面的窗台上，放一个。

小回一听，就赶紧从柳条篓里拿出一条鲢鱼，放在铺子外面的窗台上了。

这个晚上，保三儿熬了鱼，又让小满贴了一锅饽饽，还烫了一壶酒。可一直等到半夜，田生还没回来。后来小满困了，吃了口东西就先去睡了。保三儿又等了一会儿，对小回说，不用担心，兴许是外面临时有事，我等他吧，你也先去睡，他回来了，我再叫你。

正说着，铺子外面有人敲门。保三儿赶紧去开了门。进来的是个年轻人。保三儿和小回一看认出来，这人叫刘柱，曾来铺子找过田生。刘柱一进来就说，是田生让他来送信儿，这个铺子赶紧关门，不要再有人了。又对小回说，田生让你立刻回武清，今晚就走。

刘柱说完，就匆匆走了。

小回一下愣住了。

这时保三儿过来说，你赶快收拾一下吧，我送你回武清。

· 第五部 ·
正　底

这年入秋，下了一场大雨。

尚先生算了一辈子卦，这天晚上，给自己占了最后一卦。卦上说得很简单，七天后，辰时三刻，是尚先生的大限。尚先生看了卦文，淡淡一笑。

七天后，尚先生果然死了。

尚先生把自己死得妥妥帖帖。先把在蜡头儿胡同的这一间半房卖了，连屋里的一应物什，一脚儿踢。但跟买主儿说好，须七天以后再来收房。死的前一天，去了一趟针市街上的"唐记棺材铺"。这时棺材铺的唐掌柜已经过世，让一个本家侄子接手了。尚先生用卖房的钱给自己定了一口上好的寿枋，让第二天辰时两刻送到。又去西门外的杠房，定了一应简单的执事和一个四人杠，顺便雇了两个挖坑的人。然后又托人去给保三儿送口信，让他第二天早晨来一趟。到了第二天早晨，尚先生起来，先不慌不忙地洗漱了，又把自己的装裹衣裳穿戴整齐。这时"唐记棺材铺"的寿枋也到了。尚先生又把寿枋里，自己身下铺的仔仔细细打整舒服了。棺材铺的伙计见多识广，这时也吓了一跳，还从没见过一个人穿着装裹给自己铺棺材的。尚先生把这一切收拾停当，就躺进去，把身上"五蝠捧寿"的蒙头布往上一拉，盖好。

这时正好是辰时三刻。

保三儿来时，尚先生冲他笑了一下，就溘然长逝了。

几个杠房师傅用椽钉把棺材盖钉上。简单的执事已等在外面。

四人杠抬起棺材。保三儿在前面引路，撒着纸钱，来到西门外。两个挖坑的人已经挖好了坟坑，正拄着铁锹等在坑边。保三儿看着棺材放进去，填上土，堆了一个圆圆的坟头。

七十年后，侯家后的街上又有了一个鞋帽店。

这鞋帽店卖的是方口青布鞋，也卖帽子。老板四十来岁，姓申，叫申达成。铺子是老字号，叫"福临成祥鞋帽店"，除了方口青布鞋，也卖青灰色的麻布洒鞋，还有女人穿的老式"缎儿鞋"。这种老式的缎儿鞋虽然绣工讲究，如今却已没几个人买。但申老板对街上的人说，不为卖鞋，就为开着这铺子。在这铺子的后面有一个暗室。这暗室的门前，放着一个旧货架子。申老板对门口的街坊说，守着这个暗室，才是开这铺子的真正目的。他说，当年他爷爷临去世时留下话，这个暗室一定要看好了，早晚会有人来。

这年春天，下了一场小雨。一天早晨，鞋帽店果然来了一个人，是个女孩儿，二十来岁，长得挺精神，说自己姓李，叫李思佳。申老板一听有人找，就从后面出来，上下看看这女孩儿问，有嘛事儿。女孩儿说，是她太姑奶奶让她来的。

申老板问，你太姑奶奶叫嘛？

女孩儿说，叫李香香，过去的小名叫小回。

申老板一听立刻说，孩子，等的就是你啊。

说着，就拉着这女孩儿来到后面。

女孩儿问，这铺子，是不是有个暗室？

申老板说，是啊。

一边说着就带她过来，搬开墙边的旧货架子，打开暗室的门。女孩儿进来看了看，点头说，没错，就是这儿了。又说，太姑奶奶已经九十多岁，几天前住院了，这次让她来侯家后，是看一看，如果这个"福临成祥鞋帽店"还在，就跟铺子里打听个人。

申老板说，你太姑奶奶要打听的，是不是叫田生？

女孩儿说，对啊，就叫田生。

申老板说，我爷爷叫申明，你回去跟你太姑奶奶说，她应该知道。

申老板告诉女孩儿，他爷爷临去世时，对他说，如果有一天，有人来这铺子打听田生，就告诉他，田生在那一年的除夕，牺牲了，是抱着两个抓他的人，一块儿从桥上跳进海河的。申老板说，他爷爷还说，告诉来的人，要找田生，去海河就行了。

女孩儿听了慢慢睁大眼，看着申老板。

申老板又说，就是咱天津的这条海河。

女孩儿点点头，说，知道了。

2019年8月6日 改毕于天津木华榭

后 记

当年，美国电影导演弗朗西斯·福特·科波拉在拍摄《战争启示录》时曾说，他拍这部电影，就是想带着观众去东南亚的热带丛林做一次探险旅行。当然，他做到了。我在看这部片子时，确实有一种跟随威拉德上尉走进热带丛林的感觉。虽然威拉德此行的目的是奉命去丛林深处寻找库尔兹上校，而我的目的，似乎就是做一次探险旅行。

我在写这部小说时，不止一次地想起科波拉。想起他不是因为这部电影，而是他曾经说过的这番话。我从一开始就想，写这小说，也权当是带着有兴趣的读者回到过去的一百多年里，游历一下这座城市曾经的市井，在历史风云的笼罩下，也体验一下天津人曾经的生活。

但是，在我真写起来时，才发现，这事儿好像没这么简单。

天津是一个很有意思的城市，它的文化就摆在明面儿，你看得见，也摸得着，但就是无法用一两句话把它概括地说明白，就算本事再大的人，也很难一言以蔽之。我也听一些人说过，天津是码头文化，或殖民文化，或漕运文化，或商业文化乃至工业文化等等等等，这些似乎都有道理，而且每种说法也都能举出证据。比如，我曾有一个中学同学，他从小说话就有个习惯，烙饼时翻过来，不说翻过来，说"划过来"，两人互相找，走岔了也不说走岔了，而是说"走向了"。他这样的说话习惯，显然是受家里影响，他家是地道的天津人。后来我才明白，他说的这些话，其实都与船家的禁忌有关。在河上使船，当然最怕"翻"，而水路上河汊如网，行船自然也最担心走岔了，所以才会躲着这些字眼儿。当然，如果说天津是别的什么文化，在方言中也同样能找出很多确凿的证据。可见，关于天津的这些说法儿似乎都对。可再细想，又好像都不完全对。其实这就对了。天津就是这样一个矫情的地方儿。一百个人看天津，会有一百种看法儿，也有一百种说法儿。而这一百种看法儿和说法儿，也都有自己的道理。当然，这也就是天津这个城市真正的特质所在。

　　我前面说，这部小说真写起来时才发现，不是带着读者回到从前这么简单，是因为，我越写才越意识到，读者是不是真能回去，我不知道，但至少有一点可以肯定，我自己是真回去了，而且不是简单地去溜达一圈儿，而是真真切切地和这小说中的几代人一起栉风沐雨，似乎真的在一起共同生活了一百多年。说到这里，也就有些感慨。看来一个真正的小说家寿命真是无限的，想要多长就有多长，只要他愿意，而且还活着，有思维能力，他的寿命就是发散的，借用几何的概念，不是射线，更不是线段，而是一条直线，两头儿都没有端点。

　　一开始，我以为这是一次陌生的"旅行"。我祖籍是北京，虽然在天津出生，也在天津长大，这些年更多的时间也一直在天津生活，但我总有一种感觉，似乎对北京比天津更了解，不仅是城市，也包括风物民俗乃至文化传统。可这一次，当我重回天津过去的一百多年，却发现，我对天津这个城市不仅有深厚的感情，而且也很了解，所以有一种"重归"的感觉。

　　评论家王德领先生在评论这部小说时说，王松在此之前，好像并没认真打量过这个城市。这话确实说对了。这一次，我在写这部小说的过程中，随着"穿越"回过去的一百多年，在北门外的侯家后一带穿大街钻胡同，和曾经的这些人一起生活，我渐渐发现，我真的很喜欢这个城市，也喜欢弥漫在这个城市街巷里那种特有的烟火气。

可以这样说，无论是哪儿的人，每一个人，不管他嘴上怎么说，其实都热爱生活。也正因为热爱生活，所以才会怀揣各自的梦想，充满向往地去拼命活着。但我要说，就热爱生活而言，天津人还要加一个"更"字。天津人的性格，也如同这座城市的文化，说起来可能有很多种说法，但这些说法放到一起就如同一个拼图，拼出来的，就是天津人这种热爱生活的习性。也正因为他们热爱生活，所以才具有了这样和那样的诸多方面的脾气秉性。

所以，说天津人幽默，天生喜欢相声，这是有着深层原因的。

当然，这座城市的文化也如此，同样是一个五颜六色的拼图。

一个朋友一天电话我，一张口就说，你这个写天津的小说我看了，写得挺哏儿，一看就知道，要不是天津的老爷们儿老娘们儿还真干不出这些事儿。一边说着就在电话里乐了。他当时说的无心，我却听得有意。这朋友的工作跟文学不沾边儿，也就是爱看小说，所以说话不考虑严谨，怎么想就怎么说。他所说的"要不是天津的老爷们儿老娘们儿，还真干不出这些事儿"，其实也就是天津人骨子里的这种独特的味道。让我欣慰的是，我把这种味道捕捉到了，所以才会让他有了这种感觉。这种所谓的独特味道就是，别管讲的是什么事，一听就能知道是天津人，用天津人特有的表达方式讲的，而这种特有的表达方式，也就是由前面所说的"拼图"决定的。味道足不足，地道不地道，就看你掌握这"拼图"的多少。

如果这样说，我觉得，这个朋友无意中说的这番话，还值得再想想。

对我来说，天津不是一本书。书在翻阅或研读的过程中，就算还没看到的部分，你也知道它的存在，总之，所有的内容都捧在手里，心里也就有数，只要一页一页地去读就是了。但天津这个城市不是。它更像地下岩层，只有钻探到不同的深度，才会发现不同的地质构造。没钻探到的地方，是无法臆想出来的。当然，这也恰恰是这个城市的魅力所在。

此外还有一点，每个人钻探，都会有自己的方式。方式不同，